旗袍 Ⅰ

王彪 海飞 赵锐勇◎编剧

周维◎改编

重庆出版集团 重庆出版社

图书在版编目（CIP）数据

旗袍 1/ 王彪，海飞，赵锐勇著；周维改编 . —重庆：重庆出版社，2010.10

ISBN 978-7-229-03062-9

Ⅰ. ①旗… Ⅱ. ①王… ②海… ③赵… ④周… Ⅲ. ①长篇小说—中国—当代 Ⅳ. ①I247.5

中国版本图书馆CIP数据核字（2010）第191579号

旗袍 1
QIPAO 1
王彪 海飞 赵锐勇 著 周维 改编

出 版 人：罗小卫
策　　划：华章同人
特约策划：杨水秀 海 飞
责任编辑：王 水
特约编辑：董淑娟 王 瑜
封面设计：坤艺园

重庆出版集团 重庆出版社 出版
（重庆长江二路 205 号）

北京联兴盛业印刷股份有限公司 印刷
重庆出版集团图书发行公司 发行
邮购电话：010-85869375/76/77转810
E-MAIL：tougao@alpha-books.com
全国新华书店经销

开本：787mm × 1092mm 1/16 印张：19.25 字数：200千字
2010年11月第1版 2010年11月第1次印刷
定价：29.80元

如有印装质量问题，请致电023-68706683

目录
CONTENTS

第一章

夜色如漆的天空没有一丝风，遥远天边最亮的那颗星忽隐忽现，像危在旦夕的长者一吟一唱，其他繁星像看热闹的旁客，不屑一顾地孤芳自赏。天空下华灯初上的不夜城，电车不顾路人的安危笛声四起；斑驳废旧厂房门口杂草中躺着的婴儿号啕大哭；年轻的母亲嘴里淌着血声音嘶哑地乞讨；妓院门口的姑娘像嗜血的苍蝇，来往的过客一个都不放过；一边喊着闪开一边横冲直撞的军用卡车连续撞倒四五个街头摊位，从小贩身上碾过之后扬长而去，他们开心地大笑着，活像孩子们玩耍一群蚂蚁般的简单……

即将大学毕业的女大学生关萍露与同学们站在人潮汹涌的十字街头，他们慷慨激昂地大声演唱着："九一八，九一八……"路两边的街灯格外耀眼，粉色如脂的旗袍把所有的光芒都散到围观的群众身上。每个人都被感染着挥臂高呼："还我东北！抗战到底！"刚刚走过的麻花辫小姑娘也情不自禁地加入声援队伍，但很快被赶过来的一位麻子女拽走了。此刻，路灯上停靠的一只只飞蛾也愈挤愈多，好像在这里寻找光的希望，它们完全忽略了灯的温度，有的已经死了，有的还在努力挣扎着。

突然，警号大作，成群结队的军用卡车、摩托车像从土中遁出一样把人群围得水泄不通，刚刚参与示威的人群哭喊着惊慌四散，像失去方向感的苍蝇四处乱撞。从军车上拥挤下来的日本宪兵和特务们操枪往人群中喷射着火花，瞬间倒下的男女老少的身体上喷射出的鲜血掩盖了路灯的亮光，飞蛾陡然变成了嗜血的怪物。关萍露被突如其来的一切吓得只是惊恐地睁大眼睛不知所措，猛然间被一只强有力的大手拽着跑向了旁边的弄堂里，她像一只刚刚断线的风筝，已经没有了自己的方向，脖子中的洁白围巾此刻也随风飘动不定。

不知跑了多远，当身后的嘈杂渐行渐远，两人才停下脚步瘫坐在地上，大口地喘着粗气。不知道是谁的鲜血溅到了关萍露的洁白围巾上，此刻显得那么显眼。她一边上气不接下气地大口喘气，一边无声地啜泣，眼泪滴在了沾血的围巾上。而另一位穿着黑色中山装的英俊青年赵世杰则皱着眉头，使劲地用手捶打着背依的石墙壁，忘记了疼痛，只记住了仇恨。

夜，无声无息。夜，无人来嗅。

一日。骄阳酷暑。刺眼的阳光像一把利刃扎在草绿的大地上，连倔强的石头都开裂着纷纷逃避。习惯了炽热大地拥抱的小蜥蜴此刻也无法享受这样的关心，一刻也不停息地奔向前面犹如神工鬼斧雕刻的拱形石洞。那里洞口缝隙下生长小野菊的土壤居然还带着大地的潮湿，脉络清晰的叶片却诡异地随着洞内的呼喊声一起一浮。

关萍露、赵世杰、李芬芳、胖子、陈瞎子、小王等一帮热血青年大声讨论着操枪射击的注意要领，每个人都精神高度集中，男同学或许太过紧张，伴着从洞顶斜射进去的烈光，他们脸上的青筋暴露得一览无余。而女同学则有些不知所措地不停咽着唾沫，来掩饰自己的紧张。足可以容纳百人的山洞此刻却变为了热血青年的杀敌练习场。斜光为证，回声为证。突然，赵世杰右手握枪，轻闭左眼，还没等其他同学反应过来，对着身前10米远的瓷白酒瓶连开三枪。

三声清脆震耳的枪声之后，对面的瓷白酒瓶纹丝不动，却被手枪的后坐力震得手腕发麻，陡然手枪“啪”的一声掉在地上。赵世杰一边掩盖不住疼痛直喊“哎哟”，一边还故作镇定地替自己辩白：

“唉，怎么搞的！是不是这枪有问题！我学过打枪的。”

“古人云，工欲善其事，必先利其器。我来！我来！”陈瞎子一把从地上捡起手枪，白了赵世杰一眼，像模像样地透过手枪准星瞄准前面的酒瓶靶子。一阵静寂之后，扣动扳机，手枪哑然失声，一声不响。一阵哄堂大笑，陈瞎子的脸陡然成了茄子颜色。还没等他反应过来，胖子一把从陈瞎子的手中夺过枪来，开始自言自语地嘟囔：

“你个陈瞎子瞄什么瞄，你能瞄得到吗？不打中自己人才怪。你看，保险也没打开。世杰刚才说了，保险要先打开。”

胖子像久谙沙场的将军，一边把枪侧身的保险打开，一边不容犹豫地对着目标，“砰砰砰”就是三枪，对面的瓷器酒瓶像看笑话的过客，还是纹丝不动。

胖子像泄了气的皮球，擦着头上的汗珠闪到一边。

李芬芳故意讥笑道：“胖子你也是空头理论家，连这瓶子都打不准，还怎么打汉奸？”

李芬芳的嘲讽还没有得到别人的回应，却意外地遭到洞里一只赤灰色小耳长尾巴大老鼠的骚扰，吓得她“啊”的一声躲在赵世杰的身后，战战兢兢地望着不速之客惊恐未定。陈瞎子此刻也没有了刚才那副志在必得的神气样，看到大老鼠之后也上蹿下跳地大喊大叫：

“老鼠，我最怕老鼠。这山洞里怎么会有老鼠？”

在大家惊慌失措地在洞内躲闪时，一直没有发声的关萍露紧盯着闯入他们训练场的这位不速之客，左右看了下身边同伴们个个尖叫的失魂样，弯腰瞬间从地上捡起一把手枪，双手紧握扳机，“啪啪”就是两枪，但只把地上的石土打得四溅，未伤老鼠一根毫毛。手枪的后坐力还险些让她跌倒，关萍露趔趄着向后退了几步，不甘示弱地又向乱窜的老鼠开了一枪，居然打中了。倔强的老鼠挣扎了一下，长尾巴也变得静悄悄了。

“哇！关萍露神枪手！关萍露是天才啊！”被大老鼠吓坏的众人面对关萍露最后一枪的神勇，自发地鼓掌欢呼起来。

关萍露显得有些不好意思，她大口地喘着气，双手缓缓将手枪放下来。面对大家的赞扬，她用惊诧的眼神回应着一切，额头齐整的刘海下面，汗珠慢慢渗了下来。

“天哪，是我打中的吗？我可从来没摸过枪。”关萍露展开了笑脸，盯着大家问道。

此刻洞内又恢复了平静。只有洞外的蝉鸣声此起彼伏。

赵世杰从旁边一个石堆旁边的木匣子里拿出一个手榴弹，高高举在手上，大家不约而同地都围了过来。陈瞎子使劲推了推眼镜，努力地看着。胖子用手拍了拍屁股后的泥土，仰着脖子奔过来。李芬芳也眼睛一眨不眨地盯着赵世杰看得入神。关萍露用袖子擦去额头的汗珠，低着头向这边走来。赵世杰把一只脚踏在旁边的暗黑木箱子上，一只手举着手榴弹，一只手比比划划，激动地说：

“刚才萍露表现得很好！我们继续练习投手榴弹！你们看，这是小鬼子的手榴弹，是从一个二鬼子那儿买来的。”

赵世杰把手榴弹呈到大家跟前，一一告诉如何扣住扣环，如何拉开弦线。每个人盯着手榴弹看来看去，感到的只是新鲜。

胖子挪着肥胖的身体挤到赵世杰身边，伸手拉住了赵世杰手上手榴弹的扣环说：“我来试试。”

顿时，赵世杰吓得脸色发白，颤抖着抓住胖子的手说：“胖子，你要把大家都炸死啊？我们现在开始练习，从头学起。李芬芳，你先拿住一个。”

李芬芳上前一步，抢过他们手中的手榴弹，紧紧抱在怀里，生怕它会一下子飞走。她用惊恐的眼神盯着胖子，一动不动。

为了练习方便，大家用山洞外面的干草捆绑了一个真人大小的草人，而且还用毛笔在草人身上写上两个楷字——汉奸。

最先投弹的就是告诉大家注意动作要领的赵世杰。他熟练地用右手小拇指扣住扣环，其余四指紧握手榴弹，向前迈上一步，郑重其事地喊道：卧倒！

这种手榴弹一般爆炸的时间是四到五秒，杀伤范围是七到十米。可赵世杰刚刚投出两三秒的时间里，大家噼里啪啦地都原地倒下了，有的人趴在地上还紧捂着耳朵。几分钟过去了，那颗投出去的手榴弹像失声的哑巴一样，砰的一声击中“汉奸”草人之后一咕噜滚到地上，一声不吭了。

“怎么没炸呢？”胖子喘着气，侧过身子，向赵世杰问道。

“嗨！不会是没拉弦吧？”赵世杰一脸的无辜，趴在地上，挠着头。

突然，“汉奸”草人倾斜了一下，众人急忙紧张地一个个都捂住了头。草人继续倾斜，怀着对大地的眷恋，挣扎摇晃了几下，啪的一声倒地溅起了一圈尘土。大伙你看看我，我看看你，轰的一声互相大笑起来。还没等大伙笑够，关萍露早已憋不住心中的怒气，从地上猛地坐起来，一只手使劲揉着一根杂草，一只手指着大伙，恼怒地说：

“笑！你们笑个够吧！明天刺杀汉奸行动就要开始了，像我们这群业余杀手怎么可能成功！”

众人立即停住了笑声，连忙附和道：“对对，我们抓紧再练……”

经过几日的练习，他们感觉到刺杀汉奸特务的时候到了。

在杂草丛生、破旧不堪的厂房里，一群人蹑手蹑脚地躲避着脚下的各种垃圾、碎木头构成的障碍，头上还要时刻小心多年不曾动过的厚如胭脂的黑色蜘蛛网，周围的墙壁上烟熏火燎，早看不清最初的模样，只有累累弹痕留下的战火痕迹诉说着曾经发生的一切。几个胆小的姑娘紧紧拉着彼此的手，迎着残阳最后的光线来到一处空旷的草地前，从草丛中寻觅到一些参差不齐的破砖烂瓦架起了一个简易的砖桌。砖桌上放着一只敞口白色大酒碗，刚刚倒入的白酒摇晃着像一面跳出酒碗的平面镜，旁边放着的一把寒光熠熠的单尺小刀像壮士出行的利剑，连精于攻击的蚊子都不敢停留在上面一分一秒。关萍露、赵世杰等人像一个椭圆一样把砖桌围起来，大家低着头不语，静静地看着桌子上的风起云涌。

“来，我们六人今天歃血为盟，为了除去汉奸赶走日本鬼子，死而无憾！谁先来？”关萍露率先打破了沉默，指着瓷碗中摇晃不定的白酒，说道。

“我带头！”赵世杰上前一步将两边长衫的袖子卷起来，右手拿起小刀用锋利的刀刃在左手中指上轻轻一划，一股鲜红的血瞬间涌上来，滴进了砖桌上的白酒碗里，顷刻沉入碗底，四散开来。

其他人顺手接过小刀依次将自己手指上的血滴进碗里，白酒浸染着鲜血变得格外艳丽而热烈。陈瞎子天生胆小，战战兢兢地一直在别人身后徘徊，被关萍露一阵痛骂，直言连这点血都怕，还如何去杀敌杀汉奸，接着她一个眼色，让赵世杰抓住陈瞎子的手，替他开刀。而胖子也特别配合地，从后面一把抱住了他让其动弹不得，赵世杰在陈瞎子手指上轻轻一划，血滴入碗里，泛起一圈小涟漪。陈瞎子立刻用嘴吮住手指头，转着圈哼哼着。李芬芳看着陈瞎子的丑态，忍不住用手捂住嘴笑出声来。但小刀转到自己手上时，也还是犹豫了片刻，闭着眼睛，咬着嘴唇，将自己的鲜血滴进了碗里。

关萍露使劲将刀子插在桌面上，表情坚定地说："好，我们以前都是同学，现在是战友，青年抗日锄奸队今天成立。热血除奸，报效祖国！"

大家握拳挥手，热血沸腾，齐声地高呼："热血除奸，报效祖国！"

"慷慨歌燕市，从容作楚囚。引刀成一快，不负少年头。"赵世杰端起酒碗，扫视了众人一眼，慨然低吟。

李芬芳听罢，瞪着赵世杰问道："这不是汪精卫那个大卖国贼的诗吗？"

赵世杰一点也没有感到尴尬，而是出奇地冷静。

"是的，这是当年汪精卫刺杀摄政王时写下的豪言壮语，现在我们以其人之道还治其人之身。我们要杀他手下的汉奸，谁要敢卖国，我们绝不答应。"

还没有等赵世杰说更多的话，关萍露喝了一大口酒，顾不上擦去嘴角的酒滴，凝望着每个人，激动地说：

"我关萍露虽是女子，但杀敌决心绝不让须眉！现在我当着大家的面，也作一句诗，作为我们这次行动的见证！"

还没等大家反应过来，关萍露转身走到斑驳的墙壁前，满含热泪写下了"慨然燕歌行，头颅一掷轻"这一行字。赵世杰此刻深受关萍露的志气感染，一仰头也喝下了血酒。胖子、李芬芳、小王、陈瞎子此刻也表情凝重地喝下血酒。大伙都认真地望着关萍露的血书，心潮激荡，默默无言——此时无声胜有声。

此刻连时光都停止了，只有微风轻轻吹动着墙角的蜘蛛网，使其微微颤动。

"从今往后，谁要是出卖战友，谁就是我们共同的敌人！"赵世杰伸手拿起刚才盛着血酒的空碗，伸到大伙面前，一字一句地说。

关萍露也把手伸过去，握住酒碗，表情凝重地大声说："谁要是出卖战友，谁就是我们共同的敌人！"

接着胖子、李芬芳等人也伸手握住酒碗，六个人齐声高呼："谁要是出卖战友，谁就是我们共同的敌人！"接着大家一齐将酒碗摔得粉碎，每个人的眼里都泛着泪水。

把桌子上的杂乱东西清理完毕之后，赵世杰从随身的口袋里拿出一张用铅笔做的手绘地图，一边探下身子用手压住一角，一边用手比划着对大伙说：

"好，现在我们布置行动，你们看，这儿是火车站的站台，距离站台五十米的地方，就这个角落，有一批货物堆在那里还没有运走，我们可以藏身在这些货物后面，从这里行刺。"

看到其他同伴还有些不解，关萍露也挤到地图前，不紧不慢地说：

"这个地方我和世杰偷偷去看过，不容易引人注意，是理想的伏击地点。等到目标出现，我们马上行动。先用手榴弹炸，因为手榴弹杀伤力大。再用手枪射击，这样就是双保险。"

"我用手枪，我枪法比陈瞎子准。"胖子咽了一口唾沫说。

"你有把握吗？"李芬芳带着疑问的眼神盯着胖子，用手摆弄着自己的辫子。

"我马上抓紧练瞄准，等明天真刀真枪时再看我的功夫，我属于现场发挥型的！"胖子躲开了李芬芳的质问眼神，双手揣进口袋，右脚不停地踢着脚下的石块。

"那我来扔手榴弹吧，不过我就怕我这胳膊太细，扔不了太远。"陈瞎子也不甘示弱，冷不丁地冒出一句。

"你不行，手榴弹还是我来吧。好，就这么定了，到时候一起行动。"赵世杰不同意。

"记住，明天下午六点，上海火车站，由我带大家在预定地点伏击。我们要刺杀的大汉奸很狡猾，随时有可能改变他的装束，车站里人又多，我们现在只掌握这个大汉奸的一张照片，而且照片上的脸十分模糊，你们在五十米开外很难认出他。所以……关萍露必须先连夜坐火车去南京，再跟那个大汉奸坐的那趟车回来。出车厢的时候，关萍露要走在他前面，向我们发出暗号，我们马上动手。”赵世杰继续说道。

小王吓一跳，结结巴巴地说：“萍露，那……那手榴弹炸……炸中了你怎么办？”

赵世杰火了，在小王的脑袋上刮了一巴掌，大声说：“放屁，我们是猪啊？这么傻？”

关萍露强作镇定地一笑，轻松地说：“你们放心，到时候我会设法脱身的。”

关萍露从随身带的小包里掏出一张相片，放在了桌面的那张手绘图上，告诉大家这就是他们要刺杀的特务。唯一遗憾的是，这张黑白的照片上的男人相貌并不十分清楚，只能依稀看到头上戴着一顶圆毡黑色礼帽，穿着一件黑色风衣。

残阳早被斜月所代替，蝉鸣也被蛐蛐叫替换。无风的夜晚，因为太过安静，肯定是为即将到来的暴风雨蓄势铆劲。

傍晚。一列冒着滚滚白烟的蒸汽火车鸣笛而来。在火车中部餐车车厢最后一排座位上，有一位头戴圆顶黑色礼帽，身穿着一袭一尘不染的黑色风衣的男子，正斜倚着窗户，跷着二郎腿，聚精会神地翻阅着刚刚出炉的报纸。而在身前身后，却围着一群身穿黑色西装或者黑色中山装的壮汉，他们警觉地环顾着四周，不放过一丝一毫从四周射过来的眼光，而且，这些人时不时地将腰中鼓鼓囊囊的物件摆弄一下，生怕它们会长翅膀飞了一样。这些人中，为首的是警卫队长吴士保和稽查队长林大江。而坐在中间看报纸的那位就是关萍露等一群人想要暗杀的对象丁默群。

丁默群，在日本留过洋，当过教授，后来进入军统，又从军统叛逃，现在是汪伪政府特工总部主任，专门残害抗日志士，是罪大恶极的大汉奸。而根据关萍露的刺杀计划，是要等到明天他从南京向日本主子汇报工作后晚上七点回上海。到达上海站后，赵世杰、关萍露会按照事先的刺杀计划来迎接丁默群。而此刻的关萍露则坐在火车前部靠走道的一个座位上，若有所思地望着过往的乘客。今天她梳着两个分开的辫子，扎上粉色的发卡，配着全身一袭白色的长裙，显得清纯动人。当所有人百无聊赖地在火车上不知如何时，关萍露对面一位身穿灰色长袍，头戴灰色圆帽的商人却纹丝不动地看着一份报纸，自始至终，他一直都没有看过身边走动的任何一个过客，只是一动不动地看着报纸。他就是钱鹏飞。

火车刚刚行驶到一个无名小站，就遭到了军统头目上官峰化装成车站值班员手挥红绿旗紧急喊停的示意。火车还没有停稳，一伙身穿皇协军制服的军人端着枪心急火燎地冲到车厢里。餐车车厢里的乘客一阵骚动，坐在座位上的一位母亲赶紧把身旁的小孩揽到怀里，生怕被他们抢走。关萍露站起来又坐下去显得焦虑不安，她不清楚这伙人上来的意图，更重要的是他们的出现是否会破坏了自己的刺杀大计。一直纹丝不动的钱鹏飞不紧不慢地将报纸对折一下，借着折叠报纸的机会，眼睛向着丁默群的方向看去。丁默群此刻还依然保持刚才看报的姿势一动不动，只有身边的警卫吴士保、林大江等保镖拔出手枪紧张地守护在四周，环顾着上来的一群皇协军。

上官峰呼啦啦带着持枪的一伙人从车厢东头连接处拥进来，还没等他逐个开始搜查，车厢中的乘客像煮开的一锅粥早已从车窗户、车门挤了出去。上官峰望着车厢西头吴士保等人用手中的短枪瞄准自己时，突然手一挥，大声喊道：

“给我打啊！穿黑风衣的就是丁默群！”

顿时车厢里枪声大作，各种餐具、杯子、瓶子顷刻伴着枪声都成了陪葬品。两边拼得火热，坐在车厢内还没有来得及逃出去的乘客纷纷中弹。一位中年人从关萍露身边刚要迈腿跑过，被飞过来的一个枪子打中脑袋倒地而死。关萍露吓得瘫在地上，一直向后退去，钱鹏飞上前护住关萍露，大声对两边呵斥道：

“住手！你们不能这样伤及无辜！”

但是这样的声音并没有起到遏制火并的作用，相反更加加剧了双方的愤怒。上官峰顺手把一颗嗞嗞冒着白烟的手榴弹扔到了关萍露跟钱鹏飞的身边。说时迟，那时快，钱鹏飞双眼怒睁，以迅雷不及掩耳之势抓起手榴弹扔出窗外。轰的一声将车窗内的全部玻璃都震碎了，钱鹏飞趴在关萍露的身上防止弹片炸到她的身上，而此刻的关萍露早已吓得抱头大叫着。

正等双方火并得不可开交时，一群日本兵和日伪军像从地下遁出一般朝着这边跑来。上官峰边回击，边骂骂咧咧地指挥着其他人撤出车厢，然后跳下车厢一溜烟地逃走了。

关萍露稍微回过神来，急忙从钱鹏飞的怀里钻出来，带着羡慕与崇拜的眼神，紧握着他的双手询问他的名字。

“见笑见笑，无名之辈，姓钱，有钱便是爷的钱！”钱鹏飞爽朗地笑着，眯着眼睛。

正当钱鹏飞跟关萍露说话之际，丁默群的车厢里却传来了鼓掌的声音。丁默群将自己手中的《中国服饰研究》合上放在桌上，径直走过来，不动声色地搂着钱鹏飞的脖子使劲摇晃了一下，然后轻轻将嘴凑到他的耳边，皮笑肉不笑地说道：“你——，打哪儿冒出来的，啊？”

钱鹏飞先是一愣，接着眼睛一闭，咂着嘴拍着脑门，大声笑着说：

“你是默群？啊呀，老同乡、老同学，我上一次见你，是十年前吧？怎么那么巧，芝麻掉进了针眼里。”

“今天巧的事太多了！”丁默群只是象征性地微微一笑，回应道。

“哦，那是，这伙刺客是冲着你来的吧？”钱鹏飞从口袋中拿出一根香烟，用一根火柴，噌的一声点着了。

“常在江湖走，哪有不挨刀啊！不过鹏飞兄刚才为保护这些小百姓挺身而出，身手不凡、胆魄超群啊！哈哈哈！”丁默群用手扇了扇从钱鹏飞那里飘过来的烟气，说道。

关萍露一直躲在车厢这一头偷偷窥视着丁默群和钱鹏飞的一举一动，生怕漏过了一丁点的精彩环节。

钱鹏飞与丁默群继续聊着天。从钱鹏飞口中得知，他原来一直在国民党军队里摸爬滚打，后来好不容易升职到警卫团长时却在与日本交战中溃不成军，死里逃生的钱鹏飞从老家人那里得知丁默群如今在上海发展得不错，这次也是想借机来投奔他谋条活路。但是刚刚说到这里，却被丁默群拒绝了。

“那你这儿？我原本是想投奔你这位老乡老同学来的！”钱鹏飞叹了一口气，说道。

“我这儿的工作不一定适合你。”丁默群丝毫没有松嘴的迹象。

一时间，两个人的谈话陷入了僵局。两个人都不再说话，只是望着车窗外的风景各自沉思。

火车到站时，乘客纷纷扛着拽着大包小包往外走去。钱鹏飞扛着自己的行李箱也往站台方向走去，在他身前的是信步款款的关萍露，而身后则是一群人拥簇着的丁默群。

还没走出多远，钱鹏飞突然看到前方朦胧月台光下的货物堆里有人影晃动，这个细节同样也被丁默群发现了。两个人对视了一下，互相笑了下后，突然丁默群带着一名特工一头扎进了车厢连接处的厕所不再出来。这让关萍露疑惑不解，因为她清楚，现在自己的同伴早已埋伏完毕，就等丁默群乖乖上钩。

躲在货物堆后的李芬芳负责望风，赵世杰左右手各握一个手榴弹准备就绪。陈瞎子额头上都是汗，双手仍紧紧扶着赵世杰的腰，不时地腾手扶一下经常下滑的眼镜。胖子和小王则拿着手枪，躲在麻袋后面，等待赵世杰扔出手榴弹后再开枪。当关萍露走下站台准备发送信号时，却意外发现胖子翘起的屁股不知所措。而货物堆上的李芬芳看到一群黑衣特工拥簇着中间一名头戴圆顶礼帽、身穿黑色风衣的男子急速走过来时，不解为何关萍露不发信号，着急地将头摇来摇去。原来丁默群早就乔装打扮当了一名跟班，跟在钱鹏飞的身后来掩人耳目。关萍露一时不知该如何解决，一边心急火燎地想办法，一边向赵世杰这边摇手。

但是一切都晚了。赵世杰首先将手中的手榴弹向穿着黑风衣、戴着黑礼帽的人投了过去。手榴弹咕噜噜地滚到了丁默群跟钱鹏飞的身边。数名特工围着丁默群全都慌乱地趴了下来。只有钱鹏飞直直站着纹丝没动。原来钱鹏飞早就看出这个手榴弹根本没拉弦。

赵世杰一看就慌了，命令胖子赶紧拔枪开始射击，但此时的胖子早吓得忘记事先打开保险，两个人在摆弄手枪的过程中，被林大江发现，他大喊着“有刺客”，一边召集着日本宪兵赶过来。

关萍露气喘吁吁地跑过来让赵世杰带着其他人赶紧撤走，并且从赵世杰手里夺过手榴弹拧开保险盖，拉动了拉环。手榴弹嗤嗤冒烟。她看也不看胡乱往前边扔过去，却不料那手榴弹像长了眼似的朝着那个穿黑风衣的人飞了过去。黑衣人被炸伤了，但他只是丁默群的一个替身而已。

“鬼子冲上来了，撤啊！”赵世杰一边后退，一边向同伴大声地喊道。

枪林弹雨中，几名同伴被鬼子射伤之后遭到无情的刺刀杀死。有的队员被日本宪兵开枪打成了马蜂窝。他们四溅的鲜血跟西边的大片火烧云一样格外显眼。

关萍露、赵世杰等人一路慌慌张张地跑到了星光剧社。关萍露赶紧砰的把大门关上，不顾外面的警笛四起，一屁股坐在椅子上，跟其他人听着从门口飞驰而过的日本摩托，连大气都不敢喘一下。只有星光剧社门口的《日出》海报上的关萍露饰演的陈白露是那样淡定，赵世杰饰演的方达生是那样的自信。当警笛的声音慢慢渐远时，李芬芳的哭声让大家默不作声。

此刻的钱鹏飞跟着丁默群坐在黑色的小轿车内驶向特工总部。他与丁默群坐在后排的位置上，他东张西望，似乎对一切都很有兴趣。丁默群久久看着车外，脸色平静，两只手的十指下意识地互相绞动着，却又给人不安的感觉。

高院墙，织电网，大狼狗，日本兵。钱鹏飞对这一切都感觉到新鲜时，却没注意什么时候丁默群早已不在身边。吴士保则是使劲抽了一嘴烟屁股之后，冷笑着，撅着嘴说：

“丁主任让你到他的办公室找他，里面二楼。”

钱鹏飞没有言语，径直向着探照灯交织的通道走去，此刻他没有了刚才的笑声，而是感觉到背后有阵阵的寒气。

突然，从黑暗中闪出一只双眼冒着寒光的动物直面向钱鹏飞扑来，他顺势一躲，那只动物窜到了身后，还没等他转过身来，一双冰冷锋利的爪子趴到了他的肩头。钱鹏飞猛的用双手卡住对方的脖子，使出生平最大的力气，咔嚓一声，这只动物的脖子断了。与此同时，屋顶上昏暗的灯亮了，丁默群一边鼓掌一边赞许钱鹏飞宝刀未老，接着当着众人的面，宣布钱鹏飞担任自己的警卫队长，吴士保改做行动队队长，即日执行。

在星光剧社的排练场里，赵世杰、关萍露、李芬芳、胖子、陈瞎子、小王等人都坐在排练场的戏服箱子上集体沉默不语。陈瞎子的眼镜在奔跑中摔破了，他一边对着橡皮膏哈气增加黏性，一边摇着头不知在嘟哝着什么。

赵世杰听到陈瞎子埋怨自己没有炸死丁默群时，腾地站起来指着陈瞎子的鼻子诉说自己杀死了丁默群的替身，没有杀死丁默群是因为陈瞎子没有及时开枪所致。两个人争吵分歧越来越大，眼看就要动手打起来，被关萍露一声大喝，两个人都像泄了气的皮球一声不吭。

“好啦，都不要说了，我们一起想想办法，不要互相抱怨。”关萍露说道。

“我们这支锄奸队刚刚成立，大家都没经验，在车站这样的地方行动，确实有难度，这次我们能够逃脱，已经算是很不错了。下一次，我们要精心筹划，做到万无一失。”赵世杰叹了口气，站起来对着大伙说道。

“世杰，你是不是又有主意了？”关萍露眼睛一亮，拽了一下赵世杰。

“我在想，我们能不能在丁默群经常经过的地方，用炸药炸死他，炸不死也炸他个半身不遂。”赵世杰一字一句地说道。

“关键问题还是要周密计划，比如在什么地方埋炸药？时间怎么计算？炸药怎么点燃？等等，不能像这次在车站里那样手忙脚乱。”赵世杰继续补充道。

刚才大伙还都意志消沉，当听到赵世杰这个主意之后，都开心地鼓起掌来。此刻，一群人围坐在背景是《日出》剧照的戏台上商量着下一次刺杀丁默群的完美计划。

其实丁默群对于钱鹏飞是不信任的。就算正式任命他当了自己的警卫队队长，还让人对他以往的历史彻查一番，得到的答案跟钱鹏飞所言一致时才稍微轻松了一下。这天，钱鹏飞十分殷勤地帮丁默群拉开车门后，丁默群却选择了紧跟后面的一辆车。而他们不知道，此刻关萍露跟赵世杰他们正在丁默群回去的路上实施着刺杀大计。

关萍露、赵世杰、胖子、陈瞎子、李芬芳、小王划着小船来到丁默群每天必过的一座石桥下，找到可以盛放十公斤炸药的缝隙，然后计算好当点燃炸药之后，想着有六分十五秒的时间可以跑到安全地带之后，他们为如何能够测算出丁默群的车速与什么时候可以走到这里开始发愁。于是，大伙商量开着赵世杰从家里偷来的车跟踪一次丁默群来制定详细计划。

深夜的小街路人稀少，只有斑驳墙上窜来窜去的花猫让街角的黑色轿车里的一群人警觉一下。赵世杰坐在驾驶座上，关萍露穿着黑色宽袖的男装，坐在副驾驶座上，胖子坐在后座，三个人都目不转睛地盯着对面的马路一动不动。盯了好久，一直没有看到丁默群的车从桥上经过，车里的几个人有些焦躁不安，而胖子索性就在后面打起呼噜睡着了。

突然，由远及近的向这边行驶过来两辆黑色轿车，两辆车保持匀速一前一后在夜色中穿梭。赵世杰将手枪丢到驾驶座的前方，发动汽车紧随其后，借着路灯闪过的昏光，看到表盘上的指针刚好显示是六十码。

赵世杰无意继续紧跟下去，看到表盘上的精确数字后，嘴角划过一丝笑意。正当减速掉头时，突然前面丁默群的两辆车一前一后戛然而止，钱鹏飞从车上跳下来，拔出手枪，将子弹上膛，嘴里嘟囔着，和其他三名特工大踏步地走过来。

还没等赵世杰将车掉转过来，其中一名特工早就上前野蛮地砸着车玻璃一直在叫。赵世杰一边手足无措地左看右顾，一边用左脚慌乱地将自己丢在方向盘下的手枪向后猛捣。关萍露坐在副驾驶的位置上看到赵世杰手乱脚忙的样子，佯装自己被吓了一跳，顺势倒在赵世杰的身上，然后用手摸起掉在地上的手枪，像瞬间挖到一棵千年人参一样，赶紧塞到自己的腰间，刚刚坐定，眼睛向外扫射的时候，正好与钱鹏飞的眼光对视，不好，怎么会是他？

“你认识？”赵世杰看到关萍露一愣，用手碰了一下，问道。

“火车上救我的就是他。说是丁默群的同乡和老同学！”关萍露回过神来，看了赵世杰一眼，说。

当车门被打开后，赵世杰、关萍露、胖子等几个人装作无辜的样子，用手摸着后脑勺望着钱鹏飞时，突然他上前一把抓住胖子的耳朵，不顾他“哎哟”的求饶声大声训斥着，让其他三名特工在车里翻上翻下，借着时明时现的月光，几个人像刨地的田鼠，但让他们失望的是最后却一无所获。但是似乎钱鹏飞的脸上并没有显现出失望的神态，他只是象征性地警告赵世杰小心吃亏后准备扬长而去，不料赵世杰被他的一句话激怒了。

“我怎么吃亏了？”赵世杰一脸不屑，不顾关萍露的劝阻，对着即将离开的钱鹏飞大声吼道。

钱鹏飞没有言语，突然一个转身，还没等赵世杰反应过来，就是狠狠的一记拳头，顿时赵世杰的鲜血沿着两个鼻洞直淌而来，倒在地上捂着鼻子来回翻滚。

“你打人？你凭什么打人？”关萍露愤怒地用手指着钱鹏飞质问道。

“哎，你这小子我好像在哪见过？”钱鹏飞正揉着右手放松，冷不丁被关萍露的一声打断，下意识地眯着眼睛，探着头，突然问道。

“哼！我才不想见过你呢！”关萍露生怕他看出破绽，用袖子捂住脸，赶紧转过身去，从鼻子里挤出一句话。

关萍露扶起倒在地上的赵世杰，轻轻打开车门弯着腰把他往里送的时候，钱鹏飞不知道什么时候凑了上来，一把扶住了关萍露的腰，第一时间与她腰间的手枪来了个亲密接触。钱鹏飞神色略一紧张，眉头一皱，但瞬间又恢复了往昔的样子，伸了伸腰，打着哈欠说：

“你穿这身男装挺好看，就是腰身太大了点，我觉得你穿得紧身点可能更好看！”

关萍露急忙向后躲了几步，惊慌地看着钱鹏飞，故作镇定地对他说：

“我不清楚你在胡说些什么！”

钱鹏飞双手使劲搓了一下脸，使劲睁了一下眼睛，郑重地说：

“我只是忠告你，有些东西不能带在身上！有些车子的背后是不能跟的，跟了会有杀身之祸的！”

关萍露此刻并没有领悟钱鹏飞的话中有话，而是刚才有些被吓到了，身体还不由自主地哆嗦几下。她一直感觉到奇怪的是，这个人明明已经认出了自己就是在火车站相识的清纯小姑娘，为什么没有说出来？而且他也摸到自己腰间的手枪之后也是假装无事地说一些其他话呢？到底他是谁？到底他要做什么呢？

此刻他们顾不上想太多的曲曲折折，既然已经把丁默群的回家路线搞清楚，以及车子行驶的奔跑速度，接下来就是要开始具体部署，精心实施了。

月初。傍晚。静寂如坟。经过他们的事先商量，由赵世杰、关萍露、小王、陈瞎子趁着夜色划船到丁默群乘车经常路过的石拱桥下埋下炸药，实施暗杀。而胖子与李芬芳则跑到距离石拱桥不远的四平公寓一带，一旦看到丁默群的车队，就立即点燃鞭炮，伺机让赵世杰准备就绪，接着点燃，趁机用鞭炮声做掩盖，接着悄悄溜走。

石拱桥一边的马路旁边，柳树垂下来的树枝像无精打采的醉客，一动不动地在路边屹立着。树下整齐地摆着长长一串红色的鞭炮和几个站着的二踢脚，在这个夜色如漆的黑夜里，肯定能带来短暂的瞬间光明。胖子、李芬芳来回踱着脚步，赵世杰、关萍露、陈瞎子、小王早已候在石拱桥下，像准备已久的猎人，静静地等待着猎物的到来。

突然，有两辆汽车雪白的车灯划过夜空，直射到河的对岸。而此时正在河对岸守着的那群人中，胖子竟然早已坐在地上打着鼾睡着了。

李芬芳像揪猪八戒耳朵一样把胖子叫醒，两人手忙脚乱地点燃了鞭炮。此刻宁静的夜被惊扰了，声音传得格外远，不光赵世杰他们听得一清二楚，把事先准备好的炸药准备点燃的时候，远处即将到来的丁默群跟钱鹏飞也听得格外清楚。

“半夜三更的，怎么会有人放鞭炮？”钱鹏飞警觉地坐起来，诧异地自言自语道。

“死人了吧？”丁默群闭着眼睛，淡淡地回了一句，放在双膝的十个手指头不定地转动着，像一个永远都不知道累的机器。

原以为所有的事情都会按照想象的计划进行，偏偏这个时候他们的鞭炮声惊扰了天公，起风了。小王哆哆嗦嗦地刚刚点燃火柴，就被吹过来的微风轻轻吹灭了。再次点燃，再次吹灭。小王头上的汗珠子滚滚而落，但丝毫没有换来微风的怜悯。丁默群的汽车闪着雪白雪白的大车光大摇大摆地向石拱桥开过来时，火柴依然是光头的，而非生出了光明与炙热的火花。

"车来了，你快啊！"赵世杰皱着眉头，一边望着丁默群的车越来越近，一边着急地向小王吼道。

小王手一哆嗦，"哎哟"一声，火柴散落在水中，一根都没有剩下。

关萍露赶紧伸手捞出火柴盒，除了一些整齐躺着的火柴之外，河水也成为这里的住客。她使劲一根接着一根地在火柴皮上蹭来蹭去，却没有一丝火光的出现。但这个时候，汽车发动机的轰鸣声越来越大，车灯越来越明，丁默群的汽车马上就要到达石拱桥上了。

赵世杰一边埋怨着小王，一边决定暂时放弃暗杀计划，将炸药放在桥洞的缝隙处原封不动，趁着夜色和轻柔的水声，溜走了。几个人生怕丁默群发现了他们的行踪，一心想划船赶紧逃离作案现场，却一不小心撞到河湾拐弯处的树桩上，小王正自责没有注意，扑通一声掉到河里。赵世杰、关萍露慌乱中赶紧伸手拉小王上船，却被丁默群的汽车前照灯扫到了。

钱鹏飞略一沉思，神情陡然紧张起来，对司机老金大叫：快开车。

跃过了石拱桥。钱鹏飞马上下车，带着几名特工飞速向石拱桥的桥洞奔去。丁默群依然坐在汽车后排座上闭目养神，双手在膝盖上不停地跳动着。

藏在洞下的炸药被钱鹏飞的几名特工取出之后，送到丁默群的身边，他只是略略地沉思一下，然后揉了下鼻子，打开车门，点上一支香烟，突然笑出声来说：

"这包炸药，可以炸飞一栋大楼，真是厚爱丁某了。"

当钱鹏飞为取下炸药而露出微笑时，丁默群快速地抽了几口烟，然后一把将烟摔在地上，用皮鞋使劲踩了几下，冲着钱鹏飞微笑着说：

"把炸药放回去吧。放炸药的地方，连一粒灰尘都不能改变。"

夜一如往昔的静与沉。

第二章

寂静的夜如撕裂的纸屑末落在地上一般无声无息，唯有忽远忽近不明来源的声音夹杂在夜空的低沉中为伍。寥如残星的行人斜倚着街道两边不知所措地游离，且时刻要躲避疾驰而过载着嚣张的日本兵与日伪军的飞扬跋扈的车辆。虽在盛夏，地上却依然飘落着不知名的干黄树叶，在昏暗散光的路灯下才能露出一角，突然疾驰而过的摩托让它顺势有了飞的渴望与动力，左摇右摆地落在一间能看到映着三个人影的房前。屋里面三个人正忙碌着，其中一个人快速脱掉裤子、扔掉上衣，双手使劲向后拨弄着头发。原来他们是赵世杰、关萍露，还有小王。

其实这里是关萍露的闺房。房间内最多的就是各种关于民主思想与古典文艺的图书。《日出》的大幅海报也张贴在房间的一角。关萍露双手拿着小王的衣服抖来抖去，然后转身挂在八仙桌旁暗红色的椅子上，忍不住捂嘴笑出声来。此时的小王像蜕皮的白条鸡一样，一边擦拭头上掉落的水珠，一边不好意思地看着赵世杰跟关萍露，因为他现在只穿着一条白色的裤衩站在那里一动不动。

“小王，你认识到你自己的错误了吗？你让我们功亏一篑。”赵世杰不顾小王的窘态，用手指着他说。

“世杰，你别怨小王了，小王自己心里也不好受。”关萍露看见小王低下惭愧的头，赶紧上前拍了一下赵世杰，说道。

赵世杰没有继续埋怨小王，但他却没有逃脱刚赶过来的胖子、陈瞎子的数落。

“小王，你把火柴掉到河里事小，你让全国人民都失望事大啊。”陈瞎子盯着小王，用手向上推了下眼镜，说。

“啊，这、这火柴还、还、还让全国人民、人民失望？”小王惊恐地努力睁着一条缝的眼睛，结结巴巴地说。

“小王，你说，我弄那个炸药回来容易吗？要是让我爸知道了，还不打断我的腿？再说，没了炸药，我们下次怎么再炸丁默群？”赵世杰看到陈瞎子添柴加火的，刚才的怒气未消，趁机又埋怨上了。

小王哆哆嗦嗦，满脸通红，快要哭了，泪水在眼眶里打转，结巴着说：“我、我把炸药赔、赔你行不行？”

关萍露一看战火刚要熄灭，又被陈瞎子重新点燃，悄然无声地走过去，趁他不注意，使劲往他拧了一下，陈瞎子正要还嘴反击，被关萍露生气的眼神顶了回去，一个劲地在胳膊上揉来揉去。

关萍露从自己床上拿起一条绣着荷花映日的红色毯子递给小王，坐回床边，双手放在膝盖上大声对大家说：“都别说了，相互埋怨没有任何意义。当务之急是想办法如何进行下去，不能轻易就这么算了。”

其他人听罢，默不作声，各自低头沉思。

不管怎么说，对于他们来说，当务之急就是尽快把遗落在石拱桥洞下的那包未点燃的炸药取回来，以便在日后商量出稳妥计策之后，免去无米之炊的烦扰。于是，在所有人不知情之下，小王带着对大家的愧疚感，独自撑着小船一路小心翼翼地来到石拱桥洞下，刚把船头稳住，喜出望外地看到那包炸药后，急忙抻着双手去取，然后用脚蹬住岸边的一块石头，趴上河岸，正要离去，却感觉到头上被一个硬邦邦的东西顶着，原来是一把手枪。小王吓得头也不敢抬，眼珠子无助地转来转去。

拿枪的不是别人，正是丁默群的手下林大江。林大江斜着头，嘴里叼着一根狗尾巴草晃来晃去，他把枪慢慢地收回塞进腰间，朝着跟在一边的阿三跟秋生一个眼色。两人心领神会，还没等小王站起身来，直接向他头上扣下了一口黑袋，一把将他拎起来，推推搡搡地扔到了路边的汽车上。

林大江啐了一口痰，探着头看了下四周，扔下狗尾巴草，登上汽车，一溜烟地走了。

此时此刻的赵世杰与关萍露还在为这次计划失利的事情耿耿于怀，但是他们并不知道小王已经成了丁默群的可怜猎物。他们讨论来讨论去，认为一直没有刺杀成功丁默群的关键原因不是几次三番的准备不当或者输于细节，而是丁默群身边的钱鹏飞为他拼命护驾才是罪魁祸首，要想除掉丁默群，先要清理完手下的挡路卒子，才能一局“将”死丁默群。

“我们的目标是杀丁默群这个大汉奸，现在变成杀钱鹏飞，是不是偏离目标了？”关萍露对于大伙做出的决定，还持有怀疑意见，问道。

“丁默群固然也要杀，现在是先后问题，先杀钱鹏飞，再杀丁默群，他们两个都得死！你是不是因为他曾经救过你的命，你就心肠软了？下不了手啦？”赵世杰手一挥，冲着关萍露刚说了半句，突然若有所思地问道。

“不！如果他是一个大汉奸，哪怕是我的救命恩人我也会亲手杀了他！”关萍露此刻想到了在火车上钱鹏飞不顾生死救下自己的一幕，但是对于她来说，救命之恩固然重要，但国仇家恨才是最不能忘记的。关萍露咬着牙，坚定地说。

“好！就这么定了，今天晚上我们在路上拦截钱鹏飞，突然袭击！对付他一个人，我们不要用枪，也不能暴露自己……”赵世杰看到关萍露坚定的样子，露出笑容，向她递过去一个赞美的眼神，转身招呼大家。

一切按照他们商量好的刺杀计划在今晚开始实施了。

钱鹏飞在一家酒馆内吃肉喝酒，大快朵颐。他不顾旁边饭桌上男女投过来的异样眼神，独自拿着整个略为发烫的肥鸡腿用力地撕扯着，不停地传出愉悦享受的咂嘴声，美美地喝上一口酒还要夹杂着爽快的笑声。夜色越来越浓，钱鹏飞的肚子越来越大，眼神迷离地打着饱嗝，本想用手从上衣口袋中摸出几块铜板付账，不受支配的小脑却让自己摸出手枪拍在了酒桌上。店家一看惊恐地从柜台边一路小跑过来，满脸堆笑地说着好话。钱鹏飞尴尬地冲着店老板哈哈大笑，从上衣口袋摸出几块铜板塞到他的手里，双手作揖向四周惊恐的眼神传达歉意。临走还不忘拎上剩下的半瓶酒，摇摇晃晃像踩在云朵上一般，趁着昏暗的夜色，钻进了一条悠长黑暗的小巷。

此时的赵世杰、胖子、陈瞎子还有关萍露，早早埋伏在小巷的拐弯处，静等钱鹏飞走过来后伺机用准备好的黑口袋将头罩上，在他慌乱不知所措之际，乱棒打死，或用匕首杀之。

钱鹏飞一路晃晃悠悠地哼着小曲向巷子深处走来。突然，胖子、陈瞎子趁其不备，从后方将黑口袋严严实实地扣在了钱鹏飞的头上，还没等他喊出声来，赵世杰举起瓶口粗般的木棍当头就是一棒。其他人纷纷上前一起对着钱鹏飞拳打脚踢。钱鹏飞晃悠着半坐在地上，酒劲醒了一半，右手使劲把罩在头上的口袋拔出来，正欲站起身来奋力反击，不料，胖子上前就往胳膊上捅了一刀。

众人一看钱鹏飞胳膊流血，一个劲地捂着不放，都像看到了猎物的群狼，在赵世杰的呼唤下，手上有木棍的，拿着匕首的，还有从地上摸起半拉砖块石头的，都逼近钱鹏飞，想要最后将他置于死地。

瞬间，钱鹏飞看准时机，短短几秒，一个敏捷的“鲤鱼打挺”之后，俯下身子用秋风扫落叶的扫堂腿让赵世杰、胖子和陈瞎子重重摔在地上，陈瞎子的眼镜被摔出好远，只剩一副眼镜架掉在地上，镜片早已是支离破碎。

几个人哎哟不停地趴在地上起不来，关萍露跟李芬芳待在原地不敢上前。钱鹏飞使劲弹了下头上的尘土，揉了下胳膊上的伤口，轻松地说道：

“哪来的小兔崽子，敢暗算老子！活得不耐烦了吗？”

赵世杰还想做最后的反击，努力从地上强撑着站起来抄起木棍准备偷袭钱鹏飞，却被他轻松一闪，接着被钱鹏飞一脚踹到对面的墙上，木棍也咕噜噜地滚到一边。陈瞎子见状，眯着眼睛，挥舞着匕首，口中大声喊着砍向钱鹏飞，却被他一个漂亮完美的转身轻易拿下，仅仅只有两个回合，匕首成了钱鹏飞的工具，陈瞎子成了他的猎物。其他人看得目瞪口呆，不敢上前。

钱鹏飞手上晃悠着匕首走向赵世杰，一把将他从地上拉起来，攥着领口盯着他不说话。然后，转身走回去的时候，猛然转身，匕首像一把脱笼的长龙直逼赵世杰。他此刻已经吓得不知所措，闭着眼睛，哆嗦着接受最后的时刻。匕首穿过赵世杰左侧的头发直接插在了坚硬如磐的墙壁上。赵世杰一动不动地杵在那里，说不出话来。

钱鹏飞用手掸了下身上的尘土，回眸向这群被吓傻的人们嘿嘿一笑，弯腰拎起地上的酒瓶，大摇大摆地消失在夜色之中。

钱鹏飞的受伤无疑让丁默群起了疑心，但是钱鹏飞似乎并没有放在心上，只是以几个普通小毛贼就轻描淡写地解释了一切。钱鹏飞不放在心上，但对于赵世杰他们来说，这次的刺杀失败让他们再次陷入了纠结的批评自身还是批评他人的身上放不开。尤其是在关萍露曾举着木棒可以给钱鹏飞一个致命的打击时，却阴差阳错地打在了墙上。

“我觉得萍露那一棍子砸得很奇怪，明明瞄准了，怎么会砸到墙上去？”胖子率先提出了质疑。

“你的意思是萍露故意不杀姓钱的？胖子，你就会胡说八道！”李芬芳看不下去，站起来，对着胖子说。

关萍露一直低头不语，似乎根本没有听到大家的争吵。

然后她像发现新大陆一般，坚定地说：“你们都以为能杀了钱鹏飞，其实没这么简单，以钱鹏飞这样的身手，我觉得他对我们没有狠下杀手。”

“那倒是，萍露说得有道理，钱鹏飞真要跟我们拼命，我们几个人都能活着回来？”李芬芳接着补充道。

是的，那晚刺杀行动中，依靠钱鹏飞的敏捷身手想要结果了他们的小命是轻而易举，但他却是手下留情之后扬长而去。这点告诉他们，其实要想杀钱鹏飞要比杀丁默群还要难，其实这无疑是在走弯路完成任务，钱鹏飞不是丁默群，丁默群更不是钱鹏飞，要想杀丁默群还是要在他身上下工夫研究找到突破点才是正确途径。

通过赵世杰的私下调查发现，丁默群早年曾留洋日本，不仅做过各个学校的客座教授，还曾在前几年兼任过赵世杰、关萍露就读的光华大学校长。只不过，在赵世杰跟关萍露刚进学校的前几年，丁默群早就弃文从戎，先是在军统，接着就投奔汪精卫，当上了大汉奸。知己知彼百战百胜的做法，让大家对赵世杰频频点头。

“这个人学问很渊博，外表看是谦谦君子，但骨子里很好色，而且为人阴冷，非常难接近。所以，我们必须想一个接近他的办法。只有接近了丁默群，我们才真正有机会杀死他。”赵世杰一字一句，像是一位深谙一切的老者，吊着大家的耐性一步步地说。

“世杰，别卖关子了，快说吧，有什么办法接近他？”陈瞎子有点坐不住了。

“大家别忘了，丁默群当过教授，对中国古代服饰很有研究，特别喜欢收藏旗袍和古董。”赵世杰笑了下，继续说道。

“对啊，爱收藏就必要去淘宝，他常去哪家古董店？”关萍露眼睛里闪着希望的亮光，差点就要跳起来。

其实赵世杰做事是有计划与安排的。他早就查到丁默群喜欢光顾南京路上一家叫久盛的典当行。难道他们还会按照上两次那样笨拙的计划继续飞蛾扑火般再一次尝试吗？不！这次赵世杰思索了很久，打算采用投其所好的计策步步紧逼丁默群，然后待其放松时伺机行刺，定能成功。为了打消狡诈的丁默群的怀疑，赵世杰此次决定把当年慈禧赏赐给奶奶的一件绝世旗袍拿出来作为诱饵。

好马配好鞍。单纯只是一件旗袍，如果没有美人相伴衬托，充其量只是一件普通衣服而已。最后大家商量好，到时让关萍露以绝世佳人的身份，加上独一无二的绝美旗袍，相信丁默群是不会拒绝这一切的。

在一个蝉鸣声声的午后，刺眼的阳光穿透高耸入云的植被撒在赵世杰房前的一盆紫色丁香花上。屋内赵世杰与关萍露相互都坐在宽敞的席梦思床上，两个人眼睛都盯着床上的一个镶着红色花边的锦绣礼盒。赵世杰小心翼翼地翻开，将盒子的盖子放在一边，双手慢慢地将里面一件淡红色的九凤旗袍捧到关萍露的跟前，任由她惊讶地看个不停。

“天哪！太漂亮了。不，仅仅说漂亮是不够的，用多少赞美的话都形容不了。”关萍露触摸着旗袍上的一针一线，如获至宝，身体的每个细胞都沸腾着。

“那当然，我爸说这件旗袍价值连城。”赵世杰非常自信。

“世杰，这么贵重的东西，你爸要是发现了……”关萍露突然话锋一转，手一抖，说道。

“他发现不了，因为我已经定做了件假的，看上去一模一样，也放在同样的锦缎盒子里，哈哈……”赵世杰并不紧张，反倒洋洋得意地笑起来。

关萍露看到赵世杰可爱的样子，用手轻轻刮了下他的鼻子，用妩媚温柔的声音说道：“世杰，你真坏！”

赵世杰顺势握住了萍露的手，含情脉脉地望着她，声音颤抖着说：“萍露……”

“嗯？什么？”关萍露似乎发觉了什么，却依然装着不清楚的样子，眼睛还盯着九凤旗袍，假装无辜地说。

“我要让你一辈子都喜欢我这么坏，行吗？”赵世杰激动地双手使劲握住关萍露的手，向她的身边挪了挪，激动地说。

“一辈子太长了，就一会儿吧。”关萍露不动声色地回应了一句，却并没有把自己的手抽回，任由赵世杰握着也不放开。

“我不要一会儿，我要一辈子。”赵世杰固执地再次重申了自己的立场，眼睛里闪着泪花。

“那就不用一辈子，等杀了丁默群……”关萍露忽闪着大眼睛，将自己的另一只手也放到赵世杰的手上。

赵世杰不再言语，俏皮地伸出了小手指与关萍露的紧紧连在一起。

此刻，蝉鸣也成了悦耳的奏鸣曲。浓烈的阳光也变得和蔼可亲。

一切按照原计划顺利进行着。关萍露故意到久盛典当行去把这件九凤旗袍暂时抵押在这里，称旗袍来源是自己男朋友赵世杰家里的，缺钱是为了治疗朋友李芬芳的病，这样的借口店老板自然不会怀疑。另外，这次他们连一个小小的细节都不放过。李芬芳的住院病历、他们在光华大学的校籍档案，甚至还把当年丁默群与毕业生合影的照片也做了手脚，把几个人也巧妙地加了进去。

关萍露与久盛典当行的老板约定七天之后拿钱赎回旗袍。然后与赵世杰、胖子、陈瞎子、李芬芳在典当行对面的一家茶铺会合，然后商议好从今天开始就在这里监视对面的一举一动，期待着丁默群早日上钩。

丁默群对于旗袍的偏执爱恋早已不是新闻。曾经在坊间传闻他带领一群人追杀地下共产党时，看到一窈窕淑女身着合身的艳丽旗袍被手下开枪打死后，不问事由上前操枪就结果了那个人的性命，望着沾着鲜血的旗袍，轻轻用手摸过之后，不住地摇头直说可惜。但是这对于刚刚来到丁默群身边的钱鹏飞却感觉是那么的新鲜，他没有想到丁默群冷酷的一面背后还有如此的风雅情怀，所以当他看到丁默群拿着放大镜在一件旗袍上聚精会神地看上看下时，非常的不解。

“默群兄，你本是中国一流的学者教授，何苦来蹚曲线救国这个浑水呢？”钱鹏飞拖着受伤的胳膊，不解地问道。

“时也，命也！就像诸葛亮说的那样：我本是卧龙岗散淡的人！也曾想修身治家济天下，如今虽生逢乱世，也还是位卑未敢忘忧国啊！”丁默群没有放下手中的放大镜，依然享受着放大镜下旗袍花纹带来的愉悦。

“默群，你是我此生见过最为复杂的人物！”钱鹏飞皱了下眉头，带着不可言喻的表情，走上前说道。

“鹏飞，你也是我此生最猜不透看不明的人物！”丁默群放下手中的放大镜，斜着头，狡诈地冲着钱鹏飞微微一笑，说道。

两个历经沧桑的男人像是在暗斗般深深相视许久，突然又双双仰天大笑起来。

“好啦，走，鹏飞，今天我带你去一个很有意思的地方。”丁默群站起来，走到钱鹏飞的身边，拍了他一下，披上挂在衣架上的衣服，大步走了出去。

钱鹏飞紧随其后。他不清楚丁默群口中有意思的“地方”到底是哪里，这个让人捉摸不透的男人心里到底想的是什么呢？

通往久盛典当行的沿街叫卖声盖过了晌午阳光的惨烈，路两旁的小酒馆里都坐满了食客，有个人吃得尽兴索性将腿放在长椅上解乏享受。突然，他口中吃到一块鸡骨头想咽却又咽不下去，想放弃却又感到可惜，待吸吮干净只剩火柴棒粗细扭头扔向街口时，突然发现一条黑斑大狼狗恶狠狠地盯着他看，吓得他咣的一声从长椅上跌下来，那头传来得意的笑声。原来是丁默群。

丁默群一袭黑色圆扣长衫，带着墨黑色圆形小眼镜，右手手上的狗链像一条杀人的利器，随着大狼狗往前蹿的惯性，与抖动的长衫一次又一次地亲密接触。丁默群身后跟着漫无目的的钱鹏飞，几名跟班的特工阿三、秋生、春官等人散落在四周跟随着，不时窥探着周围安静的一切。

久盛典当行对面的茶馆里像午后的烈阳一样安静却又让人惧怕，胖子趴在桌子上，嘴里流着哈喇子，打着舒服的呼噜；李芬芳拿着修指刀小心翼翼地修着指甲；赵世杰斜依在一把太师椅上伸着懒腰打着哈欠；陈瞎子盯着一本破烂不堪的线装书入神地一动不动；而关萍露则正襟危坐在圆椅上盯着对面的久盛典当行，任由微风调戏着额前的一绺长发，轻轻飞舞。

丁默群牵着大狼狗径直进了典当行，那只狼狗敏捷地跃过高高的门槛，还没等丁默群言语，就卧在他的脚下，前爪趴地，嘴里吐着吓人的血红舌头。老板与丁默群十分熟识，连忙招呼伙计沏上上等的龙井，满脸对着刻着时间印痕的褶子笑容凑上前去，同丁默群嘘寒问暖。

"李久盛，你最近又藏了什么宝贝？"丁默群一边掀开茶盖沐浴着茶香的洗礼，一边轻轻地问道。

"哦，宝贝是有一样，正想过些天去禀报丁先生，这不，丁先生来了。"老板不紧不慢，赔着笑，九十度地弯着腰，低着头回答道。

还没等老板说完，丁默群看到了墙上挂着的那件淡红色九凤旗袍，瞬间，像被磁铁吸引的铁块，他眼睛直勾勾地向着那件旗袍奔过去，不顾茶碗中刚沏上的热茶，咣的一声掉在地上，冒着滚烫热气的茶水像飞溅的火花一下子扑到大狼狗的身上，它低声嗥了一下，又沉默了。

"李老板，还不快把那件旗袍给拿过来。"钱鹏飞看到丁默群目不转睛的样子，眼珠子一转，冲着店老板吼道。

店老板赶紧喊人搬来攀登小梯欲找人赶紧取下，却被丁默群当即喊停。他让店伙计端来一盆清水，双手挽袖，洗净双手，轻轻甩水，接着再用白毛巾仔细将十个指头逐一擦拭干净，亲自攀上取下九凤旗袍。他接过钱鹏飞递过来的一只放大镜睁大眼睛端详起来，嘴里不停发出啧啧称赞声。

“好啊，好啊，果然是苏绣绊丝贡品，这是清廷里面的好东西。”丁默群赞不绝口。

当他准备将这件旗袍收入囊中时，听到老板解释说这件旗袍的主人是为了救治同学的病暂时押在这里时犹豫了片刻，然后不容老板有丝毫理由拒绝便告诉他，等两天之后旗袍的主人赎回的日子，也是自己将宝物归入囊中的日子。

对面茶馆坐着的一群人看到丁默群跟钱鹏飞从典当行出来后，先是站在街口向他们茶馆的方向探视了一眼，继而低头沉思了几秒，俯身抚摸了一下大狼狗光滑如油的皮毛后，一摆手，钱鹏飞紧随其后，其他几名特工散落在丁默群的四周，簇拥着向街道深处的两辆黑色轿车而去。

“小二，我要赎回旗袍。这是当票，这是赎旗袍的钱，外加了百分之十。”关萍露看到丁默群乘着噗噗冒着黑烟的小轿车绝尘而去，与赵世杰飞速来到久盛典当行，把早已准备好的当票与现钱拍在柜台上，说道。

“不是还没到七天吗？”刚坐在太师椅上闭眼不知想什么的店老板，听到是关萍露的声音，惊讶地站起来，皱着眉头，不解地问道。

关萍露并没有给店老板更多的解释，目的只是为了赎回那件九凤旗袍。店老板无计可施的情况下，便打听关萍露的家庭住址，以备到时候能给丁默群提供点寻找线索。关萍露故意装着一副十分不情愿的样子，以店老板厚道等不实际的借口写下了自己的住址后，与赵世杰扬长而去。店老板看着关萍露留下的详细地址，摇着头哼起了小曲。

果然，在一个阴雨霏霏的日子里，丁默群拿着店老板留下的地址径直找到了关萍露的宿舍。他还在犹豫哪一间是关萍露的宿舍时，却被楼上委婉动听的琵琶声吸引了。琵琶声像一条引路的丝带，系着丁默群的身体，让他一步步地走向了关萍露的房间。

丁默群非常有绅士风度地敲了几下关萍露的房门。他整理了一下自己的衣装，然后刻意让自己保持微笑，等待着关萍露开门。一切都在预料之中，关萍露以丁默群是自己当年校长为名，在短暂时间内缩短了两人距离，他们像相见恨晚的老友，谈论着中国古代文学与戏剧，谈论着彼此的兴趣与爱好。关萍露为了能够博得丁默群的信任，故意从抽屉中取出早已修改好的毕业生合影照片，诉说着自己与丁默群确实是师生关系。当所有的铺垫都已经做好，谈到关于旗袍事情时，关萍露采取了先抑后扬的计策，先计较这件旗袍对于男朋友赵世杰家的重要性，也诠释了自己并非图钱而去抵押旗袍。其实这么做的好处就是为了勾起丁默群对于旗袍的占有欲，结果，他上钩了。

“这是我的名片。如果你愿意把旗袍转让给我，或者你有什么事需要帮忙，都可以找我。我在上海滩混了些年头，认识几个人。就算没什么事，也可以相互走动。再说，以你的才艺，以后有一些文艺活动我还要请你来参加。”丁默群最后有些遗憾地把一张名片递给关萍露，眼睛中带着些不舍与无奈地说道。

关萍露看到丁默群急忙腾腾下楼之后，站在楼下回头张望了一眼，快速地钻进了车里。她本想继续观察一下丁默群的举动，却无意跟钱鹏飞的眼神碰撞到一起。此时的钱鹏飞早已认出她就是自己在火车上舍命救下的那个清纯学生姑娘。他斜着眼睛带着神秘莫测的表情冲着关萍露笑了笑。关萍露心里一凛，急忙把窗帘拉上，遮盖住外界所有光的渗透。

丁默群回去的路上坐在车里一言不发，突然对着身边的钱鹏飞吩咐说去查一下关萍露的底细，而且还要仔细查找她的男朋友的详细背景以及她同学治病的真伪。丁默群对于今天与关萍露的巧遇感觉有几分浪漫之意，而更多的是透露出心中的不安。

惨烈的阳光肆无忌惮地挥舞着热量，将触角伸到大地的每个角落。在赵世杰家，关萍露忐忑不安地向赵世杰诉说自己第一次正面与丁默群交锋的结果。她早就料到丁默群狡诈不堪，却没想到他可以对任何一个细节都不放过，比如关萍露沏好的茶向丁默群劝了半天，而他却半口未抿。对于刺杀丁默群再次忧虑之后，最让关萍露头疼的却是“阴阳两面”的钱鹏飞。

“我不明白的是那个钱鹏飞，为何对你欲擒故纵呢？我在猜，这个姓钱的会不会是军统那边的卧底呢？”赵世杰挠着头，眨着眼，问道。

“你说钱鹏飞是军统特务？那他不是丁默群的同乡和同学吗？”关萍露心中也没有满意的答案，也提出了自己的疑问。

越琢磨越纠结，越纠结越迷茫。赵世杰与关萍露认为无论钱鹏飞的背景如何，都阻挡不了他们刺杀大汉奸丁默群的正义之举。既然丁默群如此小心翼翼不敢轻举妄动，赵世杰建议不如将作战计划以守转攻，主动接近丁默群，伺机寻找刺杀良机。

让关萍露着一身性感、妩媚的绝世旗袍主动送上门去，好色狡诈的丁默群能轻易放过她吗？但是，他们真的决定这样去做了。

“世杰，你让我去那个魔窟？我一个女的，闯进去又怎么样？”关萍露全身发抖地望着赵世杰，颤抖着问道。

“你别紧张，我有预感，只要接近丁默群，总会找到机会的。何况小王被抓进去了，生死不明，我们也应该想想办法。”赵世杰上前拉住关萍露的手放在自己的掌心，望着她，说道。

钱鹏飞按照丁默群的吩咐去找关萍露一干人等的背景，提供回来的结果与关萍露所言吻合。丁默群似乎这个时候对他们的背景失去了兴趣，望着钱鹏飞从外抱来的一沓关萍露发表文章的剪报看得格外出神，都忘记了电话铃声响了三次。待钱鹏飞上前欲接电话问个究竟时，丁默群接了电话，随后他刚才一直阴沉不语的脸上露出了几分狡诈的笑容，他告诉钱鹏飞，自己的学生关萍露带着那件稀世旗袍亲自过来献宝了！钱鹏飞听罢，先是迟疑了一下，接着也跟着丁默群嘿嘿一笑，连忙双手作揖，直言恭喜恭喜！

特工总部大门两边站着一高一低两名日本宪兵，挺着肚子，将手中的三八大盖对着街上往来的行人逐一扫视着，枪口上扎着明晃晃的刺刀像嗜血的恶魔，身上反着惨白的光像流着欲望的口水。关萍露双手捧着盛放九凤旗袍的锦绣礼盒站在门口，像一只无家可归的流浪小猫，战战兢兢环顾着周边的一举一动，为了表演出自己的紧张感，她看到钱鹏飞到来时，低着头，咬着嘴唇，一言不发。

进到丁默群的办公室总共需要三道门。每道门都有拿着刺刀把守的日本宪兵与日伪军，关萍露小心翼翼地跟在钱鹏飞的身后，如同要穿过一条满是耀眼刺刀铺成的利刃大道，她有些担心，有些后怕，但心中更多的是坚定。脑中不停地思索着，完全没有顾及到钱鹏飞口中的“有些车是不能跟，有些地方是不能进”的含义，脚步不停地向前走去。

钱鹏飞带着关萍露径直来到丁默群的办公室，看到他坐在一把古铜色藤椅上，一手抚摸着身边的大狼狗，一边眼睛不离那本剪报翻来覆去。丁默群没有起身相迎，也没有笑脸相对，只是从鼻子中挤出“请坐”两个字后，便不再说只字片语。

关萍露有些不知所措地刚要坐在旁边一把太师椅上，丁默群身边的大狼狗像闻到了可口猎物的气味，蹭的蹿起来，跳向关萍露。

关萍露吓得尖叫一声待要逃走，两腿发软有些站立不稳，哆嗦着竟然站在那里一动不动。

丁默群轻轻一句召唤，大狼狗顿时像施了魔法的僵尸，接着乖乖地又回到了他的身边。

此时的关萍露脸色惨白，大口喘着气，一手捧着锦盒，一手扶着墙壁，颤巍巍地喊道：

“校长……”

这时，丁默群径直站起来，绅士般地作了介绍。钱鹏飞一如既往地嬉皮笑脸，同关萍露开着玩笑，不管对方的感觉。然后自己非常知趣地退出门外，带上大狼狗，轻轻将门带上，只剩丁默群与关萍露两个人独处一室。

丁默群带着绅士般的微笑把关萍露领到一个满是线装书的书架前，说今天让关萍露参观一下自己的密室。还没等关萍露反应过来，她就被丁默群让了进去。

在满是杀气与血气的特工总部，丁默群居然还有一个满是艺术气息与文化底蕴的旗袍收藏馆。墙壁上挂着不同颜色与款式的旗袍，她们像一幅幅远离尘世的绝美古画，又像是一具具被人榨干鲜血的干尸，散发着一种凄美的魅惑。

丁默群从锦盒中拿出那件绝美的九凤旗袍后，跟初见时一样，依然赞不绝口。他抖开整件旗袍，放到关萍露的身上看来看去，如此近距离让一个男人比划来比划去，让关萍露的脸一下子像苹果一样嫩红。但随后从密室背后传来的凄惨呼喊声，让刚刚放松的她又变得不寒而栗。

“丁先生，好像有人在喊，喊……”关萍露紧张地，对着传出声音的方向，说道。

“哦，你不觉得这是天籁之音吗？”丁默群不以为然。慢慢地走向满是褶皱垂花的落地窗帘一角，呼啦一声，顿时映入眼帘的却是一间惨不忍睹的刑房。

正在受刑的那个人身上鲜血直流，早已看不清脸上的模样，只能依靠每次皮鞭打在身上传来疼痛的喊叫声，才能让你知道他此刻依然还活在世上。关萍露正欲想办法退出去，却被丁默群一把架着胳膊走向了刑房。

在满是刑具且散发着腥臭味的刑房内，特工阿三跟秋生大汗淋漓地大口喘气，看到丁默群过来，低头哈腰且尴尬地说现在毫无进展。丁默群不闻不问，拿起放在一边火炉上烧得滚烫滚烫的烙铁，使劲捅向被拴在刑柱上的犯人，嗞嗞冒着白烟与肉被烤熟的恶心味道，此刻犯人的喊声都成了陪衬。待犯人挣扎抬头的一瞬，目光与吓得牙齿打战的关萍露意外相撞。原来，他就是小王。

丁默群的眼睛眨都没眨，脸上的肌肉依然保持着不变的姿势。他跟关萍露回到密室，轻描淡写地在洁白的纸上写下一个“诛”字后交给特工，不解地望着惊恐不定的关萍露。

“丁先生，你们不能这样杀人。”关萍露捂着胸口，战栗着说道。

丁默群摆摆手，不让关萍露说下去，他优雅地抽了一口烟，慢条斯理地说：“有人说，这是魔窟，也有人说这是地狱。我说——”

他盯着关萍露，眼睛中精光一闪：“这里是天堂！因为它可以消灭人的痛苦，让其永远消灭！”

依然安静的废旧厂房。赵世杰、关萍露、李芬芳、胖子、陈瞎子静静守在摆着小王遗像的石桌前，都低声不语。

“丁默群用红笔写了个‘诛’字，然后在瞭望塔楼当着我的面，他就这样杀了小王，就好像踩死一只蚂蚁！”关萍露抑制不住自己的情绪，泣不成声地说道。

悲痛让她的声音嘶哑不堪，她抓过一片瓷片，往手指上一划，鲜血顿时冒了出来。

赵世杰他们都惊讶地望着关萍露。关萍露举起鲜血殷红的手指噙着泪，大声地说道：

“他能诛掉小王，我们也能杀掉他！”

关萍露说着，在桌子上用血写了个大大的“杀”字。这个“杀”字像满是仇恨的怒夫一样可怕，那样的触目惊心。

让关萍露参观刑室也好，让狼狗故意吓人也罢，其实都是丁默群故意安排的。当他看到关萍露曾经写了那么多“反动激进”的文章之后，知道自己该如何去做，但他又割舍不了对旗袍的偏爱，尤其是他想象着如果关萍露窈窕的身姿穿上这件独一无二的绝世旗袍出现在“万国服饰博览会”上，该是如何的一番景象呢？

“鹏飞啊，你现在赶紧去请关小姐来一趟，我有事要她做。”丁默群对着门外的钱鹏飞吩咐道。然后，躺在躺椅上，将两条腿跷在对面的太师椅上，哼起了小曲。

第三章

数尽上海滩最繁华的地标，被称为十里洋场的南京路自然是独拔头筹。这里不仅是富人的天堂，还是穷人的乐园。高矮不齐的餐馆茶楼、戏院舞厅，不论是白天还是黑夜总是充斥着喧嚣与浮躁，中欧不同风格的建筑矗立，两边诉说着各自瞒人的秘密。此时，异彩纷呈的各国女性是南京路上最难得的一道美丽风景。有三两成对也有四五结群，也有关萍露独自一个人漫无目的的瞎逛为趣。她手上拿着一包尚有余温的糖炒栗子，一边注视着路两边花花绿绿的橱窗，总是被身后叮当当响着的电车声拉回现实。她走到一个橱窗前，伸着头，望着里面的一架留声机发呆。留声机喇叭的两朵硕大的花朵在木质的吧台上静静地绽放，唱针在密纹唱片上轧到了细尘，扑扑地响。音乐里传来周璇金嗓子的天籁之音。橱窗的另一头，贴着一张“万国博览会”的宣传海报，正当关萍露想仔细看个究竟时，突然背后被人拍了一下，把她吓了一跳。

钱鹏飞坐在一辆黑色小轿车的副驾驶位置上，上身倾斜依靠在车门上，一脸坏笑地看着关萍露惊讶的眼神。

关萍露故意不搭理钱鹏飞，依然盯着那张“万国博览会”的海报看上看下。钱鹏飞此番的目的就是向她传达丁默群邀请她重回特工总部的意思。但对于此刻的关萍露看来这或许是钱鹏飞自己的搞坏伎俩。对于这个长久以来搞不清是敌是友，是好是坏的男人，让关萍露除了对丁默群发自内心的不寒而栗之外，就数对钱鹏飞一直无法定位的矛盾情愫，有一半是让人捉摸不透的神秘，有一半是让人看不清楚的可怕。

所以，关萍露很清楚钱鹏飞是一个不能得罪的人，不管丁默群邀请自己是真是假，都不能阻挡自己登上钱鹏飞的小轿车。

黑色小轿车刚开始还在市区内到处鸣笛艰难爬行，一会就快速行驶在满是浓绿的树林中。关萍露刚开始还故意紧张地问东问西，面对钱鹏飞的沉默不语逐渐失去了兴趣，索性躺在后面，闭上眼睛享受树林清新空气的邀请。

其实，丁默群邀请关萍露前来，一不是为了反动激进文章算旧账，二不是怀疑背后身份打算审问到底，而是为了万国博览会。当丁默群再次看到关萍露穿着那件无与伦比的九凤旗袍，款款向自己走来，身上的旗袍像水波一样一起一伏，若隐若现的如玉白腿……所有的一切让丁默群陶醉了。他微微一笑似乎在验证自己心中的答案，其实他内心早就是群蛇乱舞般狂喜不已，只不过从他的脸上一丁点的风生水起都看不到。

“哦，我不得不佩服我丁默群是个天才，打从第一眼看见你，我就知道你穿旗袍将艳压群芳。而当我看见这件九凤旗袍，我又断定，如果你穿上它，那就是倾国倾城了！”丁默群围着关萍露转来转去，啧啧声不断。

“丁先生这是夸我还是夸旗袍啊？”关萍露一下子羞红了脸，低着头，娇滴滴地说道。

“丁先生是想让我穿着它，去万国服饰博览会亮相？”关萍露话锋一转，小心翼翼地打探道。

“不是亮相，是拿金奖。”丁默群闭上眼睛，深吸了一口气，信心满满地说。

“这是旗袍中的圣品，九凤逐日，翱翔云天，是何等的气度！孝庄皇太后穿着它，进入紫禁城，君临天下。”丁默群继续端详着关萍露身上的这件华丽盛装，不，应该是一件绝世珍品。在他看来，关萍露与这件九凤旗袍简直就是天人合一，他轻轻伸出右手，像清风吹拂着水面的微波一样，沿着旗袍上的纹饰沟壑贯穿到底。

此时的关萍露，对丁默群于旗袍的挚爱与认知所折服，她有些不能相信这就是那个杀人不眨眼的刽子手恶魔吗？如果不是，他昔日在自己面前残暴冷酷地对小王施暴的一幕还历历在目；如果是，此刻难道是自己的幻觉，可他就真实地在自己身边呢，这里的一切让关萍露有些模糊，有些恍惚。

丁默群轻轻抓起了关萍露的手，几乎是忘情地望着她，有些慷慨激昂地说："萍露，我希望你穿上这件旗袍的时候，同时理解它，它不是一件服饰，而是一个文明，它的一针一线，都有着皇家的霸气，是唯我独尊的霸气。"

说到这儿，丁默群的脸色又突然一变，用轻蔑不屑的声音说："哼，别的国家想在这方面压过我们，那是太不自量力了。萍露，你一定要把金奖给我拿回来！"

关萍露此刻的脑海中除了激动还是激动，颤抖着说："丁先生，听你这样说，我一定努力。可我不是模特儿，对服饰表演没有经验。"

丁默群看了看关萍露闪着光的双眸，没有说话，抿着嘴，笑了下。

关萍露把丁默群让她穿着九凤旗袍参加万国博览会比赛的事情告诉了赵世杰。他们一群人又把商量事情的地点选在了星光剧社的化妆间内。这里似乎成了他们避难与集合的最佳选择点。赵世杰、胖子、陈瞎子、李芬芳、关萍露以扮戏为名顺利进入剧社的化妆间，还没等大家坐稳，赵世杰就开始了自己的刺杀计划。

"这是一个机会，我们已经等不及了。这一次我们就在博览会门口设伏，近距离用枪射击。"赵世杰拿起散落在地上的几本书，一边比划着，一边说。

赵世杰以为自己的计划会得到很多人的赞同，但是大家考虑更多的是丁默群身边众多的特工与保镖带来的危险。冲动的背后往往带着可怕的后果，但现在似乎赵世杰一脑子想着如何除掉丁默群为小王报仇，却忽视了实施计划的策略性。而且他对于别人的劝阻会理解成是对革命不坚决的一种态度，如今尤其无法容忍关萍露对于丁默群似是而非的结论，另外他感到不解的是，关萍露为何还一直对钱鹏飞放心不下，在赵世杰看来他不过是一个极小的角色而已，更不是阻挡他们杀掉丁默群的一座不能逾越的大山。所以，一群人商量来商量去，决定每个人都配发一支手枪，目的只有一个，就是提高刺杀的命中率。但情况真的会如此顺利吗？

上海滩的夜一如往昔的喧嚣。大世界门前车水马龙、人潮涌动，门前灯箱上的电管一闪闪地晃动着这个世界，拔地而起的木桩子垂挂着万国博览会的宣传彩旗，泛起颤抖的涟漪。前往万国博览会的人们都是衣着华丽，不管认识与不认识的都频频点头示意。突然，一辆黑色小轿车急速而来，还没等它停稳，后面紧跟的一辆军用卡车吱的一声停下来，迅速地从车屁股内钻出很多持枪的日本宪兵围住了大世界的门口。有一个日本宪兵快步走上前去，拉开了小轿车前方的车门，弓着九十度的腰，请出一身职业军装挎着军刀的女特务中野云子。继而，后门也被人轻轻拉开，梅机关的首脑武田用诡异的眼神扫视着一切。他整理了一下身上的军装，目空一切地向会场走去，中野云子紧随其后，她冷酷的外表、寒冰般的眼神让人感觉似乎不是来参加博览会，而是来参加一场庄严肃穆的葬礼。

会场内是人声鼎沸、座无虚席。舞台的正中间挂着醒目的万国博览会的条幅。会场内所有的壁灯与挂灯像盛开的星星一样点缀着无比艳丽的舞台。舞台前排就坐着各国不同肤色的评委，大家兴致高昂地互相说着什么，时不时面对台上风姿曼妙的佳丽们指指点点。

钱鹏飞穿梭在聚光灯照不到的黑暗中，谨慎地观察着台上台下不同人的反应。突然，当他的目光滑过人数众多的记者席时，发现了军统上海工作站特务头目上官锋和手下特工小浦东故意将帽檐压得很低，拿着手中的相机化装成记者左看右顾。对这一切，丁默群并没有发现，只是独自享受地坐在二楼的包厢欣赏着台上佳丽构成的美丽风景。武田、中野云子也从旁边的转梯上了二楼的包厢，丁默群起身欢迎，让座，寒暄，上茶，继续观看。

为了能够让此次刺杀计划成功。赵世杰一个个都给大家详细分好了工。陈瞎子装扮成一个卖烟商贩，双手托着烟架的下端，上端有一条线绳挂在自己脖子里，慢慢都勒出一条清晰可见的红印记。胖子和赵世杰不知道从哪弄来带有身份印记的车夫马甲披在身上，各自拉着一辆人力黄包车放在大世界不远的胡同口，蹲在车前，环顾着来往的人群。而李芬芳则把自己打扮成一名清纯的学生妹，挎着一篮芬芳的四季花在大世界门前不停地转悠，打量着会场内发生的一切。

当各国的佳丽依次登场完毕之后，灯光稍稍暗下来，一曲悠扬的中国民乐《茉莉花》犹如天籁灌到在场观众每个人的耳朵中。关萍露穿着那件华丽无比的九凤旗袍，迈着越剧花旦那种轻盈的小碎步，款款如风摆杨柳般轻盈地飘过来。会场内的聚光灯打在她的身上，宛如整个世界的主角只有她一个人。现场的评委与观众屏住呼吸，全场鸦雀无声。继而，会场内爆发出雷鸣般的掌声，中间夹杂着无数的口哨与叫好声。

丁默群与武田坐在二楼的嘉宾席中也早已是啧啧称赞。武田更是向前探着身子，眼睛色迷迷地盯着关萍露身上的旗袍扫来扫去，这时候丁默群赶紧上前向武田解释说这不单单是一件旗袍，还是一件稀世珍宝。接着就把这件旗袍的来历一五一十地全部告诉了武田。其实武田对这个旗袍的来历并不感兴趣，他郑重其事地询问今天的金奖是否丁默群志在必得时，丁默群一反常态地笑而不答，径直走到了舞台的中间，双手示意大家安静后，把关萍露请到身边，指着旗袍有声有色地讲起了它的历史。

“大家知道，服饰之美，在于设计、面料、花饰、做工。现在出现在大家面前的这件旗袍，是大清朝立国之初的作品，距今已有两百多年的历史。请问诸位，今天晚上各国表演的服饰，有哪一件有这么悠久的历史吗？”丁默群不紧不慢地指着关萍露身上的旗袍，像在讲述一段历史。

台下的观众纷纷发出赞叹的声音，而坐在二楼包厢内的中野云子却怒气冲冲地握刀起立，被一旁的武田摆手又坐了下去。相反他并不着急，也没有因为丁默群的嚣张言论让自己的大日本帝国蒙羞而发怒，只是静静地，静静地盯着台上的丁默群笑而不语。

丁默群继续着自己慷慨激昂的旗袍文化演讲，说到兴头上，全身的每处细胞都被带动起来，在这种兴奋陶醉下，丁默群显然没有顾及到武田的感受，胸有成竹地认为此次博览会的金奖志在必得时，武田陡然现身舞台中央，以赞美日本和服为由临时决定加演一场比赛，中野云子一身雍容华贵的和服上身，和服中间的菊花格外显眼，似乎每一道纹饰都带着刺眼的光芒，尤其中野云子佩戴着一把日本军刀走来，在日本国歌《君之代》的映衬下散发着凄惨之美，更有一道不寒而栗的光芒让每个人缩紧了身体。

一曲完毕，中野云子谢幕退场。台下观众席中鸦雀无声，只有武田一人双手使劲鼓掌，挂在身上的佩刀晃来晃去。他满心欢喜地环顾着四周，慢慢地脸上怒气横生，停止了鼓掌。丁默群仔细一看，急忙上前来帮武田打圆场，宣布评委打分完毕之后将公布本次金奖花落谁家的消息。说罢，脸上摆出固有的笑容伸手请武田退场等待。

钱鹏飞似乎悟出了一些东西。他躲在角落里拿出一支香烟点上，猛吸了一口，还没等口中的烟雾全部散尽，便转身来到大世界的门口，盯着来往的路人若有所思地扫来扫去。尤其是李芬芳扮演的卖花姑娘左看右瞧的慌张让他心生疑惑，而故意将帽檐压得很低的胖子跟赵世杰不看路人的反常举动也映入了他的眼中。钱鹏飞抽完最后一口烟，将烟蒂丢在地上，用脚踩烂之后，双手提了下裤腰，急忙吩咐手下，让吴士保带着行动队的人火速赶来，切记将小轿车直接停到大世界门前。说完，自己转身跑了进去。

夜越黑，灯越亮。

大世界会场内期待已久的决赛结果马上要产生了。通过评委的计票结果显示，和服 4 票，旗袍 5 票。

看到结果，丁默群微微一笑，洋洋得意地说：

“那旗袍就是金奖。”

“丁先生，你什么意思？”武田脸色大变，转身望着丁默群说道。

“对不起了，将军，这是评委投票评出的结果，谁也无法改变。”丁默群义正词严地回答。

“如果我命令你改变呢？”武田此刻透露出凶狠的目光，咄咄逼人地说道。

“我想说，和服确实漂亮，但它再漂亮，也是从中国的唐装演变过去的，脱不了中华文明的影子。”丁默群依然很淡定。

“丁主任，你这样说让我很遗憾。”

“我是一个学者，我尊重我的学识，也尊重事实。”

关萍露躲在后台的角落偷偷注视着前面发生的一切。她此刻为丁默群敢当面顶撞日本人而钦佩，也为丁默群固有的身份属性而迷惑。

接下来发生的事情完全跃出了武田的想象范围。他原本以为自己旁敲侧击地施压，丁默群会醒悟一二，没想到丁默群又将话语权交给了现场的观众，一声大过一声的"旗袍"呼喊声已经逼近了武田的愤怒底线，还没等他拔刀，旁边的一个日本军官噌的一声蹿上舞台，拿着明晃晃的日本军刀对着丁默群晃来晃去，全场所有的人都替丁默群捏了一把汗，而他却格外淡定地站在那里没有丝毫的恐惧感，而躲在台下角落里的钱鹏飞却嘿嘿地笑了。

武田制止了日本军官的行为，脸上恢复了往日的笑容，望着丁默群。丁默群快步上前，像一位王者一样，面对着全场所有的观众，激动地宣布：

"现在我代表评委会宣布，关萍露小姐所穿的九凤旗袍，夺得本次万国服饰博览会的金奖。"

一时间，掌声如雷，灯光闪烁，呼声震天。关萍露无疑是今天晚上上海滩最耀眼的明星，所有的荣誉此刻都纷至沓来。她头带桂冠、身披绶带、手拿金牌站在舞台中间，接受所有人敬佩的目光注视，似乎在最荣耀的时候没有鲜花的衬托将非常的遗憾，军统特务上官锋将一枚定时炸弹放在一个五颜六色的花篮内，让小浦东立马手捧着献了上去。

而这一切，都让钱鹏飞看在眼里。

小浦东假装成一名青睐旗袍的看客，带着崇拜的目光将花篮送到关萍露的身边，几句装模作样的喜爱言辞之后就迅速退下来，跑到观众席的一个角落，与上官锋交头接耳地议论着什么。舞台中间，关萍露手捧着花篮与丁默群、武田说着什么。突然，上官锋向小浦东一摆手，两人迅速撤出了会场，钱鹏飞眉头一皱，将口中还没吸完的香烟丢在地上，吐了几口遗留在空中的烟丝，快速地奔向舞台。

此时的武田与关萍露客气一番之后在丁默群的陪同下当场离去，只有关萍露一个人手捧着花篮还在接受观众的溢美之词，现在的她太陶醉这样的幸福时刻了，完全忘记了自己正在危险之中。钱鹏飞跑到关萍露的身边，一把夺过她手中的花篮，掀开最上层的鲜花掩盖，看到定时炸弹的数字快速奔跑着，里面传出来的滴答声响是死神的召唤。钱鹏飞瞬间拿起花篮，迈开大步，使劲将花篮甩到舞台空旷的角落里，随即转过身扑在关萍露的身上，还没等她明白过来，轰的一声，炸弹爆炸了。

舞台下方的观众像受惊的蚁群，呼喊着，哭闹着，蜂拥着奔向舞台出口处。

武田此时还没有走出去，望着眼前发生的一切默不作声。倒是丁默群此刻额头汗珠顿生，不知所措，紧张地说道：

“我马上下令搜查，把破坏分子抓出来，格杀勿论！”

“不，爆炸没什么大不了的，今天晚上丁先生的表演我看比爆炸更厉害！”武田转过身，盯着丁默群，轻声说道。

“冒犯大日本皇军，罪不容赦！”

“这么说，你知罪了？”武田瞪着丁默群，冷冷地说。

“冒犯大日本皇军，罪不容赦！”武田紧逼一步，继而恶狠狠地说道，“这个罪可是死罪！”

“丁某本是一介书生，跟随将军左右，一时糊涂，请将军处治，死而无怨。”丁默群从腰间把手枪举起来，双手捧给武田，谦卑地说。

武田接过枪，掂了一掂，然后把枪举起来，瞄准了丁默群。

丁默群微微闭上了眼睛。

“砰”一声枪响，子弹穿过丁默群的头发，击在墙上。

丁默群忍不住两腿哆嗦了一下。

“哈哈哈哈，好，好，丁主任不愧是书生出身，倒有点士大夫的味道。哈哈哈哈！”武田像听到了一个笑话一样，抑制不住自己的笑声。

他不顾丁默群颤抖的身体和惨白的脸色，一挥手，带领着手下的人走了。

此刻，场内场外早已乱成了一片。钱鹏飞在前面引着丁默群与关萍露向外走出来，早已恭候的吴士保让特工们手持短枪依次站在两旁形成一条通往轿车的人群屏障，眼看着丁默群即将乘车离去，在外扮成车夫的赵世杰与胖子有些着急，突然，还没上车的丁默群将目光锁定了卖香烟的陈瞎子与卖花的李芬芳身上，表情严肃地吩咐吴士保赶紧过去排查一下，决不能错过一个嫌疑分子。

钱鹏飞突然上前请令代替吴士保搜查陈瞎子与李芬芳，却遭到了丁默群的拒绝，而这个时候关萍露坐在车里将心一下子拎到了嗓子眼，表情有些慌张，但又故意要装出一副淡定的样子。

吴士保径直走到陈瞎子面前，围着他转了一圈，直看得陈瞎子心里发毛，突然，吴士保掏出手枪，对准陈瞎子的脑袋，吓得他赶紧连声求饶：

“大爷，饶命啊，我……我可是良民啊。”

吴士保丝毫不顾陈瞎子的求饶，另一只手抓起香烟往自己的口袋中塞个不停，眼看马上就要露出藏在烟盒下面的手枪了。这时，钱鹏飞从车上下来，砰的一声关住车门，抖了下自己的长衫，径直朝着陈瞎子走过来。

钱鹏飞一把揪住陈瞎子使劲往吴士保身上扔去，一下子惹怒了吴士保，不顾散落在地上的香烟，上前就给了陈瞎子两脚，将他踢翻在地，陈瞎子借机护住烟摊。钱鹏飞朝陈瞎子骂骂咧咧了几句，搂着吴士保的肩膀向汽车走去。等丁默群与钱鹏飞的汽车冒着白烟卷尘而去，赵世杰、胖子、李芬芳赶紧跑到陈瞎子面前问东问西，陈瞎子哭丧着脸说以后一定要找钱鹏飞报仇，他一摸枪还在烟摊最下面，又乐了。

在回去的路上，丁默群渐渐又从刚才的慌张回到现在的正常，掩盖不住旗袍获得金奖的喜悦，一直笑声不断。关萍露对于钱鹏飞再一次舍身救命的感激也从原来的客气转到了尊敬。但是她更加琢磨不透的是为何丁默群跟日本人武田剑拔弩张的时刻，日本人却手下留情呢？一句认真的询问，却被丁默群看成是小孩天真的想法。

“到底年轻啊，不懂事，日本人哪会杀我！杀了我，谁替他们干事啊？而且是像我这样可以跟重庆的戴笠相抗衡的人，啊？” 丁默群收敛了笑，拍拍关萍露的手，轻声地说道。

关萍露一下子蒙了，刚才心里对丁默群的好感也一下子消失了，对丁默群的城府有一种可怕的感觉，这个人太捉摸不透了。她只能胡乱地点点头。

针对陈瞎子的盘查，钱鹏飞风轻云淡地搪塞了过去。但是丁默群一直都十分相信自己的直觉，依然不依不饶地盘问钱鹏飞发现了什么可疑分子。钱鹏飞眼看糊弄不过去，只能胡编乱造地找到一些问题借机发挥，可这一下子让关萍露紧张起来。

“好吧，什么都瞒不过主任你，是这样，我在门口确实发现了几个可疑的人。”钱鹏飞对丁默群的敏感暗暗惊异，无奈地一笑。

关萍露的心一下子狂跳起来，以为钱鹏飞就要说到赵世杰、陈瞎子等人。

“是不是刚才那几个卖烟、卖花的？”丁默群不依不饶。

“哦，那倒不是，是另外几个，看见我注意他们就溜了。”钱鹏飞略想了下，回答道。

“干你这一行的，是不是都杯弓蛇影啊？真累！” 关萍露故意要岔开话题，对钱鹏飞说道。

“杯弓蛇影是啥意思？杯里有一条大蛇的影子？” 钱鹏飞故意装着丈二和尚摸不着头脑的样子，笑着问。

“看来，你小时候真没念几年书。”关萍露轻蔑地回答道。

“萍露，你上当了。鹏飞是装着不懂，他读中学的时候，国文比谁都好。”丁默群嘿嘿一笑。

刚刚还认为钱鹏飞只是一介武夫的鲁莽，现在松了一口气感觉到，钱鹏飞真的不是一个简单的小人物。

一棵一人粗的大榕树依在一座尘色瓦砾成堆的宿舍楼前，静静地开着粉红色的绒花，冷不丁的还被几只黑白相间的流浪猫骚扰一下，枝头轻微微地战栗着，发出无声的抗议。两辆轿车一前一后在榕树下戛然而止，丁默群、钱鹏飞、关萍露从车上走下来，互道晚安后，丁默群执意要送关萍露上楼，望着两人上楼的身影，钱鹏飞坏笑了一下。

丁默群伸手去牵关萍露的手，关萍露退却了，略略后缩。

丁默群又向前伸出手，关萍露无处可退，只好由丁默群牵着手上楼。

关萍露一直等到散场也未将那件九凤旗袍脱下，与丁默群道别时才发现自己的疏忽，慌乱中答应明天将旗袍重新烫平后郑重送回去。丁默群起身下楼后，突然又转身上楼推开门，探着半个身子，对关萍露说道：

“有一个建议，萍露，你应该穿旗袍。我从来没有发现这个世界上，谁能把旗袍穿出你这样的韵致。你是天造的，你为旗袍而生。”

关萍露笑而不答。听着丁默群登上汽车后，透过窗户向下望去，正好看到钱鹏飞也在望着自己。只不过两个人都未说话，钱鹏飞眯起一只眼，右手扮作手枪状，向关萍露开了一枪。

熙熙攘攘的大街上还传来零星的叫卖声，伴随着叫卖声，有三四个人跌跌撞撞地走到一棵大树下放慢了脚步，有两个人狂吐不止，呕吐的声音像是遭受凌迟刑法的痛苦。

赵世杰与陈瞎子因为再次没有除掉丁默群而后悔，他们无法原谅自己在关键时刻的临阵退缩。尤其是陈瞎子，面对钱鹏飞与吴士保的挑衅而无能为力，更是一番痛苦的自责。胖子与李芬芳两个人分别来安慰两人，但是面对两个人痛苦的呻吟却又无可奈何。

东边的晨光吝啬地释放着自己的光芒，将仅有的几片余光散在方春茶楼随风抖动的“茶”字上，紧闭的大门上斑斑铁锈的痕迹清晰可见，像老者的旧伤铭记着岁月的沧桑，又像年轻人正在经历的痛苦挣扎。慢慢地，太阳攀上了高空，用一束不太均匀的阳光打在躺在长椅上熟睡的赵世杰与陈瞎子的身上，显得格外的安宁。

赵世杰揉揉惺忪的眼睛，以为是在做梦，迷迷瞪瞪地问道：“我们怎么会在这儿？”

“昨晚你和瞎子喝醉了，嚷着要喝茶，我和胖子把你们架到这里来了，没想到你们两个进来就睡着了。”李芬芳站起来，从屋中间的方桌上拿起茶壶倒了一杯清茶放到赵世杰的跟前，看着他说。

“哦，醒了。保生，烧两碗馄饨，伺候赵公子和陈大胆。”未见其人，先闻其声，一袭黑色长袍的茶楼老板宋方春走进来，看到赵世杰醒了，赶紧向外伸着脖子吆喝道。

保生在外面像百灵鸟的叫声一样轻快地应了一声。而此刻陈瞎子也醒了，一边揉眼睛，一边迷惑地问：“谁是陈大胆？”

众人哈哈大笑起来。

“有人昨天晚上自称陈大胆，嚷了一个晚上的陈大胆。”胖子故意卖关子道。

“真不要脸。”陈瞎子轻轻打了一下自己的脸，歪着头说。

继而大家又一阵哈哈大笑。而茶楼老板宋方春却看着有些不高兴，反倒有些紧张，连忙摆摆手说：

“两位，以后喝醉了，别上我的茶楼瞎嚷嚷，让人听见了，去警察局告发，我的茶楼就开不下去了。”

原来昨晚赵世杰与陈瞎子喝醉之后来到茶楼，酒劲未过，两个人不顾天不顾地的大声嚷嚷着要杀汉奸除恶霸，这一下子让茶楼老板宋方春紧张起来，赶紧让人关门打烊，怕的就是被特务机构盯上，惹来杀身之祸。

赵世杰倒吸了一口冷气，看看李芬芳、胖子、陈瞎子都默不作声。而宋方春却和蔼地笑了一笑，说：“好了，不说这些，两位，吃馄饨吧，凉了就不好吃了。”

如今的关萍露对旗袍又多了一些千丝万缕的感知与喜欢，是从丁默群身上了解到的，还是自己一直都对它有着割弃不断的渊源呢？关萍露穿着一件花色素淡的合身旗袍，一手拿着熨斗，一手用纤细的手指按住那件九凤旗袍的纹饰，像在修饰一件珍贵的文物一样用心。坐在一旁的赵世杰、李芬芳、胖子与陈瞎子，集体发呆都望着关萍露。

突然，赵世杰站起来，一把夺过关萍露手里的熨斗，搁在旁边的铁架上，对她吼道：

“萍露，你倒说话啊！”

关萍露看也不看赵世杰，又拿起熨斗，继续熨烫，像是根本没有听到他说话一样。

赵世杰泄气了，颓然坐下，拿拳头砸了下大腿叹气道：“嗨！”

“我也不知道说些什么，丁默群这个人太复杂了。” 就在这时，关萍露说话了，像是自言自语。

“就凭他把金奖给了这件九凤旗袍，他就不是汉奸了？我们就不杀他了？”赵世杰有点没有耐心地站起来，皱着眉头，看着关萍露。

“世杰，你耐心点，现在的事情变得越来越难了，我们是该好好分析、商量。”李芬芳赶紧在一旁劝解道。

“爆炸不知是谁干的，那些人马都是那个姓钱的叫来的。我说过，这个人神秘兮兮的，不好对付，他的鼻子太灵了，肯定是嗅到了什么气味。”关萍露放下手中的熨斗，看着大家，比划着说道。

“还有，你们都不知道，炸弹快爆炸的时候，是这个姓钱的冲过来救了我，我真不明白他为什么要救我。”关萍露说完，略想了下，继续说道。

“萍露，这个大鹏飞贼是不是在打你什么主意？”赵世杰有些紧张。

“世杰，你怎么尽往那方面想？我的意思是，这个姓钱的到底是敌是友，我看不透。”关萍露不满地瞪了赵世杰一眼。

“唉，事情越搅越乱了，我想疼了脑袋，也想不出个所以然。丁默群是日本人的走狗，可为了让旗袍得金奖，他敢跟日本人顶撞；钱鹏飞是丁默群的心腹，又莫名其妙救了我，我怀疑，在大世界外面，他是不是故意放了你们一马？”看到赵世杰没说话，关萍露又说出自己心中的迷惑，叹息着说。

“他放我们一马？笑话！你没见他对瞎子下的手有多重。我告诉你，他扔炸弹可能根本不是为了救你，而是为了在丁默群面前立功。也许他真的是个军统，为了刺杀丁默群故意混到他身边去的！”赵世杰一脸的不屑，冷笑着说。

事情越来越棘手，计划越来越乱。下一步该如何去做，关萍露此刻已经没有十分清晰的脉络，但是对于赵世杰来说，不管任何事情，只要能跟丁默群有一点关系，他都不会错过机会。比如关萍露即将把这件烫好的旗袍装进锦盒里送还给丁默群时，赵世杰心生一计。他决定拿与这件九凤旗袍搭配的一件九凤凤冠作为吸引丁默群的诱饵，然后在近身呈送给丁默群的时候，以图穷匕见的方式结果了他的性命。

按照原来的计划，关萍露在返还给丁默群旗袍的时候，故意说总是感觉穿着旗袍还没有达到尽善尽美的地步，借此来勾出丁默群寻找九凤凤冠的欲望。丁默群猜想原本这件旗袍的主人赵世杰家中肯定还有这只独一无二的凤冠，而关萍露则借机说自己的男朋友赵世杰或许已经把那件凤冠卖了出去，继续吸引着丁默群的占有欲。果然，他上钩了。丁默群让关萍露的男朋友赵世杰拿着那件凤冠让自己瞻仰几眼即可，但是她知道，仅仅几眼是不够的，关萍露有些暗自高兴。

洁白的墙壁上挂着一幅膏药国旗，下面的刀架上横架着一把日本军刀，虽然没有开鞘，但剑柄与剑身的缝隙中还是能闪出一些冷光。武田十分生气地将一份印有《中国旗袍力压日本和服，万国服饰博览会决出金奖》的报纸狠狠摔在桌子上，责问今天上海滩到底有哪些报纸都是刊登着这样的标题与内容，手下一名日本军官点头像捣蒜似的，读着一本黑色硬皮笔记本统计的名单。武田挥了挥手，在一旁的中野云子已经明白了什么意思，武田随即抛给了她一个赞许的眼神。

中野云子准备以炸弹的方式来给这些不听话的报社一个教训，同时还接受了武田吩咐秘密监视丁默群的任务。不仅丁默群受到了监视，武田还专门让手下木村去调查了关萍露所有的背景情况，难道他们另有什么新的打算？

第四章

仅隔着一道墙，墙上爬满五颜六色的蔷薇花，将墙外墙内割裂成两个世界。墙外的大街上熙熙攘攘，挑着担子绕街跑的理发匠吆喝声忽隐忽现，浑浊的铁盆上挂着脏兮兮的滴水毛巾，苍蝇占地为王享受着阳光带来的温暖，脖子里胡乱系着的污浊脏布是剃头的道具之一，他歪着脑袋，眯着眼，声音一颤一颤的。墙内就是赵世杰的家。粉嫩的蔷薇花不惧刺眼的光照，而是当成自己绽放的荣耀。不远处，白褂、黑裤的女佣人双手捧着水管在精心伺候一片草坪。借着反光望去，绿油油的草坪还有些晃眼，四溅的水珠像一个个落入凡尘的精灵，一下子不见了。此刻，赵世杰、关萍露、胖子、李芬芳、陈瞎子围坐在一起，望着桌子上泛着深色亮光、纹理细腻、透着阵阵幽香的一只楠木盒子发呆。

赵世杰轻轻地打开盒子，一件色彩艳丽，上面镶嵌着繁星般的大小宝石、珍珠的凤冠呈现眼前，两者是宝气交相辉映，富丽堂皇，凤冠的正中间有只翠凤展翅飞翔在珠宝花叶之中，异常华丽。但这件凤冠却是赝品。赵世杰这次从文物集市上买回来这件赝品，目的就是以次充好，以假乱真，然后在锦盒的最底部故意隔开一层，放上手枪，待有机会当面呈送给丁默群时，还没等其鉴别真伪，直接图穷匕见。最后大家一致商量决定，让关萍露寻找借口把丁默群引出来，赵世杰们伺机实施刺杀计划。

武田针对多家报馆报道旗袍获胜的消息大为愤怒，指示中野云子炸了多家报馆不说，还特意让人把《大美晚报》总编的头颅割下悬挂在城头以示警告。丁默群知道这一切后，阴着脸，沉思半晌，面对手下林大江不要以旗袍为由与日本人作对的劝阻，丁默群似乎有些听不进去，只是让林大江按照自己的吩咐，多炸几家报馆，诠释对武田的效忠。刚刚还为炸报馆的事情耿耿在心，一听到电话那头的关萍露已经找到那件华丽尊贵的凤冠时，丁默群脸上立马透露出一丝笑容，迫不及待要关萍露带着那件华丽的凤冠来到自己身边。但这次关萍露却以凤冠的重要性为由，让丁默群立马赶到久盛典当行，当面一睹凤冠的风采。

与上次一样，丁默群与钱鹏飞依然将两辆小轿车停靠在久盛典当行不远的巷子前。钱鹏飞潇洒地从车里跳出来，斜戴着帽子，探着头向车里的丁默群嘀咕了几句，然后装做若无其事的样子大摇大摆地朝着久盛典当行走来。

典当行的门砰的一声被踹开，陈瞎子被吓了一跳，从椅子上跌在地上，大口喘气的同时用手抚摸着炒豆子似的咚咚乱跳的心脏。丁默群不看陈瞎子的窘样，一如往日地直接奔向关萍露，插科打诨地以各种玩笑开场，而关萍露依旧江山不改，美女不笑。坐在一旁怒不可遏的赵世杰恶狠狠地瞪着钱鹏飞，却被他不容分说一把抢过怀中的楠木木盒。赵世杰一下子急了。

“还给我。丁主任说好了要亲自过目，我必须当面给他。”赵世杰伸出双手，大声喊道。

“你以为丁主任是谁啊，说来就来？不念点真经，是请不动佛身的。”钱鹏飞轻描淡写地说着，一手把楠木盒夹在腋下，转身就走。

“钱先生，请留步。”关萍露一下子急了，急忙喊道。

钱鹏飞慢慢转过身去，嬉皮笑脸地望着关萍露。

“钱先生，丁主任要的东西，是不是等他来了打开来比较好？”关萍露走过去，竭力镇定地说。

还没等关萍露说完，丁默群在几个黑衣特务的簇拥下走进来，径直坐到店一角的太师椅上，非常绅士且带着微笑望着关萍露。钱鹏飞此刻将楠木木盒递给关萍露，让她亲手交给丁默群，在接到木盒的一刹那，关萍露刚刚悬着的心放了下来，但看到今天这些特工短枪上身地围在丁默群的身边时，刚放下的心此刻又悬了上来。

“这位是赵公子吧，萍露说你家有祖传的凤冠，可否借我一饱眼福？”丁默群扫视一周，将目光落在了赵世杰身上，和蔼地对赵世杰说道。

“凤冠带来了，就请丁主任过目。” 赵世杰走过来，从关萍露手上接过楠木盒子，捧到丁默群面前。

丁默群弯起手指，轻轻打开楠木木盒的刹那，连声称赞凤冠的漂亮华丽，接着神采飞扬地自言自语开始讲述该凤冠的古往今生。突然，丁默群的声音戛然而止，脸上的笑容陡然消失，像增添了黑暗的乌云，有些吓人。赵世杰偷偷看到钱鹏飞与其他几名特工都在紧盯着凤冠看个究竟，自己悄悄地将手伸到楠木木盒的最底层，准备拿出手枪，直接行刺。

突然，丁默群斜歪着脑袋“咦”了一声，目光瞟向赵世杰不放。赵世杰心里打了个咯噔，忙又把手抽出来。

丁默群对这件凤冠的真伪产生了怀疑，他声色俱厉地逼问赵世杰关于凤冠来历的点点滴滴，而赵世杰只能赶鸭子上架一般答非所问。此刻关萍露的心都提到嗓子眼了，她慌乱地假装问凤冠有什么不妥的地方，而丁默群却不容置疑地认定这只凤冠就是赝品，面对赵世杰的百般辩解，刚才丁默群还是脸上带着笑意，转瞬间却变得像恶魔一般可怕，赵世杰还想继续解释什么，突然，钱鹏飞上前就给了他狠狠一记耳光，血红的手印刻在脸上。

赵世杰一下子被打蒙了，竟然忘了他可以从楠木盒子里取枪。

“不许打人！丁先生，怎么可以这样，买卖是双方情愿的事，而且是你说好了要看的。”关萍露跑过来，护着赵世杰，说道。

“关小姐，我今天是看你的面子。行，你们两个，拿起你们的破玩意，走人。”丁默群略一沉吟，冷冷地说。

就在这时，赵世杰终于想到了手枪，他一咬牙，孤注一掷地把手伸向了楠木盒子的夹层。而这一切却被丁默群鹰隼般的眼光看透了，他执意要赵世杰把楠木盒留下。钱鹏飞从赵世杰手中夺过木盒，像寻找宝贝般将木盒翻来覆去地查上查下，而守在丁默群身边的特务们则自觉地将手放到了腰间，摸着手枪。赵世杰、关萍露、陈瞎子的心咚咚直跳，尤其是赵世杰脑门上的汗都浸湿了额头的刘海。突然，钱鹏飞大声嚷嚷着说，发现了机关。

这简直是晴天霹雳，特工们顺势从腰间拔出手枪，将赵世杰与陈瞎子围起来，用枪顶着他们的头。

“哈哈，主任，是空的。”钱鹏飞举着木盒，朝着丁默群大笑道。

关萍露、赵世杰、陈瞎子如何也想不到机关中的手枪跑到哪里去了，但现在对于他们来说，没了手枪就是保住了性命。三个人面面相觑地看着对方，一言不发。钱鹏飞将三个人送出门外，临了一句“不知天高地厚”的嘲讽再次让赵世杰怒火横生。但是他怎么也想不出放在机关下面的手枪到底跑到哪里去了。

三个人顾不上钱鹏飞是话中有话，还是话外有音，快速地逃离现场，他们在弄堂的一角停下来，决定搞个清楚。好似天意弄人一般，赵世杰匆忙打开木盒的机关，却看到那把手枪完好地躺在木盒的底部，像一个熟睡的婴儿一般。只不过手枪弹夹中的五颗子弹早已没了去向。烈日当空，三个人却如坠入洞窟一样寒心。

三个人努力回想着刚才发生的一切，不放过任何一个环节。从木盒被钱鹏飞抢去，到丁默群上手观赏，再到被钱鹏飞翻找，其中对木盒做过手脚的只有钱鹏飞嫌疑最大。

“问题不在这儿，如果我们假设姓钱的真有这么大的本事，那他为什么要这样做？”关萍露摆摆手说，众人都是一愣。

她这一问，把大家都问住了，几个人你看看我，我看看你，低声不语。

钱鹏飞为什么会这样做？他明明是丁默群的狗腿子，他有什么理由来帮助这些人解围？如果不是他，那到底又会是谁呢？其实不管如何，关萍露、赵世杰、陈瞎子他们达成共识的一点，那就是有人发现了他们的行踪，而失踪的五颗子弹就是对他们最大的警告。面对着丁默群对于各个报馆的疯狂报复，年轻人的热血再次膨胀与激昂，但是对于比登天还难的刺杀计划一次次失败，让这些人不得不作出一个更加大胆的计划，那就是对丁默群实施美人计。大家起先会认为第一个提出反对意见的是赵世杰，毕竟他跟关萍露的关系众所皆知，但没想到他竟然同意了。

“世杰，我怕，我心里真的很怕，丁默群他是魔鬼，每次我在他身边，都觉得胆战心惊，我受不了了。” 关萍露真的害怕了，闪避着赵世杰咄咄逼人的目光说。

“这是软弱，软弱！” 懊恼万分的赵世杰在墙上狠狠地捶了几拳，拳头上顿时露出斑斑血痕。

“世杰，你怎么这样！”李芬芳心痛地皱着眉头。

“你们都忘掉了吗？忘了小王是怎么死的？忘了我们锄奸队的队员是怎么牺牲的？如果我们不给他们报仇，我们还是人吗？” 赵世杰激动起来，挥舞着血迹斑斑的拳头，大声激动地说。

“世杰，你别这样吓我好不好。你看你的手……” 关萍露非常心痛地跑过去，拉着赵世杰的手说。

“走开。你们都不想干了，我一个人干！”赵世杰挣脱开，猛地推开她，冷冷地说。

关萍露被推了一个踉跄，愣了片刻后，眼泪像断线的珠子落下来。

南京路上的灯光依旧灿烂，像一位浓墨重粉的女人在夜的舞台上施展浑身解数展露妩媚的一面，而今晚无征兆的大雨倾盆而来，却又变成美人哭诉的另一个战场，但越发这样，越变得楚楚动人。关萍露此刻没有心情欣赏夜美女的妩媚与动人，身心疲惫地一步步向前挪着，望着街边圆柱上万国博览会的海报，陡然发疯似的撕扯下来，全身每个细胞都发狂地将它撕成碎片，抛向空中。垂直而下的雨滴像奔向战场的利剑，刺在碎纸上，让它还没有享受在空中片刻舞动的美丽，就狠狠地摔在地上。

关萍露跌跌撞撞地拖着淋湿的身子撞开了城隍庙小戏台的门，双手蜷缩着依靠在角落里浑身发抖，舞台上越剧演员像是世外桃源的隐士一般穿梭在《桃花扇》中不能自拔，只有旁边椅子上低头不语、独自徘徊在自己琴声中的老者才将台下寂寥的观众拉回现场，他不管台下扯着闲篇，还有鼾声一片的干扰，只是全神贯注地与琴声为伴。关萍露紧盯着他，眼光一刻也没有离开。

唱戏声还在继续，捧场的人还在减少。关萍露搀扶着拉琴的父亲，两人共同披了件草席作为遮雨工具，踩着地上泥水混合的交响曲，来到戏院旁边一间荒草杂生的小茅屋里，两人默不作声，任由身上的雨滴静静地淌下来。

关萍露的父亲最先打破沉默，从身后的布口袋中掏出一根锈迹斑斑的烟斗与烟丝盒，哆哆嗦嗦地向里面塞着潮湿的烟丝，关萍露急忙过去动作娴熟地帮父亲点燃，他吧嗒了两口，心满意足地望着关萍露，笑了。

“爹，你又不肯跟我住一起，要不我会天天给你点烟的。”关萍露假装有些生气地依偎在父亲身边，轻轻地帮他捶腿。

“唉，不是爹不肯，爹这样的小戏班子四处跑码头，在上海也就十天半个月的，到你那里住不方便，还给你添乱。”父亲无奈地一笑，叹息道。

“萍露，你现在有出息了，以后要好好做事，第一桩，做一个正直的人，有良心的人，千万别忘了你是中国人。”父亲突然话锋一转，语重心长地对关萍露说道。

“爹一向是这样教导我的，做人要有骨气，爹的戏班子专门演《桃花扇》，就是演这种骨气。”关萍露眼睛睁得大大的，点着头回答。

“哎哟，你看我都忘了，来，赶紧擦擦。”父亲突然站起身，拿过毛巾，递给关萍露。

“爹，要是我去做一件别人都不理解的事，你会理解我吗？”关萍露心头一热，眼里噙着泪花，看着父亲。

“你是爹的女儿，爹一把屎一把尿带大的，知女莫如父啊！萍露，爹相信你，你去做你想做的事吧。”父亲似乎有些明白关萍露在说着什么，眼神坚定地回答道。

关萍露依偎在父亲怀里，久久不愿离去。

丁默群喜欢旗袍，也喜欢设计旗袍，但他的灵感往往来自刑房。他看着犯人们被痛打着求生不能求死不得时，脸上便充满了快感，看到他们皮绽肉开、鲜血飞溅就有了旗袍刻意露出梅花镂空性感的创意。他觉得自己这样独一无二的旗袍也只有关萍露才有资格穿出它的性感与妩媚，尤其是联想到关萍露穿上性感旗袍之后的摇曳身姿与若隐若现的洁白肌肤，丁默群往往有些克制不住自己欲望的笑容，但钱鹏飞似乎能看在心里，却不知晓直接说出丁默群心中的秘密不是奉承，而是作梗。所以有段时间内，钱鹏飞稍稍收敛，就算眼睛看得到，心里很清楚，嘴巴也不能说。即使当丁默群再次遇到关萍露，大为赞赏地夸奖她将《日出》中的陈白露演绎得惟妙惟肖时，他就知道丁默群的下步棋是什么了。

"丁先生也喜欢《日出》？"关萍露被丁默群夸得有点不好意思，说道。

"不是喜欢《日出》，是喜欢陈白露。这个女子出淤泥而不染，心里还有那么点纯真吧，唉，就是命苦！"丁默群淡淡地说道。

丁默群一把拉住关萍露的手借机说要带她到一个彼此都很喜欢的地方，关萍露猜不透丁默群眼神背后藏着什么，还没等她是否同意，就被丁默群像挟持犯人一样架到了门外的轿车里。

两辆黑色轿车依旧一前一后地穿过大街小巷，车身的影子在浓密的枝叶中躲来躲去，一会儿后，车子行驶到冉云旗袍店戛然而止。其实丁默群来这里的目的只有一个，就是按照自己的设想为关萍露打造一件满意的性感旗袍。与一般裁缝店与旗袍店不同，丁默群与关萍露的贸然造访，也没有出现半个热情的主人接待。丁默群像是一位熟识这里一切的常客，让钱鹏飞守在楼下，自己带着关萍露踩着相同的节拍走上了二楼。

听着两人的脚步声，一位五短身材、其貌不扬的秃顶中年男人不动声色地在一块椭圆形的案子上继续工作，虽然他不抬头，却似神通般能够道出丁默群的名字，另外还知道关萍露的一些细枝末节。丁默群抬腕看指针停留在四点后，又非常客气地道了一声九叔，不等招呼便坐在一旁的太师椅上。九叔对于丁默群深领旗袍的创意大为赞赏，觉得这是有西方裙装的性感特色又加入了东方旗袍的妩媚，几句话说出来，就让丁默群陡然笑脸相迎，开始讲述自己对于旗袍的了解。

"说起来，旗袍款式的变化，已经有两百多年的历史。比如，清朝初年，旗袍是不开衩的，你穿过的那件九凤旗袍就像条袍子，到了后来，旗袍才有开衩，而且越开越高，为什么？因为这样性感。”丁默群得意洋洋地对关萍露说道。

“没想到旗袍里面还有这么多学问。” 关萍露打量着设计图，脸莫名其妙地红了。

丁默群四下用眼扫射着，似乎在寻找什么东西，然后径直走到一个身着旗袍的石膏模特旁，望着开叉旗袍露出的白腿。丁默群轻轻拿手在开衩上抚摸了一下，说：

“看，若隐若现，可以吸引多少目光，这是我们东方的神秘，东方人的性感。”

“丁先生最得意的，还不止这些吧？”九叔笑眯眯地看了一眼丁默群说。

丁默群哈哈大笑起来，笑声直穿云霄，怕是把太阳也惊扰到，慌忙从身边扯过一块黑云来阻挡。钱鹏飞听到笑声，将报纸放下来，斜着头，看到墙上挂着的自鸣钟显示时间已经到了四点二十五分，略想了下，自己若无其事地笑了。

二楼内丁默群与九叔就如何设计出完美的旗袍交换着意见，关萍露站在原地任由九叔在自己身上量来量去。丁默群不时抬头看下腕表上的时间，似乎在等待什么，又似乎在寻找什么。关萍露还没有等到让九叔量好尺寸完毕，丁默群突然在桌子上扔下一沓钱后消失了。

钱鹏飞看到丁默群从楼上匆忙地奔下来，扔下报纸，快速拉开房门，紧跟在丁默群身后，快速钻进轿车内，一溜烟地走了。

关萍露望着眼前快速消失的一切，不知所措地跌坐在椅子上，若有所思地眨着眼睛。

似乎这不是让关萍露最头痛的问题。当赵世杰、陈瞎子、胖子、李芬芳与关萍露再次聚首的时候，她就提出了自己心中的疑团。

“那件定做的旗袍已经十天了。这十天里，丁默群都没来找我。他这个人不光神出鬼没，还让人捉摸不透。”关萍露托着腮，不解地说道。

“杀这个狗汉奸，真是比登天还难，完全超出了我们的想象。我怀疑他根本就不是个人，是个妖怪。”胖子急得抓耳挠腮地说道。

“我想去取了那件旗袍，主动把旗袍送到丁默群那儿去。如果他见我的话，或许会是一个转机。”关萍露叹了一口气，说道。

“可是我担心萍露和丁默群越走越近，到时候回头都难。他不会放过萍露。” 李芬芳有些担心。

“是是，主意虽然是我出的，但我还是提醒一句，萍露，看上去丁默群像个文化人，可他毕竟还是个男人啊。你得有心理准备。”陈瞎子有些不快，低着头，慢慢说道。

“你们什么意思？既然都决定了让萍露去，怎么一个个又打退堂鼓了，你们是吓萍露还是吓自己？这样下去，我们能干成事吗？” 赵世杰一拍桌子，用手指点着众人，急躁而愤怒地说。

李芬芳等人被赵世杰训得都低下头去。

是的，计划已经进行到这一步，已经是离弦之箭不能不发了。当务之急就是让关萍露拿着那件定做的旗袍再次上门寻找丁默群，寻找更好的刺杀良机。但是丁默群会坐以待毙吗？

这天晚上非常奇怪，天空中居然挂着半拉斜月。黄浦江和苏州河交汇处的外白渡桥上一对身影紧紧依偎在一起，桥下一涌一起的河水拍打着河堤，一次又一次。关萍露与赵世杰不知该说些什么，却又想说些什么。

“大家都替你担心，只有我一意孤行，萍露，我是不是很冷酷？”赵世杰轻轻地看着关萍露，让双手放在她的肩上。

“不，我知道你心里对我好，做这个决定，你一定很痛苦。”关萍露看着赵世杰。

“是的，萍露，我是很痛苦，因为我爱你，我要把深爱的人推向火坑，去接近丁默群这个大汉奸大流氓大色狼，我是什么感觉？我比自己受到侮辱都难受。”赵世杰激动起来，一把抱住关萍露，把她搂得有些喘不过气来。

“但是，我是个革命者，我不能沉浸在私人的感情里，萍露，我就是再爱你，也不能因为私人感情而放弃革命，放弃刺杀丁默群这个大汉奸，这是我们的使命。” 赵世杰哀伤中带着狂热地说。

“世杰，你知道你身上是什么吸引了我吗？” 关萍露被感染了，紧紧抓着赵世杰的手，说道。

“什么？”

“是你的激情，你对革命的狂热，你就像火一样，把我给点燃了，我爱慕你，更多的是崇拜你。”

两人对视着。赵世杰再次紧紧抱住了关萍露，带着热烈的气息吻住了关萍露的嘴唇。两个年轻人的身影在桥上显得格外耀眼，连江边传来的蛙鸣声都渐渐暗下来。此刻，这个世界只有爱，没有杀戮。

其实，对于丁默群同样有仇恨的还有军统的上官锋。第一次火车站的刺杀失败，第二次大世界内的行动暴露，早已经让他如芒在背，行动不便。为了讨好上司，上官锋让手下一群人佯装成披麻戴孝抬着一口棺材，赶到黄埔江边，将其中的宝物运送出去，不料却碰到了丁默群的手下林大江带人盘查，一下子，让他有些茫然，随即装出一副淡定的模样迎了上去。

“这位老总有何贵干？”上官锋朝林大江迎过来，作揖说道。

“你是干什么的？”林大江斜着眼睛，从上到下仔细打量着上官锋。

“家父不幸病故，我送他的灵柩回老家。”上官锋拍拍身上的丧服，装作很伤心的样子说道。

“哈哈，好一个家父，我看棺材里面装的不是死人吧？”林大江仰天大笑。

“老总什么意思？这棺材里不装死人，难道还装别的东西？”上官锋假装无辜地问道。

此时，几个抬棺材的特工抬着棺材已经快到船边的跳板，林大江突然拔枪，朝天就是一枪，大吼道：“停下，老子要开棺检查！”

几个抬棺材的特工听见枪声，不顾一切地往跳板上走，林大江迈着大步追上去，举枪就打，砰的一声打在一个抬棺材的腿上，对方哎哟一声倒下，沉重的棺材轰隆一声向一边倾斜，砸在地上，泥水四溅。

上官锋见状，突然拔枪，对着拦住他的林大江的手下就是“砰砰”两枪，两个手下被击倒，双方都拔枪对射起来。顿时，江头变成了战场，子弹横飞，枪声大作，但上官锋终因寡不敌众，慌乱之际，自己像一条泥鳅一般跳入水中，溅起一朵水花，逃之夭夭。

原来棺材中根本不是什么死人，而是一套金光闪闪的编钟。让林大江称奇的是，不光这套编钟可以演奏出悠扬动听的曲子，而且不管大小不同的扁圆钟也好，还是巨大的钟架，都是用纯黄金打造而成。

果然当丁默群看到这套编钟的时候眼睛一眨都舍不得去眨，站在一旁的林大江看在眼里喜在心头，像倒豆子似的告诉丁默群这套编钟是戴笠下令让军统上海站的站长上官锋专程运送到重庆的重礼。

“哈哈哈哈，林大江，看不出你还粗中有细，这件事办得漂亮！” 丁默群哈哈大笑，拍着林大江的肩膀说道。

“属下知道主任最喜欢古玩，虽然我不懂，但黄金做的，一定值钱，都献给主任了。” 林大江见丁默群这样夸奖他，乐坏了，挠着头说道。

金编钟悄悄地被丁默群藏在自己的地窖里。他翻来覆去地看着每一个做工精美的编钟，像看到自己情人一般欣喜，尤其是每只金编钟上，两条蟠龙跃然其间，波涛云海环绕，彰显着帝王尊贵之象。突然，丁默群的双眼跳动着，手哆嗦着指着编钟大叫道：

“不愧是乾隆御造啊，巧夺天工，真是巧夺天工！”

顺着丁默群手指的方向看去，果然上面刻着一行小字：乾隆五十五年造。

“这套金编钟是乾隆八十大寿时为了表示他对爷爷康熙的尊重，效仿康熙帝在六十岁生日时铸造金编钟，下令用纯金打造的祝寿之礼，光黄金就用了一万多两。”丁默群笑着说。

“主任学识渊博，说起金编钟也一套一套的。”林大江赶紧巴结道。

“1922 年，溥仪大婚之日，用这套金编钟在宫中的盛典上演奏过，这也是它最后一次出现在众人面前，此后清宫坐吃山空，溥仪的岳父把金编钟抵押给了盐业银行，就这样流落到了民间，后来又被藏在南京博物馆。日本人占领南京后，金编钟就失踪了，没想到在上海出现。这次要不是戴笠想把它弄去重庆，我还真找不着它。”丁默群看了一眼林大江，继续说道。

“那是主任福气好，这金编钟命里注定就是归主任您的。” 林大江继续拍马屁恭维道。

正当丁默群这边为得到金编钟欣喜不已时，上官锋负伤见到戴笠，却像雨中颤抖的小绵羊一般，心想只有受宰割的份了。果然，戴笠雷霆震怒，拍着桌子大叫道：

“上官锋，你太混蛋了，这样的事情让你搞砸了，你还有什么脸来见我？”

“属下辜负了局座的信任，冒死回来就是向局座请罪的，哪怕局座砍了我的脑袋，我也没有二话。”上官锋惶恐地跪在地上，哭着说。

“上官锋，你以为你的脑袋值几个钱？我告诉你，你就是有一百个脑袋，也抵不了一只金编钟。”戴笠从办公桌里走出来，更加狠狠地指着上官锋的脑袋说。

“属下罪该万死啊！”上官锋不知所措，一个劲儿地哭。

“我不要你死，我要你把金编钟给我夺回来。”戴笠转过身，背对着他，严厉地说。

“是，属下马上潜回上海，找到林大江追回金编钟。”上官锋像寻到一根救命稻草一般，一个立正，赶紧闪了出去。

当丁默群还沉浸在金编钟带来的美妙音乐中时，关萍露手捧着那件定做好的旗袍登门而来。丁默群显然此刻心情很好，告诉钱鹏飞让他直接带着关萍露来到密室即可。看到关萍露款款而来，丁默群并不解释为什么上次自己会突然中途离去，而是一直询问九叔的手艺如何，旗袍是否合身，当他听到关萍露还没有试穿过时，当场让关萍露脱衣试穿一下，这下可吓坏了关萍露。

“这里？”关萍露吃了一惊。

“对，就这里。”丁默群的双目炯炯发亮，还坚持自己的意见。

关萍露紧张起来，左右张望了几眼，迟疑着不知所措。

“哦，关小姐别紧张，我出去，放心，不会有人打搅你！”丁默群像是忘记了什么，站起身，说道。

丁默群说着，转身离开，并且颇为体贴地为关萍露拉上了门。门锁“啪嗒”一声响。

关萍露这才松了口气，把手伸到衣扣上，正要解开，又紧张了，看看亮着的台灯，又看看合上的门缝。当确认门已经关上以后，才放心地解开上衣的扣子。

而此刻站在密室门外的丁默群目光闪动，听着关萍露窸窸窣窣换衣服的声音，涌动的情欲喷涌而来，他情不自禁地将手伸向了门把手。

关萍露将桌上的台灯轻轻关掉，只有从刑房透进来的微弱灯光照到这里，她将自己的旗袍脱下放到桌子上，立刻，浑圆的肩膀借这灯光发出诱人的味道，在幽微的光亮的衬托下，整个人显得楚楚动人。

突然，从隔壁刑房传来犯人受刑的凄惨喊叫声，吓得关萍露浑身上下起了鸡皮疙瘩，她用双手交叉着紧紧地抱着裸露的肩膀向隔着刑房的窗帘走去。

其实，另一面，有个人同样在注视着她。

第五章

密室中灯光昏暗。刑房里的嘶喊声一声接着一声。关萍露像凤凰涅槃一般，褪下身上朴素的那件旗袍，丢在桌子上，诱人的完美曲线映照在密室由各色旗袍构建成的幕布上，纵然只有黑色的投影，也散发着致命的诱惑气息与嫉妒的仇恨气焰。关萍露在丁默群收藏着绝世旗袍的密室中，用独属自己的妩媚、娇艳让所有的旗袍都败下阵来。这里除了女人的嫉妒之外，还有男人的欲望。

丁默群有点抑制不住自己的欲望驱使，颤巍巍地握着门把手想快速拧开，直接闯进去，却又放慢了脚步，似乎在等待着什么。突然，门吱的一声，开了。

关萍露已经穿上了那件艳丽无比的旗袍，胸前那一朵血红镂空梅花图案下，白皙的胸部清晰可见。丁默群呆呆地望着关萍露，两眼放着惊喜的光芒，从上到下，从头到脚一刻不停地看来看去。

丁默群正陶醉在自己的得意之作中时，他的夫人曹敏芝却不请自来。特工总部的人都认识丁主任夫人，任由她大摇大摆地直接走了进来。唯独中野云子似乎把她当做了不速之客，当听说丁默群正在幽会关萍露时，脸上突然划过了一丝得意的笑容。

钱鹏飞也是在半路上碰到曹敏芝的，他也显然对于曹敏芝的造访有些不知所措，当被问及丁默群的下落时，只能支支吾吾地打着马虎眼为丁默群找借口，但是终究抵挡不住女人接二连三的追问，只能乖乖地领着她来到丁默群的办公室。

其实不单是丁默群喜欢这件旗袍，换做任何一个男人都会喜欢。关萍露穿上这件旗袍，低领让她胸部的白皙肌肤清晰可见，收腰让她的迷人曲线一览无遗，开衩旗袍下的洁白大腿散发着迷人的气息。丁默群太过于陶醉，走到关萍露的身后，闭着眼睛，深呼吸，一刻都不想离开。

丁默群的目光在关萍露的旗袍上流动，他带着欣赏，也带着贪婪的欲念问道：

"喜欢吗？"

关萍露明显感觉到了丁默群的眼光有些异样，动作僵硬地站着，回答道：

"喜欢。"

"放松！放松！"丁默群做出一个嘘的手势，盯着关萍露，轻轻地说道。

丁默群说罢，用一只手伸向关萍露的肩膀，但没有直接落下，而是隔着一点距离，顺着她身材的曲线，轻轻从肩膀往细腰抚下去，且一边陶醉地说：

"'楚腰纤细掌中轻'啊，哈哈。"

突然，外面响起了敲门声，打破了丁默群所有的兴致。他满脸不悦地僵在那里，手也一动不动地停在半空，像是刚刚的欢乐颂来得太过突然，让他有些不满。

"默群，你给我开门。你在干什么？快给我开门。"曹敏芝"咣咣"的敲着密室的房门，像是一位心怀冤屈的婆姨不顾击鼓点数的多少与规矩，只是通过慌乱的敲打加快自己的验证步伐。

"咦，搞什么名堂？"敲了半天，见无人回应，曹敏芝有些懊恼，自言自语道。

曹敏芝无计可施，想了一下，向后退出几步，拎起裙角，低着头，弓着腰，抬起右脚，咣的一声踹在门上，门竟然开了，她气急败坏地冲了进去。

曹敏芝望着空无一人的丁默群办公室，像寻找猎物的狼狗翻来覆去地一边寻找丁默群，一边大声呼唤着他的名字。

丁默群从密室里推门而出，身后跟着一身艳丽无比的关萍露。此刻对于曹敏芝来说，最重要的不是找到丁默群了，而是要弄清楚关萍露到底是谁！显然，她心中的怒火已经让自己有些不能自已了。

曹敏芝不顾关萍露跟自己打招呼，推开两人，径直来到密室，希望能够寻找到一点蛛丝马迹。但一切都让她有点失望，里面所有的东西都归置得很齐整，而且也没有打斗的痕迹，更没有暧昧的场地。

丁默群见状，指着关萍露急忙向妻子解释说她既是自己的学生，又是办公室新招来的一位秘书。

似乎这样的说辞没有取得曹敏芝的信任，即便钱鹏飞在一旁添油加醋地帮忙，来自女人骨子里的不信任还是占了上风。

“你不要给我想出什么花招来搪塞我，到底谈什么，你不用说，我拿鼻子闻一下就能闻出来。”曹敏芝根本不听丁默群与关萍露的解释，一屁股坐在椅子上，侧着头，生气地说道。

“师母，我新来刚到，一切都很生疏，主任正在关照我，我很感激，刚跟主任说，找个时间到府上拜访。”关萍露反而大方地笑了，客气地说道。

“呦，关小姐，你的嘴巴挺甜的，啊？”曹敏芝转过身来咂着嘴，嘲讽道。

“师母，我听主任说，师母你厨艺一流，麻将搓得滴溜转，而且人长得漂亮，今天见了，我就觉得师母是个直爽的人。师母，以后你可要多带带我，见见世面。”关萍露一席话，让曹敏芝陡然少了些火气，多了些和气，也不再针锋相对地对着关萍露发飙。于是，她收敛了脾气，换了另一种极尽温柔的语调对丁默群说道：

“默群，今天晚上城隍庙那边有场堂会，请的是一个小戏班子，听说《桃花扇》唱得好，你陪我去看吧。”

“不是要看戏吗？这样吧，让萍露也去，她以前唱过越剧。”丁默群淡淡地转开话题，说道。

“啊呀，我真小看了关小姐，关小姐，我可是越剧迷啊！一起去，一起去。”曹敏芝一听关萍露是唱过越剧的，马上巴结起来。

对于关萍露的机敏与聪明，钱鹏飞看在眼里，还不时地跟她开玩笑，戏言可以去扮演军统的卧底，其实这些对于关萍露而言，一般都是一只耳朵进一只耳朵出，但当意识到钱鹏飞察觉她跟丁默群关系有些暧昧时，脸不自觉地红了。

关萍露的脸跟傍晚的晚霞一样红艳，她选择了在方春茶楼与赵世杰会面，但没料到，他们早已被日本人中野云子与木村盯上了。中野云子看到，关萍露走到方春茶楼前犹豫了一下，非常警觉地查看一下无人跟踪后，才大步迈进茶楼，直接上了二楼。乔装打扮好的中野云子与木村紧随其后。

如果按照以往的刺杀惯例，他们肯定会选择混进戏院中寻找机会伺机行刺，但是这次却是小场子而已，而且所有的观众都是丁默群与曹敏芝的熟客，赵世杰他们想要行刺成功的概率更低，甚至想接近丁默群几乎都是比登天还难。正在赵世杰一筹莫展时，关萍露灵机一动，突然想到一个好办法。

“我打听过了，请去唱堂会的是我爹的戏班子。你们可以混在戏班子里进去。”关萍露喝了一口茶，说道。

赵世杰不顾周围的茶客，凑上前去，对着关萍露的脸就亲了一口。关萍露面对赵世杰有点疯狂的举动，显得非常害羞，假装责怪地说：

“嗨，嗨，干什么？”

“出了这么好的主意，奖励你啊！哈哈。”

“别闹了，你听我说，你和胖子一起去吧，陈瞎子胆子小，又睁着一双白眼，反而是个累赘。”关萍露又打了赵世杰一下，说道。

“我也是这么想的。萍露，我又从二鬼子那里买了三十发子弹，丁默群的死期，恐怕就是今天晚上了。嗯，对了，丁默群有没有对你怎么样？”赵世杰止住笑，看着关萍露，严肃地说。

关萍露摇了摇头。

“真的没有？”赵世杰还是有些不相信。

“真的没有。”关萍露拉住了赵世杰的手，说道。

正当赵世杰与关萍露卿卿我我时，房门却出奇地吱的响了一声。原来是老板宋方春端着两碗点心闯了进来，当房门再次关闭时，赵世杰突然发现他们包厢房间的对面坐的是中野云子与木村，而且两个人低头喝茶时，非常警觉地盯着赵世杰这边的一举一动。

赵世杰与关萍露互相对视了一眼，关好房门，不再大声高语。

按照事先的约定，丁默群带着自己妻子曹敏芝坐在黑色轿车向剧院驶去。曹敏芝端坐在车后座的一侧，身体微向前倾，对着一面镜子整理自己的妆容。丁默群微闭双眼，手指在腿上有节奏地跳动着。突然，轿车一个急刹车，曹敏芝惊叫了一声，小圆镜跌落在车里，丁默群也赶紧用手扶住了前面的座椅，习惯性地将手伸到腰间的手枪上。

原来，横挡在丁默群车前的是一辆塞满日本宪兵的军车。他们挡住丁默群的去路，从车上跳下来，操枪将两辆黑色轿车团团围住。钱鹏飞也在纳闷的时候，从军车驾驶室里走下来一位身着日本军官服的女人，原来是中野云子。

丁默群一看是中野云子，急忙跳下车，笑着迎上去，探问究竟。其实中野云子的此番目的只是给丁默群提个醒，告诉他警察局的三十发子弹不翼而飞，经过他们的调查可能与关萍露的男友赵世杰存在着千丝万缕的关系。丁默群听罢，刚悬着的心放下来，认为这有点小题大做。这时，中野云子的一句话让他陷入了沉思。

“丁主任先别乐，就在我来之前，你那个关小姐刚跟她那个赵公子碰过面。”中野云子褪下双手的白手套，塞进口袋中，转过身去，眺望着远方，冷冷地说道。

“知道了。”丁默群略略沉思了一下，轻声说道。

中野云子似乎没听到丁默群说了什么，走到军用卡车前，拉开车门，麻利地跳上车去，身后跟随的日本宪兵挨个登上汽车后面，冒着黑烟，轰鸣而去。

城隍庙小街纵然没有夜晚南京路的奢华，却有着自己别致的魅力。古香古色的中国牌楼建筑，高耸树立的参天古树，以及绕街而走的小买卖人以及不断的吆喝声，都构成了专属这里独有的风情。关萍露穿着那件胸前有朵艳红桃花图案的合身旗袍，手里拎着一个小巧的手包，在过往的人群中搜索着丁默群与曹敏芝。

关萍露真的没有想到丁默群会如此的小心，竟然会让钱鹏飞首先跟自己接头，然后由他带着从戏院的后门进入，与他们会合。与传统的大戏院的辉煌相比，这里多了几分宁静与安详，静谧的宅院里各种花朵在夜色下静静绽放。正中间戏台子的背景板刚刚从头到底扯下来，工作人员有条不紊地将在这里开辟起另一个人生舞台。

曹敏芝看到关萍露身穿那件艳丽无比的旗袍后，顿生醋意，尤其是胸口那朵血红镂空梅花下透出的洁白肌肤诱惑，让这个女人又来了敌意，她刚刚坐罢，不顾丁默群与关萍露的寒暄，直接上前没好气地说道：

“你这身红艳艳的桃花真是招人眼。到底年轻哪，穿什么都有光彩。”

关萍露嫣然一笑，不作答。

在狭小的后台化妆间，演员们紧张忙碌地穿衣、化妆，整理着道具。赵世杰与胖子躲在一个角落里，互相给对方在脸上画来画去，其实他们也不清楚自己的角色与身份，目的就是为了让丁默群认不出自己，还没等画完，关萍露的父亲从外面拎着胡琴，步履蹒跚地走过来，叮嘱两人在台上的一些注意事项，突然话锋一转，紧张地问道：

“萍露说，晚上她也来听唱堂会，她陪的是什么人？”

“这个……大伯，等会你就知道了。反正今天晚上会有好戏的。”赵世杰一下子不知道该如何回答，结结巴巴地说罢，接着拉着胖子跑向了另一边。

“好戏？你们别给我演砸了，我就千恩万谢喽。”关萍露的父亲望着两个人一溜烟地跑了，拎着胡琴，笑了一下，自言自语道。

锣鼓一响，好戏开演了。赵世杰与胖子从后台的一角看到台下关萍露跟丁默群坐在一起，而在台上伴乐的关萍露父亲同时也看到了这一幕，他额头沟壑般的皱纹又堆积到了一起。身穿便衣的特工们活跃在观众席中，不时拿着余光扫射台上台下的动静。突然，丁默群抬腕看了下手表，借故离场，钱鹏飞紧跟背后，一步不离。

胖子害怕丁默群的离去又将错失刺杀的机会，慌忙从腰间拔出手枪准备射击，却一下子被赵世杰堵了回去。

“现在不能动手，等他回来。”赵世杰使了个眼色，道。

舞台上的戏曲演员已经从后台奔向前面走场了，密集的锣鼓点随着演员情绪的高涨也越发紧张起来。饰演《桃花扇》中李香君的女演员轻盈地舞动水袖，像挥动着一条割舍不断的白丝带，欲罢不能地唱着凄惨的戏词，也让台下的观众泪水涟涟，尤其是坐在观众席中的曹敏芝早已是拿着手绢哭成了泪人，而关萍露却顾不上看戏，心急如焚地寻找着丁默群的身影。

“关小姐，看戏啊！” 曹敏芝似乎感觉到关萍露心不在焉，碰碰她，说道。

“是是。哎，师母，大衣你拿着不方便，我来替你拿吧。” 关萍露故意岔开话题，说道。

“不用了，搁这儿吧。” 曹敏芝却把大衣搁在丁默群的位置上，说道。

“丁先生呢？去哪儿了？” 关萍露装作不经意地问道。

“谁知道，他就这样，神神道道的。别管他，我们看我们的。”曹敏芝继续沉浸在舞台戏曲的氛围中不能自拔，哽咽着说道。

但是曹敏芝的哭声被一声枪响吓停了。钱鹏飞与吴士保带领十余名特工操枪突然闯进来，吴士保当空就是一枪，台下的观众尖叫四起，乱作一团，他大喊着要例行检查，让特工们分散到各个角落，对戏院中的所有人员逐一进行盘问搜查。而这时候，还在后台的赵世杰与胖子却慌了神，眼看着吴士保带着一名特工举着枪正朝后台跑过来，还没等他们找到躲藏的地方，就被他们推搡着请到了观众席中，赵世杰与胖子异常紧张，不时地用手摸着腰间的手枪，站在原地，东张西望。

曹敏芝眼看自己的好戏被人搅了局，异常气愤，跺着脚地转圈，一直询问丁默群的下落。关萍露的父亲哆哆嗦嗦地拿着胡琴质问钱鹏飞为何要砸自己的场子，一位特工想用枪托上前殴打关父，立即被钱鹏飞厉声喝住，他好言好语称只是例行检查，奉上级命令缉拿肆意捣乱分子而已。钱鹏飞不顾关父与自己一直纠缠不休，站在舞台中央，大声呵斥台下乱糟糟的人群站成一排，逐一进行检查。

赵世杰与胖子越来越紧张，腰间的手枪不知道该藏在哪里，一旦被钱鹏飞搜查到后果可想而知。两个人像热锅上的蚂蚁急得不知所措。这时候，关萍露一手挎着曹敏芝的胳膊，一手拿着她的呢子大衣，故意假装被吓得不轻，挤到赵世杰与胖子身边，乘机松开曹敏芝的手，从呢子大衣下面穿过去，示意赵世杰与胖子把手枪递给自己。就这样，用浑水摸鱼的方式关萍露轻松地将两只手枪放到了曹敏芝呢子大衣的两个口袋中，在她不知情的情况下，大摇大摆地向门口走去，突然被一名特工拦住了。

“师母，他们连我们也要搜查吗？”关萍露装出害怕的样子，怯怯地说道。

“猪，快滚开！”曹敏芝正在恼火中，劈脸就给了那特工一巴掌。

“你……”特工被打蒙了，懵懂地举起枪，正要发怒。

“啪……”又是一耳光。这次是钱鹏飞打的。

“混账，你还真连猪都不如！”钱鹏飞厉声喝道。

“嫂子受惊了，请。”钱鹏飞恭敬地对曹敏芝笑着说。

似乎外面的世界并没有受到剧场里面紧张气氛的影响，依旧人来人往。关萍露刚走出来，便迅速地将曹敏芝大衣口袋中的两支枪塞到自己小包中，不动声色地与曹敏芝一头扎进门外的黑色小轿车里。突然，她看到丁默群正坐在后座上闭目养神。看到曹敏芝上来，他赶紧睁开眼，关切地问东问西，当听说是关萍露一直保护着曹敏芝逃离现场后，深情地看了关萍露一眼，让她突然觉得有些不好意思，低下了头，摸了一下自己的小包。

钱鹏飞带着吴士保在里面逐个排查了一遍，就差将剧场掀个底朝天。吴士保垂头丧气地用枪顶着帽子玩，钱鹏飞一路小跑从里面来到车前向丁默群汇报说一切安好。丁默群只是无奈地直摇头称可惜了一场好戏，还没有感叹完毕，就看到关萍露的父亲拎着胡琴蹒跚着走过来，要与丁默群理论一番，恰巧也被关萍露看在眼里。

钱鹏飞赶紧将关父叫到一边，满脸堆笑地从口袋中拿出一把沉甸甸的大洋塞到关父的手里，接着转身登上了丁默群前面的那辆黑色轿车，两辆汽车轰鸣着绝尘而去。只留下关父站在原地，手里拿着一把大洋，眼神无奈，唏嘘不已。

这次是钱鹏飞把关萍露送回了住处，而且临走的时候还刻意叮嘱她明天是第一天上班，不要迟到。因为自己小包里还带着两把手枪，关萍露有一句没两句地应了之后直接向自己的房间奔去。但在楼角的拐弯处，她差点被两个黑影吓倒，原来赵世杰与胖子早已在这里恭候多时。

“真是功亏一篑啊，丁默群怎么会突然产生怀疑？这个搜查肯定是有针对性的。”赵世杰有些想不开，不解地发问道。

“会不会又是姓钱的搞的鬼？难道他看出我们化了妆？”胖子拍着脑袋说。

“不会，你们两个小花脸，连我都认不出来。”关萍露不屑一顾地回答道。

“丁默群让我去特工总部上班，当他的秘书。”关萍露迟疑了下，说道。

赵世杰愣了一愣，突然乐了，一拍桌子，大声说道：

“好，这真是柳暗花明，你这样可以更加接近他，一定会有更好的下手机会的。”

“另外，我在想，今天晚上的事，极有可能丁默群对萍露已经产生怀疑了，至少他在我们的行动中闻到了什么气味，如果萍露不去，他的怀疑就更深，后果将很严重。”赵世杰在屋里踱来踱去，又说道。

是的，其实当初的刺杀计划已经是宣告失败了，但没想到的是中途丁默群妻子曹敏芝的加入，让关萍露意外成了丁默群办公室的一员。而且今天钱鹏飞送她回来的路上，还特意叮嘱明天上班的事情，所以赵世杰、关萍露、胖子他们才会将计就计，要将刺杀进行到底，但是关萍露真的能得到丁默群的轻易信任吗？

关萍露第二天准时来到丁默群的办公室时，钱鹏飞也在此等候。对于关萍露能够来这里上班，丁默群其实感觉有些意外，或许他把昨天那句话只当成是对老婆的一句谎言而已。关萍露一直对丁默群承认自己只是他的秘书，对他的妻子曹敏芝也是如此的说辞。其实这是一语双关的说法。对于丁默群而言，强调职业身份是为了让他从心底更加信任自己，在工作上如此，在感情上更是如此。对于曹敏芝而言，就是为了打消她的怀疑，断绝她的后顾之忧。所以，丁默群看到关萍露十分愿意做自己的秘书很是高兴，刚聊了几句，就笑着说要派给她一项任务，就是晚上陪自己跳舞。

丁默群与关萍露在舞厅诱惑的灯光下享受着二人世界，一曲完毕又跳一曲，一直跟随的钱鹏飞，只是躲在一边，抽烟喝酒，静静地看着他们。丁默群似乎喝多了些，与关萍露跳舞之中，几次三番故意借机贴近她的身体，都被关萍露挡了回去，后来索性借故去了洗手间，但是丁默群的眼神却依旧散发着欲望的光芒。

关萍露以为自己躲进了卫生间就可以暂时躲过一劫，其实她大错特错了。她在卫生间把冰凉的清水撒在脸上，深呼吸了一下，准备抓开门把手出去，却突然发现门把手自己在动，吓得她向后踉跄了几步，大口地喘着气，突然，门被推开了，丁默群闯了进来。

“主……主任，这是女厕所。”关萍露战战兢兢地退到墙角，面色惨白，结结巴巴地说。

“我知道，我把门锁上了，就没有男女之分了。”丁默群用手做了一个嘘的动作，醉眼惺忪，脸上带着坏笑。

“主任，这不太好吧，万一让人瞧见，对你……”关萍露有些急了，几乎歇斯底里地叫道。

“哈哈，萍露，你太有意思了。哈哈。”丁默群哈哈大笑起来，像是听到了一个最好笑的笑话。

其实丁默群的本意是告诉关萍露，不要把所有的精力都放在赵世杰的身上，他不是以其他合作刺杀败露为名劝说，只是从男女关系延伸开来。而后，突然从身后的服装袋中拿出一套日本和服，让关萍露赶紧换上，跟随自己去拜见日本人武田。

“武田对你有兴趣。”丁默群直截了当地说道。

“我不想见这个日本人。”关萍露不容分说就拒绝了丁默群。

“萍露，我告诉你吧，武田将军有兴趣的人，要么在上海滩飞黄腾达，要么永远销声匿迹，你准备选哪一样，啊？”丁默群的脸色一变，马上阴沉了，阴沉得有些吓人。

关萍露一凛，默不作声。

“在特工总部讨生活的人，脑袋不在自己脖子上，在别人手里，你明白这句话吗？”丁默群继续阴冷地说道。

关萍露咬着嘴唇，恶狠狠地盯着丁默群，突然一把撕开了旗袍，挣脱旗袍的盘扣像散在半空的棋子，一个个争相跳了下来。

关萍露飞快地脱下旗袍，扔在洗手池上。她里面还穿着紧身衣和连裤袜，曲线毕露。

丁默群的目光一下子发直了。但此刻关萍露已非常麻利地套上和服，整理好衣服的角角落落。

当关萍穿着一身白色和服出现在舞厅时，丁默群已与武田、木村坐在一起推杯换盏，有说有笑地交谈着。当武田一眼看到关萍露穿着一身和服亮相时，情不自禁地鼓起掌来。

“这不是关小姐吗？你说你对日本人没有好感，为什么穿的却是日本和服啊？”武田大笑起来。

“因为我觉得我穿和服也很漂亮。”关萍露笑道。

“哦，武田将军，现在关小姐已经是我们特工总部的秘书，以后也算是同道中人了。”丁默群急忙解释道。

“可是关小姐曾经对我说过这样一句话：道不同不相为谋。” 武田继续问道。

“我记得武田将军也说过：识时务者为俊杰。” 关萍露笑了，巧妙地回答道。

“好，你能这样说，我很高兴。我和你说过，我们后会有期，没想到这一天来得这么快。来，木村君，给关小姐倒杯酒，我们干一杯。” 武田高兴地招呼着关萍露，开怀大笑道。

木村忙拿起桌上的清酒给关萍露倒了一杯。

谈到兴头上，木村侧身向关萍露讨教如何看待中国的《红楼梦》与日本的《源氏物语》，其实他想表达的就是说日本的《源氏物语》要比中国的《红楼梦》早出那么多年，旁敲侧击地来打击一下，但出乎意料的是，关萍露的解答让在座的武田跟木村有些尴尬。

“因为日本文学和日本文化一样，同样深受中国影响，在《源氏物语》里面，光引用中国唐朝诗人白居易的诗就有90多处，还把《礼记》、《战国策》、《史记》、《汉书》这些中国古籍中的史实和典故，巧妙地隐伏在故事情节之中，所以，寻根溯源，这个源头还是在中国。”关萍露振振有词地说道。

丁默群微笑着点头，木村也赞许地点了下头。

“木村君说，他赞赏你的文章，但不赞同你的观点，因为你不喜欢我们。”武田举杯，跟关萍露碰了一下，说道。

“武田将军，对一个没有经过邀请，就闯进别人家里来的人，我实在想不出，我为什么需要摆出欢迎的姿态。” 关萍露心里一凛，感觉到武田和木村在背后监视着她，便机智而不亢不卑地说。

丁默群听了，顿时脸色大变。

果然，武田的目光中闪过一道怒气，砰的一声把酒杯蹾在桌子上，酒水溢了出来。

而武田却又哈哈大笑起来，坦言喜欢关萍露坦率的性格。丁默群把刚想解围的话又咽了回去，急忙招呼大家喝酒。而关萍露却又故意假装像个小女人一样显得有些尴尬。

关萍露虽然不乐意跟这些人继续交谈下去，但还是强忍着继续伪装下去。关萍露心里难受，而她的男友赵世杰此刻也不好受。

赵世杰与陈瞎子、胖子、李芬芳因为一次又一次没有刺杀成功，耿耿在心，几个人又喝得酩酊大醉。其实赵世杰心里更加难过的是，他一直惦念着自己女朋友关萍露的安危。

“醉……醉……” 赵世杰高举着酒瓶，步履蹒跚地讲着醉话。

“把酒给我，世杰，你不能再喝了，你再喝你就不是赵世杰了知不知道。” 在一旁的李芬芳急了，一把拉住赵世杰。

“走开，我不是赵世杰最好，我他妈的就不烦了。” 赵世杰却粗暴地推开李芬芳。

“世杰，你是为萍露吧？让她接近丁默群是你决定的，她现在已经潜伏到丁默群身边了，你心里又不痛快……” 李芬芳吃了一惊，犹豫了一下，眼里含着泪水说。

“你以为我赵世杰的心不是肉长的吗？萍露是我女朋友啊，我让她进狼窝，我真想把自己给杀了，千刀万剐！”赵世杰拍拍胸脯，大声地哭诉道。

暗暗爱着赵世杰的李芬芳呆在那里，赵世杰又恶狠狠地喝了一大口酒，脚步越发踉跄了。

赵世杰不小心被脚下的小石头绊了一下，被其他人扶起来，抬头的一刻，却看到关萍露穿着那件日本和服站在舞厅的门口，与武田、木村、丁默群等几个人有说有笑地道别。而后眼睁睁地看着她登上了丁默群的汽车，绝尘而去。其实关萍露同样看到了手拿着酒瓶，已经喝得酩酊大醉的赵世杰。但是她只能强忍着自己的感情装作什么都没有看到。赵世杰一时控制不住自己，使劲将手中的酒瓶扔在地上，摔得粉碎，吓坏了在一旁的李芬芳、胖子与陈瞎子。

只要跟丁默群在一起就是为了革命工作，所以她必须先抛开儿女私情，将一切问题弄个水落石出，比如今晚穿和服取悦武田就让她有些想不通。而丁默群却用一个茶叶与沸水的联系来告诉她背后的一切。

“这不叫讨好，这叫和平共处。知道茶叶为什么在沸水里游刃有余，而萝卜为什么在沸水里一泡就蔫吗？那就是因为不懂得和平共处。”丁默群一边比划着，一边对关萍露说道。

丁默群用自己独特的眼光看待武田，而武田却认为关萍露取悦自己只是丁默群的一个伎俩而已，对于一个经常写反动言辞的人怎么能突然明白“识时务者为俊杰”的道理呢？他除了不相信丁默群之外，也不相信关萍露。

丁默群这次把关萍露送回住处后，执意要将她送上楼去。但面对今天突然发生的这么多事，关萍露有些后怕，也担心赵世杰的安危，所以义正词严地拒绝了丁默群，好在他识趣地离开了。丁默群嘴上不说，但是什么都能看在眼里，在回去的路上，突然让钱鹏飞有空请赵世杰来特工总部一趟，说自己想要好好招待一下。面对丁默群的话，钱鹏飞有些不知其意，只是轻轻地哦了一声。

果然，赵世杰醉醺醺地找到关萍露，看到她穿着的那身日本和服时，像失去控制的疯子一样上前撕扯着，却又撕扯不动，痛苦的表情像是到了世界末日。

“世杰，我知道你这是爱我，你爱得这么痛苦，要不我就退出，我们不干了，我们离开上海……”关萍露见赵世杰这样痛苦，心里又动摇了。

“你说什么？离开上海？我们不杀丁默群了？”赵世杰打了个激灵，似乎突然惊醒过来。

“世杰，我现在心里也很乱，丁默群逼我穿上和服，跟武田这些日本鬼子周旋，强颜欢笑，我心里恨死了自己，我关萍露怎么会变成这样？要是别人看见了，会怎样看我？他们会不会认为我是个无耻的女人？”关萍露颓然坐下，有点失落地说道。

此刻的赵世杰酒醒了一半，他是坚决不同意关萍露中途放弃这个难得的刺杀计划，在革命斗争面前一切儿女私情都得让路。但他又是如此深爱着关萍露，两个人继而互相打气时，赵世杰冲动地一把将关萍露按倒在床上，希望继续进一步发展时，关萍露却想到了自己年迈的父亲，毕竟今天这一切，他也看在这里，他又会如何看待关萍露去特工总部给大汉奸丁默群当秘书呢？她急于向父亲说明一切，却被赵世杰一把拦住警告她不要透露了自己的刺杀计划，一旦走漏一点风声，后果可想而知。但是这又如何让关萍露向父亲说明呢？

关萍露再次来到城隍小庙的破屋时，大老远就听到了父亲用胡琴弹奏的《二泉映月》。悲凉的琴声让关萍露突然有了不寒而栗的痛感，她轻轻推门而入，还没等自己说话，却听到了父亲在自言自语。

“有的人眼睛是瞎的，心里亮堂；有的人眼睛亮堂，心里是瞎的。唉——”

“爹，我这几天忙，没来看你，你想我了吧？”关萍露坐在父亲身边，看着父亲，笑着说。

“忙？忙什么呢？”关父目光犀利地扫了下女儿。

“我要离开剧社了，去……爹，我说出来你别生气。”关萍露吞吞吐吐起来。

“哦？去哪儿？” 关父一凛，盯着她问。

“特工总部。”关萍露说。

“特工总部？那是替日本人干活的地方，这不是去当汉奸吗？” 关父脸色大变，把胡琴往边上一放，站了起来，焦急地说。

“爹，你别急，你听我说，女儿怎么会去当汉奸？” 关萍露连忙扶住父亲，说。

“那你去干什么？”

“这个……我现在不能说，爹，你以后会明白的。” 关萍露又吞吞吐吐起来。

关父呆了一下，跟以往一样，掏出烟杆准备塞上烟丝抽上一口时，面对关萍露点燃的火柴没有迎上去，而是自己重新点燃了。这让关萍露有些尴尬。其实关父除了不知晓女儿去特工总部丁默群那里做什么之外，也对在戏院后台化妆的赵世杰与胖子起了疑心，一个劲地追问他们的底细，但关萍露也同样说这是一个不能说的秘密。关父不知道也罢，其实担心的还是女儿的生命安危。面对父亲的理解，抑制不住感情的关萍露突然给父亲跪下，两个人紧紧地抱在一起，像是最后的生离死别，又像是女儿在不听话地撒娇。

第六章

十字路口。四面八方游离而过的人群总要停下向这里望去。就连拉黄包车的师傅们一边单手持车，一边借挥汗之名也不忘扫过一眼，直到车上不耐烦的客人使劲跺着车板，才抱歉地弯腰嘿嘿一笑，继续向前跑去。来往的行人赶路的赶路，歇脚的歇脚，就连头戴红头巾指挥交通的红头阿三也仿佛认为这边一群人围簇下的高声演讲，只是一场海市蜃楼的虚幻而已，依旧使劲吹着哨子，憋得两腮通红，手中的斑马指挥棒不停地挥来挥去。所有的一切似乎都无法影响到赵世杰站在街头一角慷慨激昂的抗日演讲，相反他会觉得这是一个团结人心的极佳机会，而李芬芳、胖子、陈瞎子则拿着厚厚的一叠宣传纸发到台下围观的人群。而他们只顾热情投入，却忘记了自己早已置身于危险境地。

李芬芳只顾低头散发传单，却从没看清楚对方是谁，刚把传单塞过去就被对方抓住了胳膊。李芬芳起初以为只是有人不放心碰了一下，不管不顾地继续在人群中穿梭时，那个人的手指像钳子一样紧紧地锁住了她。原来是丁默群的手下阿三。李芬芳边努力地挣扎着，边向台上的赵世杰求助。

而在此时，躲在一旁的钱鹏飞使劲抽了最后一口烟，将烟蒂踩在脚下使劲碾了一下，从腰间掏出手枪，砰的就是一声。围观的人群像听到起跑令的运动员，全部都动了起来，只不过是毫无秩序地乱作一团。

赵世杰从台上跳下来，推开人群，想拉住李芬芳的手逃之夭夭，却不料李芬芳被锁住自己胳膊的特工阿三当面就是一脚，仰天倒地。他弯身想要把她拽起来，却不知道什么时候钱鹏飞早已经站到他的身边，还没等他反应过来，迎面就是一拳，赵世杰疼痛得捂着面部蜷缩在地上不能动弹。

及时赶到的关萍露上前疯狂地撕拽着钱鹏飞，气愤地控诉他野兽的暴行。但这一切他似乎都没放在眼里，只是浅浅一笑，吩咐人像扔麻袋一样将赵世杰塞到车里，扬长而去。

当赵世杰苏醒过来时，已经身处特工总部的刑房内。自己像被钉在椅子上一般一动也不能动，两只胳膊也被架起来横倚在身后的十字架上，全身稀烂的衣服背后伤口不停淌着血，一直滴在地上潮湿的秸草上。特工阿三啪啪不停地扇着赵世杰耳光，而且每一次不管他说什么，换来的都是狠狠的拳脚相加，坐在一旁的钱鹏飞也不由分说上前给了一耳光。顿时，让赵世杰愤怒的火焰直抵云霄，他发疯地狂喊着，大骂着。

丁默群一边举着一杯血红的葡萄酒，一边透过密室窗帘的一角观察着刑房里的一举一动。突然，密室的门砰的被推开了，气喘吁吁的关萍露眼睛直盯着丁默群，胸部随着大口地喘气急剧地起伏着。她哭泣着让丁默群释放自己的男朋友赵世杰，却被丁默群以本职工作就是要打击抗日分子为由冷冷地拒绝了，然后，他上前抓住关萍露，将她拽到可以看到刑房一切的窗帘前，让她亲眼看到赵世杰受尽折磨的残酷画面。

关萍露脸色惨白如窗户纸一样吓人，身体发抖得像遇到了冷入骨髓的冬日，而丁默群却像一只逮到老鼠的恶猫一般，不急于将对手置于死地，而只是享受着戏耍与玩弄的乐趣，告诉她自己不能私自放人，不方便对上面的日本武田交代，如果真要想办法，解铃还须系铃人，人是钱鹏飞抓的，人也可以由钱鹏飞来放。

关萍露止住哭声，正要离去，却听到丁默群用极其吓人的声音，对她说道：

“关小姐，你虽然是这里的秘书，但你要记住，这间房子没有我的准许，任何人不许进来！”

赵世杰被抓的消息让家里人知道后寝食难安，赵世杰的父亲赵安家焦急地在客厅转来转去，原本以为关萍露的出马可以将赵世杰救出来，没想到看到关萍露失望摇头的样子，他决定跟关萍露一起去拜见钱鹏飞，用贿赂的形式来买通他。其实，关萍露心里最没底了，平时自己对待钱鹏飞往往是冷嘲热讽，这一次他逮住抓捕赵世杰的机会，会轻易凭借自己的几句好话，就释放了赵世杰吗？她心里真的没底。

关萍露与赵安家找到钱鹏飞的时候，他已经在一家酒馆里喝得酩酊大醉。听到有人喊自己钱队长，睁着迷迷瞪瞪的醉眼发现是关萍露带着一位长衫富态男子，已经猜出了几分。但是他故意不买账，哪怕是听到对方说是关萍露介绍后，依然假装不解地问：

"慢，关小姐是哪位？"

赵安家看了关萍露一眼。

"钱队长，你真会摆臭架子。" 关萍露双手抱肩，冷笑了一声。

"我这个人就是喜欢摆臭架子。你要是觉得看到我心里堵得慌，你就走开。" 钱鹏飞捡起桌子上一只鸡爪子，一边享受地吸吮着，一边不屑地说。

"是这样。我是赵世杰的父亲，他年纪轻不懂事，跟一帮人去发什么传单。钱队长你看能不能帮个忙……" 赵安家向关萍露使了个眼色，转身满脸堆笑地迎上去说，掏出一只浅色小布口袋放在钱鹏飞的身边。

钱鹏飞打着饱嗝，眯着眼把小布口袋的口子打开，看到里面露出了十根黄灿灿的金条，笑了。

"老话说，破财消灾，有点道理。赵先生，你等消息吧。"钱鹏飞嘿嘿一笑，却显得有些吓人。

关萍露以为这样就可以结束走人了，但没想到的是钱鹏飞突然又让店小二加了两副碗筷，让他们两个陪自己喝上一杯。而且直言如果没有碰杯酒喝，再多的金山银山也挽回不了赵世杰的一条小命。赵安家轻轻地用手碰了一下关萍露，自己首先坐下帮钱鹏飞斟满杯中酒，有说有笑。关萍露极其不情愿地坐下来，也举起了酒杯。

钱鹏飞很会办事，将所得的十根金条悉数交给了丁默群。他很清楚所有的一切都是他的主意，自然包括上面知晓赵世杰的事情不方便说话等等，所有的一切都是一个幌子，目的只有一个，就是让钱鹏飞告诉关萍露，所有的一切都已经打点妥当，唯一的条件就是让赵世杰离开上海。临了，丁默群不忘拿出两根金条塞到钱鹏飞手里，明着的意思是备粮娶老婆，暗着的意思是接下来的事情要处理得当。

其实关萍露早早地就在办公室外面等候钱鹏飞的到来，第一眼看到他后，急忙追了上去，想问个究竟却又说不出来。钱鹏飞一眼看出了端倪，直截了当地说日本方面答应放人，但是赵世杰必须离开上海，而且特别强调了是日本人方面的意思。真的是日本人方面的意思吗？关萍露有些怀疑，另外当她看到钱鹏飞给自己退回两根金条时更加疑惑不解，难道这样的买卖可以讨价还价吗？此时也想不了太多，救出赵世杰才是最重要的事情。

浑身血迹、一瘸一拐的赵世杰是被关萍露架回去的。在回去的路上，他再也没有了昨日抗日救国的激情，也没了义愤填膺的冲动，只是阴着脸，低着头，一语不发。

赵世杰其实不是对自己担心，而是对关萍露放心不下。当他听到自己轻易被放出，是由于父亲花钱买通了丁默群与钱鹏飞，便不屑地笑了。

“哈哈，我爸？他这么有能耐？哈哈！谁都知道，进了特工总部，那等于进了鬼门关，我赵世杰是谁啊，怎么这么容易就出鬼门关了？”

“世杰，你是怀疑我？”关萍露紧张地问道。

“我不想怀疑，可是我的脑子里就是去不掉这个阴影，就像一条虫子在咬。萍露，你说实话，是不是你给了丁默群什么好处，让他占了你便宜，他才把我放了？”赵世杰不顾脸上的伤痛，情绪激动起来，大声说道。

“世杰，你不是说你永远相信我吗？我关萍露难道有这么贱？”关萍露伤心极了，满腹屈辱地说道。

“我是不是自作自受？萍露，关在牢里的时候我想出来，现在出来了，我又很痛苦，很怀疑……”赵世杰痛苦地敲敲脑袋，不知所措地道。

“你可以怀疑我，但我没做什么见不得人的勾当。”关萍露气得一跺脚，咬着牙说道。

关萍露说完，丢下赵世杰，头也不回地气呼呼往前走。赵世杰愣了愣，也一瘸一拐地跟上去。

在一个弄巷的拐弯处，李芬芳手里拿着一串糖葫芦向他们挥着手，胖子抱着一瓶酒也晃来晃去，陈瞎子用手推着眼镜，努力向他们张望着。

几个人重新看到赵世杰，急忙上前嘘寒问暖，尤其是李芬芳更是心疼得掉下眼泪。就在他们说话之际，才发现关萍露已不知去向。赵世杰非常失落地低下头，与他们结伴回到自己家。

母亲望着被打得遍体鳞伤的赵世杰心疼地哭泣不停，父亲赵安家焦躁地催促着赵世杰赶紧离开上海去南洋避难，而赵世杰却非常固执地摇头反对。父亲不顾他如何反对，说明天晚上七点到香港的船票已经订好，再做更改已经晚了。

夜色中的十六铺码头，依稀还听到船上汽笛的呜呜声以及海水拍打岸头的冲击声。赵世杰拎着一只木箱，缓缓走下来，向父母深深鞠了一躬，转身离去。母亲望着儿子远去的背影，泣不成声。父亲转过身去，极力不让自己眼眶中的泪水流下来。

轮船拉着悠长的笛声督促着乘客上船奔赴远方，也提醒着送别的亲人剪断此刻惆怅的相思。轮船的甲板上人流如织，男女老少都齐力向岸边挥手，一些挑着行李的赤脚脚夫用上海方言为自己前行的路打气，赵世杰无心留恋所有的人情缠绵，以为自己会一走了之，但是还是在检票口碰到了恭候多时的李芬芳、胖子与陈瞎子。

赵世杰与他们简单聊了几句，突然问到为何没有看到关萍露时，李芬芳的一句话让他心灰意冷。

“她说她没有空。”李芬芳说道。

“没空？嘿，连送我都没空？”赵世杰冷笑了下，抬头看了一下天，说道。

他使劲拥抱了一下胖子与陈瞎子，头也不回地登上了驶向远方的轮船。只有李芬芳黯然惆怅，眼泪像掉了线的珠子，噼里啪啦地掉下来。

没有月光与星星的夜色，黑得有些吓人。突然，天边一道闪电倾斜而来，吓得李芬芳、胖子与陈瞎子三个人抱头消失在夜色中。对于赵世杰的离去，关萍露为何不肯露面，究竟她又在想着什么呢？

闪电过后，雷声轰鸣，紧接着瓢泼的大雨接踵而至。事先连一点征兆都没有，豆大的雨滴噼里啪啦地打在来往行人的身上，也打在他们的心上。

关萍露在自己的住处轻轻地关好窗户，让外界的喧嚣暂时远离自己的心房，将一幅墨迹淋漓的诗词挂在墙上，退后几步审视着它的模样。突然，一阵急促的敲门声让她心里一颤，有些惊恐地询问是谁，不料对方的回答让她一下子紧张起来，闭着眼睛捂着胸口极力让自己静下来。雨夜突然造访的不是丁默群，而是赵世杰。

“你不是去南洋了吗？”关萍露拉开门，一眼望到浑身湿漉漉的赵世杰，嘴唇有些颤抖地说道。

“你不来送我，我就不去南洋。”赵世杰不顾头上淌下的水珠模糊着自己的双眼，固执地说道。

“这也能成为不走的理由吗？”关萍露疑惑地问道。

“作为理由是有点儿牵强，可是，这是一个爱的理由。”赵世杰回答道。

“你刚才那样对我，世杰，你真的怀疑我吗？”关萍露有些不解，激动起来。

“是我不好，我一定走火入魔了。要不，我的脑子被他们打坏了，我怎么这么敏感，莫名其妙。萍露，也许我是害怕失去你，非常害怕……”赵世杰深情地望着关萍露，偶尔从头发上滚落的水珠砸在地板上，一次又一次。

“世杰，你怀疑我还不如杀了我，我做错了什么？我什么都听你的，可到头来，你就这样对我。”关萍露的心一下子软了，看着赵世杰，说道。

“对不起，对不起，萍露，我也是想到这个，一定要回来跟你道歉，你知道，我有时候爱冲动，而且有点偏执，我请你原谅我对你的伤害。”赵世杰难过地用手捶着自己。

“我丢不下你，我上船的那一刻，像千万支针在扎着心窝。那时候我就觉得，我不能走，我要和你在一起，我还有许多没有干完的事，我还要为小王报仇。”赵世杰说完，泪水夺眶而出，与身上的雨水交汇在一起砸在地板上。

赵世杰说完，一把抱住了关萍露。而关萍露此刻也是泪眼婆娑，紧紧地抱住赵世杰。

窗外的雨，在灯光映照下，淅淅沥沥，如万箭穿心。

其实对于赵世杰远离上海的消息，除了家人以及李芬芳、胖子、陈瞎子等人信以为真之外，丁默群也是如此。钱鹏飞踏着雨声来到他的办公室告诉这个消息时，丁默群刚刚同戴笠派来的黑衣人秘密接洽完毕。在他看来，戴笠的目的就是想夺回那套价值不菲的金编钟，但是丁默群是一个会记仇的报复者，他忘不掉当年自己在戴笠手下如何含冤入狱差点死掉的尴尬一幕，当场拒绝了黑衣人的要求之后，竟然下令让阿三从背后直接结果了这个人的性命。那个时候，刚好外面一声雷响，似乎都没有听到凄惨喊叫那个人就蹬腿而去。

夏日暴雨过后的第二天往往是暴晒的大晴天。走在路上似乎能够看到空气燃烧的影子。

关萍露走在最前面，一声不吭地带着李芬芳、陈瞎子、胖子向前方一栋花园洋房走来。马路两边的灌木丛异常茂密，高矮不齐的各色植物将里面阻挡得密不透风。静如死寂的天空没有一丝风，大家都喘着气，用手遮挡着强烈的阳光，眯着眼睛，东张西望，谁都没注意到草丛中有一支枪管已经瞄上了他们。从枪管的瞄准镜上窥去，先是对照了关萍露，接着是李芬芳，然后是胖子，最后是陈瞎子，而他们对这一切一点都没察觉。

“不许动！动一动就开枪了！”一个蒙面人从树丛里跳了出来，站在他们身后用枪指着大伙，声音喑哑地吼道。

关萍露等人惊呆了，杵在那里一动不动。

“别……别开枪。”陈瞎子举起双手，哆哆嗦嗦地颤抖道。

“转过身来。”蒙面人说。

四个人缓缓转过身来。

“好汉，大侠，大爷，你可能认错人了，你千万要看仔细。”陈瞎子吓得双腿不停地颤抖，双手抱着头。

“陈瞎子，就数你话多。”蒙面人异常轻松地说道。

蒙面人说完，扯下了黑头套。李芬芳顿时高兴得跳着欢呼起来："啊，世杰，是世杰！"

陈瞎子、胖子两个人也凑上前去与赵世杰开着玩笑，像是多年未见的亲密挚友，有说有笑。赵世杰回头看了一眼站在那里一动不动的关萍露，两人脸上都露着笑容，是那样的甜蜜。

这是一栋欧式的花园洋房。尖尖的屋顶停靠着不知名的飞鸟，稍停片刻，疾飞而去。在这栋豪华洋房里，似乎每件物品都是那么别致。闪着光的圆形大吊灯透着雍容华贵，知名的外国油画上的老人像恬静自然，壁炉内围作一圈的整齐木柴上有着光跟热的影子，宽敞舒服的真皮沙发让每个人像掉进了温柔窝中。这所有的一切都是赵世杰用父亲给自己去南洋的费用购置的，他要把这里建成他们锄奸的一个根据地。

每个人的眼里放射着光的欲望，赵世杰领大家走到一面壁橱前，哗啦一声拉开了缀满饰品的落地窗帘，立即映入眼帘的是墙上挂满的各色长枪短枪，就像是武器展览馆的一样夺目绚丽。大家瞠目结舌地看着一切，惊讶之外还是惊讶。

为了能够让每个人的业务素质提高，赵世杰带领着李芬芳、胖子、陈瞎子在花园的一块空地上练习匍匐前进。坐在一旁草丛长椅上的关萍露望着大家啼笑皆非的搞笑动作，捂着嘴，偷偷地笑着。

湛蓝的天空一丝白云飘过，却没有方向。

或许对于丁默群来说，自己的危险除了来自赵世杰他们之外，还有戴笠。在他杀害戴笠派来的黑衣人之后就预感到自己的危险会接踵而至，但是却没有想到动作之快让他有些防不胜防。

在一个有着薄薄晨雾的清晨，除了有着急赶路的菜农之外，只剩下街头飘着油香、铁板嗞嗞响着的油茶烧饼摊零星地分布在大街小巷。一位头戴着灰色毡帽、系着油污的围裙的男人，一边用食夹翻着上面冒烟的烧饼，一边眼睛滴溜溜转动着扫视着过往的一切，其实他就是军统上官锋乔装打扮的。而紧挨着兜售豆腐脑的摊主则是一位年轻后生，他端上一碗冒着热气的豆腐脑递给坐在一边焦急等待的食客时，露出了一双白皙的手掌，不错，这不是真正的豆腐脑老板，而是上官锋的手下，小浦东。

上官锋这时抬头看着腕表上的时间，然后向小浦东递了一个眼色，两人不顾食客正多，各自挑起担子，一颤一颤地向前面走去。不远处，有几个他们的便衣特工紧随其后。

上官锋与小浦东左拐右窜地来到一间并不起眼的民居前。轻轻叩开门后，两个人没有直接接连进去，而是上官锋进入几分钟后，小浦东才挑着担子进去，待院门关上的一刹那，咣的一声直接将摊子扔在地上，不顾木桶里倾倒而出的乳白色豆浆，沿着地上的缝隙蔓延开来。

其实这里是军统上海工作站。屋外的布局跟一般的民居没有太大区别，唯一不同的是这里房间紧闭，窗户紧关，站在门外还能依稀听到一些从里面传出来的发电报的声音。

“站长的意思，是在路上伏击他？这太冒险了吧？”小浦东带着疑问说道。

“丁默群把我们派去跟他谈判的人杀了，戴老板很生气，严令我们给丁默群点颜色看看，一定要把东西拿到手。”上官锋拍着桌子，大声说道。

“站长，戴老板要的是什么东西？你给弟兄们说说。”特工阿贵嘴里吞着没有吃完的烧饼，不解地问。

“这是最高机密，戴老板吩咐，由我直接向他负责，你们就不必知道了。”上官锋哼了一声。

“阿贵，这次行动交给你们几个，电台我带走了，事成之后，我会派人跟你们联络。”上官锋说着，走到阿贵的身边，拍了下肩膀。

上官锋这边在紧锣密鼓地布置着刺杀计划，而日本人方面也早已察觉到了。在武田的办公室内，武田针对中野云子提供的军统近日刺杀频繁的情报有些恼怒，一脸不悦地将桌上的钢笔紧握在手，手上的青筋条条暴出。当中野云子提出要把上官锋的刺杀情报告诉丁默群时，武田却出人意料地做了一个摆手的动作，然后让她叮嘱上官锋手下的人伺机行事即可。对于这样的处理，其实中野云子是有些不理解的。

当很多人为丁默群“操心”的时候，其实丁默群又陷入了自己的艺术遐想中。他在办公室看到关萍露伏案写字的婀娜背影，不由得独自陶醉起来。尤其是关萍露忧郁的气质，让他有了怜香惜玉的本能。而关萍露也不会放过让丁默群信任自己的一个个机会，佯装不高兴地说因为自己男朋友去了南洋才导致自己心情不愉快。相反，丁默群没有安慰到关萍露，而关萍露的一番抱怨突然让他有了高兴的快感，他决定以旗袍的形式来褒奖这个让他有些迷惑的女人，他又设计了一套有富贵牡丹图案的旗袍赠与关萍露，于是，与她约定，今晚在九叔的旗袍店，不见不散。

与以往不同的是，这次丁默群并没有直接一起带着关萍露来到冉云旗袍店，而是当她姗姗来迟后发现丁默群早已恭候多时，而且这次他却又出奇地温柔，让她有些捉摸不透。她一路赶来的时候还担心丁默群会给自己脸色看，所以面对他的笑脸相迎有些后怕。

丁默群看到关萍露直接上到二楼，满脸灿烂地笑着告诉她刚才九叔如何调教自己设计衣服，这个时候的丁默群显然一副孩子模样，让她如何也想象不出这是一个杀人不眨眼的魔鬼。

“哈哈，他抢不了，没有几十年的功力，敢做旗袍吗？”九叔看到丁默群手拙的样子，大笑着。或许也只有他才敢当着丁默群的面如此的猖狂。

“我想亲自为你裁一件旗袍，你看行吗？”丁默群认真地举着剪子，望着关萍露，笑道。

“丁先生，你不会再亲手替我把牡丹图一针一线绣出来吧？”关萍露看了眼搁在桌子上的丁默群选的牡丹图案，摇头笑道。

“哈哈，好伶俐的嘴，九叔你看，这丫头将我的军了！”丁默群哈哈大笑，像一个慈祥的长者一般。

“那是丁先生您宠的，不是吗？”九叔故意瞥了一眼，不怀好意地说道。

关萍露听了，脸一下子红了，局促不安起来。而丁默群与九叔则放声大笑起来。

按照以往的规矩，钱鹏飞依旧在楼下翻看着报纸，与上次不同的是，他没有一直关注墙上自鸣钟的时间，而是听到丁默群与关萍露从楼上有说有笑地走下来时，当即扔掉报纸，快速拉开房门，紧随其后。

一般在晚上出门，这让丁默群养成了一个习惯，他习惯坐在车后面微闭着眼睛，却又不时地观察着窗外的一切，似乎对什么都放心，又对什么都不放心。迎面驶来一辆军用卡车呼啸而过，汽车后视镜上挂着的膏药旗让他习惯性地扫了一眼，却发现坐在前排驾驶室里的居然是中野云子，她正一手拿枪，一手向里压着子弹，卡车里的日本宪兵都持着枪，提前做好了准备战斗的状态。这一下子让丁默群有些摸不着头脑，他当即让司机老金掉头悄悄跟上，发现中野云子乘坐的军用卡车驶到一条悠长黑暗的胡同时戛然而止，一车的日本宪兵冲下来弓着腰钻进黑暗的胡同迅速消失，中野云子从车上跳下来，打开枪栓，紧握手枪，侧着身体，紧跟上去。没几分钟，里面传出了几声枪响。

似乎丁默群对莫名的枪声并没有感到有什么不对的地方，他突然邀请关萍露下车到不远处的咖啡厅陪自己喝一杯。关萍露对于丁默群突然的想法有些不解，但还是从车上跳了下来，不安地望着不明真相的黑夜。丁默群似乎对这样的夜晚有了太多的渴望，他一手插着兜，一手揽着关萍露的肩膀向着黑夜深处走去，似乎这样的夜晚只属于他们两个人，就连钱鹏飞以安全为名要一路陪同都被丁默群拒绝了。这还是那个处处小心，处处谨慎的魔头丁默群吗？

两个人一摇一摆地朝着有盏马灯还微微发亮的“夜未央”咖啡厅走去，但让人失望的是似乎这里已经打烊，或者是听到刚才的枪声后已经人去楼空，无论丁默群如何敲打着店门，始终听不到有人应声，也看不到有一个人影的出现。但似乎这并没有影响到丁默群的好心情，他从兜里掏出类似曲别针的物体伸进咖啡馆的长形锁中，没一会的工夫，门开了。

丁默群拉着关萍露大摇大摆地走了进去，却吓坏了里面的店老板，他惊恐地看着两个人，脸部扭曲大声问道：“你们是什么人，怎么进来的？”

丁默群笑了，笑得很亲切，但却从身后掏出一把小手枪突然顶住了店老板的额头，吓得他额头出汗，浑身发抖，丁默群故意从口中“砰”地发出一声开枪的声音，店老板连滚带爬地逃了出去。

丁默群似乎对情调把握得相当好，即便前一秒还是一种恶魔的状态，下一秒又成了情圣，沉浸在他跟关萍露的世界。他娴熟地在咖啡机上磨着咖啡，转身打开富有西方情调的爵士音乐，低头闻着咖啡机散发出咖啡香，又是一番陶醉模样。

关萍露特别想深入丁默群的内心世界，所以一有见缝插针的机会她都要试探一番。

“听说主任在日本留过学，不会在那个时候对日本有了好感吧？”

“喜欢？爱？恨？真是一言难尽，谁解其中味啊！”丁默群的脸色变得复杂起来。

“现在我成了一个替日本人做事的人，国民党、共产党，千千万万的同胞都骂我是汉奸，对吧？”丁默群的目光黯淡下来，唏嘘着说道。

“主任多心了。对不起，我是不是又惹主任不高兴了？”关萍露一下子不知道该如何作答，支支吾吾地说道。

丁默群一阵大笑，倒了两杯咖啡，与关萍露坐在一个靠窗的卡座上，隔着咖啡冒出的热气，静静地望着关萍露。

“咖啡的品种很多，牙买加产的咖啡豆是蓝山咖啡中最高级的绝品。但我喜欢的是巴西咖啡，甘中带苦，又带着淡淡的青草芳香。加糖吗？”丁默群此刻体贴入微，绅士十足的样子，让每一个女孩看了都会心动。

“咖啡最迷人的地方，就是好的咖啡一定要亲手磨制，这是个享受的过程，就像好的女人，你要懂得欣赏。”丁默群一边用小勺轻轻转动着咖啡，一边望着关萍露，轻轻说道。

这一句让关萍露有些不好意思，赶紧把头转向了窗外。刚好看到中野云子追赶着两名军统分子，只见她抬手就是两枪，一人被击中头部当场毙命，另一人被打中腿部倒地不起，中野云子身后赶来大批日本宪兵将在地上疼痛不已的一名军统特务团团围住，中野云子上前对着那个人就是两枪，他当场昏死过去。

关萍露看得目瞪口呆，而丁默群却不为所动，却变得异常兴奋，站起来走到关萍露的身边，用一只手揽住她的肩膀，脸上的肉抖动着说道：

“看到了吗，美丽的雨夜中夹杂着枪声和鲜血，啪，啪啪！两条命就没了。你说人的生命和一根稻草有什么两样？”

同时，丁默群将另一只手搁在了关萍露的大腿上，轻轻摸索起来，他的脸紧紧地贴在了关萍露的脸上，令关萍露感到呼吸急促，心跳骤然加快。

关萍露开始略略有了挣扎，但不是很坚决，她实在无法控制住自己身体里的恐惧和震撼，只能不知所措地任由丁默群摆布。

窗外的中野云子让日本宪兵把倒地的两名军统分子扔上了卡车，登上汽车，疾驶而去。一切都发生得这么突然，一切又都结束得这么快，让关萍露再次猝不及防。而丁默群却不顾一切，他的手在她身上开始游离起来，而且伸向了关萍露旗袍的盘扣上，正欲解开。

突然，砰的一声，店门被撞开了，钱鹏飞持枪冲了进来。

“怎么回事？”丁默群狠狠地皱了一下眉头，站起来，转身看着钱鹏飞。

“嘿嘿，主任好兴致，外面枪来弹往，你们喝咖啡，味道一定不一样吧？”钱鹏飞嬉皮笑脸地说道，仿佛只是开玩笑而已。

钱鹏飞的目光瞟到关萍露的身上，她尴尬地急忙转过脸去，慌忙把被丁默群解开的盘扣扣上，整理了一下自己的旗袍。

突然，钱鹏飞像换了个人似的，立马又正经起来。

“报告主任，云子小姐走了，我担心军统的人报复，这里不安全。”

“军统？刚才那几个是军统？”丁默群阴沉地说。

“是，听说梅机关得到线报，军统今晚有行动，云子小姐先下手为强，把他们干了。主任，云子这个日本娘们，是天都敢捅个窟窿的，捅大了，她一拍屁股走人……”钱鹏飞继续补充道。

虽然丁默群心里一千个不情愿，一万个不乐意，但是看到钱鹏飞以保护自己为名，也只能不甘心地吃一个哑巴亏，随即没好气地一挥手说了声“散场”后，自己先匆忙而去。

其实，关萍露对钱鹏飞的及时出现是心存感激的，待丁默群离去之后，她深深地看了他一眼，露出了一个久违的微笑，让钱鹏飞有些受宠若惊，自己摸着后脑勺嘿嘿一笑。

这次依然是钱鹏飞送关萍露回家的。待她即将上楼时，钱鹏飞突然喊住了她，一手依在栏杆上，一手叉腰，正好把关萍露圈在自己怀里，将嘴贴到她的耳朵前，提醒她以后千万不要再让自己的扣子松了。

关萍露这时才感觉自己的心一阵狂跳。她下意识地摸摸已经扣上的衣领盘扣，然后一下把手捂在自己的心口，沉静了一下，蹬蹬地上楼去了。

如果说日本人纯粹是为了保护丁默群的安全，那就是大错特错了。起先他们以为军统只是对丁默群恨之入骨，没想到在审讯受伤的军统分子时却又有了意外发现。

“军统和丁默群之间好像有什么过节，据那个重伤的交代说，重庆那边要丁默群交出一样什么东西。”中野云子向武田汇报着情况。

“什么东西？”武田一愣，紧张地问道。

“这人也不知道，我推测，可能涉及很重要的机密。具体的情况，我还要审一审，再向将军报告。”中野云子说道。

“不必了，你抓获的这个军统不过是杀手，不会再问出什么名堂，把他交给丁默群处置吧。”

武田沉吟了一下，摆摆手，轻松地说道。

其实武田的用意很清楚，把受伤的军统分子交给丁默群，目的只有两个：一个会让他更加痛恨军统，加大打击力度；另一个会对日本人帮助他除掉军统而感恩戴德，可谓是一举两得。但是武田始终是不会相信丁默群的，他只会借助丁默群的手来制衡军统，达到自己控制局面的目的，还有，对于受伤军统分子供出的神秘物品，他同样充满着兴趣，只不过所有的一切都会让中野云子悄悄进行。但是他们不再担心丁默群的安危吗？对于钱鹏飞，两个人却有着不同的看法。武田的意思是让中野云子寻找一个适当的机会来验证一下钱鹏飞，看看他究竟是酒囊饭袋还是艺高胆大的神秘之人。

这一次，中野云子出奇的高兴，脸上绽放的笑容让人看了不寒而栗。她决定在自己的寓所亲自招待丁默群与钱鹏飞。

就在今晚，好戏即将上演。

第七章

丁默群与钱鹏飞驱车来到中野云子的住处时，早已有挎着长刀的日本武士在门前恭候多时。刚进入小院，一阵夜色下裹着樱花香与清新的燃香味道扑面而来。小院中数棵错落有致的横纹樱花树干上，泛着淡淡的光泽，椭圆型的树叶上缀着红白两色的伞状樱花，既像美丽可亲的女士饰品，又像一把把退而可攻的利器。樱花树下闪着寒光的日本军刀旁边铺了一张宽而长的暗色竹席，竹席上一个放着嵌金雕漆的四角日式矮桌，桌子上放了一把古琴，旁边的圆形香炉中散发出淡淡燃香味，让人既有些迷惑，又有些清醒。

中野云子正在沐浴更衣，丁默群与钱鹏飞旁若无人地在樱花树下转来转去。

“丁先生，钱先生，怠慢了。”未见其人，先闻其声。丁默群与钱鹏飞顺着声音的方向，看到房间隔板后一个婀娜身影飘过来。只见中野云子一身日本女人和服标准打扮，双手托着茶盘，低头款款而来，胸前洁白的皮肤上还沾着未曾拭干的水迹，蓬松的头发倾泻而下。

钱鹏飞瞪大了双眼，使劲咽着唾沫死死盯着中野云子，口中还念念有词：

“石榴裙下死，做鬼也风流。云子小姐，你太美了。哈哈！”钱鹏飞以为这样的取悦会短时间内拉近自己与中野云子的距离，没想到却遭到中野云子的一顿训斥。

“色，男人爱也，好色，男人本能也。”丁默群一句话就缓解了钱鹏飞与中野云子的隔阂，其实解决问题的关键不是就事论事，而是如何上升到本质的问题。

中野云子是来请丁默群与钱鹏飞欣赏茶艺，品尝香茶的。她娴熟的茶艺惹来丁默群的一阵夸奖，而对于钱鹏飞来说，解渴才是唯一目的，他学不会丁默群似醉非醉的品来品去，而是直接端过来，仰头而下，这样的痛快让他舒服，更让他惬意。看着钱鹏飞对自己的茶道没有多大兴趣，中野云子缓缓站起来自称自己准备有一套保留节目，是刻意为钱鹏飞个人而做。钱鹏飞还没领悟到什么意思，刚想从丁默群的眼神中寻求一份答案，却见中野云子以迅雷不及掩耳之势从袖口中飞出一把约有几十厘米长的短剑，手握剑柄，直接刺钱鹏飞的咽喉。

钱鹏飞顺势向后一退，一脚将茶桌踢飞过去，中野云子防备不及，咚的一声撞在桌上，仰天倒地。突然她大喊一声，拔地而起，冲着钱鹏飞迎面劈来。钱鹏飞佯装害怕之极，踉跄着一直向后退去，大叫着救命，一副懦弱不堪的狼狈样。中野云子不顾钱鹏飞的求饶，生生用剑劈下去的一刻，钱鹏飞从地上抓起一颗石子掷在中野云子的短剑上，竟然挡住了。

而此刻的丁默群，似乎都没有认为这是一场生死攸关的搏杀，而像在看一场堂戏一般轻松，他蹑手蹑脚地坐在古琴边，自我陶醉地弹起了《阳关三叠》。

中野云子似乎并没有放弃对于钱鹏飞不依不饶的追杀，劈开石子，飞身又是一个直刺。钱鹏飞就地一滚，躲闪而过，抓起地上的干树枝，回头就是一杆，啪地打在中野云子的手臂上，她手中的短剑像水中的波纹泛着涟漪。中野云子眉头一皱，发疯似的挥剑乱砍，钱鹏飞左躲右闪，瞅准时机，用干树枝啪啪两声击中中野云子的手腕，短剑当的一声丢在地上，她踉跄着倒退几步，撞在芬芳的樱花树下。钱鹏飞见机丢了树枝，急忙拉住中野云子，借势用力把她拉到自己身边，闭着眼睛猛吸了一口，哈哈大笑道：

“他娘的，死了也值得了。哈哈！”

这次中野云子相反有些不好意思，挣脱开钱鹏飞的手，坐回原处。中野云子心中已有几分明白，于是大方地承认今天是为了试一下钱鹏飞的身手如何，要不然丁默群整天面对着军统分子的刺杀会永无宁日。而且这次，中野云子也按照武田的指示，以顺水人情，将剩余的军统分子统统交给了丁默群来做定夺。

丁默群喜欢在密室里侧耳听着审讯室中凄惨的求饶声，与皮开肉绽的哭喊声，而且自己还在一边貌似专心致志地研究着心爱的旗袍。这样会给他带来灵感，带来前所未有的精神快感。将剩余的军统分子带回特工总部审讯室后，经过一阵严刑拷打，他们供认了一切。虽然丁默群对一切都很清楚，但却又不想让这样的交代来得太过赤裸。当他听到钱鹏飞说供认的军统分子阿贵称刺杀他的主要目的，还是为了那套价值不菲的金编钟，而且会不断骚扰，持之以恒时，丁默群勃然大怒。可看到刚刚来到办公室的关萍露时，他突然又和颜悦色地说要带她做一件非常有意思的事。

丁默群牵着关萍露来到审讯室，朝拿着皮鞭已经汗流浃背的中野云子微笑了一下，斜着头看着遍体鳞伤的阿贵，突然从口袋中掏出一块洁白的手帕，托着阿贵的下巴仔细端详了一下，然后将带血的手帕放在阿贵的头上，说要带他去外面晒晒太阳，众人不解，慌忙跟了出去。

两名特工将奄奄一息的阿贵从刑房一路拖了出来，地上遗留的血迹成了醒目的双行线。丁默群在一边背着手踱来踱去，一言不发。阿贵慢慢苏醒过来，趴在地上，努力向丁默群爬去，短短数步之间，对他来说却如隔千里之遥。他用沾满鲜血的双手抓住丁默群的腿，仰头嘴里说着听不清楚的话语。

丁默群沉寂了片刻，突然从旁边特工的手上夺过一把手枪，眼睛一眨不眨地对着阿贵的脑袋就是三枪，阿贵倒地没了声息，似乎丁默群还不过瘾，举枪朝阿贵的尸体“砰砰砰”射个没完，直到枪里的子弹全部打光了。马蜂窝似的阿贵的身上冒着难闻的朵朵青烟。

丁默群径直走到关萍露的身边，揽住她的肩膀，哈哈大笑起来。

“哈哈，萍露，我说要找一件高兴的事做，你看，这件事痛快吧？”

关萍露此刻不寒而栗，浑身冷战打个不停。此刻，她想立刻逃离这个魔窟。

关萍露不记得自己是如何走回去的，只记得回来的路上恶心不已，却又什么都吐不出来。走到住所后连开门的力气都没有了，只能背靠在楼道里的墙壁上缓了一下。开门而进，却看到窗户的纱帘随风舞动，她不记得自己走时是否关了窗户，正要上前关好窗户，突然背后有一个人紧紧抱住了她，让她浑身一颤，差点跌坐在地上。

“萍露，你怎么了？我是世杰啊！”赵世杰把关萍露挪到床上，为她倒了一杯水轻轻灌下去后，她苏醒了。

“你吓死我了……”关萍露举手就打赵世杰，生气地说。

“你连丁默群都不怕，怕我？我有什么好怕的？”赵世杰点上根烟抽起来，一屁股坐在桌子上，酸溜溜地说。

“你什么意思？”关萍露问道。

“唇膏挺漂亮啊！又跟他出去了？跳舞还是喝咖啡？萍露，我说你现在真会享受，啊？”赵世杰打量了一眼关萍露搽了唇膏的嘴唇，口中啧啧了一番，说道。

“我受不了你这样，是你坚持让我去的，我去了，你又心里不舒服，你说，你这样算什么？”关萍露沉下脸来，没好气地说。

“其实我不是不相信你，而是不相信丁默群，他是一个魔鬼，会像正人君子一样每天供着你？”赵世杰使劲抽了一口烟，道。

“我说不清，他是正人君子还是魔鬼……”关萍露有些恍惚，也不解地回答道。

“好啊，你终于说出了你的心里话，这个披着正人君子外衣的魔鬼，他能放过你？他就不咬你一口？而我，我又怎么能相信，你跟他周旋的时候不让他占便宜？我是说，任何女人都喜欢虚荣，萍露，你会不会被他迷惑……”赵世杰从桌子上跳下来，掐掉烟头，眼睛里冒着火，坐在关萍露的身边，使劲数落道。

“啪”！关萍露眼里含着泪水，给了赵世杰一记耳光。

在关萍露看来，自己每天跟丁默群在一起所受的精神折磨要比简单死去还要难过。你永远无法琢磨透他是一个怎么样的人，你永远无法简单地用好与坏的标准来判断他，刚刚还是一个绅士十足的艺术家，突然就变成了杀人不眨眼的恶魔。对于这些折磨，她以为赵世杰会最理解自己，最懂自己，却没想到到头来还被误解被扭曲，这样的委屈还要自己一个人来承担。她只是一个女孩，一个需要有人疼，有人爱，有人提供安全感的普通女孩。如今，面对四面楚歌的尴尬境地，关萍露显然已经支撑不住了。

她从烟盒里哆哆嗦嗦地拿出一根香烟，使劲嘬了一口，来安慰自己控制不住的情绪。此刻的赵世杰又突然意识到是自己的冒失又让关萍露受伤了，发疯似的向关萍露道歉，请她原谅，理由只有一个就是太过爱她了。其实这是真的，当你真正爱一个人的时候，无形之中的控制欲就会盖过你的理智，你会站在对方考虑问题，但是更多的是表现的太过担心，不管对方是错的还是对的，皆是如此。所以，爱恨交加也是如此。

“再这样下去，丁默群可能没杀死，我跟你的感情却完了。我就疯了。所以世杰，我不想继续了，你可以骂我柔软，我毕竟是个女人，我需要爱，需要温暖，需要有安全感……” 关萍露眼睛睁得大大的，望着赵世杰，使劲晃着他的肩膀。

“不——”赵世杰突然冲动起来，歇斯底里地大喊一声。

他发疯似的走过去，把关萍露按在床上，使劲掐着她的脖子，面目狰狞地说着一个又一个不能放弃的理由，却不顾关萍露越来越发白的脸色，也不管她努力反抗地挣扎……

突然，赵世杰像意识到自己犯错一般，急忙跪下来向关萍露磕头道歉。关萍露此刻只顾大口地喘着气，弯着腰使劲咳嗽着……她看到赵世杰在地上“咚咚”地用额头砸着地板，一条条红印赫然在目，自己心疼地护住他的额头时，却被直接垫着砸向地板，钻心的疼痛让关萍露泣不成声。

“世杰，我们不能再这样互相折磨了。” 关萍露痛苦不堪地说道。

“只要你答应我继续，萍露，你答应吧，算我求你了。好不好？”赵世杰依然跪在地上，趴在关萍露的腿上，恳求道。

“丁默群给我定做了一件旗袍，我可以约他一块去取。”关萍露犹豫了一下，眼里噙着泪努力不让它掉下来，说道。

“你是说，我们在旗袍店动手？”赵世杰一下子反应过来，眼里闪着亮光。

“那个地方我去过，不容易引人怀疑，刺杀以后，撤离也比较方便。”关萍露说道。

在关萍露的愿望中，她希望这是最后一次刺杀丁默群，以后所有的纷纷扰扰都跟自己没有任何关系，然后唯一要做的就是跟赵世杰远离上海滩，一起到他们心仪的延安，结婚，生子……其实对于稳定而言，这永远是女人要求的最终结果。而对于男人而言，这才是刚刚开始。

赵世杰与胖子事先又乔装成车夫，拉着黄包车专门路过冉云旗袍店进行踩点。第一步，在旗袍店的门前早早放一辆黄包车，作为他们刺杀完丁默群的接应工具；第二步，接着再换乘在远处接应的汽车，逃之夭夭。计划制定完毕，考虑到细节决定成败，他们接下来就是要弄到一辆可以正常行驶的汽车。至于如何弄到汽车，赵世杰其实早就想好了，没钱买，不能借都没关系，还可以去偷，偷自己家里的车能叫偷吗，客气点就是借而已。

按照约定，关萍露、李芬芳、胖子、陈瞎子、赵世杰准备在傍晚时分的一条二十三号胡同会合，然后开始实施“借车”计划。关萍露看着丁默群一直没有回来，钱鹏飞也没有在身边，偷偷地从特工总部溜了出来，准备抄近路与赵世杰他们汇合，却恰巧在一个胡同里看到钱鹏飞与一位身着淡绿旗袍的女子在交谈，自己刚想悄悄地溜过去时，不小心被钱鹏飞看到了。

“哟，这么巧，在这条小弄堂里遇见你。我来介绍一下，这是素琴。素琴，这是我的同事，关萍露关小姐，有名的才女。”钱鹏飞嘿嘿笑着，向两个人介绍道。

关萍露微笑向对方点头示意。

“钱队长，这是你女朋友？”关萍露微笑地看着素琴。

“像吗？我倒还真希望她是我女朋友，可是看来这不太现实。她是我朋友。”钱鹏飞笑道。

“我挺奇怪的，你怎么会摊上钱鹏飞这样的朋友。”关萍露故意话中带刺。

“喂，你说什么呢？我当朋友差在哪里了，告诉你，我为朋友可以两肋插刀。她的工作还是我帮忙找的。素琴，你说是不是？” 钱鹏飞急了，赶紧辩解道。

关萍露有些不屑地哼了一声，借口说自己还有事，就蹦蹦跳跳地消失在巷子的最深处。

“真会摆臭架子。”钱鹏飞望着关萍露离去的背影，揶揄道。

“她长得真不错，是个美人胚子。可惜她有点讨厌你。”素琴看着钱鹏飞说道。

“哈哈，你怎么不说她恨我？”钱鹏飞笑道。

“恨你？有这么严重吗？” 素琴不解地问。

“从来都说爱恨交加，有恨才有爱啊！哈哈！” 钱鹏飞笑道。

“你这人就是没正经！” 素琴打了他一下，嗔怪地说。

“好了，不说这些，对这个关小姐，我现在正在密切关注。” 钱鹏飞收起笑容，脸色严肃起来。

“哦？为什么？” 素琴说。

“她进入特工总部，接近丁默群，是为了刺杀他。”钱鹏飞说。

“真想不到，关小姐她……” 素琴吃了一惊。

“虽然她的行动是自发的，但她居然赢得了丁默群的信任，而且当了特工总部的秘书，我觉得，下一步，我们可以……” 钱鹏飞低声地说着，生怕隔墙有耳。

赵世杰、关萍露、李芬芳、胖子、陈瞎子几个人趁着夜色蹑手蹑脚地来到自家院墙后，赵世杰做了一个手势，胖子皱了下眉头，扭动着肥胖的身体挣扎着蹲了下去，赵世杰俯身上去，翻过墙头，悄悄地把院门打开，大家鱼贯而入。

几乎很顺利地就把家里的一辆汽车搞到手，大家欣喜若狂地坐在车里手舞足蹈。赵世杰将汽车开得飞快，耳边吹来的风呼呼作响。一群人像孩子般地在车里唱起了《送别》的歌，仿佛这个时候是天真无邪的青春岁月，所有的纷争与不悦统统与他们无关。

中野云子按照武田的指示，设计一出戏终于验证了钱鹏飞不是等闲之辈，然后借机也把抓住的军统分子交给丁默群，做了顺水人情。但是武田终究对丁默群还是放心不下，让他最担心的还是丁默群是从军统起家的，他可以倒戈投靠自己，以后也可以借势转向他人，对于丁默群他们搞不清楚他的心中到底想着什么，纵然南京方面与汪精卫是势不两立，但最后影响的还是日本人统一中国的进程，所以无论如何要把丁默群在上海的统治权建立起来，也相当于为自己铲除了羁绊，铺平了道路。所以，武田的意思是让中野云子立即调查清楚，丁默群如今到底与戴笠有什么过节，所谓的神秘物品又是什么？

丁默群不傻，他不会轻易把自己得到的那套金编钟拱手让给戴笠，想想过去自己在军统的悲惨遭遇也好，想想如今身处日本人统治的绝境也罢，这件价值连城的礼物怎么会送给他们呢？丁默群为了确保金编钟的安全，刻意让人挖了一个地窖，专门用来盛放那个金编钟。此刻，丁默群在地窖里走来走去，黯淡的灯光打在每个金编钟上又反射到丁默群的脸上，他停下来，轻抚着每只金编钟，然后脸上露出一丝笑意，轻轻地说道：

“戴笠啊戴笠，你想从我手里得到这件东西，那真是痴心妄想呵！”

然后，他的眼珠子狡黠地转动着，又说道：

“武田，我猜你也在刺探这件事，但你永远不会知道这个秘密。”

丁默群拿起放在钟架上的玉杵轻轻敲打着上面的每只编钟，悦耳的声音回荡在整个地窖里。

高耸入云的梧桐树叶反着正午的阳光，穿透枝叶的余光落在玛丽亚医院顶上的圣母雕像上。医院里熙熙攘攘的病人、医生来来往往。在医院走廊的一条长凳上有一个带着黑色礼帽的中年男子跷着二郎腿专心地看着手中的报纸，哪怕是熙攘过往的人群都不能打扰他独自享受的时光。

素琴穿着白大褂，双手插在上衣口袋里向这个人走来，不闻不问，一屁股坐在他的身边，压低声音开口说道：

“组织上准备专门派人过来，让你与延安建立直接联系。”

“盼星星盼月亮，我就盼着这一天啊。”看报男子将报纸折叠了一下，嘿嘿一笑，对素琴说道。

“鹏飞，你知道这次是派谁过来吗？”素琴似笑非笑地看着眼前这位看报男子，也就是钱鹏飞，说道。

“谁？”钱鹏飞问道。

“尚小兰。”素琴回答道。

是的，就是尚小兰。她跟钱鹏飞的关系可不一般。这次组织上是利用她跟陈公博的远亲关系，将她从南京调到上海来进行秘密工作。但是现在钱鹏飞脑海中想到的是特工总部中的涩谷的宪兵队正在找驻队医生，如果她能够进入特工总部的话，那他就可以跟自己的老婆尚小兰朝夕相处，而且说不定还可以见到他们的宝贝女儿丹丹呢。

“你先别忙着高兴，唉。”素琴却摇头叹气道。

“素琴，你这丫头怪了，我跟你表嫂团圆，你叹什么气，啊？我为什么不能高兴了？”钱鹏飞看到素琴叹气，有些不高兴地说道。

“表哥，当初你为了顺利打入到丁默群身边，跟他说你是没有结过婚的，你哪来的老婆、女儿？”素琴认真地说道。

“妈的，真是一失足成千古恨啊！这……这不是夫妻见面，硬生生不能相认吗？”钱鹏飞一愣，随即像泄了气的皮球，拍着脑袋发愁道。

“是的，表哥，组织上让我转告你，希望你经受住这个考验，千万不要感情用事。”素琴说道。

其实这些对于钱鹏飞这个老革命来说不是太大的考验，唯一放心不下的却是自己老婆和女儿的安全，但是随即又被能够马上见到尚小兰的激动心情所冲淡。他手哆嗦着掏出烟盒，叼了一支烟，颤抖着划了好几次火柴都没有点燃，惹得一旁的素琴咯咯直笑，钱鹏飞尴尬地也嘿嘿笑了。

“行了，别笑了。上次我跟你说的关萍露的情况，组织上已经知道了吗？”钱鹏飞摆摆手，严肃起来。

“嗯，组织上同意你的意见，必要的时候，可以发展关萍露。”素琴说。

“好，这样我们掌握特工总部和丁默群的秘密行动就更有利了。”钱鹏飞终于点燃了香烟，抽了一口。

“如果关萍露能和你密切配合，我们对汪伪的情报工作将有重大突破。所以组织上还指示，尽力保证她的安全，打入到敌人最核心的部位，甚至进入到梅机关……” 素琴继续说道。

钱鹏飞沉吟着点点头，眺望着远处。

赵世杰不止一次地催促关萍露约请丁默群一同陪她去冉云旗袍店拿旗袍，然后伺机进行刺杀。但关萍露一直都没有碰到合适的机会。恰巧她这天拿着一份第二天工商界联合会举办的回忆演讲稿送给丁默群时，她发现机会来了。

“主任现在连工商界也管了？” 关萍露故意假装什么都不知道，笑着请教道。

“不管不行啊，江南一带，戴笠一手操纵的忠义救国军活动频繁，共产党的新四军更是嚣张，日本人严令，上海的物资绝不能流到他们手里。”丁默群无奈地翻阅着桌子上的文件，对关萍露说道。

丁默群说完，看到关萍露还没有要走的意思，于是温柔地望着她说：

“说吧，你这个学生又要让先生效什么劳了？”

“呵呵，还是主任最了解我。是这样的，劳驾主任大驾，陪我去取一下旗袍，不过分吧？”关萍露笑着刚说到一半，看着丁默群有疑问，赶紧又继续说道，“我给九叔打过电话了，九叔说，今天可以取。”

丁默群笑而不语，用手指了一下关萍露，接着把桌上的红头文件都整理了一下，然后统一写了一个大红色的“诛”字后，用手撤开身后的椅子，转身去拿衣架上的衣服。其实关萍露看到那个红色的“诛”字就明白了，那是一些即将被杀掉的人。这些会给关萍露带来心底的震撼，但对于丁默群来说，仅仅只是一个符号、一个文字而已。

“萍露，怎么了，脸色这么差？有心事吗？” 丁默群站起来，看着关萍露的目光十分锐利，既像关心，更像探究地问道。

“也没什么……”关萍露有点紧张了，害怕跟丁默群目光对接，略略转开脸去，说。

“行吧，你先去吧。”丁默群突然对关萍露说道，自己又坐在椅子上。

“啊！今天不去取了吗？”关萍露紧张地问道。

“取啊，当然要取，你先去等我，我一会儿找你。”丁默群说道。

刚才的一席话让关萍露的心里七上八下，走出丁默群的办公室，急忙用手抚着受惊吓的心口，走过一个过道时，恰好看到钱鹏飞在两棵粗壮大树之间的吊床上睡觉，而且他还用一本《红楼梦》遮盖着自己的面部。钱鹏飞也没有翻身下来，还是保持原来的姿势神经兮兮地告诉关萍露，让她转告赵世杰八个字，上海太乱，南洋安全，然后继续哼着小曲，在吊床上晃来晃去。关萍露也不搭理她，径直走出大门，拐向了路边的一条弄堂里。

在弄堂的深处，她见到了一直等她的赵世杰、李芬芳、胖子还有陈瞎子。关萍露紧张地告诉他们，今天傍晚她会跟丁默群去冉云旗袍店取那件做好的旗袍。大家要按照事先的计划分工好，准备好，这一次千万不能再出差错了。大家都点头称是，信心十足地各自回去准备了。

其实他们一直都没有察觉到，在他们商量的时候，钱鹏飞早已经坐在那个弄堂的屋顶上，抽着烟，吐着烟圈，听得一清二楚。

当关萍露重新回到特工总部，再次路过刚才与钱鹏飞见面的地方时，却发现人不见了，只是那本《红楼梦》还折页放在上面。她略微迟疑了下，轻轻走过去，将书拿起来，翻到折页的一页上，看到书中将一个“小”字画了红色标记，接着在下面折页处又看到三个字：心，为，上。关萍露将这四个字连起来，默默读道：小心为上。

钱鹏飞是在警告自己，还是在提醒自己，他到底要说些什么呢？

眼看着时间即将到来，她容不得多想，赶紧放下书，走向了丁默群的办公室。

赵世杰他们早早开着车来到冉云旗袍店附近的一条弄堂做好准备。与以往不同的是，他这次摇身一变，头戴着浅色的低檐礼帽，身穿米色西装，戴着金丝眼镜，还顺带着用一副假胡子增色，俨然成了一名儒雅的成功商人。而胖子依然假装香烟摊主观察周围发生的一切。陈瞎子充当司机，当成功行刺后，第一时间将大家带到安全地带。赵世杰、李芬芳、胖子、陈瞎子四个人在车里说完各自的任务之后，击掌为信，为彼此打气。

丁默群在办公室里把一些事情亲自交代给吴士保后，起身与关萍露一同下楼。他们刚刚坐进轿车里，准备出发前去冉云旗袍店取衣服的时候，一辆日本军用卡车从外面冲了进来，直接停在了丁默群的车前。坐在车最前面的中野云子戴着白手套，一身干练的日本军服似乎与那天身穿日本和服的女人截然不同，她跳下车，冲着丁默群走去。

“云子小姐喜欢开大车，真是有个性。”丁默群从车上走下来，笑脸相迎道。

“坦克飞机开不了，就弄个大车玩玩。看样子，丁先生是要出门啊？”中野云子说道。

“我有点儿小小的私事，要出去办一下。不知道云子小姐有何贵干？”丁默群说道。

“武田将军有要事跟丁先生商议，特让我来请丁先生赴梅机关共进晚宴。武田将军说，他准备了上等的清酒和日式烧烤，希望丁先生喜欢。”中野云子走到丁默群的身边，替他掸了下衣肩上的一丝灰尘，说道。

“武田将军太客气了。云子小姐，这样的事，你打个电话来就行了，何必亲自跑一趟。”丁默群赶紧躬身，笑道。

“要是打电话来，我就没机会开这大卡车出来兜风了。哈哈……”中野云子笑的时候女人味十足，但是笑中却透露着一丝霸气。

关萍露坐在车里眼看刺杀计划即将泡汤，故意很为难地对丁默群说道：“主任，我已经跟九叔说好了，失约是不是不太好？”

“我听说关小姐的旗袍是丁先生亲手选的，冉云旗袍店特别定做，丁先生是要先睹为快吧？只是晚上七点，梅机关的宴会不要迟到。”还没等丁默群说话，中野云子瞟了关萍露一眼，话里有话地说。

“我们先去旗袍店，再去梅机关，时间来得及。”丁默群赶紧说道。

“关小姐，武田将军也请你一起参加，所以，你完全不用那么急，不就是一件旗袍吗？”中野云子又瞟了关萍露一眼，笑中带刀地说。

关萍露不知道该如何去回答中野云子的问题，扭头默不作声，但是钱鹏飞像半路杀出的程咬金一般，赶紧替她解围。

“云子小姐，对一个女人来说，你说是旗袍重要还是坦克重要。嘿嘿……”

中野云子没有说话，径直跳上卡车，娴熟地将车倒出门去，轰鸣着一溜烟地跑了。

其实中野云子在回去的路上，一直在想，如果仅仅只是为了一件旗袍的话，关萍露会如此着急上心吗？难道说女人天生热爱旗袍要比拥有坦克的欲望多一些吗？但事情恐怕不是这么简单，旗袍随便哪天拿都可以，但面对武田将军的邀请，还执意要去取旗袍就有些蹊跷，关萍露是女人倒也可以理解，可丁默群又为何置将军的命令于不顾，也要先去取旗袍呢？她越想越不对劲，似乎想到了什么，猛地踩住油门，卡车像着火的疯牛，不顾一切地向前奔去。

在冉云旗袍店里，赵世杰与李芬芳化身为一对恋人，在左挑右选地翻着柜台上的各色布料，眼睛不时地查看着从门外进来的顾客。而丁默群、关萍露、钱鹏飞同时也乘着两辆黑色轿车驶到冉云旗袍店的门口，在下车的一瞬间，丁默群抬腕看了下手表的时间，钱鹏飞瞥了眼在旁边兜售香烟的胖子，关萍露看到赵世杰与李芬芳手挽着手在柜台边挑选着布料……

关萍露下车挽着丁默群的胳膊打算走进旗袍店里，却听到一辆军用卡车急速刹车擦地发出的刺耳声音，从车上跳下来的正是中野云子与几名日本特工，跑步赶向这里。关萍露心中一急，知道情况有变，假装自己刚才被高高的门槛绊了一下，身体向前扶住了赵世杰，低头揉脚的一刻，向他赶紧说了句：“快走！”

关萍露站起来佯装不好意思，大声说着对不起，丁默群心疼地问东问西。赵世杰一看中野云子带着几名日本特工赶到，情急之中向胖子递了个眼色，告诉他马上动手，不料胖子匆忙中扔掉烟摊取手枪的一刻，被中野云子看在眼里，大声呼喊着“有刺客”后，慌忙躲到门旁边的一根柱子后面，赵世杰率先拔出手枪，冲着丁默群“砰砰”就是几枪，但冒着火的子弹却像没长眼睛一般，一点都没有伤到丁默群，相反他快速丢掉关萍露，自己慌忙跑向外面的轿车。

街上的来往行人听到枪声，乱作一团，仅仅一会儿的工夫，地上一片狼藉。

因为慌乱人群的阻挡，中野云子以及特工们一时不能快速地锁定住目标，让赵世杰再次向丁默群发起了攻击。当丁默群快速钻进车里的一刹那，一枪打中他的肩部，鲜血喷涌，溅到了轿车的玻璃上，钱鹏飞及时赶到，躲在车后面举枪向赵世杰回击，每一枪都打在他的身边而不是要害处，面对钱鹏飞的凶猛火力，赵世杰只能边撤退边回击，随即赶到的中野云子以及特工们急忙追了上去。

钱鹏飞没有紧追不舍，让司机老金快速开车载着丁默群逃离现场后，自己钻进冉云旗袍店，伸手拉住关萍露就要往外走。关萍露对钱鹏飞突如其来的鲁莽行为感到厌恶，一直反抗着不听他的解释。钱鹏飞举枪朝着关萍露的胳膊就是一枪，鲜血汩汩而出，关萍露当即害怕得紧紧抱住钱鹏飞不肯放手。

钱鹏飞抱着关萍露，把她放到车上，快速发动汽车消失在夜色中。他没有把关萍露直接送往玛丽亚医院，而是特工总部。

胖子在附近的弄堂里早已发动了汽车，当他听到枪响的那刻后，就有点后怕了，尤其是听到枪声越来越近，越来越密集的时候，自己的手脚就不由自主地哆嗦起来。当胖子刚刚赶到时，却又被后面的特工打中了腰部，他疼痛得像杀猪一样嘶喊着，赵世杰咬着牙将他塞到车里，李芬芳也赶过来跳进去，额头上豆大的汗珠滚滚而下。

陈瞎子自告奋勇要当司机，不顾李芬芳的疑问坐到驾驶室，呼喊着赵世杰上车逃之夭夭。不料所有的人刚刚坐定，陈瞎子驾驶的汽车没有前冲去，而是一直向后倒着。大家一看，惊叫连连，赵世杰大吼着将陈瞎子揪过来，自己刚刚跳过去，几颗子弹已经打散了后面的车窗，他赶紧挂上挡，汽车轮胎猛烈地擦着地面冒出黑烟，像一个醉汉一般，跌跌撞撞地驶向远方。

受伤的丁默群此刻在车里愤怒异常，他脑海里反复回想着关萍露坚持要来这里取旗袍，以及无端摔倒后撞向那个刺客，这所有的一切不利因素都指向关萍露，他发怒地咬紧牙关，脸上冒出一股杀气，声音从齿缝间漏出来，也带着丝丝杀气："关萍露！"

丁默群没有直接去医院包扎，而是让老金开车将他拉到梅机关的武田那里。当他见到武田的时候，虽然已经包扎完毕，但脸上却看不出来有一点惊吓的痕迹。武田装作十分热情地问东问西，然后又问到关萍露为何没有赴宴。丁默群起先只是对武田说她有其他事遗憾不能过来，后来见武田的刨根问底，便凶相毕露。

"哦，是啊，武田将军的宴会这么重要，今天失约，她可能再也没有赴约的机会了。"

"丁先生，你什么意思？你的话用你们中国人的说法，似乎暗藏玄机啊！"武田先是一愣，然后故意问道。

"既然是玄机，那我们就不必说破吧。武田将军到时候会明白的。"丁默群只是淡淡地笑着。

丁默群与武田频频举杯，在他的脸上，看不到一点刚才死里逃生的恐慌，哪怕是自己肩上还带着伤，他又恢复到了以前的模样。

丁默群与武田谈了一会，突然想借用武田的电话向特工总部询问点情况。其实丁默群是打给吴士保的，他用只有他们彼此可以听懂的暗语交流着一切。

"是，我是，龙江路十二号，二楼第一间，好，我明白。"吴士保立正，一直称是。

如今的丁默群是铁石心肠，要将关萍露抓到为止。而钱鹏飞载着关萍露来到特工总部之后，她沉思了一下，却又让钱鹏飞载着自己又快速地驶向了梅机关。

是飞蛾扑火，还是凤凰涅槃？

第八章

夜色如漆。

街头游荡的人群被一阵急促的汽车鸣笛声惊扰得闪到两边，望着一辆满载持枪特工们的汽车飞扬跋扈地疾驰而过之后，个个才低头骂娘。吴士保坐在卡车的驾驶室里，向左向右地指挥着，他们忘记了夜间行驶安全第一的原则，像与时间比赛飙车一般，不管坑坑洼洼的路面照样跃了过去，满车的特工们像是玻璃罐中的糖果晃来晃去，到底是什么让他如此不顾一切地要赶到目的地，难道是要梅机关救援丁默群吗？但丁默群与武田、中野云子正在兴高采烈地推杯换盏，他们有什么理由要为难丁默群呢？

当卡车行驶到一栋学校住宿楼的时候，停止鸣笛，用明如探照灯的前车灯打在学校的铁大门上，陡然间铁门只成了一个两个残缺的光洞。吴士保带领车上的特工们将一栋宿舍楼团团围住，然后自己一个人一手拿着手电，一手拿着手枪，蹑手蹑脚地走了上去。

其实这个时候，关萍露的房间并没有亮灯。而她正和钱鹏飞驾车飞速驶向梅机关。

吴士保悄悄打开了关萍露的房间，用手电在房间的角角落落扫射了一遍，除了发现各色不同的旗袍之外，连个人影都没有发现，他气急败坏地嘴里骂着，沮丧地退出了房间。

钱鹏飞与关萍露赶到梅机关后，将车熄火，正当他们下车准备走进去的时候，关萍露突然对钱鹏飞说，让他给自己一记耳光，这让钱鹏飞有些不解。

“为什么？”钱鹏飞有些不解。

“我让你打我一巴掌。”关萍露一字一句地说道。

钱鹏飞伸手轻轻地打了关萍露一下，却一下子激怒了她。

“你连打女人都不会，看来你不算一个中国男人。”关萍露冷笑着说。

“谁说我不像中国男人？我不但敢打中国女人，还敢打日本女人。”钱鹏飞一下子被惹生气了，怒睁着眼睛说道。

钱鹏飞说完，啪的一声，狠命给了关萍露一巴掌，关萍露转了一圈，踉跄着差点跌倒在地。待她转过身去，半个脸已经肿了起来，鼻子中流出的血滴滴答答地全部印在旗袍胸前的梅花上，像是故意用彩笔精心描过一番，那样的鲜红，那样的夺目。

关萍露却又笑了，笑得那样的悲壮，像一朵即将谢幕的昙花。她不顾钱鹏飞在一旁迷惑，自己先向前走去。

日本歌妓浓墨重粉地穿着日本特有的表演和服，每人手中一把折扇，伴随着日本的传统音乐翩翩起舞，丁默群、木村、中野云子与武田一边喝酒，一边兴高采烈地合着节拍鼓掌。突然，一个日本士兵敲门进来，立正报告：“将军，关小姐到！”

武田、中野云子、木村、丁默群四人面面相觑，默不做语。尤其是丁默群更是皱了下眉头，眼睛紧紧盯着门外。

关萍露推门而进，凌乱不堪的头发上沾着尘土与碎屑，左半边脸像肿起的馒头，乌紫乌紫的，鼻子下、嘴角上淌着的血迹清晰可见，尤其是白皙胳膊上绑着的绣花手绢上已被汩汩而出的鲜血浸染。

她轻轻走进来，弯下腰身，对武田恭恭敬敬地说道：“武田将军，我迟到了，请原谅。”

武田并没有一直盯着受伤的关萍露想看个究竟，而是不停地打量着丁默群，似乎想从他的脸上看出一些蛛丝马迹，或者说是答案。

关萍露似乎察觉到了武田目光的别有用意，转过身，对着丁默群，用一种近乎冷漠的声音对他说道：

“托你的福，我今天过得很愉快。很感谢你让我看清了你，让我知道原来你比钱鹏飞更不像个男人。”

“哎，我怎么不像男人，你这娘们怎么说话呢？”钱鹏飞站在一旁，有些懊恼地急忙反问道。

关萍露似乎并没有听到钱鹏飞的质问，而是慢慢地走到丁默群的身边，眼里噙着泪水，咬着发紫的嘴唇，一副万分委屈的样子，盯着丁默群继续说道：

“我们说好一起去取旗袍。我差点被乱枪打死，你却在这儿喝酒谈笑。我被乱糟糟的人群撞得晕头转向，把一张脸也给摔肿摔破了，你在这儿听着日本歌，喝着日本酒。早知道是这样，我根本就不要你替我做什么旗袍。我的命虽然称不上高贵，可总比一件旗袍强多了吧？我犯得着替一件旗袍送命吗？”

关萍露说罢，抬手将丁默群杯中的清酒一饮而尽，貌似喝的是一杯千年毒酒，难堪的面容表情，豆大的泪珠滚下，接着是一阵叹息。关萍露似乎没有停下来的意思，不顾大家是否反对，接着拿起丁默群身边的圆形酒瓶，仰头咕咚咕咚地灌了下去，酒水沿着嘴角，顺着白皙抖动的脖子，奔涌而下。

丁默群侧脸向钱鹏飞使了个眼色。他慌忙跑过来，使劲从挣扎的关萍露手中夺过酒瓶。刚感到一阵轻松，关萍露向后猛一跺脚，狠命地踩在钱鹏飞的脚上，疼得他像杀猪似的抱着踩痛的脚跳来跳去。

关萍露突然看到桌子上有一把长形水果刀，猛地探腰下身，一把抓了起来。大家看到后都一怔，武田惊恐地向后挪了下，背靠着墙，中野云子急忙从腰中拔出了手枪，丁默群眼中也闪出一丝惶恐，其余守卫的日本宪兵也都从腰间拔出了长刀，嘴里狠命地嘟囔着。

关萍露拿着水果刀，侧着头，一手揪住一绺头发，一手拿刀轻轻一划，头发轻飘飘地掉在地上，她哆哆嗦嗦地对丁默群说道：

“丁主任，您应该明白割发断义的意思吧？我还年轻，我不想死，尤其是不想死在那些想杀你的人手里，所以，我现在辞去特工总部的工作，以后，你也别来找我。”

“咣！”关萍露把手中的水果刀重重地摔在地上，接着头也不回地拉开门，在众目睽睽之下，扬长而去。

正在屋里的众人还被关萍露的一系列动作弄得不知所措时，中野云子已将枪收好，用带着嘲讽意味的口气鼓掌笑道：

“精彩！精彩啊！”

而此刻对于丁默群来说，已经分辨不出真假关萍露，确切地说是刚才关萍露的一幕一幕已经让他无法用常规审视一个人的对与错。但他此刻只想留住关萍露。

丁默群向钱鹏飞使了个眼色。他立即快步跑了出去。

钱鹏飞连拉带拽地将关萍露抱了回来，正当她哭哭啼啼地欲挣脱开钱鹏飞钳子般的双手束缚时，一支枪顶住了她的头，她缓缓转过来，发现中野云子用一种几乎雀跃与嘲讽的眼神盯着她。

“关小姐，都表演完了？”中野云子笑着说。

“我不明白你的意思。”关萍露依旧冷如冰霜，面不改色。

“那几个开枪的，是你的同党吧？关小姐，你刚才的这一幕演得可真像啊！”中野云子一边说着，一边把枪在关萍露的脸上移动着，突然用枪顶住了她的下巴，将她的头高高扬起。

“云子小姐过奖了，虽然我是演戏出身，但我从来只在戏台上演。”关萍露非常镇定地说。

面对这两个女人的你来我往，武田和丁默群都皱了皱眉头，不知所措。

其实这个时候，两个人又把焦点放在了钱鹏飞的身上。钱鹏飞慌忙解释称，自己奉命救出关萍露的时候已经是鼻青脸肿、胳膊受伤，他还逼真地描述了关萍露见血之后吓晕的尴尬场面，说到这里，钱鹏飞发出一阵爽朗的笑声，但看着大家正襟危坐的样子，又不好意思地赶紧收住了笑声。

武田不信任丁默群、钱鹏飞，起码也是信任中野云子的。他希望从中野云子那边得到一丝可疑的信息提示，接着就可判断下一步的进程，但是中野云子称当时人群混乱，根本没有看到一帮刺客们是否射杀过关萍露。其实单凭这一点而言，武田方面已经站不住脚，没有理由，没有根据，戏如何去演，事如何去做？所以，武田赶紧换了一种腔调，轻松温柔地说，这可能只是一场误会。

丁默群见罢，赶紧走上前去，立马换了另一副新面孔，像哄一个小孩子似的，故意责怪着关萍露不乖不听话，轻轻拉住她的手，让她坐到了自己身边。

如果真的是这样一切顺利，那她就不是关萍露。在丁默群拉住她请她过来的片刻，关萍露用小女人的不满与撒娇一次又一次地拒绝着他。这一举动，让武田微微一笑，他赶紧让木村亲自给关萍露斟酒压惊，这一次关萍露的脸上才露出了久违的笑容，哪怕现在的美有些残缺，不过，丁默群陡然感觉失去了男人的一点面子，脸上的不悦忽隐忽现。

接下来的场景自然也少了很多火药气息，关萍露在武田的邀请下还热情地演唱了《四季歌》，歌声婉转，缠绵不绝，在座的几个人齐力鼓掌的时候，丁默群却突然倒地，昏死过去。原来丁默群是由于肩膀受伤之后只是简单地包扎一下，在后来的宴会上由于失血过多才造成的短暂性昏迷。

钱鹏飞看着日本宪兵将丁默群抬出时，慌忙紧随其后，却被武田制止住，让他留下来照顾关萍露。难道说，武田又发现了什么？

“喂，你不能走，你走了关小姐谁来照顾？”武田看着钱鹏飞，喊道。

钱鹏飞缓缓地转过身，又悄悄地坐了下来。

武田似乎对关萍露的兴致正浓，两个人天南地北地谈笑风生，不过在武田的字眼中处处显露着日本民富国强的骄傲，渴望通过艺术的外衣让关萍露效忠天皇，但关萍露不卑不亢地接连还击，而武田并没有生气，还让自己身边的军医为关萍露包扎伤口，当她固执地认为没有必要时，坐在一旁的钱鹏飞实在看不下去，赶紧插了一句。

“武田先生这么客气，你再推辞的话，就太不礼貌了。走吧，你以为你的身体能抗得了细菌，就你那身板，一阵风都能吹走。”

关萍露恶狠狠地瞪了钱鹏飞一眼，起身向武田与中野云子告辞。

女人往往再精明，也终究逃脱不了女人的本性——嫉妒。似乎中野云子对武田细心关照关萍露的细节有些吃醋，武田早已察觉到，在他的眼里，中野云子除了具有女人的生理特征之外，更重要的是具有不怕一切的武士道精神。所以，他会从日本菊的柔面与刀的硬面来向她解释关萍露在推进他们统治进程中的重要作用，就连在一旁默不作声的木村也站出来信心满满地认为，关萍露一定会成为明日上海的大明星。其实，解除女人误会的关键在于将问题移花接木。

与关萍露的危险境遇相比，胖子此刻正在遭受痛彻心扉的身体之痛。为了防止丁默群的手下及日本宪兵的抓捕，胖子躺在花园洋房的长方形桌子上，翻来覆去地痛苦呻吟着。赵世杰从房间里搜出一把水果刀，在火光颤动的油灯上烤来烤去；为了防止在取子弹的过程中，胖子不慎咬舌自尽，李芬芳左看右顾，从壁橱的抽屉里抓起一块破抹布不顾胖子的低声反对，直接塞进了他的嘴里。赵世杰拿着水果刀，哆嗦着伸向了胖子的伤口，陡然间，疼痛带来的冲击让胖子的眼珠子快要爆了出来，紧紧抓住的木板上有一道血红的印迹。

玛丽亚医院手术室门上方的红色灯箱一直亮着，吴士保带领着一群特工簇拥在门前的两侧，左顾右盼。一路小跑赶过来的钱鹏飞上气不接下气地询问丁默群的病情。其实吴士保是有些懊恼的，一方面保护丁默群的重任是钱鹏飞的主要差事，这次丁默群能够死里逃生，肯定要嘉奖身边的人，当自己又是个配角身份，他恼恨钱鹏飞当初挤了自己的岗位；另一方面，自己满怀欢喜地带着一大帮弟兄浩浩荡荡来缉拿关萍露，没想到连个影子都没有逮着。所以看到钱鹏飞匆忙过来后，并没有给他什么好脸色。

钱鹏飞笑嘻嘻地赶紧掏出香烟帮吴士保点上，自己也抽了一根，连声感谢吴士保能够在第一时间来照顾丁默群，本是感谢之言，没想到却点燃了吴士保心中的怒气。

“我赶到医院？我要是不去关萍露那儿逮她，我早就到医院了。”吴士保非常不屑地说道。

“你去逮关小姐了？你可小心点，她是主任的红人啊。” 钱鹏飞一惊，装作什么都不知道，故意问道。

“什么红人？是红人的话，主任会让我把她逮起来？我告诉你啊，主任让逮谁，我就逮谁。主任说逮玉皇大帝，我姓吴的照逮不误。” 吴士保猛吸了几口烟，将烟狠狠摔在地上，回答道。

正当钱鹏飞与吴士保说话之际，曹敏芝也披头散发、哭哭啼啼地从外面跑了过来，两个人赶紧上前迎接，慌忙说丁默群只是受了点小伤而已，但是对于现在的曹敏芝来说，哭，才是自己最想做的事情。

两位身着白大褂的护士缓缓地推着丁默群从里面走了出来。一群人急忙围了上去。尤其是曹敏芝疯一样地冲上前去，紧紧抓住丁默群的胳膊，也不顾他因为手臂被抓到而面目狰狞的表情，只是使劲摇晃着他询问伤情，这让丁默群非常反感，面无表情地对她说道：

“你能不能轻一点？这是在医院里，我就是受了点小伤，你就叫成这样。”

“我大声怎么了？你都被人送进医院了，还不许我大声！” 曹敏芝瞪圆了眼睛，大声吼道。

丁默群向吴士保摆了下手，示意他俯身贴在自己的耳朵边，有气无力地问道：

“关萍露那边没事吧？”

“我都搜过了，没人，也没发现什么疑点……”

待吴士保说完之后，丁默群满意地闭上了眼睛，且轻轻地嘱咐说就当一切都没有发生，从此再也不要提起此事。正当吴士保想要问个究竟时，他轻轻喊了一声：“鹏飞。”钱鹏飞笑嘻嘻地奔过来，弓着腰，一副虔诚信徒的样子。

“萍露怎么样了？”丁默群转过脸，眼睛一眨不眨地望着钱鹏飞，轻轻问道。

“主任，我把她送到家里了，她一路上在哭，我劝她，她也不理我。你说怪不怪？”钱鹏飞一字一句地说着，生怕漏掉了一个字。

也在这个时候，丁默群才有意无意地认识到是自己错怪了关萍露。他装作很无辜的样子，侧过脸去，又闭着眼睛，若无其事地说道：

“唉，也许是我错怪她了，这几天你好好照顾她一下。”

“呵呵，主任多虑了。您放心。”钱鹏飞挤出一丝笑容，赶紧回答道。

丁默群挥了挥手，身后的两名护士赶紧推着他向前面走去。

医院楼道里，丁默群的妻子曹敏芝还在因为刚才的不悦发疯般地数落着吴士保。而吴士保则不停地点头哈腰。钱鹏飞望着这一幕，嘿嘿笑着，转身离去。

赵世杰几乎都不知道自己是怎么坚持到最后的。一边面对胖子惊恐的面容带来的心理压力，一边对于自己毫无经验的治疗非常担心，就是在徘徊与犹豫中坚持到了最后。当胖子身体内的两颗子弹都取出来放到盛水的铁盘中时，他悬着的心一下子又回到了原处。为了防止胖子的伤口感染，他还将子弹中的火药撒到胖子的伤口处，哧的一声点燃，伤口处冒着燃烧的白烟，散发着烧焦的煳味，此时胖子额头的汗珠像水缸浸出的豆大水滴，一颗接着一颗，李芬芳在一旁拿着毛巾不停地擦拭着。突然，一直按着胖子胳膊的陈瞎子，咣的一声倒在地上不省人事，被甩出的眼镜上又多了几道裂痕。李芬芳着急地蹲下来摇着陈瞎子，而赵世杰却轻描淡写地说，他仅仅是因为晕血而已，说得李芬芳扑哧一声笑了。

“我们刺杀丁默群多少次了？可是根本就杀不死他。这一次，怪我枪法烂，要不然丁默群就没命了。”赵世杰一边帮胖子清洗着伤口，一边叹气道。

“我们，我们可以再行动一次。”稍稍平静一点的胖子，听到赵世杰的话，努力伸着脖子说道。

“再行动，再行动我们就老了，再行动丁默群也老了。等到丁默群都寿终正寝了，我们还有什么好行动的。”赵世杰激动地站起来对着胖子激动地说道，一不小心碰到了胖子的伤口，疼得他嗷嗷直叫。

“世杰，你别激动，你不是打伤了丁默群吗？”陈瞎子从地上苏醒过来，眯着眼睛四处摸索着自己的眼镜，赵世杰弯腰从地上捡起来递给他，他听到赵世杰的叹息，安慰地接了一句。

“打伤有什么用？打死才行。打伤，只会让他更狡猾，更不好对付。”

赵世杰越说越有气，自己抱着双拳郁闷地摇着头。

陈瞎子不知道该说什么。

其实大家都很清楚，这次的刺杀计划与以前的仓促相比而言，是比较周全与仔细的，最关键的是已经与丁默群零距离接触后，如果不是中途中野云子率人作梗，想必如今丁默群不单单只是肩部受伤那么简单。在赵世杰看来，中间出现了差错必定是有人走漏了风声，或者是我们忽略了一些致命的错误细节，但是这些只有找到关萍露之后才能问个究竟。另外，现在丁默群受伤住院，说不定也是一个绝佳的刺杀机会呢。

正当赵世杰左思右想时，一阵急促的敲门声将他拉了回来。他警觉地掏出手枪，对着身边的其他人做了个不要出声的动作，蹑手蹑脚地躲在屋门的一侧，紧张急促地询问对方是谁。

"我是萍露！是萍露！"

赵世杰迫不及待地拉开房门，在看到关萍露胳膊上包扎的那一刻心如刀割，但随即马上询问着刺杀事情的来龙去脉，显然早已把关萍露受伤的事情忘得一干二净。对于赵世杰来说，此刻，除了复仇还是复仇。

知道丁默群受伤住院的消息后赵世杰显得异常兴奋，他眼睛里闪着亮光，又想出一条刺杀计划。如果关萍露可以去医院见到受伤的丁默群，接着再用赵世杰配置的无色无味的药粉，藏匿在关萍露的指甲中，稍微将一点药末撒到水杯中，就能让人悄声无息地离去。风险与回报是同时存在的，但关萍露此刻受伤的心需要的是大家的安抚，尤其是赵世杰的疼爱，但这一切现在都被复仇、杀戮所代替。

赵世杰说完自己认为相当完美的刺杀计划后，关萍露征求着大家的意见，没有一个人鼎力支持，只有赵世杰不遗余力地催促着关萍露赶紧开始行动。他有没有想过行动的危险性？他们到底是否理解自己在丁默群那里所受的痛苦煎熬？她心中不知道是怎样一种情愫，眼泪刷地流了下来，她痛快地答应了赵世杰的一切要求，转身而去。

陡然间，赵世杰像悟出了刚才关萍露眼泪的意义。他紧随其后，在百花争艳的芬芳花园中，拽住了关萍露，开始了他再一次的刺杀行动的重要演讲：国难当头，匹夫有责。纵然关萍露是自己最爱的人，为了死去的小王，为了千千万万受苦的难兄难弟，委屈总会有，但要理解；牺牲也会有，但终究会换来胜利。

这一番说辞，赵世杰以为会像以前一样得到关萍露的谅解与支持。但她听完后却驾驭不住自己脱缰的情感野马，仰天长嘶般地控诉着赵世杰一次又一次的内心残忍。她是一个女人，而非一个工具。

“我心里一直很矛盾，我看不清你到底是谁？你问过我的伤吗？我脚扭了，脸肿了，手上中枪了，还是日本人帮我消毒和包扎的。你问过我安全吗？你们跑了，可我还在枪林弹雨里，是钱鹏飞把我抱……不，是钱鹏飞把我拖到车上才逃生的。你问过我现在心里在想什么吗？问过我难不难过吗？问过我丁默群有没有怀疑我吗？你什么都没问过，你还算我男朋友吗？到今天我才明白，你连一个男人都算不上。不要以为拿把枪插在腰上，就是男人。”关萍露像倒珠子似的，把心中的委屈一股脑儿全都说了出来。

关萍露说完，深吸了口气，无奈地摇了摇头。赵世杰听罢，脸上没有任何表情，一动不动地在那里发呆。

“告诉你吧，丁默群怀疑到我头上了，还派人搜查了我住的地方。幸好我演了一出苦肉计，但是他现在怀不怀疑我，我不知道。明天去医院，说不定马上就会被人拿下……”关萍露看着赵世杰默不作声，冷笑了一声，继续说道。

赵世杰欲言又止，刚想说点什么，却被关萍露堵了回去。

“你放心吧，我一定去。就像你说的，殊死一搏，再不去更没机会。还有，我要看看他到底怀疑我几分，如果他真的怀疑我，我想要跑出上海那是根本不可能的。另外，我也不能再等了。我的心里，没有比你好受半分。我也快崩溃了，快疯了，你知道吗？”关萍露紧紧盯着赵世杰的眼睛，她没有看到爱的光芒，哪怕是零星一点。

但这又有什么关系呢，她很清楚自己喜欢赵世杰是因为崇拜，是因为仰慕，是他对于革命无限的热情，既然爱，就要付出；既然付出，就会有代价。

赵世杰还在幻想着关萍露这次刺杀成功之后，他们要到延安做一对幸福的伴侣，但对于关萍露来说，明天的确是凶多吉少，她听到赵世杰对于两个人明天的描绘，心底涌出一丝感动之外，但更多的是无奈。

“也许这一次我是有去无回，世杰，你会永远记住我吗？” 关萍露伤感地摇摇头，眺望着远方，努力眨着眼睛，不让眼泪掉下来。

赵世杰一把将关萍露搂在怀里，忘情地吻住了她的嘴。关萍露闭着眼睛也非常热烈地回应着他，眼中的泪水沿着面颊滚滚而下。

第二天，天刚蒙蒙亮，关萍露一人挎着小包来到了冉云旗袍店。

她不顾九叔问东问西，只是拿上旗袍后躲在一间堆满布料的小仓库换上了那件丁默群设计的牡丹旗袍。如果用雍容华贵来形容它有些肤浅，如果用艳丽四射来形容它有些庸俗，这件旗袍最大的成功之处就是吸取了晚礼服高贵的精髓，又保留了旗袍性感迷人的本质，活脱脱是一件容纳中西方艺术精华的成功之作。

关萍露穿上之后，摆动着身体欣赏着完美曲线与顶级旗袍带来的视觉盛宴。旗袍上绽放的牡丹缤纷绚烂，高高竖起的挺直圆领潮流感十足，脖领盘扣下鸡心形镂空带来的性感诱惑，由高耸挺起的胸部白皙肌肤一角独唱，性感中游离着尊贵，华贵中充满着诱惑。

而关萍露显然喜欢追求完美，她拿出一支艳丽的大红色口红，轻轻涂在嘴上，对着镜子，抿了几下。

玛丽亚医院一如往日那样人进人出，丁默群的特工们从一楼开始就做好了警卫工作。但今天的关萍露看起来却格外的淡定。她买了一束略带芳香的白色康乃馨捧在手上，细长手指上的粉红色的指甲油格外醒目。她登上二楼，轻飘飘地从特工们的身旁穿过，妖娆的身姿似乎能够定格在每个人的眼中。

其实今天不光关萍露前来探望，还有梅机关的武田与中野云子。

关萍露轻轻地叩了下门，轻轻推门进去，而此时丁默群正躺在病床上跟妻子曹敏芝闲聊。当目光看到关萍露手捧着康乃馨，身穿千娇百态的新式旗袍时，心中猛然一震，接着眼光也变得越来越复杂。

关萍露避开了丁默群的眼神，把康乃馨递给曹敏芝，与她寒暄了几句。而一直坐在窗边的钱鹏飞一直望着窗外，似乎根本没注意到关萍露的到来。

突然，他转过身，笑着对丁默群说："主任，是武田将军来看您了！"

"哦，鹏飞，你去迎接一下！"丁默群赶紧说道。

钱鹏飞起身走出病房与迎面而来地带着口罩的素琴擦肩而过，两人装作互不相识。钱鹏飞径直下了楼，素琴端着白色的医用托盘走向了丁默群的房间。

素琴将两片白色的药片递给丁默群，然后转身从旁边的小圆桌上倒了一杯水，放在了那里。

丁默群没有立即吞下药片，而是非常仔细地看来看去，甚至不放过药片上的每一个英文字母。

关萍露看到此景，走到小圆桌的前面，用身体挡住大家的视线，用自己的指甲轻轻地向水杯里弹了几下，一些白色粉末状的物体随即在水中扩散开来。此刻，她突然想起了昨天晚上赵世杰给她这包药粉时的叮嘱。

"萍露，这些药粉你记得藏在指甲缝里就可以。到时候向水杯里滴上一点就可以毒死丁默群的，我希望我们能够一起去延安，我相信你！"当时赵世杰说完之后紧紧抱住了她。

关萍露害怕药量不够，不足以毒死丁默群，然后换手又用另一个手指向水杯中弹进了一些药粉。但是，这一次却被转身取水的素琴看个正着，她脸色大变，紧张地说道：

"小姐，别……"

"怎么了？"关萍露装得若无其事。

"哦，我来吧。"素琴极力镇定地说道。

"不用了，我来。"关萍露拒绝了素琴，说着，自己端着水杯递给了丁默群。

素琴眼看无法阻止关萍露，脸色又是一变，紧张至极，不知所措。

丁默群接过水杯，刚刚碰到嘴边时，忽然又停住了。

此刻关萍露的心跳加快，手心的汗都要出来了。

丁默群转过身，对着素琴，轻声地说道："你先喝一口。"

素琴愣了一下，有点惊恐地看着丁默群不知所措，她端过水杯，手颤抖了一下，水晃出了杯口，丁默群眉头生疑，紧紧地盯着素琴，从牙缝里狠狠挤出一个字："喝！"

素琴解下口罩，面带微笑地说重新帮他换一杯，可丁默群却死死咬住不放，坚持让她先喝一口。

此时的素琴已经没有退路，举起水杯，喝了一口。然后微笑着看着丁默群，将水杯递了过去。

其实现在的关萍露已经认出了素琴，只是自己脑中已经一片空白，不知所措。

丁默群看到素琴喝完之后，嘴上露出了一丝笑意。他拿过水杯，抓起药片，正要放到嘴里。

突然，素琴脸色大变，面目狰狞，双手捂着肚子难受地蹲在地上，痛苦挣扎。圆桌上的茶具也被拽到地上，摔得粉碎。

丁默群大怒，将手中的杯子摔得粉碎，伸手急忙从枕头下摸出手枪，拉上枪栓准备射击时，钱鹏飞推门而入。

他一下子明白了怎么回事，急忙跑过去，把躺在地上的素琴一把拎起来，假装非常生气地质问着她。曹敏芝看此情景像泼妇一般冲上前去，一把抓住素琴的头发乱扯大骂着，素琴推开曹敏芝，然后趁机挣扎着用头撞开钱鹏飞的束缚，全身用力撞向坚硬的墙壁，砰的一声，墙壁上一摊鲜血四溢，素琴缓缓地躺了下去。

关萍露惊得浑身发抖，脸色惨白。她惶恐地看向素琴，素琴似乎感觉到了她的目光，竟然努力地朝她笑了一下。

丁默群怒喊着赶紧救人，他不能放过一个可以审讯的机会。但是为时已晚，这个时候武田与中野云子也推门而入，看到这一切，武田先是一惊，然后向中野云子递了一个眼色，她快速地跳到素琴的身边，伸手摸了一下素琴脖子上的动脉，连忙摆了一下手。

素琴死了。

钱鹏飞背对着武田和丁默群，嘴唇哆嗦着，极度痛苦。

关萍露抬头注意到了钱鹏飞的痛苦细节，但她的脑子里除了空白就是空白，呆滞的双眼一动不动地看着前面。

关萍露不记得自己是如何回到赵世杰那边的。大伙一直看着她，过了很长时间她依然感觉身体发冷，浑身打战，赵世杰找来自己的衣服披在她的身上，胖子端来一杯热水放在她的手里。其实，所有的寒冷都来自关萍露的心底。她想不通为什么素琴会甘愿将罪名揽在自己身上，她为什么对死一点恐惧都没有，为什么钱鹏飞看到素琴的死会如此伤心……为什么……为什么……

过了一会儿，关萍露稍稍镇定了一下，大家劝阻她不要再接近丁默群说那样会更加危险时，她脸上却露出了一丝坚定的笑容。

“如果我不去上班，那就等于告诉丁默群，这件事我逃不了干系，这样一来，不光我暴露了，我们这个锄奸队也将被丁默群追杀。”关萍露说道。

而赵世杰这次的忏悔不仅仅是在行动的鲁莽，也清楚了一次次行动失败的主要原因——鲁莽等于是自杀。但是更不利的情况又接踵而至，赵世杰的父亲已经知道他根本没去南洋，上次刺杀造成家里汽车上满是弹孔的痕迹已经有所察觉，接下来肯定会断掉他所有的经济支持，而这些人将连一个定时相聚的安全窝都没有了。

关萍露以为丁默群看到素琴死了就没有后顾之忧简直是大错特错。他让吴士保调查了素琴的档案，一无所获后勃然大怒，他不相信一个没有任何背景，没有任何目的的弱女子会置生命于不顾，把冒死刺杀他作为自己的使命，他想不通，却突然感觉这所有的一切似乎都跟关萍露有着千丝万缕的关系。

“鹏飞，我问你一个问题，为什么关萍露出现以后，暗杀我的迹象越来越多了？”丁默群躺在床上，微闭着双眼，突然对钱鹏飞说道。

“主任是怀疑关小姐？”钱鹏飞故意问道。

“有人像热锅上的蚂蚁耐不住热了，要跳起来了。关小姐她没觉得热吗？”丁默群紧盯着钱鹏飞，话里有话，阴冷地说道。

“关小姐这样娇滴滴的女孩子，有才有貌，还爱穿旗袍，应该是喜欢凉快的。” 钱鹏飞嘿嘿一笑，摸了一下嘴巴，说道。

丁默群也干笑了几声。其实他心里已经有了打算，也很清楚知道如何去安排关萍露了。

第九章

关萍露又来特工总部上班了。

丁默群也出院了。

穿过透着一丝阳光的过道时，关萍露碰到了钱鹏飞，她想要从钱鹏飞的身上找到答案。可钱鹏飞似乎对这个并不感兴趣，只是从口袋里掏出印着日本裸体女人的火柴盒，从里面抽出一根让其帮自己点燃一根香烟。面对钱鹏飞无理的要求，关萍露一脸鄙视与不屑地走开了。钱鹏飞自己点燃了一根，望着关萍露的背影，嘿嘿笑着。

其实这一切都被楼上的丁默群看在眼里，他非常不屑地拽住了窗帘，从嘴里挤出一句"狗改不了吃屎"。

中午的太阳正毒，却被一袭黑衣似的云彩遮盖住了耀眼的光芒。漫天的乌云越积越多，不一会夺去了太阳的主导位置，肆虐的狂风也加入乌云的队伍，与它一起摇晃着大地。

钱鹏飞再次遇到关萍露还是在那条狭长的过道里，他眯着眼从她身边走过的时候，悄声让她下班之后跟自己出去，会让她找到心中的答案。

当关萍露赶到钱鹏飞指定的地点时，天空的雨瓢泼而至。此刻，钱鹏飞瘫坐在一块墓碑前，撑起的黑伞遮挡着自己的半个身体，雨水沿着伞檐溅到他的身上，而他却丝毫不以为然，而是手拿一瓶白酒，一阵猛灌之后，双目无神地盯着刻有一块“姜素琴”名字的墓碑发呆。

关萍露轻轻走过去，不知道该对钱鹏飞说些什么，只是静静地站在那里，看着他。

钱鹏飞将关萍露一伙人几次三番想要刺杀丁默群的细节说得一清二楚，关萍露惊讶的同时，心中的疑团越来越大，她开始紧张地试探钱鹏飞还有死去的素琴都是共产党的举动，让钱鹏飞打太极似的推了回去。因为有些话不是不能说，而是说了比不说还要糟糕与麻烦。

“萍露，关于我是什么人，你以后会明白的，现在，你不必再问下去了。问了，我也不会说的。”钱鹏飞望着关萍露说道。

“你就这么不信任我？”关萍露失望地看着他，说道。

不料，这一句话一下子把钱鹏飞压抑的情绪引爆了。

“我不信任你？我不信任你，会把你带到这里？我不信任你？不信任你，我表妹素琴就不会替你去死……”钱鹏飞愤怒地狂吼着，他扔掉雨伞，仰天长啸。

关萍露没有一丝害怕，站在那里，心中五味杂陈。

钱鹏飞一屁股坐在地上，让雨水从头灌到脚。关萍露走过来，轻轻替他打上雨伞，心中一直对自己说，素琴，我欠你一条人命，我会好好珍惜机会，为了报仇，为了全天下受苦的人民报仇。

过了一会，钱鹏飞安静了下来，他努力挣扎着坐起来，对着关萍露轻轻地说：

“萍露，今天我们在这里谈的一切，你不能告诉任何人，包括赵世杰。”

关萍露会意地点了点头。

关萍露在特工总部工作的几天里，似乎丁默群对她没有了以前的热情。突然有一天对她说，想明天让她陪自己去徐家汇天主教堂做弥撒。关萍露欣然应允。可接着丁默群的一句话让她不寒而栗。

“那好嘛，上帝会宽恕迷途的羔羊，对吧？”丁默群伸出手来，在关萍露的肩膀上动作亲密地拍了拍，言语却隐藏玄机。

关萍露不由一凛，肩膀微微颤抖了一下。

“萍露，不要有恐惧，上帝是仁慈的。”丁默群感觉到了，不动声色地又拍了下她的肩膀，转身走向了自己的办公室。

吴士保早早地就在丁默群的办公室里等候了。丁默群事先向他透露出有一项重要任务要交给他亲自督办。吴士保满心欢喜地等待着丁默群的发号施令。等到丁默群布置完毕之后，吴士保脸上露出了一丝狡诈的笑容。而丁默群一边用放大镜看着一件旗袍上的纹理，一边说，自己早已把鱼钩放了出去，而且这条大鱼有可能跟自己相当熟悉。

按照以往的刺杀惯例，关萍露肯定要把信息透露给赵世杰。果然，天刚擦黑，关萍露走出特工总部，先是走进一条弄堂，然后向后观察了下没人跟踪，接着向不远处的一辆人力黄包车一招手，不顾对方还没有停稳，踩着高跟鞋快步登上，急忙挥手向前方跑去。

其实钱鹏飞就在后边一路紧紧跟着。

关萍露来到赵世杰所住的花园洋房门前的信箱前，从自己小包里掏出一张字条，快速投了进去，她低头拉好小包拉链，回头要走时，没察觉身后一直有人，直接撞在身后人的胸部上，她本能地抬头，惊讶地尖叫一声：“啊！”

对方赶紧捂住了她的嘴，挟持着她来到一处僻静地方，才松了手。关萍露气喘吁吁地骂道：

“钱鹏飞，你这个臭流氓，你要干吗？”

“不干吗，我就想绑架你，怎么着？”钱鹏飞一边说着，一边又架住关萍露，推推搡搡地向前走去。

“哎哟，哎哟，我的脚……我的脚……”关萍露刚走了一段路，就痛苦地蹲下来，抱住自己的一只脚，痛苦地呻吟着。

“我跟你说，这种小女孩儿的伎俩在我这儿可没市场，赶紧走……”钱鹏飞一看关萍露的样子，没有心疼，反倒严厉起来。

“钱鹏飞，你还是不是个男人，怎么一点怜香惜玉的绅士风度都没有，哎哟，哎哟……”关萍露表情异常痛苦地说道。

“嘿嘿，老子不是绅士，所以不用穷酸文人那一套……”钱鹏飞话是这么说着，但还是慢慢地蹲下来，伸出手要看一下关萍露的伤情。

不料，关萍露瞅准时机，抬起自己的高跟鞋对准钱鹏飞的脚就是一下，自己顺势向前跑去。

钱鹏飞疼得抱着踩痛的脚在原地单跳。关萍露一边跑一边咯咯直笑。

但最终关萍露还是被赶上的钱鹏飞制止住了。而且这次，钱鹏飞毫不客气地说要把她带到自己的住处。这一下子，让关萍露有些胆战心惊。

七拐八窜地摸到了钱鹏飞的住所。刚推门而入，钱鹏飞就将关萍露用门后的一条麻绳捆住了双手，关萍露还没有闹清怎么回事，就被一下子扔到了沙发上。

脏乱不堪的沙发上七零八散地扔着钱鹏飞的脏上衣、破裤子，关萍露皱着眉头，大骂着钱鹏飞，而他却依旧嘿嘿笑着。

赵世杰那边收到关萍露的情报后，召集大伙赶紧开始商量行刺计划。对于他们来说，有机会总比坐以待毙要强很多。而同时吴士保也召集着自己手下的弟兄们，在夜色中耀武扬威，发号施令。

"你放心，我绑架你一不会伤害你，二也不会逼你当压寨夫人。我绑架你，是在救你。"钱鹏飞笑道。

"救我？你是在救丁默群吧？你这人我还是看不透，难道素琴就这样白死了？你在她墓前流的泪都是假的？"关萍露从鼻子里挤出不屑的哼声。

"你别给我提素琴，你这样蛮干，你马上就会变成第二个素琴你知不知道？下毒的事情发生之后，你以为丁默群就对你一点都不怀疑？他为什么把去教堂的时间告诉你？还请你一块去？"钱鹏飞一听到关萍露提及素琴，一下子火了，拍着桌子，大声说道。

"那只是你的猜测，难道你就没有看见，丁默群一直喜欢我。这你没法否认吧？"关萍露心中一凛，嘴上却很强硬。

"这就是你的美人计？小姐，拜托了，丁默群是个任何人都不信任的人，包括他的老婆。他从来没跟曹敏芝睡过一张床，而是睡在浴室的浴缸里，你相信吗？"钱鹏飞冷笑了一声。

"你的意思，他是在故意设陷阱？"关萍露大惊，脸一下子白了，紧盯着钱鹏飞问道。

"好啦，只要赵世杰他们明天不过去，一切安然无事……"

钱鹏飞伸手拿过丢在桌子上的半瓶白酒，仰头喝了一口。

其实关萍露心中没底，她真的祈祷赵世杰他们没有发现那片纸条，或者说那片纸条不翼而飞，又或者……关萍露心中一直假设着一切赵世杰看不到纸条的种种理由与借口。但事实情况是赵世杰他们不仅得知了这一消息，而且一大早就与胖子、李芬芳、陈瞎子开始准备到教堂刺杀的各项事宜。

一切都太晚了。

一大早的上海街头异常繁华。所有的人拥簇在街头东奔西走，沿街叫卖的香烟摊主干渴的嘴唇也抵挡不住吆喝的欲望，随处可见的乞讨者渴求的眼神与晨光交织在一起，让他们有些睁不开眼，却不妨碍他们渴望生存的决心。一个个横冲直撞的人力黄包车像甲虫一样四散奔波，纵然是错落相间，却永远不会相撞在一起，每个车都有不同的乘客，每个乘客都有不同的目的地。钱鹏飞与关萍露在一辆黄包车上，互相牵着手，确切地说是钱鹏飞紧扣着关萍露，像看守一个犯人一样，一刻都不能放松。

而早早起来准备就绪的赵世杰、李芬芳、胖子与陈瞎子，在赶往徐家汇教堂的时候，却意外地看到了关萍露与钱鹏飞在黄包车上手牵着手的情景，心中顿生疑问。如果说李芬芳、胖子、陈瞎子的疑惑来自关萍露为何与钱鹏飞混在一起的话，那赵世杰的担心完全是来自男人心中最深处的嫉妒。

钱鹏飞与关萍露来到特工总部，看到丁默群已经在办公室批改文件。见到关萍露的到来，丁默群先是给了一个笑脸，接着起身告诉她马上动身去教堂。关萍露揉着刚才被钱鹏飞抓得生疼的手腕，不停地揉来揉去。她心里不停地祈祷着赵世杰今天千万不要到教堂去做无谓的牺牲，千万不要去，千万……

两辆黑色轿车一前一后停靠在一座西式建筑的教堂前，丁默群带着黑色小圆眼镜下了车，仰头看了一眼穿过茂密树叶而来的阳光，心情大好地感叹："今天真是个好天气。"然后他牵着关萍露的手，像是一对要在教堂举办婚礼的新婚恋人，慢悠悠地走向门上雕刻着耶稣挂像的大门。

"主任，我很难相信您是教徒？听说在重庆的蒋总裁是因为夫人的缘故，您想必也有原因吧？"关萍露一边走，一边轻轻问道。

"我是一个罪人，我是来赎罪的。"丁默群继续盯着前方，回答得很轻松。

丁默群与关萍露牵手穿过一条长长的走廊，绕过一个圆形花坛时，拿着长长剪刀的园艺工人，一边修剪着花草，一边低头不时窥探着她与丁默群。待他们一群人走过这里，奔向前来欢迎的神父时，他趁人不注意将大剪刀丢在花丛中，低着头，生怕被发现似的，逃离教堂，奔向了大街上的一个公用电话亭。其实他就是上官锋的手下小浦东。他这次的主要目的就是乔装打扮成园艺工人，然后确认丁默群的到来准确无误后，向上官锋通风报信。

每次周日的时候，前来徐家汇教堂做弥撒的人很多，丁默群为了自己的安全往往都是独自有一间属于自己的房间。在神父的带领下，几个人一起朝着教堂大厅走去。关萍露故意装作对什么都很新奇的样子，慢慢退到钱鹏飞的身边，一副轻松自得的样子，认为如此安静的环境怎么会有埋伏，这种杞人忧天的想法真是自寻苦恼。钱鹏飞刚想要还嘴，丁默群高声地呼喊着他的名字，他瞪了关萍露一眼，赶紧奔了过去。

"鹏飞，你守在外面，我先跟萍露去这里看一下。"丁默群对钱鹏飞说道，接着向在远处似乎对什么都感兴趣的关萍露挥了一下手。

关萍露高兴地回应着。其实她心底的高兴来自赵世杰他们今天没有过来行刺，也来自钱鹏飞一直吓唬自己的愚蠢做法。当她向着丁默群奔跑过去时，扭头向来这里做弥撒的人群扫了一眼，却看到了赵世杰与胖子熟悉的身影。她惊愕地一颤，脚下没站稳，跌倒在地。

钱鹏飞赶紧跑过来，把她扶起来的时候，贴着她的耳朵没有表情地说了句：

"你现在开始担心了吧？"

丁默群走过来，像个父亲似的抚摸着关萍露，责怪她毛手毛脚，接着牵着她的手，走向了教堂大厅。

其实这个时候，吴士保率领的特工们早已埋伏在教堂的四周，静候着大鱼上网。而军统上官锋得到小浦东的消息后，也率领着自己的弟兄驾车来到了教堂。

守在教堂大厅门口的钱鹏飞叼着一根烟，走来走去，额头的皱纹一隐一现，突然他掐掉烟头，奔着教堂盛放古钟的钟楼而去。

钱鹏飞爬上钟楼，纵身向上一跃，抓住系着撞向教堂古钟柱形木头一角的绳索，身体摇摆着，一次又一次地撞击着古钟，发出洪亮而悠长的声音。正在教堂大厅陪关萍露参观的丁默群一愣，急忙询问哪里来的钟声，一脸无辜的神父眼神躲闪，慌忙冲出看个究竟。

赵世杰与其他人刚要准备进入教堂，听到钟声发愣了一下，他抬腕看了一下时间，皱着眉头，敏感地对大家说：

“这个时间，不该有钟声啊！”

“世杰，你看！”李芬芳神情慌张地用手指着从门外持枪而入的上官锋一伙人，喊道。

赵世杰突然明白今天的情况有变，赶紧招呼着大家不要轻举妄动，赶紧向外撤离。

钟声越来越小。

钱鹏飞跑到教堂大厅看不到他们，接着来到丁默群专用的弥撒室口，气喘吁吁地对着丁默群大喊道：

“主人，有刺客，快走！”

关萍露听到此话，心中一震，浑身不禁开始哆嗦起来。

“这钟声是怎么回事？”丁默群并没有着急向外走去，而是盯着钱鹏飞说道。

“是我敲的，我怕有意外，到钟楼上察看外面的动静，发现有一群可疑的人奔进来。”钱鹏飞喘了一口气，说道。

“哦，这么说，你是敲钟示警？”丁默群淡淡地问道。

“对，我一急，先敲钟，让阿三他们警觉。主任，今天我们的人来得太少了，要吃亏的。”钱鹏飞故意装作什么都不知道的样子。

“是吗？人少被人欺，不过，到底谁欺谁，现在还不好说。”丁默群一笑，突然看了关萍露一眼。而关萍露像是被看穿似的，装出一副害怕的样子，低着头不说话。

钱鹏飞说着马上要出去招呼人保护丁默群，却被他制止了。他让神父打开唱片机上巴赫的《弥撒曲》，而自己一边转动着手中的佛珠，一边像一位信心在握的狩猎者一样，满脸骄横。

此时，小浦东率领着军统特工持枪跑到了教堂大厅。受惊的人群抱头四散逃离，上官锋环顾着教堂大厅找不到丁默群的踪迹，指着小浦东，对着弥撒室使了个眼色，一群人蜂拥着冲了上去。

当上官锋与小浦东一群人赶到丁默群的弥撒室时，想着一拥而上，将丁默群生擒活捉邀功请赏，没想到吴士保带领的特工们早已在弥撒室外的窗户后面设置好了十面埋伏，还没等到他们反应过来，吴士保的枪声第一个响了。

上官锋与小浦东像一群被围在圈里的羔羊，面对着对方居高临下的有利位置，冒死反抗。自己身边的弟兄像移动的活靶子一样一个接一个倒地而死，四溅的鲜血染红了墙壁上的耶稣像，同时震耳欲聋的枪声也与弥撒室中的《弥撒曲》隔墙回应。

上官锋与小浦东眼看自己即将成为瓮中之鳖，慌忙让手下人做掩护，两人冲出教堂大厅，奔向门外。吴士保不依不饶，带领手下几名特工，追了上去。

枪声渐渐暗了下来。弥撒室的门终于开了。丁默群带着关萍露从里面走了出来，她亲眼看见一个逃奔的军统特工被楼上射来的子弹击倒，吓得紧张地捂住了脸。丁默群赶紧把她揽在怀里，抚摸着她的头，轻声地说道："别怕，这里早都是吴队长埋伏的人了。"

对丁默群如此周密的部署，关萍露再次不寒而栗，她的目光不由扫视了一下四周，没有看见赵世杰他们，她安下心来，叹了口气，看了钱鹏飞一眼。

钱鹏飞向她隐秘地眨了下眼。

吴士保带领着几名特工打伤了上官锋，被他逃之夭夭了，却活抓了小浦东。一群人按在地上，一阵拳脚相加。丁默群带着关萍露和钱鹏飞也赶了过来。

丁默群走到小浦东的身边，一脚把他踹倒在地，让他有些喘不过气，用很斯文的语气问他：

“为什么要杀我？”

“这样、这样的话你也问得出来？你做过什么你不知道？你的命真够大的，算你运气。”小浦东努力挣扎着，刚想上前一步，就被几个特工按住了。

丁默群一个眼色，特工阿三直接上前，没有一点犹豫地踢在小浦东的膝关节上，他扑通一声，跪倒在地。

丁默群上前一脚踩住了小浦东腿上的伤口，重重地用脚碾着。小浦东痛得蜷起身来，大声呻吟，叫声凄惨，让人不寒而栗。

丁默群拍了拍手，转过身轻声对关萍露说：“答案马上要揭晓了。”而此刻的关萍露没有了刚才彻骨的寒冷，勉强地对丁默群笑道：

“那就恭喜主任了！”

丁默群没有直接回答她，径直向停在门外的汽车走去，当关萍露紧随其后时，吴士保突然走过来，拦住了她，恶声恶气地说道：

“对不起，关小姐，请你跟我走一趟！”

“为什么？你们怀疑我？”关萍露的脑袋嗡地响了一下，极力镇定地回答道。

“呵，主任来教堂做弥撒的事只有三个人知道，而你，则是其中一个。”吴士保用枪比划着，斜着脑袋看着关萍露。

“你们无辜抓人，我要让主任评评理。”关萍露极力寻找着理由。

“小姐，别臭美了，主任不发话，我这个行动队长能抓你吗？”吴士保冷笑一声。

吴士保让两名特工押着关萍露走到教堂门外时，她有意向着在车外的钱鹏飞看了一眼，而他这次却非常高兴地用一个开枪的姿势冲着自己。关萍露不知是喜是忧，也朝他笑了下。

这一次刺杀未遂，让军统的上官锋损失巨大。他拖着受伤的胳膊，在办公室里大发雷霆，摔着东西，其他人躲得远远的，谁也不敢上前劝阻。

“真他妈的见鬼，我们得到情报，这么及时赶过去，怎么会中了埋伏？”上官锋恶狠狠地把手枪摔在桌子上，咬着牙说道。

“站长，会不会是小浦东早就被他们盯上了，故意设了圈套让我们钻？”上官锋的手下老彭眨了眨眼，疑惑地问道。

“丁默群太狡猾了，这一次，我们损失了那么多的兄弟，我都无法向戴老板交代。”上官锋越听越生气，使劲砸着桌子。

上官锋这次真的是“伤筋动骨”了，还没有为戴笠把那件价值不菲的金编钟夺回来，今天又死伤众多弟兄，而且小浦东还受伤被抓，这一下就削弱了他在上海的统治力量与范围。但现在对于他来说，最要紧的还是保命，与手下人一番抱怨之后，赶紧又转移到其他地方休养生息了。

赵世杰与李芬芳、胖子和陈瞎子回到花园洋房住所，讨论了很久还是不清楚为何钟声会突然作响，甚至他们想出了很多理由，要么是关萍露为他们通风报信，要么是背后有人一直在帮助他们，要么是军统的特务向自己的同伴的发出作战信号……所有这一切不确定的因素都需要重新见到关萍露后才能水落石出，但是关萍露此刻已经进入了特工总部的深牢大狱。

小浦东果真没有经得住吴士保的严刑拷打，招认了一切。丁默群听到这个消息后，放下手中的《中国旗袍研究史》，哼着小曲，走出密室，来到刑房，盯着血肉模糊的小浦东，带着满脸奸笑问道：

“我是不是不交出东西，戴老板是不会放过我的？”

“嗯。”小浦东抬起头，艰难地望了丁默群一眼，点了下头。

“你们怎么知道我会去教堂？”丁默群转了一圈，轻声问道。

“戴老板调出你在军统时的档案，知道你常去教堂做礼拜。”小浦东说。

“继续！”丁默群坐在椅子上，说道。

“上官站长布置我到徐家汇教堂做花匠，一旦发现你的行踪，就立刻报告他们。”小浦东咳嗽了一下，吐了一口鲜血，说道。

“你还有什么想说的？”丁默群继续问道。

“我既然都已经招了，希望能放我一条生路。我回我的浦东老家，不再碰枪，我为老母亲尽孝去。”小浦东从眼中流出的不知道是眼泪还是鲜血，对丁默群哭诉道。

“唔，你是个孝子。放心，我会好好待你的。等你见到你们的上官站长的时候，我一起送你们回老家。”丁默群头也不回地扔下一句，挥手带着钱鹏飞走向了特工监狱。

钱鹏飞知道，丁默群心里已经有了答案。他不觉露出一丝笑意。

一束阳光穿透特工监狱窗户的栅栏撒到依在墙角的关萍露的脸上。她不由得眯起了眼睛，想起了自己被带走的那刻，钱鹏飞向自己做出开枪姿势的滑稽样，忍不住笑出声来。而丁默群与钱鹏飞刚好来到，他们听到关萍露的笑声，不由一愣，尤其是丁默群看到阳光下关萍露那张灿烂的笑脸，突然心里有一丝的尴尬。

“关小姐这么开心，看来这里还真不错。”丁默群走到关着关萍露的一扇门前，看着她，笑道。

“我能让主任这么看重，当然高兴啊。哎，我想问一句，在你眼里，我是不是都快赶上武艺高强的女刺客了？”关萍露站起来，徐徐走向丁默群，望着他，还保持着刚才的那丝笑容。

“那个抓到的人已经招了，关小姐，你的确很有能耐。”丁默群没有直接回答关萍露的疑问，而是突然把脸一板，目露精光，看着关萍露，说道。

“小浦东，你认识吗？”丁默群突然转过身，问道。

“谁是小浦东？他是我同学？主任你以前的学生？他很有能耐吗？”关萍露装作一无所知地回答道。

“嗯，不认识就好，有时候认识一个不该认识的人，是很麻烦的。”丁默群见关萍露没有显露什么异样，心里对她的怀疑已经消失，淡淡一笑。

一直紧张地注视着丁默群和关萍露的钱鹏飞见关萍露没被丁默群讹出什么来，暗暗松了口气。

丁默群说完，转身而去。钱鹏飞向关萍露眨了眨眼睛，也紧随其后。

关萍露从钱鹏飞的动作里明白自己已经挺过了这一关，她轻轻笑了。她又重新坐到墙角边，享受着那束阳光带来的心底温暖。

在徐家汇教堂发生的枪战也让梅机关的武田知道了。他没有为丁默群差点全歼上官锋的军统力量而高兴，而是在琢磨对方是怎样知道丁默群到教堂做弥撒的。当中野云子说丁默群怀疑是军统分子干的时，武田手下的两个人却各执一词有了不同意见。

“以我的判断，关萍露可能是军统，她在向丁默群施美人计。”中野云子非常自信地说道。

“云子小姐，我不认为关萍露是军统，她以前是有点激进，发表过一些对我们不友好的文章，但现在，她进了特工总部，情况已经不一样了。”站在一旁的木村接过话茬，表达着自己的看法。

“木村君，没想到你也被这个中国女人给迷住了。”中野云子冷笑了一声，不屑地对木村说道。

木村正要反驳时，武田站起来，制止了两个人的争吵。

“马上把关萍露押到梅机关，她的案子，由我们日本方面单独审理。”武田面无表情地说道。

“遵命，将军。”中野云子回答着。她得意地瞟了木村一眼，扬长而去。

关萍露以为只要打消了丁默群的顾虑之后，自己就可以安然无恙，同时钱鹏飞也是这么认为的，在他跟丁默群走出特工监狱大门之后，就迫不及待地开始为关萍露说情了。

“主任，既然都查清了，你看关小姐在那里……”钱鹏飞还没说完，就被丁默群打断了。

“哦，鹏飞，你这么惦记她？”丁默群若有所思，盯着钱鹏飞说道。

“嘿嘿，谁让关小姐长得细皮嫩肉的，身条又这么好，刚才你也看到了，在监狱里面穿旗袍，看着挺别扭。”钱鹏飞嬉皮笑脸地说着。

“你别扭，我也别扭。但这个事情没这么简单，梅机关那边肯定听到风声了……”丁默群有些为难地说道。

话没说完，院子里一阵轰响，一辆空荡荡的日本军用大卡车冲了进来，驾驶员是中野云子。

“说曹操，曹操到。”丁默群一笑，说道。

钱鹏飞撅着嘴，嘴里骂骂咧咧地跟着丁默群走了过去。

在丁默群的办公室里，中野云子开门见山地对他说，自己是奉了武田的命令，要亲自带走关萍露，对她进行审讯盘问。

面对中野云子的直白要求，刚开始丁默群还想通过打太极的方式绕过去，却发现中野云子是有备而来，于是不知所措地默不作声。

钱鹏飞见状，赶紧跟中野云子开起玩笑来，不料对方勃然大怒，将眼前的一把椅子一脚踢得粉碎。

“云子小姐，这是在你家里吗？我怎么好像记错了，我还以为是在我们的特工总部。”钱鹏飞见状，冷冷地说道。

“你们的特工总部驻扎着我们的宪兵小分队，你说这里是你的家，还是我的家？”中野云子不甘示弱，盛气凌人地说道。

“云子小姐，实话相告，关萍露已经被关押起来了，她的案子正在审理。从现在的情况看，她……”丁默群忙满脸堆笑，轻声说着，还没等他说完，就被中野云子打断了。

“丁先生，请你相信，我们梅机关的审讯手段是很高明的，丁先生有兴趣，随时可以过来见识一下。”中野云子不容丁默群的解释，声色俱厉地说道。

中野云子说完，转身向着特工总部的监狱走去。丁默群的脸上掠过一道怒气。

躲在监狱墙角的关萍露听到从门外传来脚步声，欣喜地站起来，望着外面，突然看到是中野云子与两名日本宪兵，马上意料到事情有变，赶紧远离狱门向后退去。

关萍露被两名日本宪兵架走时，中野云子一脸得意的表情。

中野云子驾驶的日本军用卡车停在特工总部的大院里一直都未熄火。两个日本宪兵将关萍露扔到车后面的拖斗里，准备扬长而去时，钱鹏飞一下子拦住了她。

“钱某非常喜欢你这身制服，不是喜欢你。当然，云子小姐长得皮肤白嫩，国色天香，会令无数男子心动。”钱鹏飞嘿嘿笑着。

“你胡说什么？小心我给你颜色看。”中野云子的脸拉长了，瞪着眼睛说道。

“云子小姐，我只是来为你送行而已。你对关萍露的关照，令丁先生比较感动。”钱鹏飞上前一把拉开了大卡车的车门，说道。

中野云子一言不发地上了车，发动了车子。

钱鹏飞故意向关萍露看了一眼，话中有话地继续说道：

“丁先生说了，他会去向武田将军汇报情况的，所以，云子小姐不要心急，心急吃不得热豆腐。”

站在车斗上的关萍露似乎明白了什么意思，向钱鹏飞微微一笑。

其实钱鹏飞心里早有了下一步的打算。他很清楚丁默群的为人，他最不喜欢的就是对方不尊重自己。回到丁默群的办公室，钱鹏飞把日本人抓关萍露的小事演变成了他们不尊重丁默群的大事来说，他甚至把丁默群比喻成日本人的狗都不怕得罪他，因为丁默群心里一直都很清楚，只不过没人可以这么直接地说出来，更何况钱鹏飞早已经有了胜算的把握。

“我有没有说错，主任你心里明白得很。两张椅子被一个日本娘们给砸破了，这要有多大的气势？”钱鹏飞委屈说着。

丁默群听罢，默不作声。

“我是你的人，我们从同一个老家出来，我不愿看到你被人家欺侮，欺侮你就等于是欺侮我，我心里会难受。如果是我得罪了云子，就让她来找我的麻烦好了。”钱鹏飞动情地，差点要挤出眼泪了。

“我会找武田给个说法的。不然，他们还真以为我是个可以随便捏的软蛋。”丁默群嘴唇抽搐了下，咬着牙说道。

第二天，丁默群一大早带着钱鹏飞与阿贵等人就赶到了梅机关。当丁默群与钱鹏飞来到武田的办公室时，中野云子却让钱鹏飞守在门外，让丁默群一个人走了进去。

此时，武田正在专心致志捧着一盒围棋子，在棋盘上摆来摆去，看到丁默群走了进来，赶忙招手让他坐在自己身边。

“丁先生，你是围棋高手，你帮我看一看，怎么样才能把这一块被围住的地盘盘活了。”武田盯着棋盘，对丁默群说道。

丁默群沉思良久，伸出手去动一黑子，放到了众多白子的另一端。

“丁先生，你这一招真是高招，反败为胜，一子定乾坤啊。”武田又看了一会，突然眼中发出光彩，双手鼓掌，笑道。

“哈哈，说得好，一子定乾坤。将军，如果这颗子落在那边，反而被对方所利用，而如果放在这边，就完全不一样了。比如说我们拉一把某人，和推一把某人，一来一去就是两倍的功效。”丁默群哈哈大笑起来，似乎是话里有话，这些东西武田早已是心知肚明。

“丁先生的意思是？”武田故作不解地问道。

“关小姐的案子已经查清楚了，与她无关，是军统潜伏的一个花匠在教堂门口看见我进去，通知他们的同伙采取行动。”丁默群生怕武田不了解内幕，仔细地向他解释道。

“关小姐是个人才，对她的个性和才华我很欣赏，但我作为一个军人，不能永远容忍敌视我大日本帝国的人，我希望给她一个教训。”武田放下棋子，站起来，踱着步，说道。

“我希望武田将军能够理解，年轻人总是容易偏激，这不是他们的错。想当年，汪主席还刺杀过清廷的摄政王，坦率地说，我在年轻的时候也仰慕过共产党，可是现在，武田将军，我已经是大日本帝国忠诚的朋友了。”丁默群也站了起来，走到武田的身边，笑着说。

“看来丁先生是有备而来……”武田眼中掠过一丝怒意，但他心中似乎又期待着丁默群的另一番回答。

“武田将军，您看这样行吗，如果我们让关萍露公开为中日亲善效劳，不是一个很好的活教材吗？让人人懂得，大日本是友好兴邦的国家。到那时候，天皇陛下会高兴，大日本皇军会高兴，将军您也会高兴。”丁默群胸有成竹地笑道。

武田走过去，拍了拍丁默群的肩膀，随即屋内传出了两个人有些吓人的笑声。

守在屋外的钱鹏飞正与中野云子掐来掐去，突然，武田与丁默群猛的一拉门，刚好站在门边的中野云子一个趔趄跌进了钱鹏飞的怀里。

丁默群和武田刚好拉开门出来，看到这一幕，武田沉着脸不说话，丁默群别转脸装作没看见。

中野云子红着脸，使劲推开钱鹏飞，害羞地低着头。

"钱先生，你如果想中日亲善，看来你挑错了地方，啊？哈哈哈哈。"武田盯了钱鹏飞一会儿，突然哈哈大笑起来。

"是是，将军教训得是，云子小姐，以后咱们换个地方亲善。"钱鹏飞连忙一本正经地向武田鞠躬，大声说道。

"钱鹏飞，我跟你没完！"中野云子气得一跺脚，转身仓皇而逃。

第十章

夜色渐渐暗了下来。天空中，不知名的飞鸟互相追逐着在盘旋低飞。梅机关的监狱里昏暗的墙灯已经睁着惺忪的双眼执勤站岗。由远及近的脚步声越来越清晰，中野云子带着两名日本宪兵走到关萍露的牢房里，将一块黑布蒙在她的双眼上，用细绳反绑着双手，其他两个人推推搡搡地拉了出来，架着她，拖到一辆卡车的后斗里，中野云子翻身上车，汽车呼啸着驶出梅机关，朝着前方有零星亮光的地方驶去。

关萍露心中忐忑不安，她不清楚中野云子到底要把她押到哪里，又要做什么，只能在心中不停地猜测很多或好或坏的结局。

中野云子将车停在一座不起眼的欧式建筑风格的酒店前，亲自将关萍露拽了下来，对着跟随的两名日本宪兵使了个眼色，两个人随即站在酒店门口开始警卫。中野云子拽着关萍露的胳膊走了进去。

“你要带我去哪里？”关萍露看不到任何东西，紧张地问道。

“你不是说我要枪毙你吗？”中野云子说道。

“枪毙我也用不着找这种地方。”关萍露依稀听到酒店里有老板与伙计招呼客人的声音，问道。

“哎哟，你感觉到这是酒店了。”中野云子阴险地笑着。

关萍露听到她的笑声，心里越发没有了安全感，浑身遍布着鸡皮疙瘩，一步一步向前挪去。

中野云子走到203房间轻轻叩门，屋内的人随即将门拉开，一把将关萍露拽到了里面，对着中野云子微微一笑，又轻轻地关上了门。

关萍露明显感觉到刚才拽自己进来的人力量很大，是一个男人，她有些惊恐不定地踉跄向后退了几步，撞在墙壁的一角，疼痛袭来，刚想大叫，突然一只大手捂住了她的嘴。

倏地一下，罩着关萍露眼睛的黑布被扯了下来。她本能地紧闭着双眼，接着缓缓睁开，发现丁默群正在目不转睛地看着她。

“我好端端的，你把我关进监狱，现在又把我带到这儿来干什么？”关萍露挣扎开丁默群的手，故意板着脸，说道。

“萍露，你受委屈了。”丁默群不直接回答她的问题，转过身，替她解开手上的细绳，说道。

“不要和我说这些，我看不懂你，我一点也看不懂你。”关萍露挣脱开细绳后，坐到一边的圆椅上，声音尖利地嘶喊起来。

“我那也是无奈之举，你知道多少人要杀我？萍露，你要体谅我……”丁默群一边说着，一边绕到关萍露的身边，拍着她的肩膀说道。

关萍露一把推开了丁默群的手，侧着脸，双手交叉着放在自己的胸前，一副生气的样子。

丁默群从房间的抽屉里拿出一个服装袋扔到关萍露的怀里，让她赶紧换上这件新的旗袍，说有重要的事情让她跟自己一起出去。虽然关萍露有些生气，但理性告诉她如何做才算适可而止，于是起身拿起服装袋走进了隔壁的房间。

丁默群挑了一下眉毛，笑了。

其实，丁默群的目的相当明显。他要带着关萍露去拜见武田，以这样正式的方式来洗脱关萍露身上的诸多嫌疑。其实他早早就跟武田商量好了，一起共同将关萍露打造成中日亲善的友好大使，以舆论的方式逐渐渗透，慢慢腐蚀。但这一切对于关萍露的突然侵袭，显然有些让她不知所措，这要比死亡来得更可怕，因为死亡夺去生命只是一瞬间的事情，而这次要改变她的斗争立场却是一辈子的劫难。而且，她跟赵世杰当初的约定，仅仅只是要刺杀完丁默群后就算大功告成了，没有料到中间会有如此多不确定的变数。

于是，丁默群带着关萍露在一家日本酒馆参见武田时，在场所有的人为丁默群与武田的中日亲善大使计划而欢呼雀跃，而关萍露只是静静地坐在那里，沉默不语。

武田似乎看出了些什么，借故频频向关萍露敬酒，但都被她一一挡了回去。她的断然拒绝一下子让武田没了面子，正要发怒之际，丁默群赶紧过来救场。对于丁默群来说，现在不仅要更大限度地取悦武田，更重要的是要讨得关萍露的欢心，让她赶紧应了中日亲善大使的差事，才能让武田放心，让关萍露安全。

所以，丁默群头一次不顾风度不要文雅地不停地喝着武田递过来的惩罚酒。他说，这些惩罚酒原本是给关萍露的，而今他丁默群甘愿替她受罚，自然数量就要加倍。眼看着丁默群即将喝得不省人事，关萍露担心他倒下之后，自己的安全无人顾及，索性自己端起酒杯一饮而尽。所有人高兴地鼓掌庆祝。其实大家都明白是什么意思。

丁默群这次确实喝高了，对于处处严加防范和小心的他来说，这是绝无仅有的事情。关萍露其实心中还非常奇怪，为什么丁默群以前每次都是大张旗鼓、招摇过市的一副派头，为什么这次仅仅只是一个人跟自己前来赴会？钱鹏飞呢？吴士保呢？丁默群手下的特工们呢？所以，在中野云子依旧开着那辆轰鸣的大卡车送她跟丁默群回去的路上，她就产生了诸多疑问。

当中野云子载着他们冲进特工总部的时候，钱鹏飞正在集合着队伍要去寻找丁默群。看到丁默群醉眼蒙胧地带着关萍露从卡车后斗走下来，他似乎明白了一切，装作非常担心丁默群安危的样子，诉说自己不仅跟吴士保发毒誓一定要寻找到丁默群的下落，还让兄弟们个个都签了生死状，称主任如果不回来，他们的生死永远没有保障。几句话说得丁默群心花怒放，满意地拍着钱鹏飞的肩膀。

似乎丁默群意犹未尽，一边拉着关萍露的手，一边若有所思地对她说道：

“今天我高兴，我一定要让你也尽兴。”丁默群兴致勃勃地说道。

“主任，太晚了，还是回去吧。”关萍露忙停住了脚步，挣开丁默群的手，说道。

“我给你来一个真正刺激的，带你去一个好地方，保证让你销魂。”丁默群又一把拉起了关萍露的手，阴险地一笑。

丁默群的笑容背衬着半明半暗的过道墙壁，显得神秘而诡异，让关萍露的心里一惊。

两个人摸黑爬上了楼梯弯曲的岗楼。丁默群让人把所有的探照灯打开，顿时，黑夜变成了白昼，高耸的围墙上扎着带电的铁丝，围墙下持枪的哨兵密集地分布在各个角落，狂叫不停的狼狗似乎在宣泄着自己的愤怒。一排排整齐的牢房似乎另一头通向了无边的地狱。

突然，丁默群掏出手枪让一个牢房的犯人站住别动。他一把将关萍露拉入怀中，从身后抱住她，让她握住自己手中的手枪，对准前面一动不动的犯人。关萍露此刻心跳加快，本能地抗拒着想挣脱开，却被丁默群死死地控制着，不能动弹。

关萍露看清了，这名犯人就是小浦东。她有些哆嗦地不知所措，而丁默群却在身后，用自己的嘴在她裸露的脖子上慢慢游离之后，凑到她的耳边，轻轻地说道：

“萍露，你杀了这个人，你一定会觉得很刺激。叭，叭！血从脑门上喷出来，从脖子上喷出来，或者从胸口喷出来，溅到了墙上和地上，然后一个人就不动了，永远都不会动了。来，只要你轻轻地一扣扳机，一条命就没有了，就像用手指头摁死一只蚂蚁，来吧，不要犹豫了！”

关萍露的手剧烈地哆嗦起来，呼吸急促地闭着双眼。突然，丁默群握住关萍露的手指，使劲用力，帮她扣响了扳机。

砰的一声，子弹飞了出去。不偏不倚，打在了监狱门的铁栏杆上，溅起一片火光。小浦东在监狱里听到枪声，慌张地四处张望。

丁默群从关萍露手中夺过手枪，一把推开她，对着小浦东，砰砰就是两枪，他还没有反应过来，倒地而死，身下一摊鲜血蔓延开来。

此刻，关萍露浑身感到发冷，语无伦次地对丁默群说道：

“主任，杀人太容易了，我……我们走吧。”

“哈哈，萍露，过瘾吧？”丁默群此刻像一个嗜血的魔鬼，恐怖的笑声让深夜充满了恐惧。

丁默群的几声枪响，把钱鹏飞以及一些特工都吸引到了岗楼下仰目注视着这里。丁默群摆了摆手，大家各自散去。

丁默群缓缓将手枪收了起来，搀着关萍露，立即换上了一种让人几乎无法抗拒的温柔腔调说：

“萍露，教堂的那件事，我错怪你了。但是有一件事情，我是必须要你做的，那就是让你成为日中亲善的形象大使，如果没有这一手，武田和中野云子都不会放过你。”

“主任，我是一个中国人，我还年轻，我不想走这条路。”关萍露冷冷地说道。

“你不走也得走，而且你已经在走了，你在我身边做事，不就是在替日本人做事吗？这件事关系重大，你搞砸了，对我对你都绝无好处。你三思吧。”丁默群突然咆哮起来，大声说道。

关萍露默不作声。丁默群瞥了一眼关萍露，独自离去。

钱鹏飞把关萍露送到住所后没有下车就走了。关萍露回到住所，使劲将门关上，将高跟鞋高高抛起，灯也不开，一头扎在床上不愿起来。脑海中一直回忆着这几天接踵而至的突发事件，烦恼不已地用手捂住耳朵大声哭喊出来。突然，门外响起了一阵急促的敲门声。

关萍露紧张地赶紧坐起来，慌忙打开门，发现原来是钱鹏飞。钱鹏飞的到来对于关萍露来说，其实是一件好事。自从上次他提醒自己不要贸然让赵世杰到教堂刺杀丁默群之后，她越来越对他的身份感到好奇，确切地说她已经认定钱鹏飞就是共产党了。

“其实，在素琴的坟头，我就感觉到，你是跟她一样的人，你们都是共产党，只不过那时候你还不肯承认。”关萍露自信满满地对钱鹏飞说道。

“哦，你这么有把握，难道现在我就肯承认了吗？”钱鹏飞饶有兴趣地在房间里踱着步，轻松地说道。

“当然，因为你没有必要再对我隐瞒下去了，你冒险救赵世杰他们，也冒险救了我，这就意味着，你的身份在我这里已经暴露了。”关萍露一直在坚持着自己的看法。

“我救赵世杰他们，救你，也有可能只是出于我是个还有良知的中国人，这并不能就断定我是共产党啊！何况，我还一直在保护丁默群。”钱鹏飞哈哈笑着，像是所有的事情都与他无关似的。

“这正是我想不通的地方，你是共产党，你为什么要保护丁默群，是不是你有什么特殊的使命？”关萍露眨了眨眼，不解地问道。

钱鹏飞没有说话，走到窗前探着头看了下楼下，接着走到门前侧耳又听了下。他表情严肃地告诉关萍露，对于她的一些情况，他已经向组织上汇报了。他希望让关萍露弄明白一点，杀鬼子除汉奸不是一个人甚至几个人就可以完成的，至于他们一直以来冒失的刺杀行动，应该果断放弃，而不是一直坚持不懈地进行下去。

关萍露赞同钱鹏飞的看法，但是自己又不清楚以后该如何继续将革命进行到底，尤其是今天丁默群与武田一起商量出来的中日亲善友好大使的事情，让她犹豫不定，所以一直没有松口答应，不料晚上丁默群假借杀死军统分子的机会来威胁她，更让她不知所措。但钱鹏飞听罢，却乐了。

钱鹏飞认为这是一次难得的打入敌人内部的机会。

“先拖着，不马上答应，也不马上拒绝，这样，反而不会引起他们的怀疑。”钱鹏飞对关萍露说道。

“好吧，我听你的。”关萍露使劲点了点头。

赵世杰一伙人已经好几天没有了关萍露的消息。他们假设着种种不利的结果，都认为大事不妙，却没有一个人能拍着胸脯让大家信以为真，只有等着关萍露现身。对于几次三番的行动失败，胖子有些胆怯了，他征求着大家的意见是否可以放弃刺杀丁默群，直接一起奔赴延安。对于这样的想法，第一个就被赵世杰否掉了。之前大家费尽千辛万苦准备良久，如今却突然让他放弃，说什么他都是不可能接受的。对于他来说，当务之急就是能够尽快找到关萍露，弄清一切情况。

一大早，中野云子又如往常一样驾着卡车飞扬跋扈地冲进了特工总部。但这次除了带着几名日本宪兵之外，她还为驻扎在这里的日本宪兵队医疗队配备了一名新的驻队医生，名叫尚小兰。

而这一切恰好也被钱鹏飞看到了。他流着口水，用垂涎的眼神一直打量着尚小兰，让一旁的中野云子一顿数落。可非常奇怪的是，每次中野云子被钱鹏飞气得大动肝火后，她却总有一种痛并快乐着的感觉，这很奇怪。

这个时候，尚小兰走到了中野云子与钱鹏飞身边，热情地向他打着招呼。

“看到这个人了吗？这个人姓钱，据说是有钱便是爷的钱。”中野云子看了一眼尚小兰，盯着钱鹏飞说道。

尚小兰望着钱鹏飞，有点尴尬。

“幸会，尚医生是哪儿人？”钱鹏飞嬉皮笑脸地伸出手，悬在半空中，随即又伸了回来。

尚小兰没有理会钱鹏飞，而是转头望着中野云子，似乎在等她说些什么。

“尚医生，你果然没有和这个混蛋握手，男人没有一个不是好色之徒。在特工总部所有人中，我没见过比他更花心更油腔滑调的男人。”中野云子一脸不屑地对着钱鹏飞说道。

钱鹏飞嘿嘿笑着，转身离去。

中野云子带着尚小兰来到丁默群的办公室时，他正在跟关萍露一起看着一份文件，突然看到中野云子的到来既有点紧张，又有点淡定。紧张的是中野云子的到来往往都是传达武田的执行命令，淡定的是她几乎成了这里的常客。可是这一次他看到又带来一个女子，猜想到事情不会太好，也不会太坏。

“丁主任，关小姐，我给你们带来了一名新朋友，尚小兰，梅机关驻特工总部宪兵队的驻队医生。”中野云子指着尚小兰介绍道。

“哦，我听说过，是陈公博先生介绍过来的吧？尚医生以前一直在陈先生手下？”丁默群盯着尚小兰，略微沉思了下，探究地问道。

其实尚小兰已经看出丁默群对自己有些怀疑，先是以感情问题为由称不方便多说，但没料到丁默群却是步步紧逼，不肯放手。尚小兰随即编造了一个故事，说自己丈夫在日本攻陷南京那年战死了，自己带着孩子四处流浪漂泊，后来，汪精卫在南京成立伪政府，自己前去寻找陈公博，由他为自己介绍了一份在医院的工作。但是南京对于自己来说，确实是一个伤心之地，每每思念丈夫总会不能自已。后来，陈公博又与梅机关的武田相识，便推荐她到这里工作。尚小兰之所以说得这么清楚，为的就是从历史大背景以及儿女私情上让丁默群没有丝毫怀疑的理由。

丁默群装作非常伤心的样子，叹了口气。

尚小兰心里知道丁默群已经暂时相信自己了。

黑夜悄悄地笼罩了天空。天边只剩一丝清晰的云彩做着最后的弥留之状。尚小兰躺在床上，看着已经安然入睡的丹丹，脸上洋溢着幸福的笑容。然后，她转过身，从枕头底下掏出一张钱鹏飞的照片看得入神。这时女儿丹丹醒了，她望着照片上的男人，奇怪地问着他到底是谁？尚小兰心中是多么想告诉女儿这就是你的爸爸，但是她又害怕哪一天女儿说了出去，钱鹏飞就有了生命危险。她犹豫片刻，只是告诉女儿以后她一定会知道的。等待女儿睡着之后，她蹑手蹑脚地拿过了剪刀，将那张照片裁剪成一寸大小的头像放到包裹里的银锁中，紧紧地合上。

突然，一个轻轻的敲门声让她心头一震，赶紧吹灭了蜡烛。

当她听到是钱鹏飞的声音后，既紧张又高兴。一边欣喜终于与他重逢了，一边又担心着他突然前来的安危。她拉开门，刚想责怪他一顿，却被钱鹏飞一把拽到怀里，深深地吻住了嘴。

“你太冒险了，我们应该约个地方接头。”过了一会儿，尚小兰使劲推开钱鹏飞，对他说道。

“我是你领导，接头的事由我安排。”钱鹏飞调皮地一笑，想继续抱住尚小兰。

“你——怎么还是这德性！”尚小兰努力推开他的双手，气呼呼地说道。

“都四年了，小兰，我的老婆孩子，我能不来看一眼吗？我就是铁打的，我……”钱鹏飞转过身去，眼圈一红。他刚说了半截，就说不下去了。

"我知道，鹏飞，我也想你。"尚小兰的眼里也涌出了泪水，紧紧抓着钱鹏飞的手。

两个人又紧紧地抱在了一起。

曾经，钱鹏飞在南京国民党的军队里当上了团长，后来南京沦陷之后，他去了延安工作了几年，今年的时候组织上派他潜伏到丁默群身边，当上了卧底。而尚小兰也是组织上派来协助钱鹏飞的卧底工作的。虽然是一家人已经聚到了一起，但却不能暴露了彼此的身份。钱鹏飞看着熟睡的丹丹，再看看依偎在身边的尚小兰，不禁感叹起来。

"敌人越疯狂，我们越要顽强地战斗下去。小兰，你现在最重要的任务是赢得敌人的信任，在宪兵队潜伏下来。武田和丁默群都是老狐狸，千万不能引起他们的疑心。"钱鹏飞抚摸着尚小兰，说道。

"我明白。"尚小兰回答道。

"还有，关萍露的情况，延安总部有什么指示吗？"钱鹏飞问道。

"有，总部首长认为，关萍露现在是丁默群的秘书，跟梅机关的武田来往也比较密切，比你更容易获取敌人的重要情报，如果条件成熟，组织上的意见是……"尚小兰轻轻地说道。

尚小兰的声音渐轻，钱鹏飞认真听着，不住点头。

门外又是一阵汽车驰来的声音，还夹杂着远处的犬吠。

钱鹏飞依依不舍地要告别尚小兰，刚抱住又放下，然后又抱住，最后是尚小兰使劲将他推出门外而算结束。

钱鹏飞走了，尚小兰将背靠在门上，长长地舒了一口气。

虽然武田那天见到关萍露没有让她立马答应中日亲善友好大使的事情，但不代表他早已经忘却，而是一旦有空闲的时间总要询问丁默群进展情况，刚开始他还能找出一些理由搪塞过去，但经不起武田几次三番的询问。

"哦？这个关小姐是不是也太高傲了？她不知道拒绝大日本帝国一个将军的命令意味着什么吗？"武田脸色阴沉地瞪着丁默群说道。

"将军，我会劝她服从的，我们需要的只是时间。无论如何，让一颗美丽的头颅落地，那是一个无法挽回的悲剧。"丁默群低着头，回答道。

“其实我还是很高兴的，要是关小姐毫不犹豫就答应了，必定另有目的，那她就是个危险分子，死啦死啦的！她目前的态度，跟我预想的一样。”武田突然笑了笑说道。

“将军英明，对一个对大日本帝国有抵抗情绪的人，弯子转得太快，那不是去天堂，而是去地狱。”丁默群对武田的老谋深算和谨慎很是佩服，松了口气。

“山口中将一行过几天要访问上海，汪主席亲自作陪，中日亲善形象大使也该在这个时候出场了。”武田从桌子上拿起一份文件，丢给丁默群说道。

“将军的意思，关小姐那里……”丁默群接过文件，看了一眼，慌忙说道。

“够了，丁先生，一个高傲的头颅在该低下来的时候还不低下来，那不是一道好风景。”还没等丁默群说完，武田一挥手，恢复了那种刚愎自用的神气，厉声说道。

丁默群不知道该如何回答，只能想办法如何加快让关萍露答应去做中日亲善大使的进程。他回到办公室，直接把评选中日亲善大使的资料递给关萍露，意思是让她熟悉一下，并非开口直截了当地说让她尽快答应这件事。这种策略丁默群善用，关萍露也是善解。她还是一口咬定说容自己再考虑一下，而丁默群听到她再一次拒绝之后，终于使出了杀手锏。

“没有时间了，萍露，你必须参加，武田将军的决定是不可改变的，你知道拒绝意味着什么。”丁默群冷冷地说。

“死？”关萍露从嘴里挤出一个字。

“不，是生不如死！”丁默群说道。

“我怕我不能胜任，再说……”关萍露一凛，仍想婉转地拖延。

“不用再说了，谋事在人，你会成功的。”丁默群不等她说完，将又一叠中日亲善大使的资料摔在桌上，转身而去。

关萍露愣愣地看看丁默群的背影，再看看手里的资料，神情变得焦虑了。她觉得这个事情必须要马上跟钱鹏飞商量一下。

钱鹏飞来到关萍露的住所后，没有心急火燎，非常担心地问东问西，而是翻箱倒柜地寻找着白酒的踪迹。当关萍露看到钱鹏飞一点不放在心上，还在兴致勃勃地寻找酒喝，便一把将蹲在地上寻找东西的钱鹏飞推了个跟头。不料，钱鹏飞并没有生气，而是兴高采烈地要跟她分享一个好消息。

“关萍露同志，上级来了指示，同意你以亲日的形象潜伏在丁默群身边，同时接近梅机关的核心。”钱鹏飞站起来，一本正经地说道。

“这么说，你们上级是让我去当中日亲善形象大使？”关萍露紧张地说道，有些不相信自己的耳朵。

“是的，这是个很好的机会，你的任务是争取丁默群的信任，特别是武田对你的看重，获取重要情报。”钱鹏飞说道。

那是否意味着就不要刺杀丁默群了呢？但此刻对于关萍露而言，刺探日军重要的军事情报才是最为重要的。一个情报不仅可以扭转一个战局，还可以挽救成千上万条生命。关萍露明白这一切后，高兴地想要拉赵世杰他们一起进来时，被钱鹏飞果断地拒绝了。

“我跟你透个底吧，我们的工作直接受延安总部领导，暂时不跟地方上的组织发生关系，所以，你的情况，不光对赵世杰，就是对上海的地下组织也是保密的。”钱鹏飞严肃地说道。

是的，做卧底就要经受得住考验，哪怕是对自己最亲的人都要隐瞒到底。钱鹏飞与关萍露在房间里举杯庆祝时，窗外楼下的大树后面正躲着赵世杰，他看清了一切，愤怒地用拳头使劲捶着树干。

当钱鹏飞离去后，他悄悄地来到关萍露的房间，失去理智地质问着她为什么大半夜会和一个男人在一起喝酒。关萍露没有直接回答，而是告诉他，自己对于他们要刺杀丁默群的行动，既不参加也不阻止。这一下，彻底把赵世杰的怒气点燃了。

“你轻巧地说一声你不参加也不阻止，就把我们的整个计划都中止了否定了？我们付出了那么多的精力，小王和几个队员都付出了生命。你晚上睡觉，能安心睡着吗？小王会站到你的床前哭的，哭你不为她报仇，哭你不革命，哭你自私，哭你随便地抛弃了我们一同发下的血誓。”赵世杰指着关萍露，怒不可遏地说道。

关萍露心里一直在流泪，她不知道该怎么解释，也不能解释。

第十一章

中日亲善大使的评选如火如荼地在上海大饭店举行了。各色佳丽身着漂亮的合身旗袍在舞台上争奇斗艳。关萍露在这组选手中尤为显眼，不管是才艺表演，还是服装展示，都得到了现场雷鸣般掌声的肯定。按照当时的约定，关萍露“如愿以偿”地当上了中日亲善大使的称号，武田将金灿灿的奖杯与证书颁发给关萍露后，台下拥簇的记者的闪光灯此起彼伏地闪耀着光芒，陡然间关萍露成了最耀眼的明星。

梅机关对于这次评选相当满意。武田除了让各家报纸大肆报道中日友善的新闻之后，还叮嘱中野云子与木村，一定要利用好这次难得的宣传好机会，正好可以在山口与汪精卫共同来上海巡视期间大露风光，两人连连点头答应。

飘着悠长萨克斯乐曲的夜未央咖啡馆里，丁默群坐在一个靠角的卡座上轻轻用手中的小勺搅动着杯中冒着丝丝白气的咖啡，盯着杯中咖啡浓白色泡沫下的浅浅漩涡，静静沉思着。钱鹏飞与阿贵等其他几名特工扮作消费客人分布在丁默群的另一角，偷偷地注视着这边的一切。

关萍露推门而入，门框边沿悬挂着的灰色风铃发出悦耳的叮当声。她一眼看到了丁默群，径直走了过去，坐在他的对面，一言不发，默默地注视着。

“你看到报纸了吗？你成了中日亲善形象大使，你的身份不一样了。”丁默群抬起头，轻轻地对关萍露说道。

“这不是你想要的吗？” 侍应生端着一杯冒着热气的咖啡放到关萍露的面前。她轻轻地闻了下，说道。

“对你也很重要，以后你会明白的。哦，我说的以后，也就是后天，山口中将到访，汪主席也来，仪式非常隆重，是你轰动上海滩的时候了。”丁默群端起杯子喝了一口咖啡。

“有这两个大人物在，可轮不到我轰动。” 关萍露笑着摇摇头说。

“到时候你和云子小姐一起到火车站迎接。你向山口将军献花，云子向汪主席献花，以示中日亲善。” 丁默群继续说道。

两人正说着，钱鹏飞从另一角晃晃悠悠地走过来，丁默群抬手看了下手表才发觉半个小时的时间已经到了。他没有继续逗留下去，而是按照老规矩匆匆忙忙地离开了。只留下钱鹏飞陪着关萍露喝完剩下的咖啡，然后由他护送关萍露安全返回。毕竟与原来相比，此时的关萍露在赵世杰他们认为已经是投奔了敌营，与他们一刀两断了。

赵世杰、胖子、陈瞎子、李芬芳坐在方春茶楼的包厢里，看到报纸上刊登了关萍露成为中日友好亲善大使的消息，个个怒不可遏，赵世杰更是抑制不住自己的怒火，使劲拍着桌子，发泄自己心中的怒火。

“不行，我咽不下这口气。我们必须劝阻她，不能让她走这条死胡同。”赵世杰腾地站起来，怒气冲冲地说道。

“劝阻？怎么劝阻？世杰，连你劝她她都不听，我们还有什么招？”胖子无可奈何地摇着头，说道。

“我不当面跟她说了，我用这个！”赵世杰从口袋里摸出一颗子弹，啪一声拍在桌子上，双眼放射着怒火，说道。

众人都大惊失色，瞪着眼睛看着赵世杰。

“子弹！你拿子弹干什么？你要杀了萍露？”陈瞎子从椅子上跳起来，吓得尖叫道。

突然，一阵敲门声更让他们不寒而栗。胖子赶紧一把上前捂住了陈瞎子的嘴巴，不让他说话。赵世杰非常镇定地将桌上的子弹握在手里。原来是方春茶楼的宋老板又专程过来送点心了。赵世杰三言两语就把他打发走了。面对众人的惊愕，赵世杰却坚定地告诉他们，事不宜迟，现在就动手。

几个人坐在只有稀稀拉拉不多乘客的有轨电车里，驶向关萍露的住所。赵世杰将手插进口袋里紧紧握着那颗子弹不肯放手，李芬芳关切地向他不时瞟上几眼。胖子跟陈瞎子依着窗户左看右看，当有轨电车响着叮当铃声徐徐驶过夜未央咖啡馆时，突然胖子抻着头指着里面，大喊道：

“萍露，是萍露！”

“在哪？”赵世杰腾地从座位上站起来，顺着胖子手指的方向，问道。

“咖啡馆，跟姓钱的在一起。”胖子手指着咖啡馆那边，眼睛怯怯地望着赵世杰说道。

赵世杰看到咖啡馆中关萍露正和钱鹏飞有说有笑非常亲密的一幕，怒不可遏，当即就要跳下有轨列车，被李芬芳慌忙拉住。随即，几个人扯着嗓子让司机紧急刹车，迫不及待地跳了下去。

赵世杰一边向夜未央咖啡馆靠拢，一边从口袋里掏出那颗握得有些汗渍的子弹，李芬芳一把拽住他，使劲摇晃着劝说他不要做傻事，而赵世杰眼睛里愤怒的火焰一直没有熄灭，他这次一定要给关萍露一个警告。而此刻的关萍露显然没有意识到赵世杰会有如此疯狂的举动，她与钱鹏飞面对面坐着，来自内心最大的担忧是害怕自己越走越深，让人误会越来越大，到时候想彻底抽身都是件难事。

“你这是在执行组织上的决定，如果能成功，付点代价是值得的。”钱鹏飞看出了关萍露的心思，赶紧安慰道。

“是啊，我也这样想，为了抗战，已经牺牲了多少战士，我应该义无反顾，但我又想，如果让我选择，我宁愿上战场，死也死个痛快，死个光明磊落，而不是去跟你恨的人周旋。”关萍露有些徘徊不定地说道。

“情报工作是没有硝烟的战争，但他直接影响到无数的生命，影响到胜利。所以，为了胜利……”钱鹏飞犹豫了一下，拿起杯中的小匙，喝了一口咖啡，说道。

“这小匙是给你调咖啡用的，不是让你喝咖啡用的。”关萍露扑哧一声笑了。

“可是我要的只是结果。我要……胜利！”钱鹏飞笑了，把咖啡杯一推，探着头，轻轻地说道。

两人正说着，一个蓬头垢面，脸上挂着鼻涕的小男孩捧了一束菊花，递给了关萍露，转身消失了。关萍露还纳闷谁会为自己献花呢，刚拆开菊花上别着的信封，一颗子弹滚落到桌子上，让她大惊失色。

咖啡馆的老板忽然听到了响动，从吧台探着头往这里看来，顿时吓得捂住了嘴巴。

钱鹏飞一把夺过鲜花，拆开信封里的字条，看到上面写着：“关萍露，你再走一步就是汉奸，中国人都可以杀你！”

“我知道是谁！”关萍露看到字条上的字迹怔怔地说道。

关萍露从字条的字迹上已经猜出那个人就是赵世杰。钱鹏飞从她脸上的表情似乎也猜得八九不离十。此刻的关萍露脸上出现了少有的镇定，她仍旧抱起鲜花告别钱鹏飞朝着火车站台走去。再过一会儿，汪精卫与山口将会赶到，而关萍露则是迎接他们的美丽使者。

火车站台上彩旗飘扬，鼓乐齐鸣。弱不禁风的老者举着一面日本旗嘴里喊着连自己也听不到的日语，其他被抓来的男女老幼张着干渴的嘴巴，有气无力地挥着手中的日本旗在痛苦呻吟着。另一旁，日本宪兵组成的军乐队卖命地演奏着日本乐曲，尤其是吹着长号的士兵格外卖力，双腮鼓起像蛙鸣状，究竟是这样的乐曲让他兴奋，还是让他想起了回家的路呢？

此刻，关萍露身着艳丽的旗袍，与着一身素白日本和服的中野云子早早站在了月台上的红毯旁，等待着由远及近驶来的，拉着长笛，冒着浓烟的一列火车。

火车徐徐进站了。一节车厢刚好对准了鲜艳如血的红地毯。从火车上迅速下来数名日本宪兵，快速持枪站在两边。丁默群带领的特工方队率先鼓掌欢迎，接着武田梅机关方队也迅速地动了起来。关萍露与中野云子手捧鲜花，缓缓地向站在列车门口频频挥手致意的汪精卫与山口走了过去。

数名记者捧着照相机紧紧跟随在后面，当鲜花献上的一刻，争先恐后地抢按着快门，像一条条嗜血的狼狗嗅到了血腥的味道，蜂拥而上。汪精卫与山口在武田与丁默群的左右陪同下，钻进了停靠在不远处的两辆黑色轿车里，然后在前面挂着日本小国旗汽车的开道下，缓缓驶离了火车站。随即，刚才围观群众的欢迎也好，日本宪兵队的声势也罢，一阵风的工夫便都没有了。只剩下地上偶尔有人丢弃的满是尘土的日本小国旗唱着哀乐。

关萍露没有跟上丁默群的车一同前去，而是突然有一种许多人指着她骂汉奸的幻觉，她本能地捂住耳朵，心中烦躁，不知不觉她又来到了素琴的墓地。

她彷徨在素琴的墓前自言自语。因为在她心中找不到一个可以让自己坚持到底的理由，另外，却又找不到一个可以让自己放弃的借口。越是纠结，越是痛苦，越是痛苦，越是纠结。

“素琴，你说我该怎么办？我明白鹏飞交给我的任务是多么重要，可我是个人，还是个女人，我做的事，可能没有人会理解，他们看到的是一个女汉奸，我在问自己，我能接受众叛亲离的下场吗？我能牺牲一切，甚至爱情吗？”这时候，北风突然来了，它吹着落叶乱舞，更吹得关萍露心中越发寒冷。她不禁抱住了胳膊，眼神无助，哆嗦着说道：

“爱情，是的，世杰爱我，我也爱他，可是现在我连这个也要付出去了……我到底该……”

关萍露痛苦地发泄着，完全没有意识到背后一直有人在跟踪着她。

“世杰，你跟踪我？”关萍露转过身，紧张地问道。

“是的，我跟踪你，我还恨不得……”赵世杰走过来，瞪着她说道。

“恨不得杀了我？那颗子弹是你送的？”关萍露睁大了眼睛，冷漠地说道。

“子弹是我送的，我告诉你，每个有良心的中国人，都有资格送你一颗子弹。”赵世杰一把拉起关萍露的胳膊，怒气冲冲地说道。

“那你开枪吧，赵世杰，你是正义的，你代表受苦受难的中国人，杀了我！”关萍露心如刀绞，痛苦地回答道。

“如果现在我对你只剩下仇恨，那我就不会痛苦了，可是我很痛苦，因为萍露，我爱你，我不能失去你。”赵世杰看着关萍露，痛苦地摇摇头，难过地蹲了下去。

关萍露听罢，心中泛起一阵涟漪，呆呆地站在那里。

赵世杰的矛盾来自对于关萍露的爱的付出与回报。每每遇到自己认为不对的地方，都会肆无忌惮地将全部错误指向关萍露，接着又开始痛苦地自虐，向关萍露忏悔自己的种种错误。这种矛盾与纠结的爱来自他对于关萍露的不信任。而对于关萍露来说，迫切渴望大家，尤其是赵世杰能够从心底理解自己支持自己，但卧底的秘密性却又让她痛苦地三缄其口。

“不，不是这样的。是……”关萍露摇摇头，一副欲言又止的样子。

“那你说，你为了什么？”赵世杰站起来，摇着她的胳膊，说道。

“世杰，你知道她是谁吗？她就是那个为了救我而死的护士素琴。”关萍露紧握着赵世杰的手，指指墓碑，说道。

“是她？你怎么知道她葬在这里？她为什么要救你？”赵世杰更加不解，一个问题接着一个问题地抛给关萍露。

“这件事情很复杂，我都不知道怎么说，世杰，我只希望你相信我，别把我想得那么坏，那么堕落……”关萍露犹豫了下，咬着嘴唇，却不知道该怎么向他开口。

天边的乌云滚滚而来，顷刻间豆大的雨滴瓢泼而下，顿时，两个人浑身上下都被浇了个遍，两个人脸上滚下来的不知道是泪水还是雨水。关萍露再也承受不住了，她要把一切都告诉赵世杰，所有的一切。

回到关萍露的住所，两人不顾身体的潮湿，紧紧地抱在一起，疯狂地热吻。赵世杰信誓旦旦地告诉萍露，他要杀了丁默群，杀了武田，杀了中野云子，还有那个四处“拈花惹草”的钱鹏飞。

当关萍露听到钱鹏飞的名字后，身体像过电一般紧张，她突然想起了钱鹏飞曾经一字一句对她叮嘱，慌忙挣脱开赵世杰的拥抱，说以后他慢慢会知道自己是怎样的一个人。而在赵世杰看来，这是关萍露善用的两面嘴脸伎俩，他不容分说就给了关萍露一个耳光，甩袖冒雨而去，关萍露捂着被打的脸，没有一丝争辩，只是让泪水静静地模糊了自己的双眼。

赵世杰起身离开后，并没有直接回去，而是冒雨来到了城隍庙附近的一座破房子里。门外的大雨哗哗的没有半点停息的意思，连这所破房子外的花草都经受不住这样的侵袭，依墙而倒，甚至是露根轻生。而在屋内，关萍露的父亲一手抽着旱烟，一手哆哆嗦嗦地拿着刊登关萍露向日本人山口献花的照片发愣。而赵世杰则站在一边不动声色地盯着关父，像期待着什么。

"她是鬼迷心窍了，我怎么劝她都不听，也不肯告诉我为什么。大伯，看着她往火坑里跳，我痛心啊！"赵世杰痛心疾首地说着。

"不，萍露不是这种人，我的女儿我自己知道。"关父却突然摇摇头，将那张报纸丢在一边，使劲抽了一口烟，说道。

"大伯，我开始也不相信，可现在报纸都登出来了，这还有假？"赵世杰一把抓起报纸，激动地说道。

"也可能是别人造谣，这世道，人心不古啊！"关父固执地摇了摇头。

赵世杰接二连三的质问攻击都败在了关父的固执上，看着在自己的追问下效果不大，他提及了关萍露曾向他透露自己被日本人逼迫甘当汉奸的考虑。关父一直默不作声，抽烟的频率也越来越快，终于，他额上的青筋条条暴起，把烟头掐灭，答应赵世杰晚上亲自去找关萍露问个究竟。

夜色渐渐爬上了树梢。从关萍露的房间里传出一阵激烈悲壮的琵琶声《十面埋伏》，声短声长，纠结不断。关父走到楼下停了一下，接着快步走了上去。关萍露看到父亲突然到来，有些惊喜，赶紧要帮父亲塞上烟丝抽出火柴点上时，父亲缓缓从口袋里掏出那张报道她新闻的报纸放在桌上，自己点燃了火柴。关萍露望着报纸一语不发，开始发呆。

"萍露啊，咱们做人，每天晚上睡下去以前，都要摸一下良心。"父亲抽了一口，语重心长地说。

"爹，我……我……"关萍露惶恐地想向父亲解释，但又说不出来。

"爹，事情不像报上登的这样，我，我是迫不得已。"关萍露皱着眉头，为难地说道。

"什么迫不得已？不就是个死吗？萍露，你小的时候，我就教你演过

《桃花扇》，李香君在国破家亡的关口，她是怎么做的？”父亲冷笑了一声，转过身，说道。

“我没有忘记，爹，你留给我的桃花扇，我天天带着。”关萍露一边委屈地说着，一边从床上拿起了那把桃花扇。轻轻打开，扇面上斑斑血迹被画成怒放的桃花，触目惊心。

关萍露回忆着自己曾经的倔强，回忆着自己每走一步都会征求父亲同意的往事。是的，父亲是一个通情达理的人，每每关萍露做什么事情，他都会尽全力支持。但如今自己被报纸渲染成一名彻头彻尾的女汉奸时，有谁能够去理解她呢？可面对关萍露的欲言又止与吞吞吐吐，父亲也手足无措，老泪纵横地用烟斗敲打着鞋底，让关萍露也声泪俱下地拽着他迟迟不肯放开。

“我不是汉奸，我这样做是另有原因，爹，女儿只能跟你说对不起了。”关萍露哭着说道。

“你跟爹说对不起没用啊，爹愿意相信你，但是世人会相信吗？”父亲用袖子擦干自己的眼泪，将烟斗与烟袋绕了几圈，放进了随身携带的口袋里。

“爹，那你要我怎么做？”关萍露眨着眼睛说道。

“明天晚上，我们戏班子在城隍庙再演一场《桃花扇》，你来演李香君。”父亲站了起来，说道。

“爹，我不是戏班子的人，你让我去演，这……”关萍露吃了一惊，向后退了几步。

“不要说了，萍露，爹要你表一个心迹，戏班子的人也要你表一个心迹，就当你是为了你爹，为了你爹的戏班子吧，要不，我这个汉奸的爹，有什么脸面再当班主？再带着戏班去演《桃花扇》？这不是打自个的耳光吗？”关父摆摆手，不容她反对，强硬地说道。

父亲看到关萍露没有回答，还是有些犹豫的样子，就告诉她如今赵世杰为了她的事情已经成了半疯半癫的状态，倘若关萍露不为父亲的名誉着想，也要为她跟赵世杰来之不易的感情好好想一下。其实关萍露一直都没有从赵世杰与她的感情世界中走出来，心存愧疚与无奈，一直痛苦地纠结着。所以听到父亲的一席话，她泪流满面，一口应允了。

一大早，城隍庙小小戏台就将关萍露主演《桃花扇》的牌子挂了出去。赵世杰与胖子、陈瞎子还有李芬芳正坐在后台化妆间同关萍露的父亲聊天。赵世杰向关萍露的父亲透露说，日本人让关萍露当上中日友善大使，他们就让关萍露主演《桃花扇》唱反戏，这样一明一暗地实施之后，关萍露自然不会被大家认为是汉奸走狗了。赵世杰的方法，得到了关萍露父亲的赞扬，对于他来说，帮助关萍露洗清汉奸的罪名最为重要。但是，他们能顺利地公演吗？关萍露饰演《桃花扇》李香君一角的消息不仅让一些戏迷票友知道了，同时也让丁默群看到了。

第一时间内，丁默群迅速派吴士保带人以各种借口查封城隍庙小戏台。另一方面，立即派人叫来钱鹏飞，无论如何要把关萍露抓回来。这不单单是一出戏，而是关系到自己的生命安全的大事，他，怎么能轻率地说同意呢？

此时的关萍露心急如焚，但又担心被丁默群的手下看到，带着低檐的礼帽使劲遮住眼睛，不顾街上车来车往，马不停蹄地向城隍庙小戏台奔去。眼看着，锣鼓试音，过一会将正式开演了，却迟迟看不到关萍露的身影，关萍露的父亲与赵世杰他们左盼右顾，生怕关萍露有什么意外，预告出的剧目没法上演，后果可想而知。突然，后台的房门被推开了，大伙看到关萍露都高兴地鼓起掌。关萍露的父亲笑呵呵地招呼着大家，赶紧给关萍露把妆画上。

可这个时候，吴士保带领手持铁棍和短枪的特工们也闯进了戏台的前院子里，大吼大叫，让戏班子的人在五分钟内全部离开，否则将大开杀戒，顿时前台观众席中鸦雀无声。但关萍露的父亲带着戏班子的人全部站在吴士保的面前，没有一丝想要离开的意思。这一下子把吴士保逼急了，他挥手拿枪就顶住了关父的脑袋，关萍露突然从里面钻出来，与他一番唇枪舌剑之后，吴士保坚持自己刚才的意见，如果他们不执行，他将每隔一分钟射杀一个人。

关萍露的父亲渐渐明白了，吴士保一伙人是冲着关萍露来的，自己的女儿已经不是最初的关萍露了。他流着泪，无奈地对关萍露说，自己受多少委屈都无所谓，但是不能让好端端的一个戏班子毁在自己的手上。他一挥手，带着大伙走向门外，委屈的关萍露不知该如何解释，冲着父亲的背影深深地跪在地上，凄惨地号哭。

此时，钱鹏飞也赶了过来，看到地上狼藉的一切，与关萍露号啕大哭的样子，明白了一切，赶紧跑过去，低声对她说道，时间会检验一切。但似乎这样的说辞对她来说都是无济于事，她恶狠狠地捶打着钱鹏飞，是他毁了自己的一切。面对着关萍露的哭诉，钱鹏飞一动不动地默默承受着。

关萍露不顾钱鹏飞在身后苦口婆心地劝阻，只身一个人来到丁默群的办公室，恶狠狠地盯着他问他为什么要查封城隍庙小戏台。对于关萍露的愤怒质问，丁默群早有准备，他径直走到房间书柜前取出一个牛皮纸袋子，告诉她这是梅机关的绝密文件，他们早就盯上了城隍庙小戏台一直宣传激进思想，鼓动反日情绪，对于今天的查封，不是单独因为她，而是由来已久。

对于这样的说辞，显然不能说服关萍露。

"《桃花扇》是老祖宗留下来的，跟日本人何干？"关萍露冷笑一声，说道。

"萍露，你是太幼稚了呢，还是故意跟我挑刺？你以为日本人不懂借古讽今这种把戏吗？"丁默群瞪着她，说道。

"那是他们自己心里有鬼，他们——"关萍露还未说完，就被丁默群打断了。

"停，不要说下去了，对你父亲的戏班子，现在由你选择，是抓起来枪毙，还是趁早离开上海？"丁默群一摆手，不容反对地制止道。

关萍露无语。

"没想到你还去凑这个热闹。哼，一个中日亲善形象大使，去演李香君，你开什么国际玩笑，啊？"丁默群突然转过身，声色俱厉地对关萍露说道。

关萍露刚想说什么，却突然又咽了回去。

钱鹏飞看到关萍露闷闷不乐地回家了，心想是该让她一个人好好安静一回了。第二天钱鹏飞正要出门，发现尚小兰端着医用托盘，拿着一本医学书走过来，刚想上前找个借口说上几句，却发现曹敏芝急匆匆地走了过来。他赶紧向尚小兰使了个眼色，自己朝曹敏芝迎了上去。

原来曹敏芝是找丁默群的。为了害怕出现上次尴尬的局面，钱鹏飞赶紧陪着曹敏芝来到丁默群的办公室，却看到丁默群紧紧地抱着关萍露，正在亲吻她的脖子。看到这一幕，钱鹏飞赶紧高声找借口，说自己那边有点事，需要关萍露赶紧过去处理下。当她想要离开的时候，曹敏芝却意外地和颜悦色地邀请关萍露到她家品尝正宗的苏州菜，关萍露不知何意，只能先点头应允。

城隍庙小戏台的伙计们以及赵世杰他们一直到现在都认为是关萍露出卖了他们。无论关萍露专门回去多次解释，都无济于事。大家泪眼婆娑地恳求关萍露能够离开特工总部，他们远走上海滩也是值得，但关萍露的委婉拒绝让他们心灰意冷，纷纷与关萍露恩断义绝，这里面也包括了赵世杰。

第十二章

其实，世上最痛苦的不是心里有话嘴巴不能说，而是嘴巴说出心里不愿意说的话。因为遭到误解，关萍露内心备受煎熬。她又联想到从最初暗杀丁默群接二连三的失败，加上与赵世杰恋情起起伏伏的纠缠，还有如今自己矗立在风口浪尖下的骂声四起，让她迷茫徘徊的时候心中的谜团迟迟找不到答案。纠结之下，她一病不起，躺在床上，除了眼泪，就是唏嘘。

钱鹏飞在关萍露的住所像个居家的小男人，忙前忙后地为关萍露煎着冒着热气的中药，手指不小心被滚烫的热气烫了下，揪心的疼痛让他大口小口地对着指头吹气。关萍露躺在床上扭头看到这一切仍然置之不理，顺势把敷在头上的热毛巾扯下来扔在地上。

钱鹏飞端着药罐，用筷子挡住药渣，小心翼翼地将药水引到敞开的大碗中，端起来送到关萍露的身边，另一只手环住她的脖子，虽然她百般抵抗，还是让她乖乖地坐到床边，愣是把药灌了下去。

“钱鹏飞，你个大流氓……”关萍露一口气喝完，一把将瓷碗丢在桌子上，推开钱鹏飞的胳膊，指着他，生气地说道。

钱鹏飞没有吱声，看着她，嘿嘿直乐。

关萍露看到钱鹏飞没有反应，自己呜呜地又开始了哭泣。

“比起已经牺牲的素琴来怎么样？谁的委屈大？”钱鹏飞有些生气地瞪着她说道。

关萍露依旧哭哭啼啼，默不作声。

“素琴她是党员，为了革命工作，她从来无怨无悔。你先要搞清楚，一个共产党员，要怎么样来要求自己。为了革命，为了胜利，为了全国劳苦百姓，一个党员要时刻准备着牺牲自己的生命，以及比生命更重要的名誉。你会陷入绝境，你会进退两难，有时候，你还有可能会被万人唾骂。但是你的信念不能动摇，你要像一棵旷野之中的树一样，笔直地站在雷电中。”钱鹏飞苦口婆心地对关萍露说道，活像一位深谙世道的智慧长者。每一个字，每一句话都震撼着她的心，渐渐地，她的身体有了力量。她突然发现，钱鹏飞不是以前那个只会嬉皮逗乐的无聊玩客，而是一位深藏不露的哲理高人。

钱鹏飞说完嘿嘿地笑着，坦言这些都是从火与血的教训中学到的，是从一个共产党员肩上的重担醒悟出来的。说完，他拿出自己从尚小兰那里借来的医学书，又掏出自己必备的白酒，轻轻地将白酒涂到医学书的一页空白处，像变戏法似的，纸上渐渐地凸出一行清晰的字迹。

钱鹏飞告诉关萍露，现在她的首要任务就是获得丁默群的信任，清楚他的所思所想，兑现了最基本的信任之后，上级自然就会有更具体更复杂更重要的任务逐步下发过来。其实，关萍露很清楚，博得丁默群信任的前提，就是要得到他老婆曹敏芝的信任，不然，仅仅以男女之间的交往为理由就会成为她逐步靠近丁默群最大的绊脚石。

丁默群家的客厅里装饰得焕然一新。曹敏芝、关萍露、林大江的老婆以及吴士保的老婆四个人构成了一出牌局。其实打牌是女人消遣的一种方式，彼此袒露心迹，彼此窥探心迹才是最大的目的。

“萍露啊，你们全家都在上海吗？”曹敏芝一边抓牌，一边轻声问道。

“我娘死得早，我是我爹带大的，我爹带一个戏班子，原先在上海演戏，前几天刚走，现在就我一个人。”关萍露轻声回答道。

“老可怜的，兵荒马乱的，你爹也舍得下你，把你一个人放在上海。真是的！”曹敏芝督促着林大江的老婆与吴士保的老婆赶紧打牌，说道。

“丁太太是个大善人，要不这样吧，关小姐不如认丁太太当干妈，这样也可以有个照应。是吧？”林太太摸了一张牌，笑出声来，眼睛一斜，向曹敏芝看去，说道。

曹敏芝默不作声，偷偷地观察着关萍露脸上的神情。

“好啊，好啊，只要师母愿意，我当然乐意在上海有一个干妈。”关萍露装作非常高兴的样子，笑着说道。

“丁太太，那你赶紧表个态啊，这么乖巧的干女儿，哪儿去找？就算多一个麻将搭子也好啊。你要是不要，我要了。”吴士保的老婆用胳膊碰了一下正在发呆的曹敏芝，说道。

“呵呵，阿姨，你再添几个小菜，我今天有喜事，一会儿要喝一杯。”曹敏芝笑着点头，冲着屋里面做饭的保姆喊道。

曹敏芝为了让这个仪式更加正式化，她还把自己最心爱的一只碧绿的玉镯子亲自戴在了关萍露的手上。

其实曹敏芝这么做，大家都心知肚明。那丁默群能够坦然接受吗？

曹敏芝晚上看到丁默群的时候，他自己躺在浴室里正在沉思。她满脸堆笑地将这个喜讯告诉丁默群，期待看到他脸上不同以往的表情。

“我真高兴，我当爹了。”丁默群沉默了好一会儿，面无表情地说道。

“是，你记住，今天起，萍露就是你的干女儿。”曹敏芝一字一句地说道。

“你什么意思？”丁默群有些恼了，看着曹敏芝说道。

“我的意思不是跟你挑明了吗？默群，别以为可以瞒过我，你心里对关萍露有什么心思，我肚子里一清二楚。”曹敏芝回击道。

“是是，你是我肚子里的蛔虫，行了吧？”丁默群无奈地，有些不耐烦地说道。

“既然认了，你对你干女儿总得放过吧，要是连干女儿都搞，那你真不是人了。”曹敏芝皱着眉头，严厉地对他说道。

丁默群没有应声，转过身去。

关萍露将曹敏芝收自己当干女儿一事告诉了钱鹏飞，还将那只碧绿的玉镯子也托付他来保管。而在钱鹏飞看来，关萍露有了干女儿这个身份之后，出入丁家自然就是情理之中，也为能够探听到更多的情报埋下了绝佳的伏笔。

月光皎洁，凉风习习。赵世杰一边抱着酒瓶子使劲向嘴里猛灌，一边使劲捶打着花园洋房外的石桌，李芬芳看了心疼，连拉带拽地想从他那里抢过酒瓶，却被赵世杰一把推开了。这边李芬芳在担忧，那边胖子与陈瞎子则是一直争论关萍露“背叛”的理由。让他们一直想不通的是跟自己一直都在一个战壕里的战友，究竟是因为什么可以与丁默群狼狈为奸，倒戈相向呢？其实两人的讨论丝毫没有结果，相反却助长了赵世杰心中痛苦的火焰。几个人不顾赵世杰的胡言乱语与拼命反抗，像拽一条死狗一样把他弄到房间里，想让他洗个澡清醒一下，无奈，赵世杰继续耍着酒疯，胖子与陈瞎子认为留下来只会是一出酒鬼的故事，两个人便离开他走走。只剩下李芬芳拿着毛巾，心疼地帮赵世杰擦拭着浑身的汗水。

客厅壁橱内的炉火熊熊燃烧着，火光不仅带给了赵世杰温暖，同时也将他面无表情的脸映衬到挂着外国老人油画的墙壁上。李芬芳紧张地看着赵世杰，不知道该如何安慰他，只是默默地陪在他的身边。赵世杰突然从桌上抓过来一个苹果，大口咀嚼起来，他发疯似的狂喊着没有了关萍露，自己照样要杀丁默群。表情的狰狞让人看了不寒而栗，李芬芳上前紧紧地拽住他的胳膊，一刻也不放开。

傍晚的时候，赵世杰与李芬芳坐在院子里的长椅上，静静欣赏远处燃放的五彩绚丽的烟花。是的，从盛夏到秋冬，一次次的暗杀计划让他们身心憔悴，但对于赵世杰来说，暗杀丁默群是他一直为之奋斗的目标，此刻没有了关萍露依偎在身边，面对李芬芳的体贴与照顾，他心中自然明白几分。两个人手挽着手，悄悄地说着话，突然赵世杰两眼放光，说自己又想到了一个绝佳的暗杀计划：临近节日的时候，如果能在丁默群家中的烟火爆竹上动些手脚，想必可以轻而易举地除掉这个恶魔。

赵世杰与李芬芳似乎又看到了希望，眼睛里闪烁着如缤纷烟火般的光芒。

接下来的日子里，赵世杰他们集中打探着上海所有烟花爆竹的出售与流通情况。终于在一段时间里，有了初步的结果。

“这几天我们没白跑，基本上摸清了情况，丁默群每年过年时，都会让人去荣记烟花店买焰火。他最喜欢的是一种叫‘万紫千红’的焰火，这种焰火上海滩没有卖的，是丁默群通过荣记烟花店专门向浏阳的刘记花炮厂定制的。”赵世杰满脸兴奋地说道。

“荣记烟花店的进货渠道，我跟瞎子也摸清了，就在今天晚上，浏阳刘记花炮厂的常管家要带一批货，从苏州河码头上岸，这批货都是给荣记烟花店的。”胖子擦了一把汗说道。

“这批货里面，肯定有丁默群定制的‘万紫千红’焰火，我们设法把它给调包了。”赵世杰说道。

“不用调包，只要把‘万紫千红’焰火搞到手，我们在里面装上炸药，轰隆一声——”陈瞎子手舞足蹈地说。

“对，轰隆一声，我们把丁默群炸个稀巴烂，让这个大汉奸，炸成碎末，像鸟一样一块一块飞到天上去。”赵世杰咬着牙，一拍桌子，说道。

很多日子里，关萍露除了正常去特工总部上班之外，就是以干女儿的身份出入丁家，习惯性地跟曹敏芝以及林大江的老婆、吴士保的老婆打牌搓麻，似乎这样的方式已经成为他们谈心沟通的最佳途径。刚一会，丁默群回来了。他看到关萍露与其他三位女人相处融洽，微笑了一下，还没把衣服与公文包放下，关萍露却借口说自己身体不舒服想回家休息。丁默群赶紧说，钱鹏飞恰好还在外面为车加水，正好可以专门送一趟。接着自己代替关萍露，开始故意输钱来取悦这些女人。

钱鹏飞驾车一路将关萍露送到了住所。看着她一个人闷头向楼上走去，自己赶忙上前紧随其后，悄悄地打探着她与赵世杰的关系进展如何。对于这样伤感的问题，纵然关萍露可以站在革命的立场一万个理解，但面对最爱的人的误解她还是心中有愧。所以面对钱鹏飞的发问，自己向他泼了一桶凉水，正准备匆忙上楼之际又不小心将脚扭了，钱鹏飞心疼地急忙上前帮她按摩，却被关萍露一把推开，自己一瘸一拐地攀上楼去，哐的一声把门关得死死的，不留一丝缝隙。

夜色悄悄降临，街上的霓虹灯开始闪烁。新的一天即将结束，新的生活即将开启。陈瞎子急急忙忙地从远处跑过来，气喘吁吁地告诉赵世杰，自己打听到刘记花炮厂的常管家刚刚前脚去了前面的怡红楼妓院快活去了。剩下的时间，该是按照他们商量的计划一步步稳妥进行了。

赵世杰让陈瞎子装扮成卖香烟的摊主与卖花姑娘李芬芳游离在怡红楼的周围，看人放哨。自己一身上海滩黑帮大哥的装扮，与一身鲁莽保镖模样的胖子在妓院姑娘的淫声浪语中大摇大摆地闯了进去。此时，常管家正在房内与一名浓墨重粉的妓女在床上折腾，呻吟声此起彼伏，赵世杰与陈瞎子一脚把门踢开，常管家与妓女的欢叫声戛然而止。此刻，被吓坏的妓女一把拽过被子护住自己惊恐地看着他们，另一边，满头大汗的常管家气喘吁吁地等待着赵世杰的发号施令。

胖子用枪顶着常管家的腰部，押着他来到一间隐蔽的仓库里，找到了他们一直寻找的“万紫千红”爆竹。

“这位大爷，您真是贵人，一张口就是‘万紫千红’，这可是烟花中的极品，不是我说大话，除了我浏阳刘记花炮厂出品的，上海滩上找不出第二家。”常管家小心翼翼地把箱子打开，露出了全是牛皮纸包装的“万紫千红”焰火，他用手比划着，说道。

“姓常的，你还真小看了上海滩了。”赵世杰冷笑着，把手枪晃了一下，说道。

“不敢，不敢，实不相瞒，‘万紫千红’在市场上根本就不出售，是荣记烟花店的荣老板替一位贵客专门定购的。”常管家弓着腰说道。

“你可知道这位贵客是谁？”赵世杰与胖子对视了一眼，一笑，说道。

“这个我就不知道了。听说是个大官，已经连续三年了，我们刘记花炮厂都为这位贵客专门生产‘万紫千红’。”常管家有些惶恐，不知所措地说道。

赵世杰与胖子当即就要全部拿下这些烟花爆竹，起初常管家还面露难色，当他看到一个精致的小木箱里全是白花花的大洋时，担心的只有自己的性命了。而赵世杰却让他赶紧抱着箱子带着大洋远离上海滩，从此不能在这个城市有半点风声。

接着，赵世杰与胖子以浏阳刘记烟花厂的名义与购买这些烟花爆竹的荣记烟花店荣老板接洽。荣老板因两位生面孔而有些怀疑时，赵世杰借故说常管家今年有事在身，老板就托付他们两人来上海送货。这一下，打消了顾虑，要做的就是赶紧将包装好的“万紫千红”重新改装，让它爆发出更大的威力。

阴暗潮湿的仓库里，零星还有老鼠的光顾，赫然在目的老鼠屎让李芬芳一直反胃。她捏着鼻子小心翼翼地往爆竹中添加着火药，而一旁的陈瞎子则是灰头土脸地专注忙碌着。按照赵世杰的估计，这些炸药足足多出了原来剂量的十倍，足足可以将丁默群家夷为平地。

待到荣记烟花店的荣老板带着工人开着卡车按照约定时间来装货时，却突然发现了问题。

“这火药味儿好像不对啊。”荣老板从板车上搬下了其中一箱“万紫千红”，仔细地摸索着，并且用鼻子闻了闻，脸色一变，说道。

“荣老板，你是信不过我刘记花炮厂还是怎么的？”赵世杰假装有点生气道。

“别的烟花我可以凑合，这‘万紫千红’万万不敢。”荣老板非常严肃地看了赵世杰一眼，说道。

“行了，荣老板，我们厂和你是多少年的老交情了，能糊弄你吗？”赵世杰面露微笑，拍了一下他的肩膀，说道。

“嗯。这倒也是。”荣老板点点头，若有所思地说道。

“实话说吧，今年的‘万紫千红’做了些改进，用的是新型火药，这样烟花升得更高，荣老板，我保证，你那位贵客一定喜欢。”赵世杰赶紧解释道。

“好好，老弟这样说我就放心了。唉，我的那位贵客可不好侍候啊，弄不好，是要掉脑袋的。”荣老板渐渐消除了疑虑，放心地说道。

渐渐地，春节的脚步临近了。正在办公室处理公务的丁默群，突然叫住了从门前经过的特工阿三，吩咐他现在带人去一趟荣记烟花店，把自己专门定制的一些“万紫千红”烟花拉回来。他今年要宴请武田以及一些日本朋友，让他们在中国能够享受到家的温暖，尤其是能够欣赏到最具中国年味的烟花爆竹绽放的瞬间美丽。

特工阿三与秋生载着人来到荣记烟花店核实完丁默群所要烟花爆竹的数量之后，就命令其他人赶紧装车。一名特工在搬运过程中，不小心将包装好的烟花爆竹撕破了一个口子，正在收拾的时候，阿三走过去，望着里面的烟花爆竹开始发呆。荣老板似乎看出点什么，赶紧走上前解释道，今年“万紫千红”更换了新型火药，烟花更漂亮，飞得更高。正当阿三还在犹豫时，司机老金一直狂按喇叭催促着，他不耐烦地将烟花扔到车上，扬长而去。

红灯高挂，对联成双。街头处处洋溢着喜庆的氛围，就连终日靠乞讨为生的叫花子似乎也没了踪影，路人脚步匆匆，全都是回家的人。在丁默群的住所，大老早就听到了里面嘻嘻哈哈的说笑声，似乎与一墙之隔的街头有些格格不入。今天该来的都来了。丁默群、关萍露、钱鹏飞、林大江、吴士保、曹敏芝、林太太、吴太太等人围坐一桌；武田、中野云子、木村、涩谷、尚小兰等人也围坐一桌。此刻，两桌的人都情不自禁地鼓掌聆听着关萍露带来的歌曲《天涯海角》。

钱鹏飞借着碰杯的机会坐在一个角落里独自喝着闷酒，恰巧看到从卫生间出来的尚小兰，赶紧举杯搭讪，还以请客的理由邀请尚小兰抽上自己的一颗香烟。而两个人的接触恰恰被中野云子看在眼里。所以，尚小兰在同钱鹏飞接触中，悄悄暗示他有人盯着自己。而钱鹏飞却不以为然，觉得故意不接触反而让人怀疑，正说着，武田突然起立邀请丁默群写上一副对联，来表达对中日亲善的无比期待。钱鹏飞赶紧也凑了上去。

“立民族民权民生之宏愿，开为党为国为公之大业。好，丁先生一心为公，连这除夕夜，还想着为党为国。”武田玩起对联，大声朗读着。

众人随即齐声喊好。

“本人是先总理孙先生的信徒，先总理的三民主义和天下为公，一刻也不敢忘记。”丁默群摆摆手，谦虚地说道。

“今天晚上，大门打开，该开的麻将桌，全部开出来。想放焰火的，去院子里放焰火。一会儿，吃夜宵，喝酒，大家都累了一年了，好好轻松一下。让咱们的武田将军，让咱们的日本朋友，和咱们一起守岁。武田先生，今天晚上我还特意定做了‘万紫千红’的烟花，请将军一起观赏。”丁默群接着又说道。

“‘万紫千红’？这个名字好。丁先生这么说，那我非看不可了。云子、木村、涩谷，我们好好在丁先生家里过个中国年。”武田看着丁默群说道。

“不光名字好，武田将军，我敢说，在上海滩，你绝对看不到跟它一样的烟花，简直妙不可言。”丁默群一边得意地说道，一边赶紧让阿三将烟花搬到院子里。

此时赵世杰与李芬芳、胖子与陈瞎子在一起非常高兴地吃着年夜饭。他们想象着丁默群被炸得粉身碎骨的惨状乐不可支，大家高兴地举杯庆祝时，陈瞎子却担心地说，关萍露肯定也跟丁默群在一起，那是否也会把她作为丁默群的陪葬品呢？ 众人面面相觑不知所措时，赵世杰却突然捶胸顿足大骂自己是混蛋，扔下酒杯，撒腿而去。其他几个人见状，也赶紧跟了出去。

赵世杰心急如焚，大步向前跑着。胖子、陈瞎子和李芬芳气喘吁吁地紧紧跟在后面。

快到丁默群家的一个胡同口，就看到他家院子里灯火通明，不时有热闹的说笑声传来。赵世杰停下来，气喘吁吁地对大家说，既然已经启动了刺杀计划，就不能中途停止。说着，他让其他人一起隐藏在胡同的角落里，要亲眼看着丁默群被炸得粉身碎骨。

阿三与阿贵将几箱“万紫千红”的烟花爆竹整齐地摆放在院子中间，手里准备好火柴，随时准备点燃。

“武田将军，火药是中国人发明的，我们的老祖宗可真是聪明啊。”丁默群笑呵呵地指指地上的“万紫千红”说道。

“但是很遗憾，丁先生，你们的老祖宗把聪明用在放鞭炮和焰火上了，更聪明的人，拿它造出子弹，征服世界，啊？哈哈！”武田略带讥讽地说道。

“这个世界也需要鞭炮和焰火，比如今天晚上。武田将军看了‘万紫千红’，相信会有新的感觉。当火药不是杀人武器，而是艺术的时候，它就像一个美人一样魅力四射，奥妙无穷。”丁默群自我陶醉地描述道。

“是吗？既然是美人，那由关小姐把它放上去是不是更有意思？”武田笑了一下。

丁默群点了点头，随即招呼关萍露去放烟花。关萍露高兴地连蹦带跳地来到阿三身边，接过点燃的火柴，刚想点燃，一阵寒风吹过，火柴没有挣扎地灭了。

钱鹏飞似乎有不祥之感，他走上前开着玩笑从关萍露手上夺过火柴，自己非要亲自点燃。面对武田与中野云子的嘲笑，钱鹏飞插科打诨地糊弄了过去。

钱鹏飞划燃火柴，其他两名特工也划燃了火柴。三根火柴一起向三箱“万紫千红”的导火索伸过去。

“三、二、一……”钱鹏飞盯着导火索大喊道。

砰的一声，钱鹏飞点燃的“万紫千红”升腾而起，定格在半空，绚丽异常，众人欢呼。

就在所有的人都抬头仰望盛开的焰火时，突然之间，接连三声巨响，地上摆着的那三箱“万紫千红”焰火全都瞬间轰然爆炸，火光冲天，黑烟弥漫。

钱鹏飞和其他两名特工与离焰火较近的木村等人没来得及躲闪，被飞溅的烟花炸翻在地。

顿时院子里尖叫声四起，众人乱作一团。

赵世杰他们看到满天的烟花，听到丁家院里传出的惨叫声，大家激动地握着手，高呼成功了！成功了！

黑烟散尽，焰火的余烬还在燃烧。有许多人在剧烈咳嗽。钱鹏飞等人倒在地上，一动不动。

“钱队长，钱鹏飞——”关萍露也在咳嗽，她见钱鹏飞倒地，急得大喊。

尚小兰也急坏了，但她不敢跑过去搀扶钱鹏飞，怔怔地站着，眼里全是担忧。

“妈的，怎么回事？”钱鹏飞竟然从地上爬起来，脸上被烟熏黑了，还有血在流淌，他破口大骂。

“这不是焰火，是炸药！”中野云子冲过来，指着残留在地上的烟花爆竹，大喊道。

关萍露和尚小兰见钱鹏飞没大碍，两人都暗暗松了口气，心却还在怦怦乱跳。

丁默群腿一软，差点跌倒，曹敏芝忙把他扶到一张椅子上坐下。

武田吩咐中野云子与涩谷各带一队人，马上在四周展开盘查，不能放过任何一个可疑分子。两队日本宪兵飞快朝街道的两个方向奔跑起来，皮靴声响彻街道。

赵世杰正要走到丁默群的家门口看个究竟，听到有皮靴声，赶紧拉着李芬芳与胖子、陈瞎子飞快地向胡同深处跑去。

日本宪兵在后面紧追不舍，赵世杰丢开李芬芳，自己边向后开枪边吸引鬼子的目光，不知不觉跑到了方春茶楼的后院的一条死胡同里，眼看着自己无路可走，突然从后门中伸出一只手，快速地将赵世杰拉了进去。

原来是方春茶楼的宋老板救了他。赵世杰无影无踪，一队日本宪兵闯进来翻东挑西，结果也无迹可寻仓皇离去。而对于丁默群来说，当打听到这些爆竹购买时，荣记烟花店的老板透露说今年是配了新型火药时，一点都没迟疑，让阿贵等人速速将荣老板抓来审讯。

第十三章

熙熙攘攘的大街上逐渐静了下来。方春茶楼里有的伙计在收拾着被日本宪兵打翻的桌椅，还有人正在收拾满地破碎的碗筷。方春茶楼宋老板一把将一名伙计拉到了屋里，吹灭了蜡烛，告诉他日本宪兵已经走远，希望他以后再行动的时候一定要加倍小心，毕竟这不是一次两次的行动失败。伙计扔下手中的扫把，努力借着月光审视着这个平时跟他们不是朝夕相处，而是经常可以碰到的店老板，有些奇怪和疑惑，莫非他是共产党？

宋老板微微一笑，摆摆手，拍着这名伙计的肩膀说：

“世杰，我是什么人，你以后会明白的。”

丁默群经过当夜“万紫千红”烟花爆竹的事件后，休息了很长时间才缓过神来。他望着林大江的老婆与吴士保的老婆战战兢兢的样子，转身看到关萍露安然无恙地看着刚写的那副对联发呆，对她们挥了挥手，两个人像领到大赦令一般高兴地仓皇而逃，关萍露也趁机跟在后面溜了出去，而丁默群只让钱鹏飞留下来陪自己度过难眠的一夜。

丁默群躺在家中浴缸里辗转反侧，难以入眠。刚刚睡着，就梦到有人持枪闯进来对着他的脑袋就是一枪。吓得丁默群大叫着坐了起来，额头的汗滴滚滚而下，钱鹏飞听到声音，砰的一声闯进来，观察着周围的一切。

丁默群站起身，哆嗦着让钱鹏飞睡在浴缸里，自己战战兢兢地来到书房，听到窗外一阵阵鞭炮声又是吓了一跳，赶紧钻进了壁橱虚掩的门内，不敢出来。

钱鹏飞躺在浴缸的床板上刚闭上双眼，就被一阵急促的敲门声惊醒了。他非常气恼地大骂着开门，刚想发作，突然特工阿三向他汇报了一件事，让他大惊失色，赶紧跑到书房向丁默群汇报。

原来是一群平头老百姓一直围着丁默群家上的一副对联指指点点，不肯走开。一副对联有什么奇怪的？难道他们是对于丁默群的墨宝青睐有加，禁不住赞扬不断？丁默群跟着钱鹏飞摇晃着来到门前。

当丁默群来到门口，看到那副自己亲手写的对联时，不禁大惊失色。原来这副对联被人在原来文字的基础之上添加了一些偏旁部首，立即变成了一副与原意截然相反的讽刺对联。上面写着：立泯族泯权泯生之宏愿，开伪党伪国伪公之大业。

丁默群冷笑了一声，没有出声。一名特工为了讨好他，刻意大声地读出来，还没读完，丁默群当即就给了他一个耳光，那名特工疑惑不解地站在原地发呆。钱鹏飞见状，赶紧上前将那副对联撕下，然后驱赶着围观的百姓。

荣记烟花店的荣老板果然被抓了过来。刚到特工总部的刑房，先是一阵残酷的严刑拷打，然后不动声色地步步折磨。丁默群跟钱鹏飞来到刑房时，荣老板已经是皮开肉绽，不省人事。在一旁审讯的阿三顺势从一边抄起一桶冷水灌在荣老板身上，顿时，他又哆嗦着活了过来。

他向丁默群交代，自己只记得给自己送货的是两个年轻人，一胖一瘦，其他的一概都不知道。关于浏阳烟花厂的常管家也像是人间蒸发了一样，消失得无影无踪。丁默群有些不耐烦地在地上写了一个大大的“诛”字后，突然委婉一笑说，让荣老板也尝试下那些“万紫千红”带来的绽放美丽。

于是，在特工总部的大院里，几名特工将剩余的烟花爆竹全部堆在正中间，然后阿贵在烟花的四周浇上一圈汽油，一直蔓延到坐在过道太师椅上的丁默群的身前，接着把荣老板从刑房中拖出来放到烟花的中间。他一下明白了怎么回事，一把鼻涕一把泪地大声求饶着，换来的却是丁默群将点燃的火柴抛向了脚下的汽油曲线上。顿时，花炮齐鸣，焰火冲天而起，火光熊熊。荣老板的一声声哀号传来，他在火焰里挣扎，奔跑，扭动，痛苦惨烈之极。

关萍露害怕地转移开了视线，身体哆嗦着。尚小兰也是眼里充满着恐惧，将头扭向了另一边。

没一会儿的工夫，荣老板挣扎了几下，躺在地上一动不动了，只有身上燃烧后留下的白烟还在升腾起伏着。

如今关萍露的住所已经成为她跟钱鹏飞接头通话的联络站了。关萍露一直在为那天晚上钱鹏飞又一次舍身相救而饱含感激，可钱鹏飞不但没有同情却又开始数落起她。

“萍露，你犯了个很严重的错误，你知不知道？”钱鹏飞盯着关萍露问道。

“什么错误？”关萍露吃了一惊，问道。

“你以为你的书法很不错是不是？你好端端地去改什么对联？”钱鹏飞背着手，有些生气地说道。

“你怎么知道是我干的？”关萍露不停地摆弄着自己的小辫子，不动声色地说道。

“要是连这个我都猜不出来的话，我就不叫钱鹏飞了。关萍露同志，你这样做太危险了，你的使命是潜伏，不是让你跳出来表演。”钱鹏飞皱着眉头，说道。

“可我实在忍不住，就想给丁默群道貌岸然的脸上来一记耳光。”关萍露还是有点委屈的样子。

“那你想过没有，丁默群很容易就会怀疑到你？”钱鹏飞担心地说道。

“我不信，我添的就几个偏旁，故意写得歪歪扭扭的，他就是对笔迹也对不出来是我写的。”关萍露自信地说道。

“你动动脑子好不好，有几个人有这水平，可以改动他的对联？你不是才女吗？你是才女他当然会想到你。”钱鹏飞说道。

“尚小兰医生也是才女，按你这样说，丁默群也会想到她。”关萍露撅着嘴，不服气地说。

“现在不说别人，就说你！丁默群这样的人，他有特殊嗅觉，任何风吹草动都会让他疑心。”钱鹏飞一下子火了，一拍桌子，大声地训斥道。

其实钱鹏飞的担心是正确的，因为他非常了解丁默群对谁都不信任的性格，他不能让关萍露由着自己的性子去冒险，这不是舞台表演，出错了可以重新来过，这是处处都有生命危险的卧底工作。钱鹏飞觉得自己非常有必要跟关萍露说清楚作为一个地下工作者，哪些可以去做，哪些不可以去做，如果连这些最基本的事情都搞不清楚的话，他就不要指望着关萍露能够带来更大更精确的情报。之前，就因为自己不小心导致全军覆没。

关萍露答应了钱鹏飞的要求，但是她却希望钱鹏飞能够到夜未央咖啡店给她好好上一课，一来显得正式，二来自己在那里也有精神好好接受革命工作者的洗礼。钱鹏飞同意了。

两人来到夜未央咖啡店，钱鹏飞以为点上两杯咖啡就是正式开始自己的课程传授了。不料每当他说完一句话，伴随而来的却是关萍露要点一样食品。结果，钱鹏飞说了三句话，关萍露就点了牛排、沙拉与水果拼盘三样东西。钱鹏飞一看，点上一根烟，默不作声。关萍露像个孩子似的摇晃着钱鹏飞的胳膊，向他撒娇说其实自己把他刚才的话都铭记在心了，结果她一字不落地重新说了一遍，一下子让钱鹏飞惊呆了，一语不发地竖着大拇指夸赞关萍露天资聪慧，选择她执行这样的艰巨任务，是自己的荣幸。钱鹏飞接着一口把杯中的咖啡喝了个精光，让关萍露扑哧一声笑出声来。

在赵世杰居住的花园小洋房里，几个年轻人又碰面了。赵世杰说烟花爆竹事件之后，丁默群疯狂地进行报复，现在不仅烟花店的荣老板死了，或许丁默群已经发现了他们的蛛丝马迹，所以一段时间内，大家最好不要接头联络，以免打草惊蛇。另外，他也同李芬芳、胖子与陈瞎子说，自己是被方春茶楼的宋老板营救出来的，他怀疑他就是共产党，但是自己也没有十足的把握，也没有全面的根据。但是这次宋老板能够舍身相救，靠着他的直觉，他认为宋老板起码是一个靠得住的自己人，有些时候，有些事可以一同与他商量下。年轻人不缺少激情与力量，而是对于一件事情缺乏全面的把握与准确的分析。这一点，估计宋老板要比他们胜出许多。

经过几天的追查，林大江已经找到了失踪的浏阳烟花厂的常管家。从他的供词中，丁默群早已清楚了这是有人故意在背后捣鬼，假借烟花爆竹的名义，在里面做了手脚，接着再倒卖给荣记烟花店。对于梅机关方面来讲，丁默群自然是拿死去的荣老板抵债了，但是如果找不到背后作梗的一胖一瘦两个年轻人的话，永远无法在武田那边交上满意的答卷。但是他却突然悄悄地对林大江说，现在立即去派人盯住一个人，要观察她的一举一动，随时向自己报告行踪。当林大江听到她的名字后，有些惊讶。

“关小姐？她可是你的干女儿，主任你对她……”林大江吃了一惊，急忙问道。

“不可不信，也不可全信。‘万紫千红’爆炸案和改对联凑在一个晚上，而且都在我家里，这里面有什么玄机，我得好好参透，你，也得动动脑子了。”丁默群摆摆手，无可奈何地说道。

是的，这一次又被钱鹏飞猜中了。

当钱鹏飞与关萍露坐着黄包车回去的路上，背后已经有一辆汽车默默地跟踪着。下了黄包车，关萍露同钱鹏飞告别，马上要上楼的那一刻，钱鹏飞突然一把将她拽过来，紧紧抱在怀里。关萍露以为钱鹏飞又是与她开玩笑，使劲推搡着他，当听到他悄悄地说，背后有人跟踪时，才稍稍有些冷静，但还是对钱鹏飞的话有些半信半疑。

林大江将自己看到钱鹏飞与关萍露拉拉扯扯的场面理解成非礼的场景时，丁默群笑了，他只是吩咐林大江继续盯住关萍露。接着，又拿起自己的放大镜观看着一件旗袍上的纹理，享受着它带来的精神愉悦。

关萍露听从钱鹏飞的安排，经常跑到丁默群家陪着曹敏芝、林大江的老婆与吴士保的老婆凑一出牌局，但似乎今天林太太有些心不在焉，不时地盯着墙上的自鸣钟看来看去，大家似乎看出了她急着回家见林大江的心思，但没有人替换的前提下，一个都不能少。好在丁默群与钱鹏飞赶了回来，林太太便满心欢喜地把所有希望寄托在丁默群身上，不料得来的却是失望，在求救丁默群无望的情况下，钱鹏飞充当了舍己为人的大好人。待他打牌时，桌下的腿不时地触碰到关萍露，刚开始她还有些不好意思，到后来逐渐有些反感。曹敏芝借弯腰捡牌的机会，似乎看明白了一切，只是笑而不言。

没过一会，关萍露有些忍不住了，丢下手中的牌，非常生气地指着钱鹏飞大骂道：

“钱鹏飞，不要以为你当个警卫队长就有什么了不起，你要是个男人你就别来暗的来明的。”

丁默群在里屋听到关萍露的大声嚷嚷，赶紧出来探看，看到关萍露怒气冲冲地指着钱鹏飞大骂，而钱鹏飞却一副满不在乎、吊儿郎当的样子。

其他人赶紧安慰关萍露不要跟钱鹏飞一般见识，而关萍露却像受到了莫大的屈辱一般，满脸委屈、眼眶中含着泪向丁默群恳求道：

“干爹，你得替我做主，钱鹏飞烦我不是一天两天了。”关萍露指着钱鹏飞，怒气冲冲地说道。

而在一旁的曹敏芝脸上却掠过一丝不易察觉的笑。

“究竟怎么回事？”丁默群问道。

“钱鹏飞坐下来以后，老拿他那狗腿在我腿上蹭，我汗毛都竖起来了。”关萍露说道。

“嘿嘿，谁能证明我一坐下来就往你腿上蹭，我是搞警卫工作的，你说任何话都得讲证据。嫂子，你看见了吗？吴太太，你能证明吗？”钱鹏飞嬉皮笑脸地说道。

“干妈，你说说，钱鹏飞他……”关萍露恼了，刚想说下去，却被曹敏芝拽了一下。

“好了好了，哪个男人不是贪腥的猫，你说给我听听？你一个都说不出来。”曹敏芝赶紧安慰道。

“不来了。干爹，你要是不替我做主，我咽不下这口气。”关萍露假装气恼，一推麻将牌，板着脸孔说道。

钱鹏飞与关萍露两个人越吵越激烈，而自始至终丁默群只是静静地看着，不说一句话，似乎在等待着什么。

“钱鹏飞你一个大男人和一个女子斗嘴，你还有理？你想占女人便宜，你上妓院找娘们儿去。别在我这儿出丑了，你就算什么也不看，你也得看看她是谁的干女儿。打狗还看主人面儿呢。”曹敏芝实在看不下去，一下子火了，把手往腰上一叉，冲着钱鹏飞大喝道。

“鹏飞，你马上向萍露道歉。”丁默群见曹敏芝怒气冲冲的样子，认定钱鹏飞肯定轻薄了关萍露，马上说道。

钱鹏飞只能红着脸向关萍露简单说了句“对不起”就匆匆了事，但是关萍露似乎并没有就此罢休，准备继续追讨到底时，被丁默群制止了。

而在一旁的曹敏芝得意地看了丁默群一眼，捂着嘴一直笑个不停。

梅机关经过自己的调查，查到了赵世杰根本没有离开上海。当中野云子把这份情报交给丁默群的时候，他疑惑从生，质问身边的林大江为什么对于这样的情报总是会慢人一拍。丁默群这样的问责除了是教训下属故意做给中野云子演戏之外，在他的脑海中又想象着除夕夜“万紫千红”的爆炸案是否也跟关萍露有千丝万缕的关系呢？难道说是两个人的里应外合？忽然，丁默群计上心来，他决定这个周末去一趟佘山顶上的圣母大教堂做祷告。其实林大江很清楚，丁默群又开始要钓鱼了。与上次的徐家汇大教堂相比，这里野草丛生、山势陡峭，显然是一个抓捕的好场所。

钱鹏飞看到从丁默群办公室走出来的中野云子，总是一副嬉笑无常的样子，惹得她反感，但同时却又有些其他情愫夹杂其中。而这次钱鹏飞看到中野云子只是骑着一辆自行车而来，像遇到千载难逢的好机会似的，扬言要亲自露一手让中野云子开开眼界。钱鹏飞骑着那辆单车，像运用一件收放自如的量身打造的兵器，忽而撒开双手而车子稳稳行驶，忽而侧身骑车从左从右捡起两块石头放在头顶上，照样让车子在自己腿下耍得有模有样，不管是旁边的特工，还是日本宪兵纷纷欢呼鼓掌，中野云子也情不自禁地点头鼓掌。

众人的阵阵喝彩声，引来了丁默群以及关萍露。等关萍露看了一眼，发现丁默群拿眼睛的余光在扫描她时，脸上立马表现出了不悦的神情，嘴里嘟嘟囔囔地咒骂着钱鹏飞离开了。这一下子让丁默群喜上眉梢，一笑而过。

在赵世杰居住的花园洋房里，他自己拿着一支笔在墙上的上海市郊地图上画画点点，然后沉思着想问题。没过一会，李芬芳带着胖子与陈瞎子走了进来。两个人都非常不解地望着赵世杰，因为烟花爆竹事件之后他曾经警告其他人不要互相往来以免被丁默群发现，如今他又将大家召集到一起，莫非有什么重要事情？

赵世杰一脸喜悦地将胖子与陈瞎子拉过来，按在椅子上，用手比划着告诉他们，自己发现了一个秘密。

秘密？什么秘密？

“你们来看，这是佘山圣母大教堂，丁默群不是教徒吗？他平常除了去徐家汇的天主教堂外，每个月还要去一次佘山上的这个圣母大教堂。”赵世杰一边说着，一边指着墙上的上海市郊地图说道。

当看到胖子与陈瞎子疑惑的神情时，赵世杰与李芬芳互相交换了一下眼神，然后笑着又对他们说道：

“徐家汇天主教堂行刺失败后，我其实一直在关注丁默群做礼拜的情况，昨天我跟芬芳去了一趟佘山圣母大教堂，无意中听见两个修女在说话……”赵世杰面露喜色，绘声绘色地说道。

胖子与陈瞎子听完之后，一把上去紧紧抱住赵世杰开始打闹起来。李芬芳待在一旁咯咯直乐。因为这一次对于他们来说，又是一次千载难逢的暗杀机会。但是赵世杰还会像以前那样鲁莽冲动地拼杀吗？显然他这次已经想到了更好的方法，而且是精心设计、有备操作。

其实，赵世杰最早偷自家汽车刺杀丁默群失败后，曾一度苦恼面对着满车弹痕无法向父亲交代，但是他们有所不知的是赵世杰的父亲后来都是偷偷在背后给予他经济方面的支持，如果没有得到父亲的允许，那辆轿车现在为何又停在房子的车库里呢？当赵世杰把相关的情况及其细枝末节都告诉他们时，众人又像看到了温暖的春天回归了一般。

按照赵世杰的精心构想，暗杀计划一共分为三步：第一步，需要购买一桶油漆，重新将满是弹痕的汽车粉刷一新；第二步就是要想方设法搞到一个伪造车牌，避免留下作案痕迹；第三步，需要三只又肥又大的火腿。

火腿？三只？李芬芳有些不解，不过还是在赵世杰的要求下买了回来。

原来三只火腿并不是赵世杰犒劳大家的奖品，而是隐藏手枪跟子弹的最佳掩护。众人都在感叹赵世杰这次计划的完美时，突然，赵世杰一本正经地对他们说道：

“计划虽然万无一失，但我们都要做好最坏的打算，那就是从山上下不来了。其实佘山风景优美，就算长眠在山上也是一件美事。”

“不，我可不想死，我还有那么多诗没写，还有那么多酒没喝，还有媳妇都没娶呢……不过，连世杰的媳妇都飞了，我也应该没啥期待了……”陈瞎子一阵叹气，自言自语道。

“别跟我提关萍露。现在我最渴望的，就是当着关萍露的面，打死丁默群。”突然，赵世杰捡起桌子上的手枪，举起来，咬牙切齿地说道。

“世杰，你变了……”胖子看了一眼赵世杰，轻声地说道。

“我是变了，我要从一个热血青年，变成一个革命者。杀丁默群只是开始，杀了他，我们还要革命，去延安，或者找到地下党，我们继续斗争。所以，你们别把我的心眼看得这么小。来，我们把上山可能会碰到的情况理一遍，每个人的任务再仔细分工一下。”赵世杰说完，一边招呼大家围坐过来，一边轻声地与大家仔细研究起暗杀计划的具体实施。

墙壁上那幅油画里的老人一直慈祥和蔼地看着他们。

丁默群一直在想着以什么理由什么借口来告诉钱鹏飞与关萍露。

“有一件事，我得和你说说。”丁默群坐在躺椅上微闭着双眼，伴着躺椅的吱吱声，说道。

“主任你说。”钱鹏飞说。

“重庆方面来人了，我对外称是一名老校友，但是在你这儿我不想隐瞒。他是军统的人，是戴老板派来的，有些事要跟我面谈。我想明天把他约在佘山圣母大教堂里碰面，这样可以避人耳目。”丁默群说道。

“主任的事情，我还是不知道比较好，以后请主任吩咐我干什么就行了。”钱鹏飞侧耳，恭敬地说道。

“嗯。鹏飞，你确实很称职。哦，对了，鹏飞，你一定要记得色字头上一把刀……”丁默群说完，刚想说点其他的，还没说完，就被钱鹏飞心领神会到了。

“主任你放心，我自有分寸。”钱鹏飞一本正经地回答道。

丁默群满意地点了下头。

第二天，暖阳普照，万里无云。两辆黑色轿车一前一后穿梭在山间的石路上，后面没多远，跟着一辆帆布卡车遮得密不透风。丛林中的小溪穿流在大小石块之间自由嬉戏，偶尔看到遥远山头上白雾笼罩。快到教堂的时候，关萍露与丁默群早早下车结伴而去。钱鹏飞一挥手，刚还是毫无生机的帆布下冒出了一群持枪的特工，把上山的路围得水泄不通。不多远的树林深处，有几双眼睛紧紧地盯着这里。

刚走进教堂，一位胡子发白的慈祥神甫在几名修女的拥簇下欢迎着丁默群，似乎他对这里很熟悉，关萍露从丁默群与神甫拥抱的亲热程度观察，这里绝非是他第一次而来。丁默群与神甫正在热情交谈着，钱鹏飞突然发现身后一个黑影一闪而过，他随即拔枪追了过去。

“身手敏捷，动如脱兔，可惜他追错了人。”丁默群摇头感叹道。

“干爹什么意思？”关萍露不解地问道。

“能够这么早赶到教堂里等着的，那必定是我的客人了。”丁默群狡黠地一笑，说道。

“干爹还约了客人？”关萍露一愣，说道。

丁默群没有说话，继续牵着她向前走去。

钱鹏飞紧跟着黑影闪进了一间房间，对着里面大吼了几声，黑影现身了。黑影是一个微微发胖，个子矮矮，眼睛眯成一条线的中年男人。他自称是军统情报处的副处长王钟君。

赵世杰与胖子、陈瞎子拿着三只肥硕的大火腿作为祭祀用品混在教民之中，向山上走来，李芳芬则留在半山腰的汽车里，随时做好接应他们的准备。结果，三人刚走到距离教堂门口的关卡处，就被钱鹏飞手下的特工查住了。

“带火腿上山干什么？”一名特工看到询问道。

“我们每次上山，都带着火腿拜洋菩萨。”赵世杰毕恭毕敬地回答道。

“洋菩萨吃中国火腿？”

“洋菩萨是不是喜欢吃中国火腿，我也拿不准，可是不吃的话，他要饿坏了肚子，所以多少还是吃一点为好。”

“哦……”

这名特工并不在意地说着，但他还是发现鼓鼓囊囊的火腿中有些异样，刚想过去仔细检查一下，却听到旁边同伴的呼唤，赶紧跑了过去。原来旁边一名特工搜查一位女教民时，引起了她丈夫的反感，说着说着就互相打了起来，赵世杰他们见此趁机溜了出去。

军统的王钟君与丁默群在教堂的密室里貌合神离一句接着一句地较量着。对于丁默群来说，戴笠的可恶就在于不遗余力地想置自己于死地，而王钟君却认为那只是上官锋的个人行为而已，看似两个人是在心平气和地交换着彼此的心迹，不如说是以退为进的咄咄逼人罢了。

“戴老板的意思是，他可以下令中止对你的刺杀行动，也会给你在重庆方面留条后路，但是你得替他办一些事。”王钟君说道。

“戴老板一向软硬兼施，打一下，再来拉一把，这一套别人受用，我也受用。好，真好！”丁默群不动声色地笑道，似乎是在赞扬，但又似乎是在挖苦。

其实王钟君此番来的目的就是为了金编钟。他晓之以理动之以情地给丁默群讲述当今天下格局的发展，日本人终究要滚蛋，共产党成不了气候，汪精卫只是惊弓之鸟，天下注定是姓蒋的。但对于这番天下言论，丁默群却拿戴笠的个人丑闻一笑了之。

“如丁先生肯割爱，对大家都好，要不，只怕上海滩上又是一场腥风血雨啊！”王钟君一笑，客气中藏着威胁。

“唔，戴老板要是有诚意，先把军统上海站撤了，我方可投桃报李。”丁默群轻松回答道。

“这个……恐怕有点难度。就是戴老板答应，委座那儿也不好交代。”王钟君面露难色，站起来，思考道。

“没关系，我是个实在人，一次谈不成，下次再谈。对王副处长你，我这扇门永远开着。”丁默群坦诚地说道。

“那好吧，先谈到这里，丁先生请三思。”王钟君失望地摇了摇头，说道。

“时候不早了，我也是难得来佘山一趟，王副处长可有雅兴，我们一起出去走走？”丁默群站起来笑着说。

第十四章

因为是星期天的缘故，来山上祈祷的人络绎不绝。每个人怀着一颗虔诚的心，或许是来祈福，或许是来赎罪，都想解决不能释怀的心结。步履蹒跚的老者相互搀扶着迈动步伐，活蹦乱跳的幼者的嫩手与妈妈的大手的交织变成了支撑的力量。佘山教堂门口一群黑衣特工持枪变成了通向地狱或者天堂的守卫者，与邪恶交恶，与善良为善，而在祈福的教堂门口与他们却要斗智斗勇，这恐怕是所有来教堂祈祷人的最大悲哀。而这个时候，赵世杰与胖子、陈瞎子是选择了前者，他们将三只肥硕的火腿悄悄藏匿在离教堂不远茂密的丛林中，卸下伪装，拔出枪，准备大干一场。

在教堂内，丁默群与王钟君漫步在乱石子砌成的走廊里欣赏着教堂内如湖水一般静寂的风景，似乎这个世界的纷扰突然与两个人毫无关系。而丁默群更是独自陶醉地与王钟君讨论到了归隐的话题，似乎因为身份属性的关系，就连只是一场最普通的谈话似乎都是话里有话，弦外有音。

“归隐之心，人皆有之，只是滚滚红尘，繁华锦绣之地，想要彻底割舍，不是件容易的事啊！”丁默群抬头望着天边的一朵云彩，说道。

“丁先生说得妙啊，我等都是俗世中人，离不得功名利禄。所谓隐居之想，不过是叶公好龙罢了。”王钟君看了一眼丁默群，说道。

“哈哈，你们说得这么高深啊，叫我说，不就是吃着碗里的，看着锅里的，啊？”钱鹏飞嘿嘿一声，附和道。

“鹏飞你这话虽然粗陋浅白，倒真说出了要害。萍露，你说呢？”丁默群也笑了，接着看了关萍露一眼。

“什么人说什么话，这就叫狗嘴里吐不出象牙。”关萍露白了钱鹏飞一眼，不屑地说道。

“哈哈哈哈，骂得巧！鹏飞，看你以后还敢不敢得罪萍露？”丁默群开心大笑着，像一个孩子听到一个逗乐的笑话似的，脸上露着天真的笑容。

“丁先生，你身边真是人才济济啊，了不得，了不得。”王钟君冷笑了一声。

“那当然，在上海，戴老板想要多占便宜，可不容易啊。”丁默群自负地说道。

“那是，强龙不压地头蛇，不过来日方长……”还没等王钟君说完，丁默群突然听到前面树丛里一阵慌乱的哗哗声，丁默群一招手，钱鹏飞带着几个人拔出手枪，飞速地冲了下去。

没过一会，一名特工气喘吁吁地跑了上来，拿着三只已经四分五裂的肥硕火腿捧了上来，起初由于天黑的缘故，丁默群吓了一跳，踉跄着向后退了几步。钱鹏飞赶紧围了上来，向丁默群解释道这仅仅只是三截火腿肠而已。

“哦，这人好有钱，好奢侈，吃火腿挖个洞，吃里面的芯子。”丁默群打量了一眼，笑了下，说道。

“我相信世上的洋和尚、洋尼姑不吃火腿。”钱鹏飞一本正经地说道。

“既然没人吃，那就简单了嘛，有人把枪装在火腿里带上山来了。”丁默群眼转一转，说道。

关萍露不由打了个寒战，眼睛瞪得大大的。

“丁先生，佘山虽好，只怕不是久留之地。”王钟君也紧张起来，赶紧劝道。

“王副处长，不会是你们军统的人干的吧？”丁默群侧身转头对着王钟君，冷笑道。

“不会，绝对不会，我拿脑袋担保，我此行属最高机密。”王钟君赶紧辩解道。

接着丁默群将所有的不悦都发泄到了钱鹏飞身上，说他虽然带着二三十人的特工队，但还是让一些人混了进来，责怪办事不力。钱鹏飞神情慌张地督促丁默群赶紧下山躲避，但丁默群的反应却出人意料，告诉钱鹏飞今天晚上就要在教堂内安营扎寨，他要亲自与躲在暗处的朋友一较高低。

夜色渐渐降了下来。祈祷的男女老幼纷纷下山而去，赵世杰、胖子与陈瞎子三个人取出手枪随后转移到教堂的一个偏僻角落，伺机寻找机会暗杀丁默群。

丁默群带着几个人晃晃悠悠地向屋内走去，转身回头对钱鹏飞使了个眼色，他紧跟着丁默群去了一个房间，悄悄将门带上。

屋内黑漆漆一片，丁默群不着慌挑灯点亮，而是一屁股坐在椅子上，对着钱鹏飞说道：

“黑夜来了，好戏该上演了。我老是避也不是个办法，在上山之前，我就料到这山上不会太平。有许多事情，长痛不如短痛，所以我想还是住下来吧，说不定可以做个了断。”

“是。主任要住，我哪怕不睡觉，也要守在你身边。”钱鹏飞点头称是。

“我料想刺客已经进入了教堂，剩下的时间就该瓮中捉鳖了！我不去餐厅吃饭了，你让神甫把饭给我送过来……”丁默群小心翼翼地说着，从腰间拔出手枪，将子弹逐一上膛。

赵世杰几个人看到丁默群带领着其他人进了屋之后，决定今晚就开始动手，但并不是现在，而是要选择在夜深人静之时，于是他们暂且不动声色地退了回去，继续按兵不动。

丁默群在屋内点上一支火苗摇曳不定的蜡烛，借着微微的淡光与王钟君推杯换盏。关萍露不时地加入到两个人的阵营中助个酒兴。而钱鹏飞警觉地一直站在门口，目光不停地向外扫射着，不放过任何风吹草动。

“主任，我觉得还是下山比较好。”关萍露一副紧张的样子，说道。

“唉，不能下山，不能下山。晚上我还有话跟你说。”丁默群一副醉醺醺的样子。

“下山了也可以说啊，主任。”关萍露回答道。

“那不一样，山上的话只能在山上说。”丁默群摆摆手道。

“那……主任想跟我说什么？”关萍露迟疑了一下，紧张地问道。

“这个，现在保密，嘿嘿。来，喝酒。”丁默群诡秘地一笑，摆了摆手。

此时的丁默群双目放光，颇为露骨地盯着关萍露一动不动。关萍露一阵耳热心跳，赶紧转移了自己的视线。钱鹏飞用余光看到此，心里也不由一凛。他心里明白了，今天晚上，将是个极度凶险的考验，尤其是对关萍露。

丁默群与王钟君一杯接着一杯地把酒灌到肚子里，似乎他今天晚上格外高兴。随即，他拍着自己的大腿让关萍露坐上来，坐在一旁的王钟君不怀好意地堆着满脸的横肉，笑称丁默群最解风情。而关萍露一脸的紧张尴尬，不知该如何是好，慌忙借口要去倒茶，想溜之大吉，没想到被丁默群死死地一把拉住，不肯放手。

“干爹，别……客人看着呢。”萍露脸红了，轻轻挣脱了一下，说道。

“今天你叫我丁先生，不要叫我干爹。这里没有干爹。”丁默群沉下脸来，非常不高兴地说道。

“嘿嘿，没事没事，干女儿坐一坐干爹的腿，那也是尽一份孝心嘛，丁先生是何等人，是真名士自风流。”王钟君一阵邪笑。

“萍露，你都听到了吧？人生苦短，风月无边。以后，你跟着丁先生，要什么有什么，整个上海滩，虽然不是我说了算，但是我跺一下脚，黄浦江边还是要抖三抖的。”丁默群又哈哈大笑起来，故意看了钱鹏飞一眼，像是在示威般地高声道。

关萍露任由丁默群拉着自己的双手向怀里慢慢递去，突然她面露难色，一副痛苦挣扎的样子让丁默群一脸的不悦。关萍露借口说吃坏东西骤然肚子不舒服需要赶紧解决一下。再多的欲望也好，再大的淫威也罢，这样的借口也让丁默群无计可施，只能乖乖地让钱鹏飞陪着关萍露出去一趟。

关萍露快步走进厕所，一屁股坐在马桶上，解开旗袍领口的盘扣，大口地喘着气，像是被丢到岸上的一条美人鱼，无法呼吸，脸色从未有过的惨白，看得出，她已经被丁默群吓坏了。站在厕所外边的钱鹏飞紧张兮兮地不时抬手看着手表，既想马上敲门提醒一下，但又不忍心打扰地犹豫着。

钱鹏飞很清楚，关萍露吃坏东西的借口简直是自寻死路，太幼稚的理由更能激起丁默群的怀疑。他似乎能隐隐感觉到丁默群不光是在故意试探关萍露，同时也把自己绕了进去。现在最可怕的是不知道丁默群到底想要什么。

看到关萍露出来后，他一阵安抚，告诉关萍露，这个时候除了需要镇定之外，还是镇定。怕引起丁默群更多的猜疑，他跟关萍露赶紧走了回去。

在房间里，王钟君借着喝酒的机会又向丁默群说起了金编钟的交易。丁默群不反对不拒绝，相反向他透露说，两个人其实可以合作这样的生意，如果王钟君可以透露军统在上海的一些秘密情报，两个人之间的合作肯定会由浅入深。但王钟君也不是等闲之辈，刚说到这里，借故说自己喝多了，趴在桌上不省人事，丁默群正要独自将杯中的酒一饮而尽，关萍露跟钱鹏飞回来了。

赵世杰与胖子、陈瞎子乘着夜色悄悄地爬上了紧挨着丁默群所在房间走廊的横梁上，三个人顾不上观察房间里的动向，现在只顾着躲避来回不停巡逻的特工了。

丁默群看到两个人重新归来，吩咐钱鹏飞将王钟君送到关萍露的房间，让关萍露独自留下。钱鹏飞一怔，却被丁默群一个眼神挡回去了。他架着王钟君离去的一刻，向关萍露看了一眼。他不知道丁默群会对关萍露做些什么，不知道丁默群的脑子里到底想干什么。

门轻轻地被拉上了。丁默群站起来，走到关萍露的身后，用极具温柔的嗓音与绅士十足的表情，将她轻轻扳转过来，说道：

“萍露，不会是真吃坏了肚子吧？”丁默群笑道。

“不是……”关萍露说道。

“哎哟，一个女孩子的小心眼，哈哈，很好，你也学会跟我斗心眼了。”丁默群把手搭在关萍露肩上，逼视着她，说道。

“讨厌，我是女孩子，女孩子就不能有女孩子的病吗？”关萍露突然打了一下丁默群的手，有点撒娇地说道。

“聪明，真是聪明！”丁默群扭住关萍露的手，把她往墙壁上一按，不顾她的感受，冷笑道。

“丁先生，你醉了。”关萍露本能地想反抗，却被丁默群按得死死的。

“让我喝醉的人还没生出来。不过，我倒愿意喝醉，对一个醉了的人来说，什么事情都可能发生，因为醉者无罪，啊？哈哈哈哈。”丁默群淫声连连，像一个混世恶魔。

丁默群继续狂笑着，笑得有点怪异，有点恐怖，一嘴的酒气都喷到关萍露脸上，关萍露闭着双眼忍不住扭开了脸。

“九叔的手艺，到底不一样，盘扣都是艺术品啊！”丁默群的一只手仍然把关萍露的手按在墙上，另一只手伸向她旗袍领子上的盘扣。

关萍露的眼神里闪过一丝绝望。

丁默群嘿嘿一笑，解开了一颗盘扣。

关萍露忍不住哆嗦了一下，目光本能地瞟向关着的门，她似乎是期待钱鹏飞再次在关键时刻出现，但钱鹏飞没有来。

丁默群不顾关萍露扭曲紧张的表情，继续伸手解开了关萍露领子上的又一颗盘扣，陡然间，关萍露白皙的皮肤一下子让丁默群双眼发亮，欲望四射。

突然，窗外一盏烛火的闪烁，让丁默群本能地浑身一哆嗦，紧紧地盯着窗外。

原来，赵世杰与胖子、陈瞎子趁着巡逻的一队特工刚过去的时候，跟上了一名路过的修女，强行将她劫持，捂着她的嘴，逼其在前方带路，却不小心经过丁默群的房间时，脚下一滑，举着的烛台跌落在地。赵世杰慌乱之下，赶紧拉着修女，与胖子、陈瞎子躲在黑漆漆的墙角，窥视着丁默群房间的动静。

丁默群享受着关萍露身体带来的视觉冲击，突然哈哈大笑，放开了关萍露。关萍露赶紧将旗袍的盘扣系上。这个时候，钱鹏飞也赶了过来，说已经把王钟君安排妥当。他以为丁默群接下来会让他护送关萍露回去，没想到丁默群却笑着说，王钟君占了关萍露的闺房自然不能回去，今天晚上就住在这里吧。关萍露刚刚放下的心随即又提了上来，她看了一眼钱鹏飞，看到的不是答案，而是不解。

“不行不行，主任，我真的不行。”关萍露以为丁默群要强迫自己跟他睡在一起，赶紧摇头道。

“看把你急的，脸都白了。我就这么可怕吗？”丁默群微微一笑，拿手指在关萍露的脸上轻轻摸了一下，说道。

关萍露还要说什么，丁默群却转身带着钱鹏飞就要离去。钱鹏飞转身的一刻，用手指了下关闭的壁橱，关萍露似乎明白了什么。

丁默群径直走到了钱鹏飞的房间，告诉他今天晚上就住在这里。钱鹏飞故意有些不解，假装询问丁默群之所以这么做肯定有什么原因时，丁默群还是故意卖关子地向他说道：

“鹏飞啊，有些事你不该问，你就不要问了。有些事你不会懂的，你也不用去搞懂了。现在你只要明白的就只有一件事，待在屋子里，外面不管是下刀子，还是下金子，都和你无关。只要你听到枪声，你就冲出去，把开枪的人给我逮起来。”丁默群拍着钱鹏飞的肩膀说道。

“好，不管下刀子还是下金子，都和我无关。下枪子就跟我有关了！”钱鹏飞一口答应道。

这个时候，赵世杰、胖子与陈瞎子也摸了上来。他们先摸到原是丁默群的房间，现在住着关萍露。然后又摸到关萍露的房间，现在住着王钟君。三个人一商量，丁默群的房间注定是丁默群，但是关萍露的房间躺着一个陌生的男人，或许是日本梅机关的特务。于是，胖子解决“日本人”，赵世杰解决丁默群，陈瞎子掩护。

夜色如漆，唯有天边几颗寂寥的星星提醒这是黑夜的地盘。赵世杰与陈瞎子守在丁默群的房间口，胖子守在关萍露的房间口。此时三人紧紧握着手枪，全神贯注地盯着各自关注的那扇门，对于他们来说，开启之后是最后的终结还是重新开始呢？赵世杰一个眼神，三个人几乎同时踹开了那扇门，对着躺在床上的那个人砰砰砰就是乱枪扫射。枪口喷射的除了火花，就是仇恨。

枪声骤响。钱鹏飞端着枪快速地冲了出去，其他特工也闻讯赶了过来。赵世杰、胖子、陈瞎子果断地从房间内撤出来，向教堂外跑去。身后紧跟着的特工们不管三七二十一举枪齐射，钱鹏飞指挥着大家紧紧逼上，赵世杰他们边还击边向教堂外的小树林奔去。

在钱鹏飞的房间，丁默群端起倒好的一小盅白酒，微笑着，一饮而尽。然后转身走向住着关萍露的原本属于自己的房间。

当丁默群打开自己的房间时，看到床上被子里像是躺着一个人似的，但已被打得全是蜂窝。他慌忙掀开被子，发现除了几床被子之外就是一两个绣花枕头。他大声呼唤着关萍露的名字，看到她从壁橱中爬了出来后，一把将她抱在怀里，不停地安慰着她。而关萍露早已吓得浑身哆嗦，脸色苍白，用双手抱着肩膀，不停地抽泣着。

关萍露颤抖着向他解释，自己刚要入睡，却听到外面有不安的脚步声，吓得自己躲进了壁橱里，要不然就成了丁默群的替死鬼。丁默群不停地安慰她，只要她没事就好，总是有人要死的。比如躺在关萍露房间里的王钟君，死的时候连挣扎一下都没有。

“本来他们也是要杀我的，对不对？”关萍露惊恐地瞪着王钟君血迹斑斑的尸体，惊恐地说道。

“我现在才知道，我和你都是他们的目标！”丁默群淡淡地说道。

“丁默群，你想让我和这个军统当替死鬼，你什么意思？我恨你！”关萍露又尖叫起来。

关萍露喊叫着，转身要冲出房间。丁默群却一把抱住关萍露。

“你放开我，我不要跟想杀我的人在一起，放我走！”关萍露挣扎道。

关萍露用力挣开丁默群，往门口冲去。

“混账！现在这外头你还出得去吗？”丁默群却又追上去，再次拉住了关萍露，凶狠地说道。

丁默群话音未落，外面很远的地方传来一阵枪声。关萍露一愣，僵在那里，一动不动，从背影看去，她一直在哭泣，肩膀一颤一伏的。

钱鹏飞带着特工们紧紧地追上赵世杰他们，眼看着即将赶上了，他举起手枪对准赵世杰正要射击，但没看到躲在大树下汽车后的李芬芳，被她迎面射来的一颗子弹打中胳膊，呻吟着丢下手枪，握着伤口，任鲜血浸过手指缝流了下来。

正当赵世杰、胖子、李芬芳与陈瞎子坐上汽车正欲逃之夭夭时，埋伏在不远处的林大江带着大批特工赶了过来，举枪就是对赵世杰们一阵扫射，让他们顿时只有抵挡没了反击的时机。

林大江与钱鹏飞会合到一起，用猛烈的枪火攻击他们。赵世杰低头趴在车前方，使劲地发动开汽车，顾不上前方是道路还是树木，一路连闯带撞地向前驶去。可是对方的火力太猛，赵世杰驾驶着汽车根本无法冲出他们的包围圈，胖子、陈瞎子、李芬芳弯着腰在车里努力地反击着。同时，赵世杰打开半扇车门作为掩护，让胖子把握着方向盘，自己踩着离合与油门，其他人跟他一起对着前方的一股特工猛烈进攻，然后汽车也像疯牛似的直冲了过去。特工们吓得赶紧躲闪到一边，汽车歪歪斜斜地跑了出去。

钱鹏飞拖着受伤的胳膊与林大江见到丁默群后，不知该如何向丁默群解释，只是低头默不作声。

“他们有埋伏，林队长，你们没有埋伏吗？”丁默群盯着林大江质问道。

“主任，我们也埋伏了，但没想到他们在树丛里藏了辆车子，这车子突然冲出来，把那几个人接走了，我们追不上。”林大江战战兢兢地回答道。

“我安排得这么周到，都让你们给搞砸了，鱼没钓到，连片鱼鳞都没捞着！”丁默群瞪了林大江与钱鹏飞一眼，气呼呼地走了。

林大江和钱鹏飞胆战心惊，面面相觑。

通往市区的途中，两辆汽车一前一后快速地行驶着，后面的一辆卡车车斗还用帆布紧紧地包裹着。关萍露选择坐在前面的汽车上，表情呆滞地望着前方。随后的一辆汽车上，钱鹏飞坐在副驾驶座上，托着受伤的胳膊，凝视着前方。丁默群与林大江坐在后面不时窃窃私语，其实丁默群早猜到这次又是赵世杰所为，只不过让他奇怪的是，他们为什么每次都能准确地知道自己出行的情报呢？

“主任昨晚上的安排，不就是为了把这个人找出来吗？”钱鹏飞听了一耳朵，插话道。

“萍露还在生气吗？”丁默群没有正面回答，而是抬头看看前面的车子，说道。

是的，关萍露肯定还在生气。丁默群的意思是想让钱鹏飞代自己在关萍露面前解释一番，化解一下彼此的误解矛盾。但现在对于钱鹏飞来说，经过这个事情让丁默群对于自己的怀疑度降低一些，如果这个事情自己再去牵线搭桥那么无疑就是此地无银三百两。所以他巧妙地用对方一直把自己当流氓看待化解了丁默群的为难。

丁默群一阵苦笑，让司机老金直接开车去了冉云旗袍店。

当丁默群从冉云旗袍店拿了一件旗袍后赶到办公室时，关萍露此刻正在收拾桌上的东西，看情况，她是准备离开了。

“哦，怎么？准备来个不辞而别？”丁默群进来，笑道。

“丁主任，我是一个你想要杀死的人，你觉得我还应该待在这里吗？”关萍露面无表情地说道。

丁默群没有回答，而是绕到关萍露身后，把双手轻轻按在关萍露的双肩上。关萍露的身体一阵哆嗦。

“放松，放松……”丁默群轻轻抚摸着关萍露，催眠似的低语。

关萍露的哆嗦很快停止，身体一下子挺直了。

“容我正式向你解释。昨晚我是有意跟你换了房间，因为我想看看刺客见到你在我的房间，会是什么反应。”丁默群一本正经地说道。

“可是他们根本就没看见我。”关萍露的身体马上又僵直了，不屑地说道。

“不要动，这样很好，心要静，心静听得进话。我绝对不是让你去做替死鬼，就算你是我的敌人，我也舍不得杀你。我猜得很准，昨晚上，赵世杰果然来了。”丁默群一边轻轻地替关萍露按摩，一边说道。

赵世杰？关萍露有些紧张。原来丁默群一直在这里等着自己。他是一直都不相信自己与赵世杰断绝了关系，所以才想出换房间来试探赵世杰，试探自己，这么阴险的做法！

其实丁默群早看出了关萍露为何会提出肚子疼，为何又躲藏到壁橱内，对于他来说，此刻就是关萍露聪明至极的做法，排除了怀疑，他怎么又能放走关萍露呢？

“我已经决定，任命你为特工总部的机要秘书，萍露，武田将军那里，还有一系列计划，我们会让你成为一个在大上海冉冉升起的明星。”丁默群认真地说道。

关萍露犹豫着，不知该如何作答。

“我前些天请九叔为你做的，换上吧，武田将军请我们去赴宴。”丁默群看到关萍露不说话，拎起地上的袋子，将里面的旗袍递给关萍露，说道。

赵世杰因为这次没有杀死丁默群，回去后一直耿耿在心，他跟李芬芳、胖子、陈瞎子来到方春茶楼找到宋老板倾诉。宋老板的一贯主张还是说单凭几个人的力量想杀掉所有汉奸，铲除所有的鬼子是不可能的，只有大家团结起来才能有取胜的把握。对于组织，赵世杰是非常期盼的，同时他也明白从宋老板这里，似乎能够找到自己一直期待的地下组织，但宋老板只是说有些事情还需要慢慢来，想一蹴而就往往会适得其反。

关萍露当上机要秘书之后，丁默群常常将一些重要的情报交给她抄写打印。关萍露抄写参加中日友好亲善活动的情报时，丁默群一刻不离地紧紧盯着她，因为这次大会里面有国民党的元老冯玉祥参加，一旦泄露是危机四伏。当丁默群拿走情报后，关萍露把原先垫在抄写密件下面的那张稿纸扯了下来，然后把这张空白的稿纸折起来，塞进口袋，走了出去。

关萍露将这次情报传递给了钱鹏飞。钱鹏飞借着上医院打针的机会，悄悄地传递给尚小兰，并且告诉她，这是中日亲善大会主席团名单，希望组织上设法做这些人的工作，不要去参加，搅黄这次大会，粉碎敌人的阴谋。可是正当他说着的时候，中野云子闯了进来。

第十五章

正当钱鹏飞将纸条悄悄塞给尚小兰时，中野云子闯了进来。

“呵，尚医生，拿的什么？不会是钱队长的情书吧？”中野云子发现了，故意装着没事人的样子问道。

这一来，两人真是到了生死关头一般，连钱鹏飞都变了脸色。

“云子小姐说笑了，这不过是一张废纸。”眼看就要暴露，尚小兰急中生智，把名单一团扔进身边满是脏绷带、带血的棉球等物的垃圾桶里。

但似乎中野云子不怎么相信，她狐疑地走过来往垃圾桶里看，正要取出来看个究竟，就在千钧一发之时，尚小兰把一块从钱鹏飞伤口擦下的血棉球啪一声扔进垃圾桶，刚好落在那纸团上面，纸团顿时一片血污。中野云子看见垃圾桶里脏兮兮的，皱了皱眉头，犹豫了一下，缩回了手，直起腰来。

“嗨，嗨，云子小姐，你什么意思？在尚医生这样优雅的女人面前，你可不能坏了我的名誉。”钱鹏飞乘机站起来，拦住中野云子，笑着说道。

中野云子一脸气呼呼的样子，不搭理钱鹏飞走了。然后钱鹏飞对尚小兰使了个眼色，自己托着受伤的胳膊也走了。

尚小兰手按在怦怦剧跳的胸口，一屁股坐在椅子上。平静了一会，探出头看看四周没人，迅速从垃圾桶里捡起那份被血污弄脏的名单，塞进口袋里。

没过多久，钱鹏飞一脸喜悦地来到关萍露的住所，说是有很大的惊喜要告诉她。关萍露迫不及待地想打探个究竟，但钱鹏飞首先提到的是由于他们情报的准确提供，现在包括冯玉祥等多位知名人士已经准备悄悄退出大会，即刻准备离开上海。关萍露继续打探着原本要说的是什么惊喜时，钱鹏飞顿时又开始卖起了关子，告诉她明天一定会给她一个惊喜。关萍露佯装生气的样子，捶打着钱鹏飞。

果然，按照钱鹏飞的说法，参加中日亲善大会的人寥寥无几，除了台下稀稀拉拉的一些观众之外，主席台上仅仅只有武田与丁默群苦苦撑着场子。当木村将印有“中日亲善大会突现变故，冯军长等人悄然离开上海”标题的报纸战战兢兢拿给武田后，他勃然大怒，丁默群一脸的惊讶却不知所措。围观的记者更是争相阅读那份报纸，钱鹏飞与关萍露坐在台下相互对视了一下，都悄悄露出一丝笑意。

晚上关萍露回到自己的住所，刚打开门就发现一捧芳香四溢的鲜花举到了自己的跟前。她先是一愣，发现钱鹏飞不知什么时候早早来到这里“埋伏”多时。对于这次中日亲善大会的彻底失败，组织上给予了关萍露充分的肯定，鲜花就算是其中的奖赏之一吧。关萍露非常高兴地接过鲜花却发现上面别着的信笺上写着“旗袍”两个字。这已经成为关萍露从事地下活动的一个专属代号，更重要的是钱鹏飞还送给了她适合近距离射击的一把双管小手枪作为防身之用。关萍露一会儿低头嗅着鲜花带来的芳香，一会儿爱不释手地玩弄着手枪，她清楚地认识到，自己已经成为一名光荣的地下工作者，未来的路很艰辛，但却是自己的使命。

丁默群在武田的办公室里低头接受武田的咒骂，他想不明白差错到底出现在哪里，共产党究竟如何获得了情报。当务之急，就是如何扭转中日亲善大会惨败的局面，是用武力逼迫一些社会人士重新参加中日亲善大会，还是坚持用武力的方式进行到底呢？武田则用“欲速则不达”想到了一个自认为完美的作战计划。

“不，你们中国有句话，叫‘欲速则不达’。中日亲善大会刚刚中途夭折，硬往下搞，要找到合适的人选难度很大，舆论方面也对我们不利。我有一个计划，先把关萍露捧起来，捧成一个中日亲善的大明星。”武田沉吟着站了起来，在房间踱着步，突然说道。

“将军的意思，是不是为关萍露举行一场演唱会？”丁默群心领神会地说道。

“对，我们请各大报馆大力宣传，让她成为中日亲善之花。这件事办好了，一方面可以抵消大会没有成功的不利影响，另一方面，也给各界的知名人士施加压力，只要跟我们合作，他们在上海一定名利双收。”武田狡黠地笑着。

“我相信，没有人能够抵挡得了名利双收这个诱惑的。将军，关萍露那边，交给我办吧。”丁默群随声附和道。

“嗯。总之，大日本帝国希望尽快推进大东亚共荣建设，梅机关也希望有那么一位歌坛明星出现。这件事，只许成功，不许失败。事不宜迟，今天晚上你把关萍露请过来，我们先发布新闻，造出舆论声势。”武田点点头，马上吩咐道。

丁默群回到办公室的时候，发现关萍露正趴在桌上整理着文件。他不动声色地从身后抱住关萍露，轻声细语地说道：

“萍露，这几天看你不是很高兴啊？”

“有什么事，你快说吧，马上要下班了。”关萍露轻微地挣扎起来，说道。

“有人请你去跳舞，你也是这种态度吗？”丁默群缓缓地，失望地松开了关萍露，说道。

“跳舞我喜欢，是丁先生你吗？”关萍露却嫣然一笑，说道。

丁默群没有说话，伸手做了一个礼貌的邀请姿势，与关萍露走出了办公室。

喧闹的舞厅，蠕动的身体，快乐的是节奏，麻痹的是人心。武田与关萍露在舞池中翩翩起舞，不远处坐在一旁的中野云子紧紧盯着关萍露优雅的舞步，脸上显出一丝的不悦。坐在旁边的丁默群似乎看到了，伸手邀请中野云子跳舞却遭到了拒绝，顿时让脸面丢尽的丁默群有些尴尬，慌忙端起桌上的酒杯，自斟自饮。

中野云子观看关萍露的眼神由最初的嫉妒渐渐变成了女人的仇恨，她站起身不顾丁默群的反对，拉上他，踏进了舞池。刚与丁默群踏出几步，眼看武田回到了座位上，急忙以自己累了为由甩开丁默群，坐了回去，让丁默群气急败坏，冲着中野云子的背影一阵臭骂。钱鹏飞看到丁默群脸上的不悦，立即将他拉回了座位，趁着喝酒的机会一阵安慰。

关萍露与武田跳完一曲后，随即就被木村邀了回去继续开始歌舞人生。刚听到半首歌曲时，音乐突然戛然而止，从地上钻出许多拿着照相机的记者，舞厅的一束光打在缓缓走过来的武田身上，另一束打在不知所措的关萍露身上。

武田缓缓地将麦克风拉到关萍露的身边，请她演唱一首日本歌曲《北国之春》，顿时台下的记者拍照的拍照，记录的记录。关萍露不知道武田与丁默群到底想要什么，她迫切地想从钱鹏飞那里寻找到一丝答案，却发现钱鹏飞只顾低头喝酒，对她不管不顾的。无奈，她只好上前，将歌曲演唱完毕。

一曲完毕，武田一边鼓掌，一边快速过来，拉过话筒，对着大家说道：

“关小姐的歌声大家都听到了，果然是不同凡响啊。现在我宣布，中日亲善之花——关萍露小姐演唱会即将举行。下面请丁主任讲几句。”

丁默群也走了过来，整理了下衣衫，微笑着说道：

“这个新闻发布会开得好，给了大家一个惊喜，但更大的惊喜还在后面。因为我们上海滩马上就要有一位歌坛明星冉冉升起了。在此，我们预祝关萍露小姐演唱会圆满成功！”

众人热烈鼓掌。钱鹏飞在座位上放下酒瓶，也跟着鼓掌，然后向关萍露偷偷眨了下眼睛。

关萍露本想回去，但在舞厅看到钱鹏飞的异常表现，她料想肯定有他的目的，究竟他在想什么？关萍露径直走到了钱鹏飞的住处。

关萍露敲了半天门，钱鹏飞才从里面晃晃悠悠地走出来，他拎着酒瓶，头发蓬乱，眼睛血红，喷着酒气，猛一下差点吓坏了关萍露，她不知道出了什么事，慌忙跟在钱鹏飞身后走了进去。

关萍露看到，房间的沙发上扔着的几份报纸都已经刊登了她是中日亲善之花，以及举办演唱会的消息。钱鹏飞什么都没有说，只是埋头继续自斟自饮。突然，他又找出来一个小瓷碗向里面倒进了半碗酒，邀请关萍露跟自己一同喝几杯。关萍露一阵冷笑，嘲笑钱鹏飞为自己成为武田与丁默群的红人而庆祝，一下子把钱鹏飞激怒了。

"让你去给日本鬼子和汪伪政府涂脂抹粉，让你成为人人憎恨的汉奸，我心里就好受了？"钱鹏飞一口把酒喝干了，然后砰一声砸碎酒杯，顿时碎瓷片划破了钱鹏飞的手掌，沿着手指缝鲜血直流。

关萍露赶紧从旁边找来一块碎布替他包扎上，惊恐地看着他。

"你受不了，我同样受不了。我钱鹏飞是铁石心肠、冷酷无情的人吗？对我来说，做出这样的决定是非常痛苦的，你知不知道？"钱鹏飞积压在内心的痛苦爆发了，激动地说道。

"鹏飞，谢谢你，有你这句话，我觉得我付出再大的代价也值了。"钱鹏飞内心的痛苦使关萍露受到极大的震撼，她握住钱鹏飞的手，用手绢替他包扎伤口，眼里闪着泪水说道。

"不是我这句话，不是我这个人，而是我们的使命让我们可以为之献身。萍露，你一定要有思想准备，中日亲善之花演唱会一旦演出，那就意味着你公开成为日本人的走狗。"钱鹏飞非常严肃地说道。

"抛弃尊严，有时候比抛弃生命更难啊！"关萍露不由哆嗦了一下，颤巍巍地说道。

"不管有多少人恨你，骂你，甚至要刺杀你，你都不能为自己申辩一句，哪怕是对自己的亲人。萍露同志，你能做到吗？"钱鹏飞说道。

"能！"关萍露想了想，毅然点了下头。

"好样的，萍露，你真的成熟了，我为你骄傲。"钱鹏飞紧紧握住了关萍露的手，眼眶湿润了。

"等我成为跟你一样的中国共产党党员，你再为我骄傲吧。"关萍露凝重地一笑道。

"会的，萍露，一定会的。"钱鹏飞说道。

接下来的日子里，赵世杰、胖子、李芬芳、陈瞎子都看到了关萍露即将举办中日亲善演唱会的消息。赵世杰更是愤怒难消，在他眼里，如今的关萍露已经快转变成彻头彻尾的汉奸走狗了，他不允许自己曾经深爱的女子变成这样，哪怕是她选择去死，也比现在让她成为汉奸危害百姓要好。他决定无论如何都要去当面问个清楚。

今天晚上就要正式演出了，关萍露还在排练场为自己的演唱会紧张忙碌地排练着，没有注意到窗户外一个头发花白、满脸沧桑的老人一直盯着里面看来看去。当她跳舞转身的那一刻发现时，心里咯噔一下，认出了他是赵世杰。她慌忙借口有事让大家散场，赵世杰一看，赶紧走了过来，迅速地把排练场的房门关上了。

关萍露一直督促着赵世杰赶紧离开危机四伏的排练场，不料一把被他拽出了排练场，来到一个无人的房间后，他一直数落着她如何成为叛徒的种种罪行，关萍露一直低头不语，默默流泪，对于她来说，现在除了沉默，还是沉默。

正当赵世杰与关萍露还在纠缠不清时，丁默群跟钱鹏飞分别乘坐两辆黑色轿车来到排练场。丁默群坐在车里微闭着双眼，十个手指头不停地在双膝上抖动着。钱鹏飞下车点了一根烟，径直走向了排练场。

其实赵世杰还是放不下关萍露的，说完憋在心中的慷慨之词之后，他突然掏出手枪对着关萍露，准备将她带离这个魔窟，他知道关萍露现在是什么都听不进去，唯独武力才能解决一切。现在他要绑架关萍露，将她带走。

"我今天豁出去了，萍露，我就是死也要你回到我身边。"赵世杰拿枪逼着关萍露，哆哆嗦嗦地说道。

"好，我跟你走！"关萍露被赵世杰的决绝行为震撼了，终于点点头。

"都不许走！"就在这时，门砰的一声推开了，钱鹏飞举枪对准了赵世杰。

赵世杰眼疾手快，一把揽住关萍露的脖子，用枪对着她命令钱鹏飞丢下手中的枪。钱鹏飞停了一下，乖乖地将手中的枪丢在地上，劝告赵世杰不要激动，关萍露跟自己没有任何关系，自己犯不着为了不相干的女人送命。他一边一副轻松的表情说着，一边从口袋中掏出一支烟轻松地点上，看着紧张的赵世杰掳着关萍露慢慢向排练场的房门挪去，禁不住笑出声来。满头大汗的赵世杰紧张地使劲揽着关萍露，让她有些喘不上气，猛地一下又赶紧担心起萍露的安危，趁赵世杰低头的一刹那，钱鹏飞顿时飞起一脚踢在赵世杰的手腕上，将手枪踢出一丈多远，随即扯开关萍露，顺势就给了赵世杰一拳，赵世杰还没来得及反应就晕了过去。

关萍露跟钱鹏飞害怕在外面车上等待的丁默群发现了，两个人合力将他抬到排练场的杂货间中，用三四个纸箱子将他罩着，还将赵世杰那支手枪塞进了他口袋。两个人急匆匆地走了出去。

丁默群只是轻微地责怪了一下，就让司机老金直接开车驶向了市大戏院。

座无虚席的观众，掌声如雷的轰鸣，此起彼伏的照相机响声，所有的荣誉顷刻间都加载到关萍露的身上，她站在舞台中间像一位接受众人膜拜的女皇用歌声征服着在场的每个人。唯一不同的是，她又像站在一位异国他乡的孤独佳人，台上的观众使劲挥舞着手中的日本小国旗，在为关萍露加油的时候，其实也是在赤裸裸地为坐在主席台上笑意正浓的武田代表的集团呐喊助威。

第二天，整个上海滩大街小巷奔跑的报童手中拿着的报纸上，以及他们嘴里大声吆喝的，都是关于关萍露的消息——中日亲善之花关萍露大戏院精彩献演。

武田似乎对这次关萍露的演出格外满意，一段时间对手下的态度几乎可以用平易近人来形容，这让中野云子几乎不能相信。有一天，她拿着一封紧急电文匆匆来到武田的办公室，看到武田正盘坐在榻榻米上独自望着棋盘上的棋子沉思。她轻轻地将电文丢在桌子上，一言不发地看着武田，然后又静静望着棋子发呆。

“刚才你说什么司令部的？”武田像突然回过神来似的对中野云子说道。

“是司令部的急电。中日亲善之花关萍露开演唱会的消息，在日本国内的各大报纸转载了。司令部要嘉奖梅机关，也要嘉奖你，将军。”中野云子边说着，边向武田深深鞠躬道。

“哈哈，这其中也有关萍露的功劳，我要为她开一个庆祝晚宴……”武田推开棋盘，笑着说道。

中野云子听到武田的笑声，脸上泛起一阵醋意。

喧哗的酒会上，人声鼎沸，而关萍露又成了宴会的焦点。丁默群一边陪在武田的身边与其他人觥筹交错，一边暗示钱鹏飞注意关萍露的个人安危。其实对于关萍露来说，无非今天喝得太多了，没一会的工夫便在厕所里一阵狂吐猛泄。痛苦不堪的她突然有了求生不得求死不能的感悟，眼睛里渗透着痛苦的泪水。钱鹏飞看到关萍露迟迟不肯出来，担心地在外面听着里面痛苦的呻吟声，突然咬咬牙钻了进去，一把将厕所门关得死死的。

这一下子把关萍露吓坏了，她害怕这个时候如果闯进了丁默群，那样后果不堪设想。但钱鹏飞顾及不了太多，一边给她打气，一边轻轻揉着她隐隐作痛的额头两鬓。关萍露慢慢地站直了身子，不由自主地靠向了钱鹏飞。

突然，厕所的门一阵猛烈摇晃。钱鹏飞警觉地侧耳听着外面的声音。原来是曹敏芝一直拍打着厕所的门不肯离开。正当她要叫人时，钱鹏飞架着关萍露从里面走了出来。面对曹敏芝的惊讶与紧张，钱鹏飞嬉皮笑脸地自称是丁默群的刻意安排。但在曹敏芝看来，钱鹏飞是一只不吃腥不作罢的贱猫。

阴雨天，街上的黄包车师傅披着捆扎在一起的干草作为雨具，低着头，眯着眼睛，不顾雨水模糊了双眼的视线，弓着腰，双手使劲攥住车把，不顾脚下的泥泞坑洼，黄包车倾斜着飞快驶过。关萍露手撑着一把油纸伞，穿着合身的牡丹旗袍，拎着小包正欲经过，从胡同里蹦出几个光屁股的小孩子手里拿着石头砖砾，使劲丢到关萍露经过的臭水坑里，顿时，旗袍上像被涂上灰色的染料，上面夹杂着不堪入目的肮脏碎屑。小孩们一边跑，一边嘴里骂着“汉奸无耻”的口号，消失在巷子里。关萍露怔了下，她努力地不让眼中的泪水流出来，而是坚强地昂着头。

没想到，经过一条巷子时，她无意中看到陈瞎子与李芬芳结伴而过。往昔的亲密如今变成了冷漠，陈瞎子一把将关萍露拉到巷子的一角，卡着她的脖子，伸手就给了她一个耳光。关萍露没有反抗，微侧着脸庞，没有一丝表情，丢在地上的油纸伞也被李芬芳狠狠地踩在水坑里。

面对两人一直的辱骂，关萍露不知该如何解释，只是发疯似的恳求陈瞎子不要停下来。顿时，陈瞎子无论如何也下不了手，关萍露泪如雨下，跌跌撞撞地向着雨的深处跑去。陈瞎子与李芬芳默默地注视着关萍露，一言不发。

关萍露踉踉跄跄地回到住所时，却发现父亲坐在门口不远的井台上发呆。呆滞的眼神，湿透的全身，以及那杆没有冒着星星之火的烟杆，也变成了灌满雨水的容器。关萍露上前赶紧拉住父亲向住所走来，却被他一把推开，父亲说，今天是来拿《桃花扇》中李香君的折扇的，对于一个不知道国仇家恨的人来说，这把扇子没有存在的必要。

"爹要打我骂我都行，外面雨大，请爹到屋子里去，是女儿不孝，让爹受苦……"仅仅父亲几句话，关萍露的泪水再次涌了出来，她对着父亲哭诉道。

"不孝事小，不忠事大。那扇子我也不想要了，我觉得那扇子脏了，我想请她找个合适的时间，把扇子给烧掉。从此，我和她就恩断义绝，永成陌路了。"父亲摇了摇头，自言自语地说道。

"爹，爹，你别这样说，爹……"关萍露如遭雷击，睁大眼睛，惊恐地喊道。

"爹？你在叫谁？我还有脸当你的爹吗？我没脸啊，我把先人的脸都丢尽了。你别再说了，我只等我想等的人。刚好这儿有口井，这井水清凉透澈，可以洗心。当然，这井水也能照镜，把自己的脸照照清楚。我等着她来了，问问她，看她是不是还有洗心的决心。"父亲继续平淡地说着，似乎在给关萍露讲一个故事。

关萍露的父亲说完，就站起身准备离去。此刻关萍露跪在父亲的脚下，抓住他死死不肯放开，雨越下越大，狭长的弄堂烟雨迷离，父亲低头看着关萍露满是雨水和泪水的脸，仰着头，长叹了一口气。

关萍露的父亲跟着关萍露回到住所，替她熬了一碗姜汤，自己独自坐在椅子上拉着悲伤的《二泉映月》。关萍露自始至终都是告诉父亲，自己有难言的苦衷，希望父亲能够理解她。是啊，作为父亲没有理由不去支持与理解自己的女儿。但是这样的信任肯定要建立在父亲对于关萍露所做事情的理解基础之上。但是她到底在做什么事情，她却不能说，对谁都不能说。

关萍露送走父亲匆匆上楼时，突然两眼一黑，身体一软，晕倒在楼梯上，不省人事。

关萍露住进了玛丽亚医院。早晨和煦的阳光穿透窗户的百叶窗照到洁白的床单上，旁边的茶几上依次摆放着武田赠送的大花篮、丁默群的一束康乃馨以及钱鹏飞的一枝月季花。关萍露微闭着双眼，将白皙的双手放在胸前，静静地沉睡着。

陈瞎子再次见到赵世杰后，把自己跟李芬芳偶遇关萍露的事向他复述了一遍。以为他会义愤填膺地赞同自己的做法，没想到赵世杰一下子将陈瞎子打翻在地，愤怒地告诉他，这仅仅只是自己跟关萍露的私事，不容得陈瞎子中间插手，也不希望他们伤害关萍露半个手指。但是，如果把关萍露定位为女汉奸的话，其他人怎么能袖手旁观呢？赵世杰将桌子上的一双筷子生生折断，作为自己誓将处理好关萍露问题的决心。是的，他已经下定决心了，该是对关萍露动手的时候了。

赵世杰再次化装成一个头发花白的沧桑老人混进了玛丽亚医院。借着医院护士换班的时间差，自己偷偷钻进了医院工人的杂物间，换上工人制服，推着平车很顺利地来到了关萍露的房间。

丁默群一大早就接到通知要去梅机关开会，但是走到中途，又让司机老金将车子驶向了玛丽亚医院。

此时，关萍露静静地沉睡着，丝毫没有察觉到赵世杰正在步步向她靠近。突然，她感觉一道明晃晃的刀影从眼前一闪，架到了自己脖子上，输液的管子也被立即拔掉了。关萍露认出了赵世杰。他此刻像一个心急火燎急于吃人的野兽，没有了原来爱的眼神，而是喷射着仇恨的火焰。

关萍露一句话没有央求赵世杰放过自己，只是双眼闭着，眼泪一直滴到洁白的枕巾上。

“萍露，你为什么不求我？你为什么一声不吭？我真的是想杀了你。”赵世杰痛苦狰狞地吼道。

关萍露仍然不说话，眼眶里又冒出了一串泪珠。

赵世杰的手轻轻一动，刀子顷刻在关萍露的脖子上划出一道血口，鲜血顺着衣领染红了床单。

“我最后问你一句，你爱过我吗？”赵世杰咬着牙齿问道。

“现在再说这个，还有什么意义？”关萍露心痛欲碎地说道。

“有意义！对我来说这太重要了，你知不知道？”赵世杰吼起来。

“好吧，我说，我爱过。”关萍露哽咽道。

继而传出赵世杰的冷笑声。他想一刀结果了这个背叛祖国背叛人民的女汉奸，但他却对一个曾经深爱自己的爱人下不了手。赵世杰将刀缓缓地从关萍露的脖子转移到自己的手腕上，使劲一挥，鲜血不停地奔涌而出，关萍露一阵紧张，赵世杰痛心疾首地对她说道：

“从此我和你不再有任何恩怨，你是你，我是我，你当你的亲善之花，我当我的革命者。”

当丁默群与钱鹏飞赶到时，赵世杰已经逃之夭夭了。在关萍露的心里，现在唯一能给自己些温暖的就是钱鹏飞。但在丁默群面前却不能显露出一点蛛丝马迹。她没有透露说究竟是谁做的，而这次丁默群出乎意料地也没有刻意打听，而是将怒火迁到了钱鹏飞与林大江的头上，限令他们尽快查出是否是赵世杰所为，否则一律滚蛋。

第十六章

其实，被箭所伤有时候可以当场毙命，但被情所伤往往是生不如死。赵世杰此刻在大义与情仇上痛苦挣扎，回到住所后一边为自己没有痛下狠手杀死关萍露而后悔，一边为自己舍弃不了对关萍露的爱而纠结。他痛苦地以酒消愁，自顾自地胡言乱语，全然不顾一直守在自己身边心急如焚的李芬芳的感觉。她对于赵世杰倾注了自己的所有，对于她来说，不管赵世杰对与错，都是自己心中喜爱的对象。但是她看不下赵世杰为了一个女汉奸整日作践自己的悲惨状态，再次看到他借酒消愁时义无反顾地夺过酒瓶，摔在地上。自己紧紧地抱住赵世杰，死死不肯放开。似乎这个时候，赵世杰感觉到了李芬芳对于自己的爱意，一边积极地回应着她，一边在她身上不停地摸索着。李芬芳一边挣扎着，一边享受着赵世杰疯狂的畸形之爱。她不顾赵世杰一直将自己的衣服褪去，心中只是不希望他如此悲观沉沦下去，一点都不想。转眼间，赵世杰与李芬芳的衣服杂乱地扔在地上，想要掩盖什么，又想显示什么。

陈瞎子与胖子推门而入，发现混乱不堪的遍地衣服，明白了一切，悄悄地又将门带上。一阵激情过后，李芬芳紧贴在赵世杰胸口，用手紧紧地抱着他。而赵世杰却醉醺醺地大喊道：“萍露，萍露，不要走！不要走！”

李芬芳的眼角顿时溢出一滴眼泪，她咬着牙齿，再次将赵世杰紧紧地搂住，一刻也不放开。

关萍露要出院了。钱鹏飞来到病房，替她收拾着一切，将东西装到大皮箱后，双手拎着准备等待关萍露出门。关萍露将那朵已经干瘪的月季花拿起来，捧起来深深闻了下，突然对钱鹏飞说自己打算退出了。短短一句话，让钱鹏飞一下子把大皮箱丢在了地上。其实他很清楚，对于一个青春少女来说，既不能向自己的亲人吐露实情，又不能像别人一样获得爱情，是相当残酷的。他以为自己可以像以前一样用革命为人民的教育论可以再次感化关萍露，但这次却无济于事，关萍露坚持着要中途退出，她已经厌烦这样半人半鬼的生活了，她渴望爱情，需要爱情，因为她是女人。

赵世杰依旧陷入酗酒中不能自拔，陈瞎子、胖子与李芬芳晓之以理动之以情的好言相劝，不但没有起到医治烦躁情绪的好效果，反倒让他继续变本加厉地封闭自我。无奈，李芬芳跑到方春茶楼找到宋老板宋方春如实汇报情况，老宋马不停蹄地来到赵世杰的花园洋房里，准备和他谈谈心，不料，他一副泼皮无赖样不把老宋放在眼里，依旧独自在房间里自斟自饮。

老宋小心翼翼地走进去，发现床上、桌上、地下散落着一个个空酒瓶。赵世杰光着上身，一副醉生梦死的可怜样，看到老宋走了进来，他从床上爬下来，刚想站稳，一脚踩到酒瓶上仰天摔倒。老宋一把将他揪起来，痛骂着他是烂泥扶不上墙的退缩者，警醒他，一个坚持与纯粹的革命者都要有不变的信仰与追求。陡然间，赵世杰才感觉到自己在老宋面前的无能状，赶紧整理好衣衫，跟随老宋来到了客厅。

“我们革命队伍里的每个人都要经过考验。世杰，你这样把个人情感得失，把个人情绪上的不满带到我们工作中来，是非常危险的，是绝不允许的。”宋方春神情严肃地对赵世杰说道。

赵世杰低着头，默不作声。

“我希望你振作起来，把个人的事抛到一边，世杰，组织上对你们是充满期待的。”宋方春缓和了一下口气。

“老宋，你批评得对，这几天我是太颓唐了，我一定振作起来。”赵世杰低下头去，想了想，诚恳地说道。

“你有这样的态度很好。但有一点我要提醒你，你们是在组织的领导下进行斗争，已经不是以前的锄奸队。所以，我希望你们采取任何行动，都向组织上汇报，千万不能自搞一套，明白吗？”宋方春语重心长地对赵世杰说道。

宋方春看到赵世杰略有醒悟，满意地点了点头。因为他清醒地认识到，赵世杰、李芬芳、胖子、陈瞎子除了有一身的热血之外，还有普通青年的懈怠与严重情绪化，这无疑是从事地下革命工作的大忌。但是他很有信心地认为，这一切都可以改变，需要的只是时间而已。

老宋走后，赵世杰洗了个澡。看到李芬芳、胖子、陈瞎子时，他一手拿着毛巾擦拭着自己滴水的短发，一边整理着衣衫，招呼他们坐在沙发，脸上挂着担心，嘴里透露着不爽。

“老宋说了这么多，就是瞧不起我们，觉得我们无组织无纪律，是一群乌合之众，离他们的要求远着呢。”赵世杰的神情忧郁而激愤，说道。

“这也太小看人了，我们敢杀丁默群，他们敢吗？”陈瞎子不屑地说道。

“就是，他一天到晚跟我们说组织上组织上，到现在我们哪看见他的组织在哪儿？有几个人？几条枪？长什么样？”胖子赶紧帮腔道。

“瞎子、胖子，你们别胡说，老宋也是为我们好。”李芬芳赶紧站起来说道。

其实赵世杰的意思非常明了，他不认为老宋对他的教育是需要时间的考验，而是像加入江湖帮派之前必须纳些投名状。也只有这样，自己才有资格加入到这个组织，才能在这个组织里有一席之地。所以，他要做出一件惊天动天的大事彰显自己的分量。

“我也知道杀丁默群是惊天动地的事情，可怎么杀？我们都杀了几次了？”胖子一下子泄气了，撅着嘴，说。

“我知道我们可以杀谁？”赵世杰突然握起拳头，激动地说道。

“谁？”李芬芳、胖子、陈瞎子惊讶地看着赵世杰。

“关萍露！”赵世杰攥着拳头使劲往桌子上砸去，恶狠狠地说道。

是的，赵世杰决定要杀关萍露了。但是他下得了这个手吗？对于他来说，这是衡量自己是否能够成为一个真正革命者的标准，这里面没有儿女私情，只有家仇国恨。赵世杰不仅要求自己对关萍露下得了手，还让胖子、陈瞎子与李芬芳同样做到。

为了表示自己的决心，赵世杰操起一条板凳一下子摔在桌上，顿时碎屑横飞。

吴士保脸上挂着笑意，心急如焚地奔向了丁默群的办公室，差一点忘记了敲门就直接闯了进去。当他把代号为“黑鱼”的一个湖北人查到共产党地下电台的消息告诉丁默群时，他的脸上展露出了笑容。所以，丁默群立即让吴士保今晚就展开行动。

丁默群得到这个消息之后心情大好，手里拿着一包草纸包好的点心悄悄来到关萍露的身后，像个小孩子似的跟她一起玩捉迷藏。

“主任又有什么喜事了吧？”关萍露拿过点心，一边打开点心，深深地闻了下，笑着说。

“鬼精灵！其实也没什么，放了个鱼饵，鱼来了，我就得起网啊，哈哈。”丁默群也笑了，说道。

“是军统的人吧？这下他们又要倒霉了。”关萍露试探地问道。

“不谈这个。哎，怎么样，恢复得？”丁默群一笑，直接问到了关萍露的病情。

“本来就没什么大病，谈不上恢复不恢复。”关萍露看到丁默群转移了话题，赶紧说道。

“哎，最近武田没有联络你吧？”丁默群突然问道。

“没有。”关萍露轻松地回答道。她不知道丁默群是什么意思。

“那个老狐狸，你得留心点儿，肚子里的弯弯肠子多着呢。”丁默群说道。

关萍露未置可否地笑笑。

“我告诉你……”还没等丁默群说出来，一阵急促的电话声让丁默群的话戛然而止，他匆忙伸手去接，却不小心打翻了茶杯，顿时，茶水像蔓延而下的洪水，不仅侵蚀了办公桌上的许多文件，也把刚才吴士保递交的那张写有共产党秘密电台地址的纸条也拉下了水。

丁默群一边拿着话筒，一边转身去拿抹布。就在他转身的一刹那，关萍露迅速瞥了眼桌子上的纸条。她看到了几行字："共产党秘密电台地址……"

但是丁默群在桌上四处翻找了下并没有找到，又转过身来看了看关萍露。

"干爹，我来吧——"与此同时，关萍露忽然意识到问题的严重性，自己赶紧从茶几上拿了块抹布，一边说着，一边就要拿过去。

丁默群却摆摆手，接过抹布，迅速把抹布盖在那张纸条上。

关萍露得知这一情报后，在中午食堂吃饭的时候想偷偷传递给钱鹏飞。按照他们事先商量的暗号，用筷子先敲三声短音，接着稍隔几秒，再敲三声短音，两人坐在一起吃饭，默默地谈到了天气变化。

"好像要变天了。"钱鹏飞望了望窗外，轻轻说道。

"电台里说，今天半夜里天气会变。"关萍露低着头，也轻声地说了句。

关萍露一边说着，一边将一张纸条偷偷放在掌心里，偷偷粘上饭粒，粘在了饭桌的案板下。

钱鹏飞偷偷伸手，从饭桌案板下撕下了纸条。

钱鹏飞顺利地将情报送给了上级，由于情报准确，不仅电台在吴士保带人还没有到达前就已经秘密转移，还捎带着将代号为"黑鱼"的特务就地正法了。晚上，钱鹏飞悄悄来到关萍露的住所将这个好消息偷偷透露给她。关萍露脸上露出一种不负使命的喜悦，但是没一会脸色又阴沉了下来。

"我告诉你这些的意思是，一，你两次传递的情报都是有用的、及时的；二，情报扭转了局势，地下党实力得以保存，救了很多条人命，而且还清除了隐藏在我们内部的'定时炸弹'。哈哈，我就知道你不会退出的！"钱鹏飞一本正经地说道。

"你错了，我还是会选择退出的！"关萍露严肃地看着钱鹏飞说道。

钱鹏飞有些愕然，对于他来说，关萍露是不会轻易中途退出的，凭借自己长时间以来对她的观察与考验，她绝不会轻易放弃的。但这次她为什么会坚持要退出呢？

关萍露对于钱鹏飞现在的劝导有些反感，自己来到衣柜前整理着自己穿过的旗袍，钱鹏飞上前拽过一件件旗袍，对她说道：

“你的代号叫‘旗袍’，这是你的使命！你穿着这些旗袍在魔窟里战斗，你怎么能脱下来？你——”钱鹏飞指着颜色不一的旗袍，大声对关萍露说道，但没等他说完，关萍露把旗袍抢了过去。

“那好吧，明天我穿上它，你喜欢红色，红色……我答应你。如果是别的颜色，我希望你不要来找我了。”关萍露的目光从旗袍上一一掠过，眼神变得迷离起来，无力地说。

钱鹏飞点了点头，又轻轻叹了口气。

特工总部里热闹非凡，日本宪兵与几名特工都光着膀子进行着篮球友谊赛。丁默群坐在一边的椅子上表情凝重，一言不发。几局下来，体力不支的几名特工都输给了满脸狂笑的日本宪兵，丁默群挂不住面子，十个手指头在腿上快速跳动着。他张望着四周，想看到钱鹏飞的影子，渴望在这个时候能得到他的鼎力救助，结果迟迟找不到身影，他心急火燎地让关萍露赶紧出去把钱鹏飞拽回来，立刻！

关萍露刚刚走出特工总部的大门，就看到钱鹏飞在弄堂口低头抽烟。他看到今天关萍露穿了一件墨绿色的旗袍向自己款款走来，似乎明白了一切，将还没有抽完的烟头踩在脚下，向关萍露甩下一句意味深长的话后，径直朝特工总部走去。

“这件墨绿色的旗袍真不错，可是你穿红色更好看。可惜了，关小姐！”

关萍露望着钱鹏飞远去的身影，扑哧一声笑了出来。

当关萍露回到特工总部时，钱鹏飞已经替换了一名特工做着上场的准备工作。丁默群静静地望着赛场上准备杀进去的钱鹏飞，眼睛里充满了无限的期待。钱鹏飞一闪身，从日本宪兵手里抢过篮球，灵活自如地将篮球粘在自己手上，耍得有模有样，当他转身向坐在一边的丁默群露出笑脸时，突然发现关萍露披上了一件艳红色的绣花披肩，朝着自己露出了最灿烂的微笑。

晚上，钱鹏飞来到关萍露的住所却发现房门紧闭，无人回音。他一边匆忙下楼，一边不时抬手看着时间，心急火燎地朝着特工总部的方向奔去。

狭长的弄堂，昏暗的灯光，关萍露的背影越拉越长。她似乎能够感觉到背后有人在张望，但是猛然回头却是整齐路灯寂寞的圈地光影。关萍露加快了脚步，身上的旗袍此刻也是急剧地起伏。穿过这条狭长的昏暗弄堂，就可以到达自己的住所了，刚要转弯，她却发现身后站着面无表情的陈瞎子，他直勾勾地盯着自己，而在身前，赵世杰用同样的表情打量着自己。李芬芳与胖子则分散到弄堂的两头，伸着脖子为他们望风。

"不要怪我，萍露，每年清明我和瞎子，还有胖子和芬芳都会来看你的。"赵世杰缓缓从上衣口袋中摸出手枪，对准了关萍露，轻轻地说道。

"好，世杰，那天在医院里你没有杀我，现在你终于下决心了。我记着你的话，你得不到我就杀了我。"关萍露相反很平静地看着赵世杰，说道。

赵世杰没有回答，只是冷笑了一声，然后对着站在关萍露身后的陈瞎子大声喊道："事不宜迟，赶紧动手！"

陈瞎子一脸紧张，哆哆嗦嗦地摸出手枪，像举重似的艰难对准关萍露，眼睛里闪着恐怖，脖子上的青筋抖动着，突然传来一声大喊，只听到砰的一声枪响惊动了众人。

"你们是干什么的？！"钱鹏飞老远看到弄堂深处有两个人拿枪对着一个穿旗袍的女子指指点点，他一下子想到了关萍露，大喊一声，对着天空就是一枪。

李芬芳神情慌张地跑过来，告诉大家钱鹏飞赶过来了。陈瞎子一听，顿时慌了阵脚，对着关萍露连开了四五枪却都变成了哑声，他不顾赵世杰责怪的眼神，从后面冲过来要拉住他赶紧逃之夭夭。不料，赵世杰对准关萍露的肩部就是一枪，萍露痛苦地踉跄向后退了几步，一手扶墙，一手捂着受伤的肩膀。赵世杰刚想继续射击，被陈瞎子、李芬芳与胖子连拉带拽地跑向了弄堂的另一边。此时，钱鹏飞也已经赶了过来。

钱鹏飞一路抱着关萍露飞快地狂奔，一边询问她的伤势情况，一边不停地安慰她别怕。而此刻的关萍露却没有一丝害怕，出奇地镇定，只不过眼中躲闪不及的还有绝望。

丁默群对于赵世杰接二连三地暗杀关萍露已经到了无可容忍的地步。

他命令钱鹏飞当下的重要任务就是保证关萍露的人身安全，而对于赵世杰本人的惩罚，他选择了让林大江带人查封他的住处，搜遍赵家每寸能容身之地，目的只有一个，抓不到赵世杰，誓不罢休。而赵世杰带领着李芬芳、陈瞎子、胖子去暗杀的鲁莽行动，再次受到了宋方春的批评。于是，老宋与组织上取得联系，准备让赵世杰到延安学习一段时间，一是他已经暴露了自己，处境十分危险，二是赵世杰过于草率，需要通过加强学习来改变自身的缺陷。李芬芳、陈瞎子、胖子则留在上海，听从组织安排。

钱鹏飞在医院里将关萍露安排妥善之后，想到自己要去做一件更重要的事情。他悄悄地来到尚小兰的住处，看到里面昏暗的灯光映照着一个女人低头缝衣服的身影，不免鼻子一酸。夫妻几乎可以天天照面，却不能公开相认，自己也无法尽到一个父亲的责任去照顾自己的亲生女儿，每每想到这些，钱鹏飞心里总是一阵酸楚。他悄悄地告诉尚小兰，让她尽快联系组织，由他们干预一下赵世杰鲁莽的暗杀活动，关萍露还没有发挥其最大的威力，如果先被自己人委屈地杀死，这对关萍露是极不公平的。毕竟钱鹏飞是跟延安总部直接取得联系，他根本不清楚上海地下组织老宋那边已经安排赵世杰远离上海，老宋自然也不知晓代号为“旗袍”的关萍露在这出谍战中的神秘身份。

玛丽亚医院楼前的圣母雕像在沐浴阳光时是那么的慈祥与安宁。此时，钱鹏飞正陪着关萍露在院中的圆形小花园中散步。当她得知赵世杰已经远离上海后，脸上显示出一种猜不透的表情，可是得知他已经找到上海地下组织后，脸上却又表现出一种孩子特有的纯真，因为她觉得自己可以跟赵世杰相认了，像以前亲密的恋人一样。

“鹏飞，既然赵世杰已经是组织上的人，我请求你，把真相告诉他，全都告诉他。”关萍露急切地一把拉住钱鹏飞的手，说道。

“什么真相？”钱鹏飞吃了一惊。

“我当汉奸是假的，我是为组织上工作，我跟他是同志，同志！”关萍露激动起来，脸上洋溢着幸福的表情。

“关萍露，你还真想得出来，你——”钱鹏飞简直惊呆了。他从口袋中摸出一支香烟点上，眼神迷离地说道。

“为什么不行？以前赵世杰不是组织上的人，我可以理解，现在他是了，难道连自己的同志都不能信任吗？”关萍露瞬间恼了，像一位失去救命稻草的溺水者，绝望而激愤地说道。

其实，关萍露忘记了她跟钱鹏飞是单线跟延安总部直接联系的，不可能与地方的地下组织有直接联系，这样只会增加卧底的危险性。但此刻在关萍露看来，这无疑是凶残的钱鹏飞剥夺了她要成为一个幸福女人的最后机会。

关萍露伤心欲绝，不顾钱鹏飞的反对，让他带自己来到经常与赵世杰约会的外白渡桥上，凝望着静静的湖水，聆听着若有心事的湖水的倾诉声。关萍露手里捧着一把菊花，将花瓣一片片地撒到湖里，像在纪念他们曾经失去的美好岁月。钱鹏飞在不远处的车旁，静静地点上一支烟，看着惆怅不断的关萍露，似乎也陷入了沉思。

当关萍露把所有的花瓣都撒进了湖水里，自己的情绪也慢慢平静下来。她此刻很清醒地知道，接下来有更重要的任务等着自己，就是要尽快把特工总部的密码本想方设法搞到手，那么从此以后，所有从特工总部发出的电文都可以轻松破解。

伤愈之后的关萍露新换了住所，是丁默群安排的一套豪华别墅，他这样做，一是说担心她的安危，二是有自己不可告人的目的。不过，经过赵世杰的几次暗杀，丁默群已经非常相信关萍露是自己人了，所以又提拔她当了特工总部的机要秘书，专门处理一些紧急、机密的电文与情报。关萍露心里清楚，找到密码本的机会来了。

关萍露几次三番到特工总部的电讯处让译电员李善翻译情报时，总会看到他会将那本密码本锁在保险箱里，而且翻译的时候任何人不能靠近，另外，为了防止翻译密电的时候出现差错，李善的办公室里专门配上了单独的卫生间，以防因为人员来回走动将密码本丢失。保险箱上的一串钥匙也是从来不离李善的手。那关萍露又该如何得到那本梦寐以求的密码本呢？

最终还是钱鹏飞想到了绝妙的主意。他找来一块可以复制出钥匙形状的泥模，让关萍露带在身边，寻找机会把李善的钥匙复制一下，接着找人按照模具打造出克隆的钥匙，那样一切就迎刃而解了。但是，李善的钥匙从不离身，怎么办？

当关萍露再次到李善那里打印密电时，自己死死盯着密码箱突然想到一个完美的计策。

关萍露突然大声咳嗽起来，而且故意咳得非常剧烈。

“关小姐，你怎么啦？”李善停下查阅密码本，吃惊地问道。

“可能感冒了，喉咙有些痒。”关萍露故意痛苦地说道。

“那我给你倒杯水。”李善站起来，殷勤地说。

“不用，你给我拿张手纸，我有痰。”关萍露故意又咳了几声，脸都咳红了，摆摆手说道。

“好，好，你等等。”李善推开身后的椅子，匆匆走进了卫生间，去给关萍露拿纸。

就在李善转身走向卫生间的瞬间，关萍露迅速抽出保险箱上的那把钥匙，使劲按在早准备好的泥模上，然后又快速把钥匙插回到保险箱上。

“关小姐，手纸。”几乎与此同时，李善快速地从卫生间出来，将手纸递给关萍露。

他扭过头，向保险箱上晃动的钥匙瞟了一眼。

关萍露一阵紧张，连忙又咳嗽几声，将身子往保险箱靠了靠，故意制造出因自己身体的剧烈活动让保险箱上钥匙晃动的假象。

李善似乎没有留意到有什么异样。

“行了，交给主任吧。”李善连忙又坐下，很快译好了电文，递给关萍露说道。

“李善，你真是个快手，难怪主任常夸你。”关萍露故意恭维道。

“以后还请关小姐在主任面前多替我美言几句。”李善笑着说。

关萍露将印上保险箱钥匙的泥模交给了钱鹏飞。

一盏台灯紧贴着桌面，桌子上放着印着钥匙模样的泥模，此刻钱鹏飞小心翼翼地把融化了的石蜡慢慢倒进泥模里，等待石蜡冷却之后，取出石蜡模子，接着照葫芦画瓢，再将另一面也做成同样的石蜡模子，接着他蹲下身，在一堆凌乱的五金器材上，翻找着钥匙胚子，这是最后一道工序，接下来眼看就要大功告成了。

突然，门外传来了熟悉的敲门声。钱鹏飞知道，是关萍露来了。

“钱鹏飞，我有时候真想不明白，你到底是干什么出身的。”关萍露走进来，看到钱鹏飞手法熟练地蹲在地上打磨着钥匙，很是佩服，打量着他，笑着说。

“是，我这人是挺神的，神枪手就不用说了，我还会武功，会喝酒，会种地，也会点钳工，还有……”钱鹏飞自吹自擂起来，还没说完，就被关萍露抢了过去。

“我替你说吧，还有会吹牛，会油腔滑调，会厚脸皮……哈哈。”关萍露爽朗地笑着，像一个天真无邪的孩子。

“嘿嘿……关小姐就是口才了得，不能比啊……给……好了！”钱鹏飞一边说着，一边低头摆弄着那把钥匙。一会儿的工夫，钥匙做好了。她递给关萍露，让她明天就去尝试下是否可以打开李善的保险箱。

“你去的时候小心一点，一定要防着林大江！”钱鹏飞站起来，走到脸盆前，一边洗手，一边说道。

“嗯，他好像非常留意李善的办公室，冷不丁会从门口冒出来。”关萍露说道。

“肯定是丁默群让他干的，丁默群对谁都不信任。萍露，你一定要小心。”钱鹏飞说道。

关萍露握着钥匙，信心满满地点了点头。

第十七章

丁默群在办公室里一直埋头翻阅着文件，不知今天是过于专注还是疏忽，当关萍露来到他身边，足足站了两分钟都没有被他察觉，关萍露显得有些不高兴的样子，用手一直摆弄着自己新买的一条花围巾，像一个孩子一样盯着丁默群，一语不发。

“哎哟，这条围巾很漂亮啊！哈哈……”丁默群抬起头，看到关萍露后高兴地笑着，搓着手说道。

“围巾夸过了，我还等着下文呢……”关萍露扑闪着迷人的眼睛，说道。

“小机灵……”丁默群推开身后的椅子，站起来轻轻地在关萍露的鼻子上划了下，让她把一份紧急电文交给电讯处的余处长。

关萍露拿起文件就要走，却又被丁默群拽住了。

“平常少串门，少聊天，祸从口出。”丁默群瞟了关萍露一眼，像是关照她，又像是话中有话地说道。

“我知道，保密条例上有规定，只是我不懂电讯方面的事，有时候找余处长和李善请教请教。”关萍露一凛，脸上很镇定地说道。

“哦，对了，你顺道把李善叫过来，我有事找他。”丁默群微笑着抚摸了一下她脖子上的花围巾，说道。

关萍露像只轻盈的小鸟，拿着那份密文叩开了李善的办公室。李善马上就要锁门去找丁默群，关萍露却忽然很委屈的样子，佯称自己原本还找李善有其他私事要谈。其实李善一直以来对关萍露是垂涎三尺，但由于在特工总部众人皆知她跟丁默群的关系，李善一直不敢轻举妄动。看到关萍露妩媚的眼神，有些迷离的李善怕其他人看到，将关萍露锁到了办公室里，自己快速地奔向丁默群的办公室去了。

关萍露从窗户里看到李善越走越远，迅速地把窗帘拉上。她从自己的小包中取出那本配好的钥匙，根据自己当时在场听到密码锁的开启声音，没一会，密码箱开了。关萍露欣喜地将那本密码手册塞到自己的小包里，关好保险箱，拔出钥匙，轻轻将数字转盘复原。

她长舒了口气，躺在沙发上若有所思，她想了下，解开脖子的围巾，放在了沙发的一角，点上一根烟，轻轻地喷云吐雾，静静地等待李善归来。

李善回来后，一脸不悦。原来丁默群批评他要时刻注意军统与共产党的破坏分子渗透，不能整天一副无所事事的样子。关萍露掐掉烟蒂，突然从包里掏出两张《乱世佳人》的电影票在李善眼前晃了下，他似乎明白了什么意思，非常高兴地做了一个请的姿势。随即，李善办公室的门被重重关上，只剩那条遗落在沙发一角的花围巾自顾自赏。

电影院门口《乱世佳人》的海报前围了很多人在指指点点。关萍露挎着李善的胳膊通过检票口正要走进去时，却发现钱鹏飞不知啥时候从地上钻出来，斜着头，叼着烟，迈着八字步，一副泼皮无赖的样子，嘲讽着关萍露什么时候可以赏光陪自己看场电影，面对钱鹏飞无端的故意挑衅，李善愤愤不平，却被关萍露拽了进去。

钱鹏飞看着两个人的背影，笑了下，也钻进了电影院。

电影中一对恩爱的恋人到了分别的时刻，让在场的很多人潸然泪下。关萍露与李善坐在剧场的中间，看得津津有味。忽然，关萍露貌似亲密地将嘴凑到李善的耳边，轻轻告诉他自己先去卫生间一下。李善有些害羞，慌忙回应着。

关萍露挎着小包绕过观众走向了卫生间。坐在剧场一角的钱鹏飞也走了出来。

关萍露走进女卫生间，轻轻将门虚掩上，当确定卫生间没人之后，刚要打开自己腋下的小包时，钱鹏飞一下子闪了进来。他们迅速把门关死，一边把密码本放在洗漱池边，一边从怀中掏出微型照相机，关萍露急忙帮着翻阅页码，微型照相机的咔咔声响个不停。

李善坐在电影院里，不时地抬手望着时间，他左右观望着，一副想要站起来离开的样子。

而这个时候，一位中年妇女脸上带着痛苦的表情急匆匆地来到卫生间外。一次叩门不开，两次……三次……关萍露与钱鹏飞在里面听到响声，不慌不忙，继续拍照。过了一会，叩门声戛然而止。关萍露与钱鹏飞以为一切又风平浪静时，却听到门外传出了很多人的脚步声。

一群女客对着卫生间大呼小叫，有的人甚至野蛮地踢踹着不肯罢休。关萍露听到外面的动静越来越大，脸上的汗珠一滴滴落在洗漱台上。而钱鹏飞一脸的镇定。

没过一会儿，电影院的工作人员赶到了。看到气愤难平的一群女客对厕所门连踹带踢，委屈地解释根本没有故意将厕所的门锁上，说话之际，就从自己腰中掏出一把钥匙，取出中间一个，伸进了锁芯里。

此时，钱鹏飞刚刚拍完密码本，随之卫生间的门也被打开了。在危急时刻，关萍露迅速抱住钱鹏飞，不顾他的尴尬与惊讶，将自己性感的红唇贴在了他的嘴上。

“哦！”众人进来后看到一个男人紧紧地搂着一个性感的女人忘情地热吻着，不禁都唏嘘不已。同时关萍露的另一只手在他们身体的遮挡下，悄悄地将密码本塞进了小包里。

“对不起，电影实在太好看了，是不是？”钱鹏飞似乎如梦初醒，这才放开关萍露，对着那几个人笑道。

“先生，这是女厕所。你走错地方了。”电影院工作人员彬彬有礼地说道。

“这不能怪我，他们在银幕上亲热，我们也得找个地方，对吧？”钱鹏飞又是一笑，潇洒地耸耸肩膀，摊摊手说。

刚才门外围观的女客们再次目瞪口呆，尤其那个中年女观众的脸色涨得通红。

在电影院里的李善实在坐不下去了，再一次抬手看着时间，准备起身寻找一下关萍露时，她犹如仙女下凡一样，又轻轻地飘了回来。

看完电影后，似乎李善意犹未尽，找借口要送关萍露，或者邀请她喝咖啡，要不直接散散步也行。但此时关萍露却摸着脖领紧张地说，自己把那条花围巾不小心丢在了李善的办公室。

“我想起来了，我的围巾落在你的办公室了。”关萍露有些紧张地说。

“我还以为是什么事呢。一条围巾，那就明天吧，明天到我办公室拿。”李善笑着说。

“那不行，明天是星期天了。”关萍露赶紧说道。

“真是的，看我这记性。走，我们现在去办公室。”李善一拍脑袋，嘿嘿一笑。

再次来到李善的办公室，李善亲自将那条花围巾递给关萍露后，有些紧张和害羞地试问是否自己可以继续与关萍露交往下去时，关萍露不紧不慢地坐在沙发上，将那条花围巾铺在自己腿上，向他微笑着。李善以为两个人今天晚上有戏，赶紧要去倒茶斟水，要与关萍露好好谈谈。

李善将一杯冒着热气的茶水，递给关萍露时，她故意手一抖，茶水顿时撒在关萍露的腿上，茶叶不仅沾在了她的旗袍上，也让腿上那条花围巾深受其害，上面也布满了茶叶沫子。

关萍露心疼地抚摸着自己的花围巾，李善脸色大变，手忙脚乱的不知所措。

“都怪我。那……那怎么办？”李善站在那里，呆呆地说。

“我先去洗洗，要不颜色都变了，成大花脸啦。”关萍露站起来，痛苦地说道。

“我来洗，我来洗。”李善好不容易有个将功赎罪的机会，忙抓住围巾，说道。

“这怎么行，还是我自己来吧。”关萍露故意不好意思地说。

“关小姐，给我一个机会，就算将功补过，啊？”李善执著地说道。

“那好吧，我倒要看看，你李善一个大男人还会洗围巾！”关萍露这才有点不情愿地把湿漉漉的围巾交给李善，自己微笑着说。

李善来到卫生间，像模像样地在围巾上打上肥皂，一边努力用手揉搓着。关萍露站在一边不住地夸他是现在新好男人的典范，接着说自己有点累，先到外面的沙发上休息一下，李善点头应允，关萍露嫣然一笑，轻轻将卫生间的门带上了。

卫生间哗哗的流水声与揉搓衣物的声音交织在一起，这也成了关萍露迅速打开保险箱，掩盖其发声的一个有利掩护。她从小包里取出密码本，蹑手蹑脚地放回保险箱，轻轻带上，转动数字转盘，把一切全部复原。然后，点上一根香烟，跷着二郎腿，微闭着双眼。

在不动声色中，关萍露又出色地完成了这次任务。对于钱鹏飞来说，每次都要有不同的奖励表示，而这一次他却让关萍露有些惊讶。

“密码本的胶卷已经送出去了，这次任务完成得不错，我特意买了瓶绍酒，五年陈的，来，祝贺一下。”在关萍露居住的别墅里，夜色如漆，灯影朦胧。钱鹏飞拿了两只杯子，一边倒酒，一边对关萍露说道。

“听你这口气，五年陈好像很了不起，让你破费了。”关萍露讥讽地说。

“你这位同志，要求不要太高。我以前在山里打游击的时候，还喝过马尿呢。所以，跟马尿比起来，这已经是琼浆玉液了！”钱鹏飞嘿嘿笑着。

“讨厌，什么不好比，你就非要拿恶心的事来比。”关萍露假装生气，用手捶打着钱鹏飞说道。

“对了，在庆祝之前，有一件事，我必须非常严肃地告诉你。”突然，钱鹏飞的脸色庄重起来。

“什么？”关萍露脸上透露着不安。

“关萍露同志，经上级研究批准，同意你加入中国共产党。”钱鹏飞看着关萍露，一字一顿地说道。

“真的？”关萍露有些不敢相信自己的耳朵，惊喜地说道。

“从现在开始，你就是光荣的中国共产党党员了。”钱鹏飞笑着说。

“鹏飞同志！谢谢，谢谢你。”关萍露激动地伸出手，握着钱鹏飞，眼中闪烁着泪光。

两人将杯中的酒一饮而尽，然后一起面对着延安的方向，由钱鹏飞带领着关萍露进行了入党宣誓仪式。虽然仪式简单，但对于关萍露来说，一直以来受到的委屈与痛苦，在这一刻都得到了释怀。

绿色的桌布台面上，五颜六色的台球激烈地碰撞着。昏暗的灯光下，一个瘦长的男人拄着一支长杆在灯光下发呆。一个络腮胡的中年男人一边打着台球，一边用眼睛余光观察着身边的瘦长男人。

“嘿，看！球进了，哈哈……”络腮胡男人哈哈大笑，冲着瘦长男人说道。

“几日不见，鲍站长的球技大增啊……”瘦长男人对着络腮胡嘲讽道，拿过杆，一个潇洒的甩杆之后，轻轻一击，球进了。

“李善啊，喏……”络腮胡将一叠厚厚的信封丢在台桌上，指着瘦长的李善说道。

“慢。上官先生交代，我们要的是绝密电文，你小子上次拿的那几样东西，他妈的根本不值这个钱。”李善伸手去拿，但被络腮胡，也就是军统上海站的副站长鲍远山按住了手背，说道。

“这次包上官先生满意。”李善点点头，抽回手，也从马甲里摸出一只信封，扔在台球桌上，说。

“慢，这几张电文可不止这个价。”鲍远山伸手去拿这只信封，但同样被李善按住了手腕。

“妈的！你小子走运，得，成交！”鲍远山想了想，又从马甲里摸出一个信封，扔给李善，愤愤地说道。

其实，李善兜售给鲍远山的情报是特工总部与南京方面平时联系的一些紧急电文。但在军统上海站上官锋看来，这是他们连续多次暗杀丁默群以及夺取金编钟未能成功后的一次最有收获的行动，掌握了这些情报也可以有条件有理由地向戴笠交差。当鲍远山把这些情报交给上官锋时，他迫不及待地在上海军统站的密室里让情报员马上发送给自己的老板戴笠，邀功请赏的机会来了。

随着此起彼伏的嘀嘀声，情报成功传给了戴笠，但同时也被日本梅机关的情报人员所截获。中野云子如获至宝地将翻译后的情报拿给正在练习书法的武田时，没想到他会有如此震怒的一刻。

“将军，发现军统秘密电台向重庆发报，内容已经破译。”中野云子说道。

“说什么呢？是不是又向重庆请功了，杀了几名汉奸？”武田唔了一声，放下毛笔，显得有些毫不在乎。

“将军，你看了也许会大感意外。”中野云子一脸诡秘，说。

“哦？是吗？”武田一凛，看了一眼中野云子，说。

“八格！丁默群，大大的混蛋！”他接过译出来的电文，看了一眼，立刻皱起了眉头，十分震怒地拍着桌子，大吼道。

武田从地上站起来，穿好军服，伸手一挥，带领中野云子以及一车的日本宪兵，快速驶出了梅机关，向着丁默群的住处奔去。

此刻，丁默群躺在浴室的床板上叼着烟，望着外面敞开的门发呆。曹敏芝身着暗红色的绣花旗袍，扭动着水桶般的粗腰向他靠近。丁默群一把丢掉香烟，用被子盖住了自己的面部。曹敏芝不依不饶，依旧像看出了他的心思一般，阴阳怪调地对丁默群说道：

“别以为我不知道你心里在想什么，告诉你，只要老娘在，你就别打你干女儿的主意！”

“你简直不可理喻……你……”丁默群腾地站起来，指着曹敏芝生气地说道，还没等他说完，就听到院外一阵汽车的轰鸣声，接着听到自家的院门被撞开，丁默群赶紧从枕头下摸出手枪，想要看个究竟，一探头，发现中野云子与武田从卡车上跳了下来。

丁默群长叹了一口气，将手枪又塞了回去。曹敏芝躲在丁默群的身后，一动不动。

“将军深夜来访，不知有何急事？先请坐。”丁默群恭敬地说道。

“坐？免了！丁先生，你看看这是什么？”武田把手里的一份电文拍到桌子上，瞪着他说道。

“这……这是怎么回事？我不太明白，电文的内容是……”丁默群迟疑地拿起电文看了看，立刻大惊失色。

“电文的内容是你向南京方面汇报的绝密情况，可它们居然出现在军统发给重庆的密电里，丁先生，你给我解释一下，这又是怎么回事？”武田直截了当地说道。

“这，这……这太荒唐了！”丁默群额头上的汗都冒了出来，他不知道该如何解释。

“何止是荒唐！丁先生，你们特工总部有人泄密，说得明白一点，特工总部里面有军统的人，你这个主任一点也不知晓吗？你太让我失望了！”武田一边说着，一边拔出腰间的指挥刀，瞬间将桌子的一角砍掉，凶神恶煞地说道。

曹敏芝躲在丁默群的身后，看到这一幕瞬间晕了过去。丁默群顾不上搀扶，一直向武田保证自己一定要把内鬼捉出来，负荆请罪。

丁默群将林大江、吴士保与电讯处的余三界叫到特工总部的大院，拿着手枪在三人背后转来转去，突然，丁默群砰砰砰三枪连击在三个人的脚边，吓得三个人不住地哆嗦着，尤其听到丁默群说到特工总部有军统卧底对外泄露情报时，余三界扑通一声跪在丁默群的身边磕头求饶，说自己如何的忠心耿耿，不可能是自己的人泄露了情报，但丁默群一想到被武田当孙子一般教训时，怒火中烧，拉开枪栓，对着余三界的头就要开枪，被身后的钱鹏飞一把拉住了。

“主任，万一不是余处长，岂不是冤枉了好人？”钱鹏飞看着丁默群说道。

其实钱鹏飞很清楚丁默群是对谁都不相信的，现在贸然杀了余三界之后还会暗中继续调查，不如光明正大的演戏才能慢慢化解他的顾虑，说不定也能将计就计除掉他跟关萍露以后获取情报的一些绊脚石。

丁默群将子弹退膛，严厉地斥责他们必须三天之内找出内鬼，否则其他人一律严惩不贷。

当丁默群气愤地要回办公室时，林大江却悄悄地跟上来，说有重要情报要向丁默群个人报告。跟在身后的钱鹏飞借故说自己有事，赶紧走开了。

“大江，你是说李善和关萍露都很可疑？”丁默群很吃惊地看着林大江，说道。

“是的，主任让我盯着电讯处，我常暗中留意他们，最近一段时间，我发现关小姐经常去找李善。有一天，他们在李善的办公室呆得很晚，好像还一块去看电影。关小姐跟李善走得这么近，我觉得有点不正常。”林大江一字一句地说道。

“这个……关萍露倒跟我提过，她刚接受机要工作，不熟悉业务，电讯方面常去请教李善。”丁默群解释道。

“那可能是我多心了。”林大江马上改口说。

“不，我们不能放过任何蛛丝马迹，这件事必须拿到证据，大江，你秘密调查关萍露和李善，但不要惊动他们……”丁默群摆摆手说道，还未说完，电话响了。

原来，武田向丁默群透露说，南京方面有个紧急的会议，需要丁默群陪自己一同前往。丁默群没有犹豫，叫上钱鹏飞立即出发了。

丁默群走后，关萍露一个人在办公室里整理文件。忽然，一个瘦长的男人敲了下门，探着头伸了进来。李善拿着一枚明晃晃的戒指放在关萍露的面前，希望她能跟自己继续交往下去。但是这次被关萍露一口拒绝了，说自己跟他来往只是工作上的需要，没有半点儿女私情掺杂在里面。失望的李善拿着戒指夺门而出，恰巧被一直在暗中监视的林大江逮个正着，他不动声色地跟在李善的背后。

心情郁闷的李善来到人声鼎沸的酒吧宣泄不悦，恰好被在场的军统上海站副站长鲍远山看到了。似乎他看出了李善的心思，简单几句寒暄之后，一声口哨，叫过来一个身着艳色旗袍的高挑女子塞到李善怀里，顿时，刚才李善还是阴云密布，现在是万里无云。而这一切也被紧紧跟随的林大江看在眼里，随后他立马给身在南京的丁默群一个电话，如实汇报了自己的所见所闻。

“主任，我亲自跟踪了李善，发现他在舞厅跟人接头。”林大江捧着话筒，如实对丁默群说道。

“跟谁？”丁默群说道。

“还是条大鱼啊，主任。他是鲍远山，上官锋的副手，军统上海站副站长。”林大江面露喜色，笑着说。

“好，上官锋和鲍远山都是我们要找的人。”丁默群说。

“现在可以肯定，密电泄密就是李善干的，他是内鬼。但我很奇怪的是，李善找过关萍露一次，但后来是他跟鲍远山接头的，为什么不让关萍露去呢？”林大江心怀疑惑地说道。

是的，不仅林大江如此不解，丁默群心中也没有十全的把握立即排除对关萍露的怀疑。他与武田简单沟通之后，决定采用一个计策来验证关萍露是否也是军统的卧底。不过，这个计策，钱鹏飞是不知道的。

丁默群让林大江亲自找到关萍露，接着以执行一项特殊的秘密任务为由，独自押送向军统泄密的李善来到南京接受审讯。其实，丁默群的目的很明确，如果关萍露跟李善是一伙的，中途肯定会借机放过他，或者自己逃之夭夭。但，暗中有林大江的严密监视，显然是逃脱不掉的。

关萍露听到这个事情，显然非常震惊，她第一时间想到了钱鹏飞，但是他不在身边，无计可施。她很清楚这次丁默群又是在试探自己。她焦急地在办公室里踱来踱去，不小心碰倒了桌下的垃圾桶，看到丁默群曾经写过的一份作废报告后，计从心来，高兴地坐下来，重新找来一张纸，按照丁默群的笔迹，写了一番，折好，放在信封里，找到了李善。

“关小姐？什么事？”李善再次看到关萍露，有些不悦，说道。

“主任从南京专门派人送来一封急件，让我当面交给你。说是急事，让你马上处理。”关萍露递给他，轻松地说道。

李善接过信，轻轻将它拆开。他瞟了一眼内容，不由大吃一惊。他下意识地退后一步，不让关萍露看到信的内容。信上只有简单的几行字：“李善：关萍露有泄密嫌疑，由你即刻亲押至南京。切切。丁默群。”

李善不知究竟是怎么回事，但心里松了口气，以为丁默群没有怀疑到他。然后故意装着很淡定的口气对关萍露说，主任希望让她陪自己到南京一趟，接受一个神秘的重要任务。关萍露故意装出很好奇的样子问是怎么回事，但李善却拒绝透露。

在拥挤的火车站，李善不时地紧盯着关萍露，生怕她中途溜掉了，无法向丁默群交差。以至于后来乘坐火车时，关萍露借口去厕所方便，李善都要紧紧跟随，守在厕所门外听着里面的一切动静。这让在厕所里的关萍露哭笑不得。

在列车车厢的角落里，林大江带着的特工乔装打扮成乘客，都用礼帽遮盖着双眼，偷偷观察着这边的一切。

丁默群得知关萍露跟李善即将到达南京火车站时，才悄悄对身边的钱鹏飞说去迎接一下泄露密电的人。钱鹏飞一怔，慌忙问道究竟是谁，丁默群不声不语，用手指沾着茶水在桌上写了一个李字，他刚刚悬着的心放了下来，只是惊讶地说自己没有想到会是李善从中作梗。

“没想到吧，还有你更没想到的，我让萍露押送他过来。”丁默群看着钱鹏飞惊讶的表情，又得意地说道。

“让关小姐押送李善来南京，主任，这……这是怎么回事？关小姐可不是这个料啊！”钱鹏飞吃了一惊，说道。

“是不是这个料，马上就要见分晓了。你去吧。”丁默群站起来，拿来毛巾，擦拭着手，狡黠地笑着说。

在南京火车站，刚下火车的李善看到钱鹏飞带着一群特工站在那里，便像看到亲人一般亲切，他不顾关萍露的反对，拽着她高兴地对钱鹏飞说道：

“钱队长，奉主任密令，我把嫌疑犯关萍露带到了。”

“什么？我是嫌疑犯？”关萍露故意吃了一惊，大喊道。

“关小姐，没想到吧？我让你陪我来南京，实际上是押送你这个嫌疑犯。”李善更加得意地说道。

“哈哈……”关萍露笑着，让李善心里有些发毛。

“不对吧，主任要的嫌疑犯不是我，而是你！”关萍露继续说道。

话音未落，钱鹏飞拿出手铐，一把拉过李善的双手，不由分说地把他铐住。

“什么意思？你们什么意思？你们弄错了吧？”李善大惊失色，挣扎着，说道。

“关小姐说的没错，主任要逮的人是你！”钱鹏飞上前推了他一把。

“谢谢了，李善，这一路上你真配合！”关萍露笑嘻嘻地看着李善，说道。

“关萍露，我着了你的道了，你这个臭娘们，你敢耍我！你敢耍我！”李善这才醒悟过来，恨恨地瞪着关萍露，大喊道。

钱鹏飞一使眼色，后面上来几个特工一下子将李善塞到了汽车里。

第十八章

李善被钱鹏飞和几名特工推搡着带到了丁默群的面前。丁默群微闭着双眼，一言不发，只是躺在椅子上，将双脚跷在前面的一把椅子上，手里不停地转动着一盒火柴，旁边圆桌上一把转轮手枪摆在那里。李善原本被抓的一刻还想着如何找借口或者找理由拖上一会儿，但丁默群却什么都没有询问，只是静静地待着。这更让李善心中忐忑不安，额头的汗水滴答着滚落下来，他刚张嘴想找个理由替自己搪塞一下，丁默群抽出双脚，丢掉手中的火柴盒，起身站了起来。李善以为丁默群要拿枪打死自己，吓得扑通一声跪在丁默群面前，把自己如何用情报换钱的事情一五一十地告诉了丁默群。

“你见过上官锋吧？”丁默群问道。

“没有，我只见过鲍远山，还有一个舞女，是鲍远山介绍给我的，叫芊芊小姐，她负责跟我联络。”李善颤抖着回答道。

“李善，你真是狗胆包天！你说，我该怎么处置你？”丁默群大声吼道。

“主任饶命。我一定将功赎罪，将功赎罪。”李善跪在地上一直在磕头，害怕地求饶。

“哼，押下去吧。”丁默群冷笑一声。

丁默群将李善供认的事情全部告诉了武田，并且向他承诺明天一早赶回上海，一举端掉军统上海站的老窝，活捉上官锋与鲍远山。武田表示赞同之外，也对关萍露能够一人押送李善来到南京提出了表扬。其实，武田显然是话中有话，当初他跟丁默群一直都怀疑关萍露是军统，通过这样的方式暂时排除了关萍露的嫌疑，但关萍露为了把戏唱好，主动地向丁默群承认自己伪造笔迹骗李善来南京是自己的错误，但对于他们来说，重要的是关萍露不是军统就够了，所以丁默群也是点到为止地批评了她一下。对于他们来说，端掉军统上海站的老窝才是大事。

回到上海后，林大江带着自己的人悄悄地埋伏在李善经常去的那间酒吧，待他将名叫芊芊的舞女引出来后，一拥而上将她抓住，不容分说逼其带到军统上海站的电台所在处。于是，一群人浩浩荡荡来到军统放置电台的秘密地时，林大江以为自己这次可以逮住两条大鱼，回去向丁默群邀功有了重重的砝码。但是当他带着人闯进去的时候，只抓到一名在现场守卫的特工，还有一名未来得及撤走的情报员。

林大江非常生气地在特工总部的刑房里通过鞭打军统的情报员来发泄心中的不满。可是无论如何审讯，那位情报员一直是守口如瓶，不肯说出上官锋与鲍远山的具体藏匿位置。坐在一边椅子上的丁默群显然还有些耐心，渴望通过谈判的方式来得到彼此的需求，对于军统情报人员，那就是生，否之就是死。但几轮沟通之后，一点成效都没有，或许这名情报员根本不知道上官锋与鲍远山的事情，但对于他装着一副大义凛然的悲壮样子，丁默群显然无法接受，他要征服每个人，这是来自心底的欲望。

刚刚把那名军统特工押进来，还没在架子上绑好，在毫无征兆的前提下，丁默群一枪把他的脑袋打穿了。这一下，那名情报人员彻底被征服了，他答应愿意为丁默群做任何事情，除了死。丁默群没想到要他死，只是让他给戴笠发了一封嘲笑讽刺的电报就当场释放他了。对于丁默群来说，自己会放过他，戴笠呢？

戴笠看到丁默群发来满含嘲讽的电报内容煞是震怒，大声嚷嚷着马上解决掉李善与那名情报人员。于是，厄运来了。那名情报人员被释放之后，安全回到家中，以为以后可以平安大吉，没想到在家中却被戴笠派来的特务一枪毙命。而李善也在一日午夜游荡完舞厅后，在回家途中被鲍远山带人乱枪打死。丁默群知道后只是唏嘘了几声，就忘记了此事。

赵世杰只身前往延安学习一段时间之后又回到了上海。只不过这次宋方春将他还有胖子、李芬芳、陈瞎子带到了上海市郊一处偏僻村庄，再次集中进行教育。老宋是越来越喜欢这几个孩子，看到每个人努力上进的劲头，也盼望着他们能够早日加入到共产党的队伍中来，但又害怕他们会中途而退。正好此时有两名共产党的领导要穿越上海敌人的封锁线，去苏北的新四军根据地工作，赵世杰闻听之后，与老宋商量了下，希望让他们去完成这次任务。

老宋请示之后，决定把这次任务既当成对他们一段时间学习的考验，又当成对他们是否能够进入共产党的一次严峻考核。

延安总部那边为了确保万无一失，也将这个消息透露给尚小兰，希望适当的时候钱鹏飞能够鼎力协助。尚小兰把这个消息告诉他的时候是在特工总部的大院里，并且明确告诉他一旦自己出现了意外，可以直接以上级的身份联系上海的地下组织者宋方春，接着还把上海地下组织即将成立电台安置处的电话也告诉了他。但每次钱鹏飞看到尚小兰都是心存愧疚，五年的时间从来没有照顾过家人，甚至上次在去尚小兰住处时看到别人欺负女儿丹丹都不能光明正大地说出自己身份，对此他倍感煎熬。如今，一次次地与自己老婆在一起见面，却不能享受夫妻之间最平淡的幸福，让钱鹏飞一直以来左右为难，他看到四下无人，一把搂住尚小兰在她的脸颊上亲了一口，却碰巧被走过来的林大江看到了。

钱鹏飞急中生智，赶紧悄悄地对尚小兰喊道："赶紧给我一耳光，快……"

尚小兰狠狠地甩了钱鹏飞一个耳光，嘴里大骂道："流氓……"

望着尚小兰远去的身影，他的心中痛苦不堪，却看到林大江只能装出一副泼皮无赖的得意样，冲自己连声嘲笑着。

赵世杰又将自己装扮成富家公子哥的模样，让陈瞎子作为自己的随从，胖子拉着黄包车作为车夫，李芬芳作为赵世杰的女佣人忙前忙后，另外两位要护送的共产党干部伪装成自己的生意伙伴，在他们精心的保护下，越过一道又一道的封锁线，终于踏上了远去的航船。

宋方春对赵世杰他们的这次行动给予了很高的赞扬，在方春茶楼的一个隐秘包厢里，他带领着赵世杰、李芬芳、胖子、陈瞎子，面对着一面鲜艳的党旗，纷纷举起拳头宣誓。

上海地下组织一直没有属于自己的一台电台，平时传递情报或者与上级联系非常不方便。老宋一直都想把市郊农村里的一台电台带过来，而且事先都找好了隐秘的位置，也把那里对外联系的电话告诉了尚小兰。赵世杰非常有信心地要把那台电台带过来，而且他已经想到了一个绝妙的计划。

赵世杰将一辆手推的童车进行了改装，车里除了可以放孩子之外，下面还加了一层隔板，事先已经将电台藏匿其中。接着又让李芬芳从姐姐那里骗来婴儿作为伪装，接着要开始他们的运送计划。而第一次带着孩子的李芬芳显然没有经验，常常面对婴儿的哭闹无计可施，只能在每次哭闹的时候顺手将奶瓶塞到孩子嘴里。

赵世杰与李芬芳来到站着几名日伪军与日本宪兵的关卡处不慌不忙地想要通过时，两名日伪军对赵世杰与李芬芳坚持盘查了很久依旧没发现什么，摆摆手刚想放行时，站在不远处的一名日本宪兵端着刺刀向着童车里熟睡的孩子奔了过来。

日本宪兵叽里咕噜地要检查童车，如果一旦把孩子抱起来，那么童车下面的电台马上就暴露了。两个人焦急得不知该如何办时，躺在童车上的婴儿哇的一声开始大哭。李芬芳急中生智，连忙拿出奶瓶塞到婴儿的嘴里，装出一副非常心疼的样子。而赵世杰也赶紧安抚着孩子，装模作样地向日本宪兵请求不要吓坏了自己的孩子。看着赵世杰疼爱孩子的可怜样，日本宪兵居然放他们通过了。

赵世杰与李芬芳推着童车，回忆着刚才有惊无险的一幕，一直朝前走去。这时，林大江带着手下的人在巡街，突然他看到一个熟悉的背影映入眼帘，不觉一怔，命令手下紧紧跟着。刚转过一条胡同，林大江正准备趁机上前抓捕，却发现赵世杰将童车推到一辆停靠在路边的黑色轿车上，将童车塞到后备箱里，自己抱着孩子上了车后，绝尘而去。

林大江急急忙忙将这个情况告诉了丁默群，希望能够得到下一步的行动指示，但似乎丁默群从林大江描述的细节中，可以明白赵世杰运用童车的本意。

“好啊，赵公子失踪了一段时间，现在又回来了。他想干什么？还来刺杀我？”丁默群站起来说道。

“主任，我感觉赵世杰可能跟中共地下党有关，他们推着一辆童车通过检查，再让这辆小汽车在路边接应。”林大江说道。

“哦，那是在运送什么秘密的东西吧？绝密文件？枪支弹药？电台？我看都有可能。”丁默群恍然大悟道。

林大江不敢妄加猜测，只能看着丁默群默不作声。

“大江，我看老天爷是要送给我们一件大礼物了！对付共党，我们一直没有取得成效，武田将军非常不满。这一次，我们先把赵世杰这个组织挖出来，再顺藤摸瓜，一网打尽！哈哈……”丁默群突然大笑道，似乎他掌握了一切，胜券在握。

显然，丁默群已经将抓捕赵世杰作为一件大事来做，而林大江则是准备全力以赴，不放过任何一丝邀功请赏的机会。一大早，特工总部的大院比平时多了几分热闹。几辆吉普车与摩托车整齐地停靠在一边，也像站在一边的特工们似的接受林大江的训话。林大江话不多，只是一直强调着行动带给大家的回报，这是一种激励，更是一种刺激。

“弟兄们，抓到共产党，人人有赏，出发！”林大江高声喊道。

拿着文件正要到丁默群办公室的关萍露正好遇到迎面而过的钱鹏飞，她有些摸不透什么情况，故意放慢了脚步，想从钱鹏飞那里得到一丝问题的答案，钱鹏飞也是一概不知，只是提醒她小心为上，注意安全。

关萍露将文件送到丁默群的办公室时，他却格外高兴，嘴里哼着小曲，一副神秘的样子，任凭关萍露如何旁敲侧击地打听一点关于林大江行动的情况，都被丁默群挡了回去。但丁默群却非常有兴致地要邀请关萍露今晚去跳舞，而且还准备了一份专门送给她的惊喜大礼。

傍晚时分，特工总部的人马准备就绪，即将拉开今晚上的抓捕大戏。

不知道什么时候曹敏芝摇摇晃晃地走进了特工总部，正好碰到钱鹏飞在一边给几名特工训话。今天曹敏芝是要找丁默群一同看戏，所以心情大好地主动向钱鹏飞打完招呼，径直就要去丁默群的办公室，却被钱鹏飞拉住了。

“嫂子，你晚来一步了，主任晚上另有安排。”钱鹏飞笑道。

“又有安排？不会是武田和那个日本女人叫他吧？”曹敏芝有些不高兴地说道。

“嫂子你别嚷嚷，主任他是……”钱鹏飞忙低头看了看四周，拉住曹敏芝，装出神秘兮兮的样子，欲言又止。

“鹏飞，你可要跟我说老实话，主任是不是有秘密活动？”曹敏芝有些着急了。

“看嫂子说的，也不算秘密活动，主任是想请关小姐去舞厅跳舞。”钱鹏飞笑道。

跳舞？跟关萍露？曹敏芝一听到这两个字眼，心中的怒火噌噌地向外冒着。自己当初为了防止丁默群偷腥，想方设法收了关萍露做干女儿，没想到丁默群贼心不死，现在不顾家不顾自己，竟然公开与关萍露相依相偎，这是自己无论如何也不能容忍的。

曹敏芝正在发愁不知该如何解决这样的棘手事情时，突然看到从外面回来的林大江，她眼睛一亮，计从心生。

曹敏芝来到林大江的办公室，故意装出一副受尽委屈、遭人欺负的悲惨样，哭喊着要让林大江帮自己出口气。刚开始林大江一副义愤填膺的英雄样，誓要为曹敏芝摆平时，听到对方是丁默群后连忙摆手，怎么也不肯按照曹敏芝的要求就范。

“林大江，你给我听好了，今天晚上你带几个人跟我走。”曹敏芝高声大嗓地说道。

“夫……夫人，我晚上有任务啊。”林大江紧张地说道。

曹敏芝气得暴跳如雷，劈头盖脸给了林大江一记耳光。林大江当场就被打蒙了。

“任务？什么任务？是不是主任跟关萍露去跳舞，要你保驾护航，啊？”曹敏芝指着林大江的鼻子，大声说道。

“不不不，夫人，我……我另有要务，抓共产党……”林大江一手捂着脸，一手连连摇动。

曹敏芝根本不听林大江的解释，抓起桌子上的台灯，往林大江身上砸去，林大江赶紧躲闪，台灯砸在墙上，顿时四分五裂。

“共产党让你手下的小兄弟去抓，你带几个人跟着我去米高梅舞厅，老娘我就不信，逮不住丁默群的尾巴！”曹敏芝把双手往腰间一插，像个母老虎，大发雌威地说道。

林大江一向惧怕曹敏芝的雌威，见她这样发作，哪敢拒绝，连忙点头称是。

米高梅舞厅激荡的音乐声此起彼伏，灯光若隐若现，让人眼花缭乱。舞池里男男女女踩着音乐的节拍，摇摆着充满欲望的身体，丁默群与关萍露也身处其中，脸上洋溢着快乐的表情，翩翩起舞。钱鹏飞坐在舞厅的一角独自喝着闷酒，其他几名特工散落在舞厅的周围注视着一切。

“今天晚上丁先生很高兴啊。是不是送我的礼物就要见分晓了？”关萍露轻声对丁默群说道。

“萍露，你跟男朋友分手，有一段时间了吧？”丁默群不直接回答，却突然转了话题，说道。

“提他干吗？我早跟他一刀两断了！”关萍露心里一凛，装出不高兴的样子，把头扭了过去。

“哦，这个赵公子，我看他对你是怀恨在心，佘山教堂里的那次刺杀，差点要了你的命。对这种男人，是该跟他一刀两断。”丁默群把嘴凑到关萍露的耳边，轻声地说道。

此刻，赵世杰驾驶着自家那辆黑色的轿车载着电台快速地在路上行驶着，但是他没有注意到，有一辆摩托车载着两个人紧紧地跟在他的后面。赵世杰来到一家名叫鸿运食杂店的门前，车子转了一个圈停靠在旁边。他从车上的后备箱取出电台，轻轻叩开屋门，宋方春一脸的喜悦，让赵世杰闪进屋里，自己向外看了下，然后紧紧关上了屋门。

摩托上的两个人下来一个后，另一个扬长而去。

丁默群与关萍露继续在舞厅里陶醉地跳来跳去，似乎丁默群今天晚上的兴致有些高昂，一只手不停地在关萍露的后背摸来摸去，而此时曹敏芝带着林大江也赶了过来，她看到丁默群与关萍露紧紧相拥在一起跳舞的甜蜜状有些吃醋，有些生气。关萍露转身的一刻看到了曹敏芝，不由一怔，然后突然又想到了一个自己可以脱身的计策。

关萍露故意将自己紧贴在丁默群的身上，让他的手在自己后背上摸来摸去，丁默群真的陶醉了，手向关萍露的屁股上摸去。曹敏芝站在入口处，瞪着丁默群的手，顿时怒火中烧，恨不得就冲上去。

林大江的手下过来向他报告，已经发现了赵世杰藏匿电台的位置。林大江不顾曹敏芝在一旁吃醋的愤怒状，心急火燎地跑过去向丁默群请示赶紧捉拿赵世杰。

“赵世杰露脸了，现在在一个杂货店，估计是共党接头的秘密地点。”林大江兴奋地对丁默群说道。

关萍露乍一听林大江直接说出赵世杰的名字，很是震惊，仔细一想，才明白丁默群想送她的礼物，就是抓住赵世杰。

“嗯，里面还有别人吗？”丁默群问道。

“不太清楚，但我们的人看见赵世杰拎了只箱子进去，有可能是电台。”林大江挠着头说道。

“那还等什么？快去，把共党分子一网打尽！”丁默群一边继续与关萍露跳着，一边高兴地说道。

关萍露此刻心中极为紧张，然后急中生智，一把拉住丁默群，夸赞他为自己着想，想要拿赵世杰作为自己的惊喜大礼。丁默群哈哈一笑，含情脉脉地摸着关萍露的头轻声笑着。关萍露一阵脸红，她悄悄地向外望去，发现曹敏芝聚精会神地盯着这里，于是她把头伸过去，轻轻在他的脸上亲了一下，借口说这是感谢丁默群的厚礼。此刻的丁默群欲火中烧，也要上前去亲吻关萍露，站在身后不远的曹敏芝再也抑制不住了，拨开人群，奋力拉开丁默群与关萍露，大声冲着两人怒吼。关萍露刚想上前解释什么，突然被曹敏芝一个耳光打翻在地，她接着还要上前继续发泄，被丁默群一把拉住，大声斥责着她的泼妇行径。

坐在一旁的钱鹏飞赶紧冲过来，扶起关萍露，低声询问到底发生了什么事情。

“林大江去抓赵世杰，那个杂货店……有电台……”关萍露凑在他的耳朵边，快速地说道。

“你待在这里，别离开，由我来处理。”钱鹏飞大惊，对关萍露说道。

钱鹏飞离开关萍露之后，迅速来到曹敏芝的身边，安慰着她不要生气，然后借机将她带到舞厅的休息室，做起了思想工作。

“鹏飞，你都亲眼看见了，关萍露这个妖精，狼子野心，她敢勾引默群。呜呜，默群也不是好东西，就欺负我一个妇道人家。鹏飞，你要给我做主啊！”曹敏芝一把鼻涕一把泪地向钱鹏飞哭诉道。

“我知道，嫂子，等会我跟默群说，我不叫他主任，我叫他默群，我好好替嫂子你出口气。我现在马上打电话，请车队来辆车，先送嫂子回家休息。”钱鹏飞安慰道。

此刻，关萍露躲在舞厅的一角，一只手捂着被打的脸颊不停地哭泣，她一脸委屈地对丁默群抱怨受不了这样的屈辱，自己想要离开。而此时的丁默群刚才被曹敏芝如此不顾脸面地一闹，仍旧放不下面子，便不让关萍露离开，他要看看今天这只母老虎到底能够折腾到什么样子。

守候在鸿运食杂店外的那名特工一直焦急地看着手腕上的时间，期待林大江赶紧能够火速赶到。而赵世杰与宋方春此刻正在调试着电台，尝试着向延安发送情报，完全不清楚自己马上就要陷入敌人的包围圈。

宋方春尝试向延安发了一条简单信息，得到对方反馈之后，两个人欣喜若狂。突然，这个时候，食杂店里的一台电话无故响了起来。宋方春在房间的一个角落里，找到了压在一块红色地毯下正在响着的电话。老宋呆了一下，赶紧抓起电话，默不作声。

“喂，太太不舒服，来辆车马上接太太走。”钱鹏飞对着话筒说道。

“你是谁？”宋方春听见这个陌生的声音，和这句莫名其妙的话，顿时愣住了。

“妈的，死人啦？我说了太太不舒服，快过来。”钱鹏飞在电话里粗声粗气地骂着脏话，然后啪的一声挂断了电话。

宋方春愣了愣，也挂了电话，但是胸口却一直怦怦地跳个不停。然后他迅速钻到阁楼的一角，悄悄撩起一角窗帘，看到守在外面的那名特工嘴里叼着烟，手里拿着枪，一直对着食杂店一动不动。老宋一阵心慌，迅速命令赵世杰带着电台马上转移。临走之前，还不忘找来老虎钳剪断了那根刚刚与外界联系过的电话线。

老宋与赵世杰悄悄地爬上二楼的阁楼，从阁楼的窗下，沿着一根水管爬了下来。为了防止后面的人追上来，赵世杰还用老虎钳故意将水管上的螺丝松动了几圈，然后两个人从鸿运食杂店的后门逃之夭夭。

林大江带着人驾着摩托车浩浩荡荡地火速赶了过来，车还没停稳，听到那名特工简单一说，操起家伙，冲着里面透着暗淡亮光的鸿运食杂店冲了进去。

钱鹏飞打完电话，故意装出非常生气的样子，告诉曹敏芝说特工总部值班的人借口说今晚没有多余的汽车可以使用。单单一句话，再次把曹敏芝的怒气推到了最高点，大声嚷嚷着，丁默群是欺负自己到家了，边说边又从休息室冲了出去，要同丁默群继续理论一番。

曹敏芝再次来到舞厅，不顾丁默群与关萍露的反对，拉着两个人要回去说个清楚。关萍露一副委屈的样子向前踉跄地走去，看到站在一边的钱鹏飞用手向自己打出了一个V字的标识，眼里含着泪光，笑了。

如果想要让女人相信自己，那就向她解释吧。关萍露一次又一次地向曹敏芝解释，自己在舞厅亲吻丁默群完全是女儿感激父亲的一种表达，这一切源于丁默群能够抓住赵世杰的感激。曹敏芝可以不相信关萍露，但是她确实知道林大江当晚的行动内容是什么。几次三番之后，曹敏芝终于松了口，说自己不是不放心关萍露，而是不放心丁默群这只馋猫。

丁默群在自己办公室里不安地走来走去，钱鹏飞以为他还在为两个女人之间的战争揪心烦恼，其实他心中一直忐忑不安的却是林大江能否顺利抓捕赵世杰。等他听到林大江回来的消息后，赶紧找了个借口将钱鹏飞支走了。

林大江回来后让丁默群大失所望，一顿雷霆般的斥骂之后，他开始反思到底是哪个环节出了差错。

“是是，主任，可这事太蹊跷了，我们冲进去的时候，灯还亮着，茶杯里的水还是热的，他们……”林大江还没说完，就被丁默群打断了。

“你的意思是，他们得到了消息？”丁默群死死盯着林大江，说。

“对，我们里面有内鬼，是内鬼干的！”林大江自信地说道。

“内鬼？今天晚上就这么几个人，谁是内鬼？”丁默群疑惑不解地望着林大江，问道。

“如果真是内鬼干的，最可疑的是关萍露，其次是钱鹏飞！”林大江使劲咽了口唾沫，说道。

“不不，关萍露是知道这次行动，但她知晓具体要抓赵世杰的时候，也就在你向我报告的时候，这之后，我一直在她身边，如果她是内鬼，她根本不可能把情报送出去。”丁默群想了一想，摇摇头，说。

“那钱鹏飞呢？”林大江迟疑了一下，说。

“钱鹏飞一直在喝酒，根本不知道你要去干什么。就算他当时知道了，他也一直跟我，跟敏芝在一起，在这种情况下，他也是不可能送出情报的。”丁默群也感觉到纳闷。

“这……这是怎么回事？那真是闹鬼了？”林大江抓抓头皮，不解地问道。

“大江，你先查查你手下的人吧，有没有可疑的。”丁默群恼怒地吼道。

林大江慌忙点头称是。

“还有，跑得了和尚跑不了庙，赵世杰跑了，他老子赵安家跑不掉。”丁默群赶紧补充道。

“明白，主任，我明天就去找赵安家。一定不会让您失望的！”林大江又一次信心满满地说道。

第十九章

赵世杰家大门上挂着的一副红色对联只剩下残骸在门边上垂死挣扎，对联裸露下风干的胶水夹杂着尘土与杂质混结成一坨坨的肮脏物。门框上悬挂着有“赵”字标志的火红植绒灯笼不知被谁戳得千疮百孔。不远处，一辆斑驳的吉普车旁边靠着两个大声说笑还夹着烟喷云吐雾的两名特工。两个人不停地用手比划着，接着被赵世杰家中传出来的哭声惊了一下，赶紧扔掉香烟，探头向里面望去。

林大江躺在沙发上，将两条腿架在前面的一个椅子上，口里叼着烟，对着墙壁上一幅光屁股女人的油画发呆。赵世杰的父亲赵安家弓着腰，一直向他拱手作揖。对于赵世杰的下落，他矢口否认，其他一概不知。林大江显然对于赵安家的解释不能相信，自己故意把烟头掉在地毯上，对着冒着黑烟发出阵阵烧焦的味道感叹这是最佳的美味。赵安家哆哆嗦嗦地恳求林大江能够放过自己，相反却助长了他嚣张的气焰。林大江留下最后通牒之后，正要扬长而去，忙又辗转回来，让人把那幅光屁股女人的油画摘走了。

赵世杰已经完全暴露了。老宋与上级取得联系，决定暂且派赵世杰到苏北根据地的交通站，从事与上海运送物资的秘密工作。虽然赵世杰一万个不乐意，但无奈也只能听从上级的安排，由李芬芳护送他到江边，与在那里守候的交通员接头，然后乘船离开。

李芬芳与赵世杰前往江边的路上，紧紧地握着他的手，十指紧扣，仿佛他一下子就要飞走了，仿佛自己再也见不到他似的。两个人默不作声，一路坐在黄包车上，听着车轮飞速旋转下轻轻发出的嗡嗡声，赵世杰将李芬芳的头靠在自己的肩上，轻轻地在她额头亲吻了一下，将她搂在怀里，踏着夜色，来到了江边。

其实李芬芳对赵世杰始终念念不忘关萍露而耿耿在心，虽然赵世杰嘴上经常矢口否认，但是心中一直割舍不了对关萍露的情谊。但他对李芬芳的承诺是，等到自己重新归来的时候，一定要以严惩关萍露的方式来向李芬芳解释自己对她独有的情谊。

残阳将最后一道余光洒在弄堂的墙壁上，隐隐约约从弄堂深处传来小孩踢毽子的数数声。原来这是尚小兰居住的那个弄堂，而她的女儿丹丹正独自忙乎着，在快乐地踢毽子玩耍。她忽然扭头，不远处一个男人站在那里静静地看着她，脸上洋溢着幸福的笑容。

“叔叔，我认识你。”丹丹突然停下来，一手拿着毽子，一手指着钱鹏飞说道。

“哦，原来你还记得我啊。”钱鹏飞笑着对丹丹说道。

“叔叔，你是大侠吗？你是不是武功很高强？”丹丹眨着眼睛，好奇地问。

“我有武功吗？哈哈，我自己怎么不知道？”钱鹏飞故意逗她。

“骗人，我妈妈说，骗人的是坏蛋。”丹丹貌似生气了，小嘴一撅说道。

“我是坏蛋？”钱鹏飞很好奇。

“你不是坏蛋，我知道你是怕人家发现你是大侠，来找你麻烦。没关系，我不把你的秘密告诉别人。”丹丹眨着忽闪忽闪会说话的眼睛，浅浅地一笑，对钱鹏飞说道。

此时的钱鹏飞心中酸甜苦俱全，既为女儿幼小年纪却懂得体恤别人而高兴，又为不能相认近在咫尺的女儿而感到一阵酸楚。此时的钱鹏飞只想到自己是一个没有尽到责任的父亲，没有顾忌到自己还是一名身处危险之中的地下特工。钱鹏飞招呼丹丹过来，一同跟丹丹玩起了踢毽子的游戏。

而且也难得看到丹丹边跳边鼓掌，看着钱鹏飞搞笑的样子欢喜雀跃。这一刻，他享受的完全是温馨融融的天伦之乐。

丹丹看了一会，突然歪着脑袋告诉钱鹏飞自己曾经见过他的照片。钱鹏飞一听，有些吃惊，但也有些欣喜，牵着丹丹的小手来到尚小兰的住处。丹丹从抽屉里的圆形铁盒中翻出那只心状银锁，使劲地掰开，将一张小照片放到钱鹏飞的手里，用清澈如水的眼神望着他。

钱鹏飞心里又是一阵酸楚，眼睛有些湿润。他多么想现在就把丹丹抱在怀里，大声告诉她自己就是她的爸爸啊！钱鹏飞正在犹豫之时，门吱的一声被推开了，尚小兰看到钱鹏飞与丹丹拿着照片说话的一幕，赶紧上前先将丹丹抱走了，谎称照片里的爸爸根本不是眼前这位叔叔。孩子一下子像受了委屈似的，哭着跑开了。钱鹏飞起身就要追出去，被尚小兰一把拽住了。她害怕钱鹏飞的身份暴露了，担心他的生命安全，宁愿让孩子幼小的心灵受到煎熬，宁愿让孩子从内心无情地谴责自己。

无情的地下工作让这一家三口每天都经受着考验。同时，赵世杰地下工作的暴露也将他的父亲赵安家置入了生死绝境。林大江再次来到赵安家这里时，依然没有问出半点关于赵世杰的下落，更别指望让赵安家把赵世杰能够完整地交出来带走了。林大江二话不说，手一挥，旁边的几名特工上前将赵安家按倒在地，噼里啪啦一阵拳打脚踢之外，拖着扔上了候在门口的吉普车。赵世杰的母亲哭天喊地，跪在地上央求放过自己的丈夫，可显然是无济于事，对于林大江来说，没有赵世杰不但无法交差，更重要的是几次三番地跑来跑去，一点油水都捞不到，有点太说不过去了。

赵世杰的母亲慌忙之中，猛想到可以用钱赎人。于是，她赶紧把自己首饰盒里的一些金银珠宝，以及藏在柜子里的几根金条放在手绢里包好，全部给林大江送了过去。林大江是爱财的，但更害怕丁默群的淫威，怎么可能轻而易举地将赵安家一放了之呢？

赵世杰的母亲花钱买人的苦心非但没有起到营救自己老公的半点作用，还招来了另一条恶狗的撕咬。他就是吴士保。吴士保也是爱财之徒，最近他因为在外又多包养了几房小妾，手中收紧，无奈没有赚钱之道，当看到林大江收取赵家银子大快朵颐时，心泛酸水的他赶紧向丁默群打了小报告，不料丁默群没有给予表扬，相反是一顿臭批，对于丁默群来讲，吴士保与林大江半斤对八两，没什么好说的。随后，吴士保将所有怒火都发泄到赵安家的身上，将他打得皮开肉绽，还让人脱下身上不堪入目的一件血衣，作为向赵家索要钱财的砝码。

赵世杰的母亲看到血衣，顿时就晕厥了过去。吴士保不顾老太太体弱多病，上前一阵拳打脚踢让继续用钱赎人时，老太太嘴里吐血，摇了摇头。吴士保随即一挥手，将赵家简直翻了一个底朝天，能拿的字画都拿了，能抱的瓷器也抱了，不清楚的玩意都摔了。

李芬芳再次来到赵家的时候，赵母显然已经有些神情恍惚了，她一直拉着李芬芳的手轻轻唤着赵世杰的名字。望着满院的狼藉，李芬芳抱着赵母潸然泪下，她心里多么盼望着赵世杰能够赶快回来啊。而老宋也有这个意思，他希望赵世杰能够尽快回到上海，全面开展新的地下工作，上级组织已经同意了。

林大江与吴士保对赵家一阵搜刮之后，仅靠通过审讯赵安家几乎是没有任何进展。一段时间过后，丁默群显然有些坐不住了。不是林大江与吴士保互相推诿抓不到赵世杰的责任，而是放着更重要的线索却无动于衷。

“共产党不好对付，抓了赵安家，赵世杰根本不上钩，主任——”林大江还没说完，就被丁默群止住了。

“赵世杰跑了，共党的地下运输线一下子活跃起来了，最近，苏北那边有情报过来，新四军得到了一批上海过去的物资。”丁默群瞪着林大江与吴士保，非常生气地说道。

丁默群再次下发了最后的时间通知，如果连这条线索也被两个人跟丢了，那么两个人就有生命之忧了。其实钱鹏飞对于丁默群的做法有些不解，作为特工总部的两员大将，中间出现了隔阂与问题，为什么作为上级的丁默群不是出面制止而是任由蔓延呢？其实，这是丁默群对于下属管理的“制衡”原则。当两个人除了一部分时间放在抓人杀人后，更多的时间用来提防对方，就会削弱两个人联合对抗自己的机会，这是一种处世之道，也是一种管理原则。常言道，三点支撑物体最稳，但两点联合起来，剩下的一点就是最危险的。

没过多久，太平洋战争爆发，日本人的气焰越来越嚣张。上海地下组织的很多同志被抓，许多条通往根据地的运输线路被截断，老宋根据上级的指示，马上把赵世杰接了回来。老宋把他安排在一个周围满是法国梧桐的旧式公寓里，将这里作为他在上海重要的办公地点。

重新回到上海，赵世杰思绪万千，但对于他来说，大干一场的机会来了。当赵世杰从皮箱里取出钥匙，轻轻拧动门上的环锁时，门竟然轻轻地开了。从门里出来的李芬芳第一眼看到是赵世杰，眼里的泪水夺眶而出，赵世杰甩开钥匙与皮箱，上前紧紧抱住了李芬芳。

"老宋让我找一个房子，没想到是给你的。世杰，你近来还好吗？"李芬芳趴在赵世杰的背上，一边哭着，一边说道。

"你看，我都杀回上海了，能不好吗？"赵世杰赶紧安慰道。

"世杰，有一件事我得告诉你。你爸爸让丁默群派人抓走了，病得很重。家里的财产也都让林大江和吴士保这两个魔头给拿的拿，抢的抢……"李芬芳看着赵世杰，一字一句地说道。

"都是丁默群这个罪魁祸首，我赵世杰饶不了他！"赵世杰咬牙切齿地说道。

"世杰，你妈的情况很不好，你回来了，最好去看看她。"李芬芳说道。

忽然，赵世杰脸色一变，放开李芬芳，转身坐到椅子上不说话。

李芬芳的意思是让赵世杰能够回家看母亲一次，或者由她悄悄地带着赵母能够来这里一次，这样的做法无疑对母亲的病情是有帮助的。赵母一直以来惦念的除了赵安家之外，就是赵世杰的安危了，她多么希望能够见上儿子一面啊。但对于赵世杰来说，这样只会暴露自己的行踪，不利于开展地下革命工作。不管李芬芳是否理解，从她心底深处却是非常愿意听从赵世杰的一切安排，哪怕是为他去死。但是当她在一个风雨交加的夜晚，只身前往赵家看到赵母的落魄、绝望和痛苦时，心里却又有了另外的打算。

急骤的暴风雨将窗户与门框摇摆得咔咔作响，长桌上的桌布也被掀了起来倒盖在茶具上，屋里没有点灯，只有通过屋外一闪一明的雷电才能将里面照得像白昼一样清晰。在雷电把黑夜与光明交替分开时，却能看清楚一条雪白的白绫从圆形楼梯上缓缓飘落下来，接着另一根白绫也跟了下来。赵母轻轻地将两条白绫打了个死结，带着吓人的惨白表情搬来一把圆椅，努力登上去，将绳套放在脖子下方，使劲蹬开了椅子，整个身体像随风而动的秋千一样，摇摆不定。

“太太……”撑着伞满身湿透的李芬芳推开屋门，顾不上扔掉手中的雨伞，冲过去，一把将赵母抱了起来。

赵母躺在地板上，满眼泪水，不停咳嗽着，她抓着李芬芳的双手责怪她不该来救自己，赵家已经没落衰败了，她现在没有可以指望的一个人了，不如一死了之。李芬芳看到赵母痛苦不堪的样子，忍不住告诉了赵世杰回到上海的消息。

“芬芳，你带我去见世杰，我要见世杰。”赵太太不知哪来的力气，突然坐起来，抓着李芬芳的手，迫切地说道。

“太太，不行啊，世杰说了，现在谁也不能见他。他让我告诉你，他没事，请你放心。”李芬芳为难地说道。

“芬芳，我是个快死的人了，我就想见世杰最后一面，算我求你了，行吗？”赵母站在地上，定定地看着李芬芳，一动不动。

“太太，你别逼我，真的不行……”李芬芳面露难色，不知道该如何回答，一直摇头说。

“你是不是要我跪下来求你？芬芳，那我跪下来……”赵母一把鼻涕一把泪地哭着。

“太太，你别这样，我答应你，我答应你行了吧？”赵母说着，就要跪下来。李芬芳慌了，连忙抱住她，无奈地说道。

此刻赵世杰趴在桌子上起草一份文件，显然没有听到有人在外一直敲打着房门。他警觉地站起来，从抽屉里摸出手枪，蹑手蹑脚地来到房门前，听着长三声短三声的叩门声，忽然一阵放松，知道是李芬芳来了。他赶紧一把将门打开，顿时，天空一道闪电倾泻而下，他看到李芬芳搀着母亲站在门口一动不动地望着自己。

李芬芳以为赵世杰会不顾一切地抱住自己的母亲，不料他只是冷如冰霜地让两个人进屋后，一直沉默不语。她清楚自己遵守与赵世杰之间的约定，但是旁边这个人是自己的亲生母亲，他又怎么能如此冷漠呢？

“世杰，我们赵家就你一根独苗苗啊，干共产党是杀头的事，你爸还关在监狱里，你妈也活不了几天，你是赵家唯一的希望，妈求你了，你不要干了，好不好？”赵母一边拽着赵世杰的胳膊，一边哭道。

“不，妈，我既然选择了走这条道，我只会走到底。你不要劝我了，赶紧回家去吧。”赵世杰轻轻推开母亲，有些反感地说道。

“世杰，你这样叫妈怎么安心？妈真还不如死了好，死了闭上眼睛，就什么都不知道了。”赵母越哭越厉害。

“妈，你不要跟我说这些，我是不会回心转意的，快回去吧。”赵世杰有些生气地说。

“世杰，你好好跟你妈说。”李芬芳站在一边，碰了一下赵世杰。

“我还说什么？李芬芳，这里已经不安全了，你知不知道？”不料赵世杰更加生气，瞪着眼睛，冲着李芬芳吼道。

赵母一听赵世杰说已经危及到了自己的安全，立即停止了哭泣，急忙转身就要离开。当李芬芳准备要送一下赵母时，却被她拦住了。她担心地对李芬芳说，让她留下来陪着赵世杰，万一有个突发情况两个人可以有个相互照应。

赵母踉跄着走了出去，她像风中漂浮不定的一片落叶，随时都有可能倒下起不来的危险。而自始至终，赵世杰没有说一句安慰母亲的话，也没有丝毫担心母亲安危的意思，只是很着急地收拾着桌上的文件，要赶紧逃离这个自认为已经暴露且没有安全感的屋子。

到底该先去哪里躲避一下？他选择了李芬芳的住处。

李芬芳轻轻将门打开，赵世杰迅速钻了进来，他赶紧将门反锁起来，然后一屁股坐在床上大口地喘气。李芬芳赶紧倒了一杯热水端到赵世杰的面前，有些难过地说这一切都是自己的错误。赵世杰没有接李芬芳的话，从包里掏出一根香烟，迅速点燃猛地抽了一口，接着不停咳嗽起来。李芬芳心疼地上前赶紧轻轻拍打着他的后背。不料，赵世杰一把将李芬芳抱在怀里，粗暴地用手在她身上乱摸着，急促的呼吸让李芬芳有些后怕。

赵世杰的动作幅度越来越大，他不顾李芬芳的轻轻反对，一手搂住她的腰将她放到沙发上，将头埋进了李芬芳的胸部里，大口地喘着粗气，另一只手伸进了李芬芳的两腿之间上下摸索着。他有些急躁有些粗暴，全然不顾李芬芳的感受，将她的衣服快速褪去，自己迫不及待地爬了上去。

天空又传来一道闪电，划破了夜空，又消失得无影无踪。

当半夜李芬芳醒来看到自己身边躺着眉头紧锁的赵世杰时，微笑着亲吻了一下他的额头，正要帮他把被子向上拉一下的时候，却又听到赵世杰嘴里一直呼喊着关萍露的名字，她的眼泪一下子夺眶而出，哭声惊动了赵世杰。他看到李芬芳一脸的伤心样，非常生气地教训李芬芳不是一个纯粹的革命者，而是只知道儿女私情的伪革命者。接着不顾她泣不成声的哭诉，自己倒头就睡，只剩下李芬芳双手抱着肩膀，蹲在那里不停地抽泣。

按照丁默群最初交给林大江的任务，他已经查到了赵世杰从事共产党地下运输线的一些准确情报，他满心欢喜地将这一情报通报给丁默群时，恰巧也被刚要出门的关萍露听到耳朵里。此刻对于她来说，这既是一个好消息，因为再次听到了赵世杰的消息；这又是一个坏消息，因为赵世杰马上又面临着非常紧迫的危险。

对于共产党在上海有一条秘密的通道通向苏北根据地的情报，不仅丁默群掌握了，同时梅机关的中野云子第一时间掌握之后也禀告给了武田。在她看来，丁默群手下的队伍都是一群乌合之众，对付军统没有半点成绩之外，对付共产党更是逊色于自己。但是武田这次却否决了中野云子的看法，还严肃批评她是有勇无谋的鲁莽之士，虽然中野云子有些不服气与不理解，但武田决定在今晚的宴会上好好给她上一堂生动的教育课。

当丁默群、钱鹏飞、关萍露来到武田与中野云子等待多时的餐厅时，今天却少了往日的寒暄，直接进入了正题，似乎大家是有备而来，而且所说的都很有针对性。

“我们发现上海的物资在源源不断地运向苏北的新四军驻地，共党已经建立了一条可靠的秘密运输线，这个运输线的负责人，根据我们的侦查，是个非常神奇的人。”

中野云子对大家说道。

“哦？怎么神奇？”丁默群似乎很感兴趣地说道。

“此人擅长易容术，面目多变，神出鬼没，因此，到现在为止，我们还无法掌握此人的真面目，更不知他叫什么名字，暂且叫他‘千面人’。”中野云子继续说道。

“千面人？嘿嘿，嘿嘿。”丁默群奸笑着，显得有些毫不在乎。

“丁先生，这一点都不可笑，相反，我觉得情况很严重，你们特工总部看样子一无所知啊！”中野云子看似有点不高兴，冷着脸对丁默群说道。

“云子小姐，如果我告诉你，这个千面人叫什么名字，你一定不会这么认为了。”丁默群故意显得相当绅士，面带微笑地说。

“丁先生，你们知道他？”中野云子非常震惊地说道。

“当然知道，这人就是赵世杰！”丁默群信心满满地说道。

丁默群刚刚说完，在场的武田、中野云子吃了一惊，关萍露和钱鹏飞也吃了一惊。

这次，武田对于丁默群的表现相当满意，其实也在他的意料之中。他频频向丁默群举杯致敬之外，也向关萍露碰杯示意。理由相当充分，对于一个几次三番想暗杀自己的仇人，一旦抓获了怎么能不大快人心呢？而关萍露似乎突然有一种想喝醉的感受，不顾在场的钱鹏飞三番五次的眼神暗示，也不管丁默群投来的质疑目光，连干了几杯之后，恍恍惚惚有了些醉意。接着她非常主动地邀请武田跳起了欢快的舞蹈，脸上洋溢着快乐的笑容，却招来了中野云子的几分妒忌。最后，只有关萍露一个人自我陶醉地跳来跳去，让在场的所有人都成了她忠实的看客，她想把心中所有的情感都爆发出来，同时也招来了太多人的猜疑。

关萍露回到住处守着厕所痛苦地吐了一阵之后，才稍稍有些清醒，但眼里挂着的泪痕一直都没有下去。她又回想起当初如何与赵世杰、李芬芳、胖子、陈瞎子、小王一起歃血为盟，自己如何与赵世杰在白渡桥上互诉衷肠，表达爱意，自己又如何渐渐成为人人可恨的女汉奸……想到这一切，她猛烈地揪着头发，大声地哭起来。

钱鹏飞的到来自然是来警告一下她今天晚上太过失态带来的危险，但是对于关萍露心中矛盾的纠结，自己同样是感同身受。他想到了尚小兰，想到了丹丹。但身处敌人内部，稍微有一点不注意，就会暴露目标将自己置于危险中。所以他们要学会放下，暂时将自己的亲情与爱情放到一边，全身心地投入到革命工作中来，才能保证自己不出错误，也是对自己亲人的负责。

老宋又将赵世杰安排到了一处新住所。但是他却不知道李芬芳已经跟赵世杰住到了一起。这让李芬芳非常不能理解，当她提议赵世杰将两个人的关系向上汇报时，赵世杰却是一脸不悦，认为现在根本没这个必要，重要的是革命工作。但是对于李芬芳来说，她还奢望着结婚，生子……可她刚刚提出来后，却一下子被赵世杰骂了回去，他以现在革命形势严峻，不适宜结婚为名搪塞了过去。接着两个人又以对方是否重要争吵起来。其实，赵世杰根本无法忘记关萍露，尤其是两个人曾经并肩战斗的回忆，常常让他陷入沉思。

于是，他决定乔装打扮之后，再去找关萍露一次。不管是暗杀还是解释，对于他来说，自己无法从关萍露的世界里走出来，他认为不能再继续等待下去了，这是一份煎熬，他需要一次解脱。

第二十章

傍晚，这条老街稀稀散散的过客踩着坑洼不平的路面南来北往，昏暗的街灯与如漆的黑夜翩翩起舞，风平浪静的夜空下一身黑装的觅食乌鸦零星地站在成堆的瓦砾上哀声齐鸣。老街两边的店面纷纷打烊关门，唯独用烫金制作而成的冉云旗袍店的牌匾下依然人头攒动，店中柜台旁的伙计们忙前忙后地用布料说话，用笑容送客。这是一天的结束，也是一天的开始。旗袍之美在白天是遮体的衣服，在黑夜是媚惑的利器，再也没有这样的衣服可以诠释出南北各色的极致，更关键的是，旗袍天生具有让人上瘾的魔力。关萍露又一次来到冉云旗袍店，赶做了一件旗袍。她满意地踏门而出，与一个络腮胡的中年男人擦肩而过，不料心中却有一丝难言的思绪。

络腮胡中年男人与关萍露擦肩而过时也故意放缓脚步，转身，脸带笑意地对关萍露说道：

“怎么，关小姐，这么快就不认识了？”

“你是？”关萍露感觉有些相识，但脑海中又不能马上对号入座，奇怪地问道。

“你就是忘了我，也不会忘了这个地方吧？就在这里，曾经发生过一件惊天动地的大事！”络腮胡男人围着关萍露转了一圈，继续笑脸相迎，但带着诡异的眼神，问道。

赵世杰！关萍露认出来他是谁，刚想说话，却被对方用黑洞洞的枪口抵在了腰间。赵世杰说，他要请关萍露喝杯咖啡。难道仅仅是一杯咖啡吗？

此刻，夜未央咖啡馆正是情侣们谈心说情的最佳时间点。不管是壮如牛犊的外国猛男捧着中国芊芊美女嫩手的告白，还是中年白脸绅士与艳如昙花交谈甚欢的半老徐娘，咖啡馆里处处洋溢着欲望的气息。没有人怀疑赵世杰与关萍露的表情有多么奇怪，也没人质疑两人举手投足间的小心，但今天赵世杰似乎又变回了往日浪荡不羁的少爷，有模有样地品着咖啡，有说有笑地回忆着他们的从前，仅此而已。

关萍露似乎察觉到了赵世杰与往日的不同，她心里猜不透，只是捧着咖啡，迎着热气，一边漫无目的地推敲，一边让思绪飞回从前。

“过去的事我们都不提了，萍露，你离开丁默群吧，你可以为我工作。”赵世杰抿了一口咖啡，对关萍露说道。

“世杰，你……你还相信我？”关萍露有些激动地说道。

“虽然到现在我还看不透你，但我毕竟爱过你，我不想看到你走上不归路。”赵世杰继续说道。

仅仅这一句话，就让关萍露潸然泪下。不需要任何的掩饰与伪装，不需要太多的解释与理由，因为只有关萍露心中最能明白。赵世杰关切地询问关萍露到底发生了什么事情，是否需要自己送她到医院，是否是因为咖啡的味道不合口，是否是因为心中有难言的苦衷，是否……赵世杰的询问越密集，关萍露的心越痛，她真的想此刻把所有的一切都告诉他，轻轻对他说，我们早已经是自己人，我不是女汉奸，我还深爱着你……但是……但是……

“对不起，世杰，我先走了。”关萍露的嘴唇又嗫嚅了几下，但最终还是犹豫了，她摇摇晃晃地站起来，抛下赵世杰，飞快地冲出了咖啡馆。

赵世杰愕然，眉头微颤着，想站起来追赶，但还是坐了下来，只是紧紧盯着关萍露冲出去的身影，用手使劲捶打着桌面。

关萍露没有直接回家，而是踉踉跄跄地来到了曾经与赵世杰、李芬芳、陈瞎子、胖子以及牺牲的小王起誓杀汉奸的那家废弃工厂。似乎这里斑驳的一切与往日没有太大区别，但却让关萍露似乎经历了一个世纪的等待，对这里所有的一切都感到陌生与遥远，但又让她恍惚记得这仅仅是昨天的事情。她用手抚摸着当时自己在斑驳的墙壁上写下的杀敌诗句，却不小心被上面粘连着的琐屑小刺扎破了手，鲜红的血像凝结成滴的眼泪滴滴落在当时他们喝酒之后摔碎的瓦砾上，又让她想到了当时大家慷慨激昂的豪迈与紧紧连在一起的团结雄心，而今，大家却成了最熟悉的陌生人，又成了互不能相认的蒙面侠。

关萍露悲恸地在墙壁上又写出了“她是你同志”的字样，颤巍巍地走出了废旧的工厂，回到了住处。

对于关萍露始终没有向赵世杰吐露真相，钱鹏飞心中能理解她的苦衷，因为这样的苦衷自己也正在经历着，但是接二连三地让关萍露去接受这样的考验，未免有些残酷。最残酷的地方不是关萍露随时会将所有的真相对外透露，而是既想坚定不移地把自己的地下革命工作进行到底，但又面对个人感情的不舍让自己摇摆不定，这样的痛苦纠结找不到有效的排解与疏通，她始终会经历着生不如死的煎熬，于是，钱鹏飞决定告诉关萍露一个不能说的秘密。

“我告诉你，为了确保你的安全，胜利完成任务，组织上专门又派了一个同志打入到特工总部，如果我出了事，或者情况特别紧急，她就会代替我跟你联络，并且协助你工作。”钱鹏飞说道。

“谁？”关萍露突然一惊，急忙问道。

“尚小兰！”钱鹏飞看着她，说道。

“日本宪兵队的那个漂亮女医生？”关萍露又是一惊，睁大了双眼。

“对，就是她。”钱鹏飞说。

“没想到，真是没想到。”关萍露喃喃地回答。

“组织上为什么这样做，你应该清楚了。萍露同志，这里面来不得丝毫的个人感情啊。”钱鹏飞郑重其事地说道。

“鹏飞同志，我刚才是太冲动了，对不起。”关萍露想了想，像个孩子似的，有点内疚地说道。

钱鹏飞看到关萍露心中稍微得到了安慰，自己也轻松了一下，但是他清醒地认识到，如果想要杜绝这类事情的发生，还是要尽量不让赵世杰与关萍露见面。于是他跟尚小兰商量了一下，打算让方春茶楼的宋方春出面，想个办法将赵世杰调离上海，这样才能确保彼此的安全与隐秘。

和往常一样，老宋将赵世杰、李芬芳、陈瞎子、胖子叫到自己的茶楼，学习了一些有关党章的内容之后，老宋单独把赵世杰叫到包厢，以他跟李芬芳之间私人的关系为名，决定把他调离上海。

“我跟李芬芳是自由恋爱，这是组织上的决定吗？老宋，你是不是对我有看法？”赵世杰吃了一惊，对老宋反问道。

“你误会了，世杰，这是为了你的安全。我相信组织上也是这样考虑的。另外，你也应该注意一下个人的事情，根据我们得到的情报，敌人正在密切注意你的动向，你应该提高警惕。”宋方春不紧不慢地说道。

“好吧，既然是组织上的决定，我服从。但我有个要求，我希望把给新四军的这批盐送走后再离开。”赵世杰想了想，说道。

宋方春沉吟了一下，点点头。

自从丁默群让林大江把赵世杰的父亲赵安家抓起来后，任凭林大江与吴士保如何严刑拷打，虽然两个人落了不少好处，但终究没有问到半点关于赵世杰的信息。丁默群有些坐不住了，急忙把林大江叫到自己办公室，除了丢给他一张李芬芳的个人照片之外，就是命令他严密监视赵世杰的母亲的行踪，必定能查到赵世杰的蛛丝马迹。林大江一边点头应允，一边暗自揣摩，为何丁默群连李芬芳的个人情况都了如指掌呢？必然，这又是自己的死对头吴士保在跟自己争抢功劳，无论如何，自己都不能掉以轻心。

于是，林大江亲自带着手下人化妆成烟贩、黄包车师傅以及擦皮鞋的，都紧紧地守在赵世杰家门口的不远处，不放过进出赵家的任何一人一物。而李芬芳还是像往常一样进出着赵家，照顾着体弱多病、身心憔悴的赵母，丝毫没有发觉自己早已被这些嗜血的苍蝇盯得死死的。

当李芬芳从赵家出来坐上一辆黄包车后，林大江赶紧招手也坐上一辆，紧紧地跟在后面。李芬芳让车夫径直拉到百货公司门前就下车奔向了叮当作响的有轨电车，林大江慌忙从黄包车上跳下来，脚没站稳，踩在路边的一块石头上，当场前额着地，来了个狗吃屎。黄包车师傅刚想笑出来赶紧又憋了回去，林大江尴尬地站起来还装出不在乎的样子，他是担心李芬芳登上电车扬长而去。但是李芬芳没有上车，而是走到了电车旁边许多欢呼雀跃的孩子身边，对着一个变戏法的男人发呆。

变戏法的男人就是赵世杰，今天他又把自己伪装成了一个变戏法的老人。看到李芬芳后，他站起来不好意思地向孩子们摆手之后，与李芬芳向前边走边谈。而不远处的林大江则是紧随其后。

“运货的车子胖子都准备好了，这是交货的地点。”李芬芳把一张纸条悄悄塞给赵世杰，说道。

“好。你刚才怎么这么晚？”赵世杰把这纸条塞进口袋，一边目不斜视地向前走，一边问道。

“我从胖子那里出来，看看时间还早，顺路去看了看你妈。”李芬芳小声说道。

“下次不许这样。”赵世杰的脸一下子拉了下来。他似乎看到背后有一个人影一直在跟着他们，等他回头，那人慌忙闪到了一边。

赵世杰知道已经被人盯梢了，他沉着地告诉李芬芳两个人赶紧分开回去。后面的林大江似乎也发觉了赵世杰已经发现了他，于是三步并成两步地赶紧向前走去。赵世杰故意蹲下身子假装借绑鞋带的时候，回头一看，发现紧紧跟上来的林大江露出了得意的笑容。林大江见自己已经被赵世杰发现了，紧张地躲到一边的墙角里，大口喘着粗气。

赵世杰看到前方有一班有轨电车正向自己驶来，但是他却不慌不忙地站在进站口一动不动，让在后面紧紧跟随的林大江摸不清情况。正当进站口的乘客全部上了电车，正欲关门的刹那，赵世杰一个箭步蹿了上去，生生地挤进车厢内。林大江站在原地看着远去的电车，气得跺脚骂娘，却又不小心崴了脚，在原地单腿跳来跳去，一副滑稽可笑的样子。

李芬芳走了不远，看到赵世杰坐着电车安全逃离后，自己径直走向了百货商店，转了三圈之后，发现身后没人跟踪，便从百货商店的侧门向家走去。而事实上，她一直被林大江的手下阿七紧紧跟随着。

当阿七发现李芬芳的住处地址时，吴士保的手下黑皮也同时发现了。

所以，林大江得知情况后，马不停蹄地赶紧回去向丁默群报告发现了李芬芳的行踪，且请示下一步该如何进行。这一切都让稍晚一步的吴士保愤怒异常，他认定林大江是故意跟自己过不去，故意想用抓捕共党来向丁默群请功邀赏，故意想打压自己在丁默群眼中的分量，但又不能贸然行动，因为他清楚，李芬芳只是诱饵，赵世杰才是大鱼。于是，他让手下人紧紧盯住李芬芳不放之外，同时还紧盯着林大江的动态，以不变应万变。

虽然老宋请示了上级，以赵世杰不安全为名把他调离上海派到镇江工作，口头上赵世杰答应得痛快，心里却是一万个不乐意。他把这种理由归结为自己做出这些成绩后，老宋容不下自己的小气表现，他把自己跟李芬芳谈恋爱的自由受到老宋限制也归罪于老宋个人的问题。但是他不能不服从命令，一边服从的同时，却对李芬芳说让她一起跟自己到镇江单独相处几天，理由很简单，要不然他从那边回来之后，有可能两个人会分道扬镳。

“世杰，你不是说胖子跟你一起去，这……这合适吗？”李芬芳一怔，惊讶地说道。

“你当然不能跟着我们的船走，我的意思是，你坐车一个人去镇江，我在镇江等你，我们单独在一起待几天。”赵世杰抓着李芬芳的手，说道。

“世杰，这事太大了，要是老宋知道了怎么办？”李芬芳有些害怕。

“傻瓜，有我在，你怕什么。”赵世杰一把将李芬芳抱在怀里，含情脉脉地说道。

“世杰，你先让我想想……”李芬芳还是有些担心。

“看来你说爱我是假的，李芬芳，你不想去就算了，我们到此为止。”赵世杰生气了，一把推开李芬芳，生气地说道。

“世杰，你别这样，我也想跟你在一起，天天在一起。我答应你还不行吗？”李芬芳一下子眼泪就掉了下来。

“那好，我跟你说定了，三天之后，我在镇江的仁和旅店等你。”赵世杰见李芬芳屈服了，这才笑了，又把她搂在怀里，紧紧抱着她，说道。

赵世杰与胖子化妆打扮成商人，很顺利地坐上了驶往镇江的小船。而当李芬芳收拾完行李将东西装在皮箱中，叫了一辆黄包车驶向火车站时，被一直盯着她行踪的林大江又悄悄跟上了，也被吴士保的手下黑皮紧紧跟踪着。李芬芳却一点都没有察觉到，她脸上洋溢着幸福的笑容。

当李芬芳走到镇江出站口的时候，林大江刚想赶紧招呼手下的阿龙和小七赶紧上前截住李芬芳，可他发现吴士保手下的黑皮也跟了上来，于是，安排两个人上前拖住他们之外，自己急忙朝李芬芳跟了上去。

赵世杰跟胖子来到镇江之后，谎称自己在这里还有点事情，打发胖子先回上海。接着自己来到与李芬芳约定的镇江仁和旅馆，独自开了一间房，躺在舒服的双人床上，露着笑容闭上了双眼。

最终，吴士保手下的黑皮忙着与林大江手下的阿龙打招呼的时候，跟丢了李芬芳。这让林大江高兴不已，他一路跟随李芬芳来到了镇江仁和旅馆。看到李芬芳拎着皮箱上楼之后，林大江露出了满意的笑容。

赵世杰一见到李芬芳，不顾她还没有放下皮箱，就上前搂住她又亲又摸的。李芬芳踉踉跄跄地被赵世杰抱到了床上，她脸上带着羞涩，紧紧地抱住赵世杰，激烈地回应着他。一场暴风骤雨瞬间倾盆而来。赵世杰与李芬芳约定，不顾繁琐的革命工作，要在镇江好好玩几天。

接下来的日子，赵世杰化装成一个略带沧桑的中年男子与李芬芳游山玩水，享受着二人世界带来的快乐。但同时，林大江与自己的手下也紧密地监视着他们，却不轻举妄动。

当两人来到金山寺，享受着白娘子水淹金山寺的动人传说时，赵世杰在稀落的游客中发现了林大江的身影。他赶紧小声告诉李芬芳继续装作没有被发现的镇定模样，赶紧加入到游客的队伍中，朝着金山寺的大雄宝殿走去。

钟声阵阵，木鱼声声。林大江率着手下人来到大雄宝殿内观望着前来参拜的香客，却忽然找不到赵世杰与李芬芳的身影了。他紧张地让手下跑到大雄宝殿的后院里逐一盘查，除了看到院中间那口四方的水井中有阵阵涟漪之外，赵世杰与李芬芳陡然从这里消失了一般。

这时，从后院的房内走出一些挂着佛珠、念着经文的光头和尚，整齐排列着向大殿走去。林大江跟手下的阿龙紧紧盯着这些从自己身边走过的和尚，一脸茫然，他们实在想不出，赵世杰与李芬芳究竟飞到哪里去了？

其实，赵世杰与李芬芳就混迹在这和尚的队伍中，只不过经过赵世杰的化妆之后，两个人都成了光头，其实如果仔细辨认的话，李芬芳的光头最为怪异，因为她的光头要比别人高出一截，其实也是头发盘在一起的缘故。

赵世杰与李芬芳逃出之后，决定立即撤回上海。毕竟在镇江都有丁默群的特务机构与日本人的把守，为了确保安全，他让李芬芳不要乘坐火车，而是从水路返回，至于自己，赵世杰诡秘地笑了下，称自己有着锦囊妙计。

林大江在金山寺独独守到深夜也没看到赵世杰与李芬芳的身影后，郁闷地来到镇江的警察局，对着警察局局长一顿猛批，但是他坚信，赵世杰一定不会逃离镇江的，他让警察局局长把镇江所有能够外出的出口统统盯上，哪怕是一个狗洞都不能放过。而他自己则坚信赵世杰一定会出现在火车站的。

在码头送走了李芬芳后，赵世杰独自来到了火车站。他一身黑色礼服，外加黑色披风，头戴黑色礼帽，手戴白色手套，以及可以翘起来的八字胡，无论如何让林大江都不会想到这个人就是赵世杰。赵世杰轻松地过了检票口，迎面而来的林大江和阿龙都没有觉察到他就是赵世杰。

赵世杰正要上车，却听到不远处有一个江湖卖艺人，正拿着一块银元来变小戏法博得欢呼声，他不由得一阵冷笑。旁边一位中年男人看见赵世杰这身行头，以为他是一位了不起的顶级魔术师，急忙搭讪着邀请他给大家来上一段精彩的魔术表演。赵世杰刚想推脱，但经不住众人的起哄，索性答应来上一个小节目。

顿时，这里被来往的乘客围得水泄不通。在一边查找赵世杰线索的林大江无意向这边看过来后，忽然脑海中浮现出赵世杰在上海的有轨电车旁也是这身装扮，他急忙招呼阿贵向围着赵世杰的人群奔了过来。

赵世杰似乎也看到了林大江跟阿龙正盯着自己，但又装出一副镇定的样子，一会变出一把鲜花，一会又变出一只鸽子，正当众人欢呼之际，赵世杰正要脱身，林大江带着阿龙急忙推开人群，追了上来。还没等他跑出多远，就被按倒在地。

大家都以为林大江抓住赵世杰之后，会连夜将他押回上海，急于向丁默群邀功请赏，但这次他却考虑再三，决定在镇江警察局首先对赵世杰审讯一番。其实这么做，林大江有三点考虑：第一，着急押回去，却没有从赵世杰口中得出半点有用信息，在丁默群面前肯定是不能达到好上加好的汇报效果，他要利用这次机会，真正让丁默群重视自己，忽视吴士保。第二，心急火燎地把赵世杰弄回上海，说不定半路被吴士保截走了，自己就鸡飞蛋打了。第三，一旦自己在这边从赵世杰嘴中审讯出有价值的情报，回去之后，吴士保肯定难再像审讯赵安家一样借机揩油。他要把这份功劳独享，仅仅只是自己一个人抢好处。

林大江将赵世杰带到镇江警察局的刑房里，先不打也不骂，只是给他详细讲述放在刑房内各种刑具的功能，他的目的不是让赵世杰死，而是要从他嘴里知道重要的共产党情报。

“这几样东西，你没见过，必定也听说过。老虎凳，你可以坐一坐，把腿伸直了，在下面垫上几块砖头，咔嚓一声，骨头断了，是不是很享受，啊？哈哈哈哈！”林大江一边说着，一边淫荡地笑着。

在林大江的大笑声中，赵世杰瞟了眼老虎凳。老虎凳血迹斑斑，显然是多次用刑留下的。

赵世杰心里一颤，目光中露出了惊惧之色。这个微小的眼神，被林大江捕捉到了，林大江一下子信心大增，继续一件件向赵世杰介绍刑具。而赵世杰的眼神越来越恐惧，一直到林大江拿起火炉里烧得滚烫发红的烙铁伸到赵世杰面前时，他的脸唰的一下如窗户纸一样惨白。

林大江没有拿着烙铁直接放到赵世杰的身上，而是伸到他的衣领口，让他闻着烧焦的衣服味，继续增加他的恐惧感。赵世杰显然有些崩溃了。

“说不说……”林大江冲着瑟瑟发抖的赵世杰，大声吼道。

“我说，我说，你们别用刑……”赵世杰的冷汗浸湿了头发，大口喘着气，双手不停地哆嗦着。

吴士保看到手下回来后怒不可遏，疯狂地用皮鞭抽打着黑皮，忽然，他觉得自己可以在另外一个人身上找到安慰。他来到刑房，对着赵世杰的父亲赵安家一顿毒打，直打得他没有了声息，才扔掉皮鞭，稍稍缓了一口气。

黑皮上前用手伸到赵安家的鼻子下，回头告诉吴士保赵安家已经死了。但似乎他还没有解气，又对着尸体一阵狂鞭乱打，这才舒了一口气，大声吆喝着走了出去。

赵世杰为了证明自己给林大江说出了真情，首先带领着他来到镇江的交通站，抓获了交通员小陆和另外两名没有来得及转移的党员，还有一部未来得及转移的电台。林大江看到这一切，高兴得手足舞蹈，他等待着赵世杰能够将整个上海地下党的情报全部告诉自己，那自己就可以在丁默群面前扬眉吐气了，但似乎赵世杰不这么认为。

“林队长，你只是特工总部稽查队队长，我把这些重要情报全告诉你合适吗？”赵世杰傲慢地对林大江说道。

“赵先生，你信不过我？”林大江反问道。

“不是我信不过你，是信不过你们特工总部。”赵世杰轻蔑地说道。

“你是说，我们特工总部里面有共党？”林大江大吃一惊，急忙问道。

“有没有我现在不能说，上海的情况至关重要，我必须见到你们丁主任，当面告诉他。”赵世杰故意卖起了关子，可这一下激怒了林大江。

他一把抓起赵世杰的衣领，告诉他现在的游戏规则是自己说了算。而赵世杰却轻描淡写地说自己可以妥协，但自己说的所有都是正确的。

“你小子原来有自己的小算盘，想跟丁主任讨价还价？”林大江瞪着赵世杰说道。

“我不想多说了，还是带我去上海见丁主任，这样对你对我都好。”赵世杰冷冷地说道。

“到了这一步，老子不怕你耍花招。”林大江哼了一声，松开赵世杰的衣领，恶狠狠地说。

“我既然走了这一步，没有回头的地方，等见了丁主任，你就明白了，我要把我知道的上海地下党一网打尽。”赵世杰面无表情，阴沉地说。

“赵世杰，你真够狠的！”林大江心花怒放，但嘴上还是故意损了赵世杰一句，接着哈哈大笑起来。

第二十一章

林大江听罢赵世杰的一番分析之后，感到刚才自己的揣摩太过肤浅，对于赵世杰这样的大鱼决不能采用对付军统分子的惯用审问伎俩，所以，林大江决定将抓获赵世杰的情报连夜发到上海，以免夜长梦多。

虽然已是深夜，但特工总部的电讯处还是灯火通明，从里面传来此起彼伏的嘀嘀的电报声。电讯处长余三界坐在办公桌前缩着脖子戴着老花镜看着一份文件发呆，匆忙跑进来的报务员上气不接下气地报告镇江警察局传来了密电。余三界马上一愣，丢下老花镜，亲自跑到机房接收来自镇江警察局传来的密报。

接收完密报，翻译成电文，余三界顾不上穿外套，急匆匆地就奔到了丁默群的办公室。他要第一时间把林大江抓获赵世杰的消息告诉丁默群，没来得及敲门就闯了进去。此时，丁默群与钱鹏飞正在梅机关与武田开会，只剩下关萍露一个人独自值班看家。当她看到电文上写着林大江已经抓获赵世杰打算明日早晨返回上海的字样时，竟然浑身上下有被电击的痛感，她声音嘶哑地询问余三界这是否都是真的，差一点遭到他的怀疑。既然赵世杰已经叛变，那接下来整个上海地下组织或许将面临着不可避免的无情摧残，如何才能将这个情报尽快送出去呢？

显然现在已经没了时间，钱鹏飞没在身边，余三界立刻将把电文送到梅机关丁默群的手里。关萍露一边答应与余三界一同过去，一边思索着如何能够将情报立即安全地送出去。突然，关萍露借故天冷独自到丁默群的独立卫生间，拿出一张纸条，写上几个字后，捏在手心，舒了一口气，跟着余三界走了出去。

正在犹豫徘徊不知如何将情报送出去时，她忽然看到日本宪兵的狼狗狂吠着，宪兵队长涩谷的办公室也还有人影在动。她忽然想起了钱鹏飞曾经跟她说过尚小兰也是自己的同志，于是，她对余三界佯称对于如此重要的情报最好能够让涩谷队长派人护送过去，比较妥当。余三界连忙称好。关萍露进屋后，只是简单把事情说了一下，就在涩谷安排几名日本宪兵做准备时，尚小兰也听出了关萍露的弦外之音，她谎称要回家，仅仅与关萍露擦肩的一刻，就拿到了那张至关重要的生命情报。

尚小兰快马加鞭地来到方春茶楼告诉了宋方春。他对赵世杰的叛变除了震惊与愤怒之外，就是想着如何能在短时间内减少损失拯救生命。老宋不顾一切地骑着自行车在深夜里狂奔着，他要把这个消息尽快告诉每一个自己的同志，而此时，关萍露与余三界也到了梅机关，见到了丁默群。

丁默群大喜过望，看到电文后非常得意地向武田炫耀自己的手下如何办事得力，如何精明能干。而在武田看来，惊险的过程往往比不上令人惊喜的结果。中野云子也是首次对于丁默群说了溢美之词，这让丁默群突然有了飘飘欲仙的感觉。但是当他看到钱鹏飞从屋外没有任何感觉地询问事由后，顿时又变得非常反感，他想，我可以给你无限的面子，但你却不能在别人面前不给我面子！其实丁默群本身就是一个超级自卑的虚伪者，他渴望继续用更大的成果来向武田证明自己非凡的能力，于是，他立即致电还在镇江的林大江，由镇江警察局派出精兵强将，务必在今夜将赵世杰押回上海。

对于钱鹏飞来说，由于没有弄清楚事情的来龙去脉，心中有些恐慌，但看到关萍露镇定的眼神，心中稍稍放松了一下。

对于关萍露来说，已经没多大的担心，因为已经将情报送给了尚小兰，但现在担心的是，地下组织的同志能否在短时间内尽快撤离。

对于丁默群来说，现在最要紧的，就是连夜将赵世杰押回上海，接着从他嘴里撬出整个上海地下组织的关系网信息，接着以迅雷不及掩耳之势一网打尽，中间不能蹦出任何一丁点的差错。

钱鹏飞、关萍露、余三界乘车回到特工总部后，第一件事就是被丁默群叮嘱今晚不能离开特工总部半步。今天晚上丁默群十分兴奋，他像一个孩子一般在特工总部的大院里蹦来蹦去，他想在今晚终结这场猫鼠游戏，他要做最后的胜利者。

林大江为了防止赵世杰中途逃逸，把手铐各锁在彼此的一只手上，紧紧相连。他在镇江警察局局长的陪同和前后五辆警车的压阵下，浩浩荡荡地来到了上海。

等车队到达上海特工总部时，丁默群已经恭候多时。今夜，特工总部所有的探照灯都从黑暗世界中放了出来，每道光圈都肆无忌惮地穿梭在夜空中，也蹂躏着大地，日本宪兵端起冒着寒光的刺刀整齐地站在大门的两边，不远处拴在铁架上的狼狗流着稀拉的口水冲着大门口猛烈地狂吠，就连不知从哪里窜进来的跛腿猫也在屋顶上凄惨地号叫着。

汽车吱的一声停了下来。镇江警察局局长率先从车里跳了出来，心急火燎地想向丁默群报告情况，却被还在车里的林大江摇下窗户，抢先喊了一嗓子，气愤难消。

“主任，我在这儿呢，我跟赵世杰铐在一起了……”林大江大声吼道。

吴士保领着自己的一队人马看到林大江得意忘形的样子，有些嫉妒。

“欢迎欢迎，赵先生大驾光临，不胜荣幸。”警察局局长将车门打开，林大江押着赵世杰走下来。丁默群笑着，走过去，彬彬有礼地拍了拍手，对赵世杰说道。

赵世杰淡淡地一笑：“丁主任，你这样搞得太隆重了吧？”

“哎，对赵先生这样身份的人，我是绝不怠慢的，啊？哈哈。赵先生请。”丁默群一边喜笑颜开，一边招呼赵世杰来到自己的办公室。

钱鹏飞守在办公室外，林大江因为跟赵世杰拷到一起也跟着进来了。

丁默群首先拿来钥匙打开了赵世杰的手铐，他揉着有些红肿的手腕，看了丁默群一眼。起初丁默群以为赵世杰会像其他一些共产党不肯轻易开口，还琢磨着如何打开局面，直接进入正题，没想到赵世杰首先说到了丁默群关心的问题。

“在镇江，我已经给林队长送了份小小的见面礼，回到上海，丁主任这里我当然备好一份厚礼了。”赵世杰坐在沙发上跷着二郎腿，轻蔑地说道。

“赵先生，我希望这份厚礼囊括你所知道的中共上海地下组织。”丁默群笑着说。

“看来，丁主任还是知道我赵某人的价值的。”赵世杰也笑了一笑，颇为自负，又带着点像增加砝码的意思，说道。

“赵先生何许人也？不要说我，梅机关的武田将军也十分看重，事成之后，我亲自替赵先生向武田将军请功。”丁默群似乎明白了赵世杰话里有话，也不失时机地接过话茬，说道。

“丁先生，请把纸和笔给我吧。”赵世杰见丁默群这样保证，心里踏实了，站起来，搓着双手说道。

赵世杰把自己知晓的上海地下组织人员的姓名以及住址全部都写了上去，包括宋方春、李芬芳、陈瞎子、胖子等人都赫然在目，甚至还将在方春茶楼一些包厢的位置都一一标明。丁默群看了大喜，随即让钱鹏飞把吴士保也召唤过来，命令他跟林大江带着手下的弟兄立即捉拿名单上所有的共产党员。

一时间，整座城市的夜空中都响着警笛的声音，一卡车一卡车持枪的日本宪兵穿梭在城市的大街小巷，一个个喷着欲望的日伪军张牙舞爪地在房间里乱砸一通，一辆辆摩托车驶过的声音接踵而至。李芬芳惊恐地用钥匙哆嗦地开着房门，被旁边一个黑影拽到了一边，原来是胖子跟陈瞎子。

林大江跟吴士保带领一群人横冲直闯来到了方春茶楼，翻遍了茶楼的角角落落，却连一个人影都没有看到。两个人无比懊悔地回到特工总部时，碰上迎面而来的钱鹏飞，没想被他的一句话一刺激，两个人连忙嚷着要到丁默群的办公室一枪毙了赵世杰。

“两位辛苦啊。共党分子抓了几车了吧？”钱鹏飞晃晃悠悠过来，见了林大江和吴士保，嬉皮笑脸地说道。

“抓个屁，他妈的连根毫毛都没捞着。”吴士保怒气冲冲地回应道。

“不会吧？这姓赵的难道糊弄我们？”钱鹏飞故意装出很吃惊的样子，说道。

“走，找姓赵的问个明白。他敢糊弄老子，老子毙了他。”林大江看了吴士保一眼，两人一起走进了丁默群的办公室。

钱鹏飞看到关萍露在办公室的窗户前不时地向外探望着，知道她一直在牵挂着其他同志的安全。他从口袋中掏出仅剩几支烟的香烟盒，拿出笔在上面画了一个潦草的花瓶和一个茶几，然后折成一只纸飞机，装作从关萍露的窗前无意经过，把那只飞机丢了进去。关萍露打开纸盒，先是看到正面一个光屁股的日本女人，看到背后的图案时，思索了一下，然后扑哧一声笑了，原来是平安的意思。

林大江与吴士保用枪顶着赵世杰的脑袋气愤地骂他用假情报忽悠了自己，赵世杰吓得战战兢兢不知所措。丁默群知道行动已经失败，但还是尽力控制不让自己发火，努力让自己还装出一副绅士的模样，不动声色地询问这一切究竟是怎么回事。

赵世杰忽然又想起来自己曾经居住的花园洋房是跟其他人联络的据点，一下子来了精神，信誓旦旦地对丁默群承诺，如果自己亲自带人到花园洋房，会把宋方春一伙彻底清理干净。

丁默群害怕这次行动再有所闪失，带着钱鹏飞、林大江与吴士保要亲自过去，临走之前，他特意叮嘱关萍露，武田那边有什么急事一定要等到自己回来处理。一群人急匆匆地赶到赵世杰曾经居住的花园洋房后，又是一次失望。赵世杰失望之余，抓起屋中的桌椅摔个不停，这一次，丁默群是如何也忍不下去了。

“行了，赵先生，我都没发火，你用不着这样吧？”丁默群冷冷地看了一眼赵世杰，没好气地说道。

赵世杰一愣，转过身来，看着丁默群，神情恐惧而绝望。

"年轻人，不要这么激动，宋方春他们跑了，可要跑出上海，那也不容易，你还是可以把他们抓回来的，啊？"丁默群上去，拍了拍他的肩，安慰中带着威胁地说道。

"丁主任，你给我一天时间，我现在就带人去车站、码头等处搜查，就是挖地三尺，也要把他们挖出来。"赵世杰一下子明白丁默群不会杀他，来了精神，赶紧向丁默群承诺道。

接下来，林大江跟吴士保带着赵世杰来到车站，面对来往的乘客逐一盘查。赵世杰像疯狗似的嗅着每个人身上的味道，哪怕是有一点相熟的面孔都要仔细看上半天。

陈瞎子与胖子决定把藏在仓库里的最后一批物资赶紧运送出去。面对赵世杰的叛变，两个人感慨万千，曾经大家还在一起信誓旦旦地要杀汉奸为百姓，如今关萍露叛变之后，赵世杰也步其后尘，两人一阵唏嘘。胖子叮嘱陈瞎子开车的时候一定要小心，因为这辆小货车对于赵世杰来说，是再熟悉不过了。

当陈瞎子开着小货车在一个十字路口等候穿行时，恰巧被赵世杰跟林大江一伙人往回搜寻时，意外发现。赵世杰两眼冒光，像一匹很久未曾吃食的饿狼，急忙让林大江驾车载着自己疯狂地追了上去。而此刻陈瞎子也看到了赵世杰，嘴里嘟嘟囔囔地骂着，快速发动汽车，向前冲去。

林大江驾着车在后面拼命追逐，坐在车里的特工小七不时用枪对着陈瞎子射击。陈瞎子驾着车左躲右闪，车上的纸箱子噼里啪啦地散落在地上。陈瞎子一只手握住方向盘，一只手掏出手枪探出身子向后面回击，却没看清楚前方矗立的一棵大树，迎面就撞了上去，当即小货车就侧翻在地，两个轮子在空中不停地旋转着。

林大江从后面的车上跳下来，一把从驾驶室里抓出满头是血的陈瞎子高兴地大笑着。而陈瞎子看到赵世杰向自己走来，急忙挣扎着从侧翻在一边的车座下拿出手枪，要射杀赵世杰，却被他一脚踩着伸出的手掌，陈瞎子痛苦地呻吟着，而赵世杰与林大江开心地大笑着。

到了特工总部，赵世杰把满脸是血的陈瞎子从车上拎出来，交给丁默群时，是满脸的喜悦，似乎他抓获了陈瞎子才在丁默群面前找回了点自信。当丁默群派人将陈瞎子押到刑房后，赵世杰似乎感觉到有些轻松，转身看到坐在一旁的关萍露，他便嬉皮笑脸地凑了上去。

“嘿嘿，这不是关萍露关小姐吗？”赵世杰讪笑了一下，对着关萍露说道。

关萍露冷冷地看了赵世杰一眼，默不作声。

“哦，对了，赵先生跟关小姐以前是同学吧？还在一个剧社里演过戏，也算是老朋友了。”丁默群点上一根烟，说道。

“以前是老朋友，现在是同志了，嘿嘿，对吧，关小姐。”赵世杰嘿嘿地笑着。

“谁跟你是同志？”关萍露还是有所抗拒的，板着脸对赵世杰说道。

“我现在也替丁主任效劳，为日本皇军建功立业，跟你不是同志是什么？啊？关小姐，我们真是殊途同归啊！”赵世杰哈哈一笑，厚颜无耻地说道。

“卑鄙！”突然，关萍露气得发抖，冲动之下突然一扬手，抽了赵世杰一个耳光。

啪的一声，赵世杰的脸被打得通红。赵世杰捂住脸，完全惊呆了。

钱鹏飞也被关萍露的行为惊呆了，心里大急，一只手悄悄伸向口袋，握住了手枪，准备随时应对到来的危险。

所有的人都看着关萍露，气氛紧张至极。

“萍露……”丁默群走过去，眼里带着凶光，恶狠狠地叫着她的名字。

“干爹，这个人好几次想刺杀我，我差点死在他的手里，杀了他我才解恨！这一巴掌是对他的教训，让他长点记性。”关萍露已经镇定下来，咬牙切齿地说道。

丁默群心里的疑团消失，微微点了点头。

赵世杰一阵狂笑，让人有点摸不着头脑。

李芬芳安全地撤离到宋方春那里，一把鼻涕一把泪地向宋方春承认着自己当初贸然前往镇江的错误。宋方春刚要批评李芬芳，胖子急急忙忙地闯了进来，告诉大家，陈瞎子已经被赵世杰抓住了。李芬芳当即脑袋一热，抓起放在桌上的手枪要去杀了赵世杰，被宋方春一把按住，对于他们来说，现在千万不能轻举妄动，保存实力才能将来报仇雪恨。赵世杰的叛变，不仅让整个上海地下组织陷入瘫痪，也让钱鹏飞与延安总部失去了联系，他紧急叮嘱关萍露，一定不要轻举妄动，见机行事。

丁默群将赵世杰的一切情报如实报告给了武田，本以为武田会提出一些表扬，没想到他首先就提出了疑问，为什么赵世杰已经供出了所有的秘密，到头来只抓获了一个陈瞎子？这时候，丁默群才分析说，就算可能是林大江从镇江发回的情报被共党截获，但是这次启用的是最新密码，对方不可能在第一时间就能完美地解密。只能认为，特工总部里面有共党的卧底。武田与丁默群一起分析着，从镇江那边发过来的密电到特工这边余三界接手后，还找了一次关萍露，如果说有情报的泄露，也只能从这两个人身上搜索了。

“余三界把密电译出来后，要送给我。我在你这里，留关萍露在我办公室值班，余三界就把密电交给了关萍露。而后，关萍露请涩谷队长护送，跟余三界一起把密电送了过来。事情的经过就是这样。”丁默群回忆道。

“按你这样说，关萍露如果是共党，她也没有机会送出情报呀。”武田皱皱眉头，说道。

“对，我也是这样认为。关萍露自从看到这份密电，始终跟余三界在一起，而且她后来还请涩谷队长护送，这件事做得很周密。”丁默群想了一下，说道。

“那就先查余三界。特别要查一查，余三界接到密电，到送给关萍露这段时间，他干了什么。”武田郑重地说道。

丁默群正欲离开，却又被武田叫住了。

“丁先生，不管查出是谁，你的特工总部里潜伏有共党分子，这是确凿无疑的。你身为主任，知罪吗？”武田目露凶光，转身走到了摆放自己指挥刀的案台前。

“将军，我……”丁默群一下子紧张起来，结结巴巴地说道。

“混账，你的大大的混账！”武田突然大发雷霆，一下子抽出了明晃晃的指挥刀，对着丁默群大吼道。

丁默群额头的冷汗都冒了出来，不知该说什么。

“我一向尊重你，丁先生，但我的尊重是有限度的，你不要以为你当了特工总部的皇上，就由你说了算，你看清楚了，你的头上还有我这把刀！”武田冷笑着，伴着明晃晃的指挥刀的冷光，他的目光也凶神恶煞一样。

“是是，将军，我一定照你的意思办。”丁默群弓着腰，不停地点头。

“找不出这个共党分子，你拿你的脑袋来见我这把刀。”武田说着，挥手砍去，砰的一声，桌子被砍去了一只角。

砍下来的桌角掉在地上，滚到丁默群的脚边。丁默群的腿不由哆嗦了两下。

这一次训斥把丁默群吓得不轻，他一直都没有上班，借故在家里躺着不起，只是平日与曹敏芝简单沟通一下。

“你啊，平常天不怕地不怕的，不把日本人当回事，这回怎么让武田吓成这副样子了？”曹敏芝一边给丁默群揉着双鬓，一边不停地唠叨着。

“你懂什么？武田这个小鬼子，最心狠手辣，平常他对我客气，那是要用我，我也是摸准了他的脾气，有时候跟他顶一顶，让他知道我丁默群的价值。”丁默群不耐烦地说道。

“那今天是怎么啦？他不用你了？”曹敏芝有些不解。

“特工总部混进了共党分子，这一次，他是真恼火了，搞不好我要掉脑袋。”丁默群说着就有些后怕。

“默群，那怎么办？”曹敏芝停下来，一把拉住丁默群，慌忙地说道。

其实丁默群心里已经有了打算，只不过他不想告诉曹敏芝，免得这个多嘴的女人坏了自己的大事。两个人正说着，钱鹏飞掀开门帘，跨过门槛，走了进来，说吴士保来了。

是的，吴士保是丁默群提前约过来的。丁默群看到吴士保走了过来，急忙招呼他坐下，然后借故让钱鹏飞跟曹敏芝出去将门紧紧带上。钱鹏飞装出很是关心的样子，向曹敏芝打探着一点蛛丝马迹。果然，曹敏芝没有半点防备地告诉他是由于武田让他捉拿特工总部的共党卧底，钱鹏飞嘿嘿一笑，不再言语。

其实丁默群现在怀疑的首先是余三界。他让吴士保而不是林大江去查余三界，是有自己的想法的。一是因为赵世杰是林大江所抓，让他去查余三界，肯定不会彻查到底。二是林大江与余三界沾亲带故，自然关系不用多说。三是林大江与吴士保一直以来都是死对头，这次抓赵世杰被林大江抢了头功，吴士保自然是憋了一肚子气，这个时候给吴士保一个机会，他会拿出十分的热情去专注做好。

果然，吴士保满口应允，马上带人来到特工总部的电讯处，没打任何招呼就闯了进去。

“吴队长，你们这是干什么？”余三界吃了一惊，连忙站起来问道。

“奉命搜查，余处长，请你到一边去。”吴士保傲慢地说着，眼睛望着屋顶。

“吴队长，你这是奉谁之命？电讯重地，出了事谁负责？”余三界腾地一下子火了，瞪着眼睛，说道。

“老子负责。实话说吧，是主任下的命令。”吴士保一拍胸脯，信誓旦旦地说道。

“好，查吧，查出什么问题了，你告诉我一声。”余三界一愣，随即气呼呼地扔下一句，转身就要离去，却被吴士保拦住了。

“余处长，在没有查清楚之前，请你不要离开这个房间。”吴士保说道。

“好你个吴士保，你把我当共党了？”余三界大怒道。

“余处长，你怎么知道我是来查共党的，啊？我刚才告诉你了吗？”吴士保冷笑了一声。

“姓吴的，你什么意思？你难道怀疑我？”余三界先是愣了一下，随即一拍桌子，拿手指着吴士保，说道。

“把你的手拿开，要不，有你的好看！”吴士保面目狰狞地瞪着余三界说道。

余三界和吴士保对峙着，互不相让。站在吴士保身边的黑皮等人悄悄把手按在手枪上，似乎随时准备动手，气氛异常紧张。

但终于，吴士保脸上蛮横的凶相，还有他手下那副要动手的样子让余三界有点害怕，他慢慢放下了手，哼了一声，走回到自己的座位上。

“弟兄们，搜！”吴士保也哼了一声，把手一挥。

吴士保手下的弟兄们翻箱倒柜地把各种文件扔得满地都是，其他报务员都纷纷躲在一个角落里，唯独余三界根本不把吴士保放在眼里，坐在原地的椅子上，悠闲地抽着烟。

吴士保查了一路，丝毫没有进展，也没有查到余三界有任何嫌疑的把柄。他郁闷着借口出去一下，碰到了在特工总部大院溜达的钱鹏飞。钱鹏飞一看满脸阴云的吴士保，慌忙称改天要请他喝酒解气。吴士保一听，心中更加不悦，钱鹏飞看在眼里，明白在心里，故意把余三界跟林大江以及丁默群的关系吹嘘了下，果然，吴士保上套了。

“钱队长，你如果看得起我吴士保，你有话直说！”吴士保看了一眼钱鹏飞说道。

“吴队长，你想啊，要是你查不出来，你看着，不要说余三界找你麻烦，到时候，林大江到主任耳边一说，错的都是你，弄你个里外不是人。电讯处是什么地方？说得再严重一点，要是余三界以后借机报复，故意弄出泄密的事来，都推到你头上，你说得清，你跑得掉吗？”钱鹏飞循循善诱地帮助吴士保分析道。

“钱队长，这个……我倒真没想过。”吴士保心里升起一股寒气，因为他很清楚林大江跟余三界对人的手段。

钱鹏飞的一席话，让吴士保心里明白了一件事，如果能查出余三界有嫌疑是好事，如果查不出来就会让自己惹上一身的麻烦，所以，余三界没有嫌疑，自己也要故意给他添点油加点醋。

所以，当吴士保再次搜寻又是无果后，便让自己手下的人拆了一台放在一边的电台。就是这台电台一下子让吴士保抓到了余三界的小辫，原来这是一台已经损坏的电台，而余三界却并没有提前说明。而这个证据恰恰成了抓走余三界最好的理由。

把余三界关进了禁闭室，吴士保急着马上要动手上大刑，却被丁默群制止了。

第二十二章

余三界被抓，这下子急坏了林大江。先不说什么沾亲带故，单说如果余三界倒下后，吴士保会不顾一切地爬到自己头上，搞不好哪天自己也会遭到同样的下场，因为他也非常清楚吴士保的为人。所以林大江在特工总部的院子里焦急地转来转去，看到派过去打听情况的小七回来之后忙热情地迎了上去。

果然，余三界被吴士保关进了自己的行动队里，无论手下如何打探，也不肯对外透露一点风声，这一下子让林大江更加清楚了自己不能去找丁默群说情，那无疑会起到此地无银三百两的副作用，而且，吴士保显然是冲着自己有备而来，难道仅仅是因为那件事吗？

林大江不敢迟疑，转身走出了特工总部的大门，来到了夜未央咖啡馆，因为那里有一个重要的客人在等待着他，那就是军统上海站的站长上官锋。

林大江告诉上官锋，余三界被吴士保抓了。上官锋的第一反应是，是不是丁默群发现了他跟余三界的交往，这种交往还包括余三界向他出售了很多有价值的情报。林大江其实很清楚，如果不是上次李善的事情败露，他估计一直都不会清楚这些背后的勾当。而且最关键的是，余三界还借机把林大江介绍给了上官锋。但是两个人云里雾里地交谈了半天，上官锋自始至终不清楚林大江到底想干什么。

“我告诉你，人倒霉了放个屁都砸脚后跟。本来丁默群是要查特工总部有没有共党，吴士保一向跟我和余三界不和，公报私仇，把余三界给弄进去了。到现在为止，我都不知道他抓住了余三界什么把柄。”林大江抿了一口咖啡，说道。

“哦，原来是这样，你放心，我跟余三界都是秘密接头，绝对没有留下蛛丝马迹。”上官锋终于明白林大江为什么要找他，安慰他道。

“那就好，我最担心的是余三界扛不住，把我们的事都抖出来。”林大江心里终于踏实了一点，点着头说。

林大江从上官锋这里找回了一点安慰，但关在禁闭室里的余三界似乎有点到了走火入魔的地步。他脑海中一直浮现着吴士保对自己严刑拷打之后，自己遍体鳞伤，最后丁默群带着狰狞的面孔一步步逼近自己，用沾满鲜血的一双手卡住自己的脖子，让自己一刻也不能呼吸。余三界吓得后背出了一身冷汗，他紧张地站起来，幻想着拧断窗户的铁条来逃之夭夭，无奈，他跳了好几次也没抓住，跌坐在地上，惊恐地大口喘着气。

此时已是深夜。吴士保跟自己的手下人横躺在办公室里划拳喝酒，大笑声中夹杂着不堪入耳的黄色段子，守卫在禁闭室外的一名特工看到吴士保等人一副逍遥自在的样子，心情不悦地努了下嘴，在门口走来走去。

突然，从禁闭室中传来一阵阵痛苦的呻吟声。特工一怔，从门口的窗户向里望去，看到余三界正双手抱着头在地上痛苦地翻来覆去，他不假思索地打开了门，想看个究竟。不料，在打开门的瞬间，余三界从地上蹿起来，抓起怀里的皮带迅速套到那名特工的脖子上，瞪着双眼使劲抻了下去，没一会，那名特工挣扎了几下，双眼一翻，倒在地上一动不动了。

余三界悄悄地钻了出来，听到吴士保办公室里继续传来此起彼伏划拳碰杯的声音，他摸出从那名倒地而死的特工手中拿的手枪，弓着腰，看到特工总部大院里停着吴士保的黑色轿车，慢慢靠拢上去，打开后备箱，小心翼翼地钻了进去。

吴士保那边酒过三巡，醉意正浓，突然又想到关在禁闭室的余三界，急命手下黑皮过去打探一番。当黑皮看到余三界逃逸后，大声呼叫，吴士保的酒意顿时醒了一半，一下子从长沙发上滚了下来，不等其他人把自己扶起来，踉踉跄跄便跑了出去，驾着自己的黑色小轿车，后面还跟着几辆摩托车冲了出去。

结果可想而知，在一无所获的情况下，吴士保相反显得非常轻松。他急忙命令司机掉头，驶向了丁默群的家里。

此刻，丁默群的家里又支上了一场牌局。曹敏芝、关萍露、林大江的老婆及吴士保的老婆神情愉悦地边打牌边谈笑。丁默群与钱鹏飞刚刚回来，丁默群还没有脱下外套，就听到外面汽车的鸣叫声由远及近地传到了院子里。钱鹏飞警觉地走出去，看到是吴士保急匆匆地从车上跳下来，没顾上跟钱鹏飞寒暄几句，便径直去了丁默群的房间。钱鹏飞正欲回去，却发觉吴士保汽车的后盖有些松动，他悄悄躲在一边，发现余三界从里面鬼头鬼脑地钻了出来，然后钻到了旁边林大江汽车的后备箱里，一动不动。

丁默群对余三界逃跑一事大为恼火，吴士保借机痛批余三界是共产党才会逃之夭夭。丁默群随即命令吴士保与林大江连夜将余三界捉拿回来，不料一向对丁默群言听计从的林大江突然唱起了反调。

“抱歉，主任，吴队长的公干我不敢插手，免得抢了他的功劳。”他梗着脖子，怪声怪语地说道。

丁默群一愣，脸色一下子阴沉下来。但他隐忍着没有发作。

林大江说完，抓起在客厅打牌的老婆转身离去。钱鹏飞本想上前问个究竟，刚想张口，林大江已经登上车，绝尘而去。

吴士保看到此，眼珠子一转，假装着十分抱打不平的样子痛批林大江故意刁难丁默群，还没等自己说完，丁默群就怒不可遏地训斥他现在的主要任务是抓到余三界，碰了一鼻子灰，吴士保悻悻地走了。

丁默群嘱咐钱鹏飞与关萍露不管如何，也不要向外透露余三界逃跑一事，否则梅机关的武田追查下来，丁默群是逃不了干系的。

其实，这次对于钱鹏飞来说，却想到了一出将计就计的内讧良策。因为他跟关萍露都很清楚，吴士保与林大江一直都是势不两立，而丁默群似乎很享受两个人争抢的制衡策略，只不过这次余三界的逃跑却为他们提供了良机，因为可以借机把余三界当做是潜伏在特工总部的卧底。一旦抓到了余三界，太多的辩解都太苍白，而且钱鹏飞的计策不仅会让余三界有苦说不出，也够林大江折腾一阵子。于是，钱鹏飞决定以匿名信的方式告诉吴士保关于余三界的具体藏匿位置。

果然，林大江驾车跟老婆回到家中，在后备箱中发现了余三界。两个人推杯换盏时，谈论最多的就是如何洗脱余三界的共党嫌疑罪名，两个人很清楚吴士保的此番用意，但在这个风口浪尖的危急时刻，余三界最担心的除了丁默群不会相信自己之外，也惧怕自己受刑一不小心，说漏了自己跟上官锋交易情报的事情，当然，说这些话的用意是告诉林大江，你也逃不了干系。

无奈，原本林大江还极力劝说余三界化被动为主动，向丁默群坦白一些无关紧要的小事来博得他的信任，看到余三界一副唯唯诺诺的样子，自己也担心把自己卷到里面说不清道不明，只能暂且答应余三界住下来，再从长计议。

一段时间内丁默群一直是寝食难安，一直思索着特工总部到底谁是真正的共党卧底。对于余三界，他自己有些清楚他的底细，但又不敢十分的肯定。对于每个人的意见，往往也是做个参考意见，可日子一天天地过去，关于共党卧底的确切消息却是没有半点准信儿，吴士保也好，林大江也罢，每个人都有不同的利益出发点，怎么可能让他相信是真是假？钱鹏飞、关萍露虽然自己十分青睐，但对两个人还是心存芥蒂的。于是，他想到了赵世杰。这个曾经几次三番要刺杀自己的人，对共党内部了如指掌之外，想必要比其他一些人对于卧底的嗅觉灵敏许多。

“据我所知，你们电讯处的秘密和一些重要密电，我们早就掌握了。”赵世杰冷笑着说道，显得有些得意，显得有些自负。

“有这种事？”丁默群有些惊讶。

“嘿嘿，余三界是不是共党，我不清楚，但你的电讯处，肯定不会干净。”赵世杰信誓旦旦地说道。

“难怪啊！余三界跟林大江关系密切，跟他手下的人也很要好，那天抓捕你的行动，会不会是林大江手下的人透露给余三界，余三界再打电话通知了宋方春。”丁默群咬牙切齿地握着拳头，恶狠狠地说道。

“这个嘛，主任，你查一查是谁打的那个电话就清楚了。”赵世杰有些没有把握，犹豫不决地回应了一声。

对于让谁去查一下当时是谁向鸿运食杂店打了泄密电话一事，丁默群想到了钱鹏飞。如果让吴士保去查，结果是否公允不说，他也会因抓捕余三界一事有所耽误。另外，林大江跟余三界的关系更不用多提，他自然排除在外，于是只有钱鹏飞在他眼里是最合适的人选。

丁默群还在为余三界到底是不是共党而徘徊不定时，武田从中野云子那里得到消息，余三界罪名未定之前就已悄悄逃走，而丁默群一直未采取行动。武田大为光火，断定余三界作为丁默群的亲信，此番想必有见不得人的勾当。随即命令中野云子带着自己那把指挥刀，来到丁默群的办公室对他施压。

而吴士保也接到了钱鹏飞写的余三界藏匿在林大江家中的匿名信，甚是大喜，急忙带着手下的弟兄们赶紧来到丁默群的办公室，请示之后，马上行动。

看到中野云子一如既往地驾着卡车闯进特工总部，丁默群以为还是传个消息下个命令那样简单呢，当他看到武田那把锋利的指挥刀时才意识到武田已经对自己没有太多的耐心了。而中野云子也趁机在丁默群身边威风了一把，这更让丁默群心中怒火顿生，但又不能表露在脸上，正尴尬时，吴士保高兴地闯进来要向丁默群请示，看到一脸怒相的中野云子，顿时犹豫了一下。

“云子小姐是武田将军专门派来督查案子的，有什么情况当着他的面说。”丁默群故意郑重其事地说道。

“主任，我刚得到情报，余三界藏在林大江的家里。也只有林大江敢藏余三界，他们本来就是一伙的……”吴士保一口气说了很多。

“丁先生，我看共党分子都在你身边做窝了，你怎么解释，啊？”中野云子一听，逼视着丁默群，大怒道。

“云子小姐，我敢保证林大江不是共党，要不，他就不会抓获赵世杰这么重要的共党分子。至于余三界，那只有抓到了再说。”丁默群这时候心里真是没底，但嘴上硬挺着林大江，说道。

“那你还等什么？立即去林大江家抓捕余三界！”中野云子冲着丁默群，厉声厉色地说道。

丁默群看着中野云子在自己面前嚣张跋扈的样子，气愤难耐，对着她窜出去的背影使劲啐了一口痰。

中野云子驾着风驰电掣的卡车，后面紧跟着丁默群、吴士保浩浩荡荡的车队，拉着刺耳的警笛声，横冲直撞地闯进了林大江的家中，甚至连门口的守卫还没明白怎么回事，中野云子的卡车就把门口的高高耸立的一块牌楼撞飞了。

林大江跟余三界躲在屋里还没明白是怎么回事，吴士保带人已把林大江的住处前后围得水泄不通，他伸着脖子向屋里得意洋洋地大喊着让林大江与余三界赶紧出来投降。丁默群站在吴士保的身后，也碍于中野云子的面子，喊了一嗓子。

“林队长，怎么办啊，主任也来了……”余三界哆哆嗦嗦地向林大江哭诉道。

“你他妈的给老子安静点！我这下子都被你害了！好汉做事好汉当，要不你还是出去吧！”林大江推了一把余三界，有点无奈地说道。

“你真要我出去？你是想卖了我吧？”余三界瞪着林大江，说道。

“我卖了你，我不是把自己都栽进去了吗？”林大江苦笑着说道。

“你让我再想想吧……”余三界犹豫着，转过身去。

中野云子看到丁默群与林大江喊话之后，屋里毫无动静，有点耐不住性子，一直极力督促着丁默群赶紧带人冲进去捉拿余三界，要不然自己回去向武田报告称，丁默群与共党分子有染。丁默群无语地思索着，似乎在等待什么。

“士保，你带人冲进去，不能再等了。”丁默群咬咬牙，终于下了决心，对吴士保说道。

“主任，是不是……连林大江一起抓？”吴士保颤抖着声音说出了自己的顾虑，

“武田将军让我交出共党，而且就在今天。我看，这个共党就是余三界！”丁默群目光坚定地说道。

“我明白了，主任的意思，不管余三界是不是共党，我们就认定是他。”吴士保似乎明白了什么，点点头说道。

丁默群没有直接回应。而在这时，中野云子发动了军用卡车，卡车轰鸣起来。中野云子驾车倒了一下，蓄足马力，准备将车冲进屋内。

“不能让日本人插手特工总部的事，死人是不会说话的，懂不懂？”丁默群脸上的肌肉抽搐了一下，面目狰狞地说道。

“那……干掉他？”吴士保一愣，哆嗦地问道。

“干掉！”丁默群回答道。

“弟兄们，上！”吴士保一挥手，大喊道。

他举枪对着屋门门射击，黑皮等人也纷纷开枪，一时间，枪声震天动地。

在屋内的林大江与余三界躲在桌子下抱着头，突然，林大江掏出手枪对准了余三界，他知道如果今天不杀掉余三界的话，那自己同样是如此的下场。在余三界惶恐不安时，林大江一枪结果了余三界，吓得躲在一边的林大江老婆惊叫着晕了过去。林大江接着又朝自己的胳膊来了一枪，倒在地上，假装晕厥过去。

当丁默群与中野云子冲进屋后，林大江又立即醒过来，委屈地称余三界来投奔自己，在自己劝说让他去找丁默群自首时，两个人发生了争执，结果余三界不小心被自己杀掉，自己也挂了彩。

对于这番说辞，丁默群此刻顾不上太多的揣摩，赶紧将结果禀报给了武田。起初武田对于丁默群推脱林大江的责任有些顾虑，但看到中野云子给了肯定回答之后，又将那把明晃晃的指挥刀放回了原处，但同时对丁默群警告道，这把指挥刀随时为他准备着。

丁默群听后不寒而栗。其实他心里最清楚，余三界只是一个替死鬼而已。对于查找内部的共产党卧底必须严格查下去。在询问钱鹏飞对于上次

拨打鸿运食杂店电话一事没有结果之后，他又想到了利用赵世杰作为查找共党卧底的突破口，于是，赶紧让钱鹏飞到赵世杰的办公室把他唤来。

此刻赵世杰正躺在沙发上抽烟，屋门吱的一声打开了，吓得他慌忙坐起来，抽出手枪，盯着门口。

“原来是钱队长，请。”赵世杰定睛一看，却是钱鹏飞。赵世杰心里很恼火，表面上还是尴尬地笑了一下。

“姓赵的，你小子真是狗改不了吃屎，以前见到你，老鬼鬼祟祟的，现在长进了，投靠主任了，没想到还这德性，见个人影也吓个半死，心里有什么鬼，啊？”钱鹏飞进来，嬉笑怒骂地对赵世杰说了一通。

“钱队长，请你说话尊重点。”赵世杰受了侮辱，脸色涨得通红。

“哼，主任叫你！”钱鹏飞丢下一句，推开房门，走了出去。

“呸，丁默群的一条狗！”赵世杰恨得咬牙切齿，对着钱鹏飞的背影，低声地说道。

丁默群悄悄地把赵世杰叫到密室，先是给他灌了一壶迷糊汤，让他当上了稽查队的副队长，跟在林大江的身边，接着不动声色地对他提出了捉拿宋方春的要求，而此刻对于赵世杰来说，正是自己建功立业的好机会。

清晨的公园门口，尚小兰挎着小包挤过人群漫无目的地看着林林总总的留言条。忽然，她的目光停留在一张写着“兰妹：家中小弟病重，诸事暂缓。春”的字条前，尚小兰迅速看看四周，见没人注意她，便用手指顺着那留言条捋下来。她仔细看着这个“春”字，仔细一看，竟是一个错别字，下面的“日”被写成了“目”。

尚小兰心里似乎踏实了，她松了口气，把纸条撕了下来，然后，尚小兰再看了看四周，若无其事地离开，来到了钱鹏飞的住处。

由于赵世杰的叛变，老宋暂时不能在市区继续进行地下活动之外，上海与延安联系的电台也暂时中断了。尚小兰转告钱鹏飞，宋方春让大家目前尽量都隐藏起来，不要贸然行动。这次对上海地下组织的打击非常沉重，但由于关萍露机智地将情报带了出来，才没有酿成灭顶之灾，但面对赵世杰现在又提拔为稽查队的副队长，开始疯狂地四处咬人，尚小兰与钱鹏飞商量着如何才能除掉这条疯狗。但要除掉赵世杰不太容易，丁默群派了很多人一天二十四小时守护着他，怕的就是共产党地下组织的反扑暗杀。

陈瞎子被抓到特工总部刑房之后，受尽凌辱与酷刑，但他坚贞不屈，没有说出任何信息。赵世杰大怒，亲自来到刑房要审讯陈瞎子。

“陈瞎子，你吃了豹子胆了。你不是胆子最小吗？你不是最怕死吗？你说过，你还没结婚，不能就这样死了。”赵世杰气急败坏，上前揪住陈瞎子的头发，发怒地问道。

“是，我好想结婚啊，但这辈子我是结不了了。”陈瞎子无奈地摇着头。

“瞎子，只要你说出来，我保证给你找个好姑娘，保证你跟她结婚，好好过日子。”赵世杰似乎感觉到了一丝希望。

“真的？”陈瞎子挣扎着笑了下。

“真的，我说话算数，我现在是特工总部稽查队副队长，只要你愿意，你可以跟我干，荣华富贵样样有。”赵世杰赶紧让人把陈瞎子放下来，似乎他真的看到了希望。

陈瞎子刚被两个彪形大汉从审讯架上拖下来，不料，陈瞎子突然扬起手，狠命给了赵世杰一个巴掌。赵世杰来不及躲闪，左边的脸瞬间像发面馒头一样肿了起来。

“你——你打我？你这个胆小鬼你反了！”赵世杰怎么也想不到一向胆小的陈瞎子会打他，一下子被打蒙了，捂着脸，愣愣地看着陈瞎子。

“我早就告诉你，我叫陈大胆！你应该记住，陈大胆！”陈瞎子一边说着，又一巴掌过去，赵世杰顺势挡住了。

赵世杰从沾满血迹的桌上拿起手枪，恶狠狠地对着陈瞎子砰砰砰就是三枪。陈瞎子晃了一下，眼睛怒视着赵世杰，轰然倒地。

赵世杰大口喘着粗气，手不停地颤抖着。

身旁的两名彪形大汉将陈瞎子的尸体拖了出去，恰好被即将走进办公室的丁默群、钱鹏飞、关萍露看到了。钱鹏飞装出一脸的不屑，而关萍露则是抑制不住自己的情感，泪水夺眶而出，丁默群看到了似乎有所质疑，关萍露赶紧找借口说自己一向对于鲜血有所过敏。而丁默群则像一个魔头一般，似乎找到了快乐，仰天大笑着。

关萍露已经无法容忍赵世杰继续疯狂撕咬下去，她拿起钱鹏飞曾经给自己的那把袖珍小手枪，义愤填膺地决心要除掉赵世杰时，被钱鹏飞一把拦住了。他不能容忍关萍露如此冒失的行动暴露了自己，同时也将自己的生命置之度外。除掉赵世杰虽然是迫在眉睫，但眼下最关键的事情还是如何保全自己，继续隐藏下去。钱鹏飞似乎有预感，丁默群根本没有相信余三界就是共党的卧底，他还会继续实施下一步行动。而关萍露也说出了自己的担忧。

“赵世杰以前对你的身份有怀疑，鹏飞，我最担心他会盯上你。”关萍露突然说道。

“你也不能掉以轻心，赵世杰可能对你还不死心，他会来纠缠你。”钱鹏飞也提醒关萍露。

“这我不怕，他敢纠缠，我就拿丁默群这张牌来挡他。”关萍露咬着牙齿说道。

“但你不能低估了赵世杰，他现在什么事都干得出来。”钱鹏飞还是非常担心的。

“我知道，鹏飞，你跟组织上还没有联系上吗？”关萍露点点头，还是很担心地问道。

“刚刚联系上，地下组织的同志都转移到郊外了，电台也转移了，赵世杰这样疯狂，组织上指示暂时中断联系，这样，我们跟延安的联络也将中断。”钱鹏飞叹了一口气说道。

“鹏飞，是不是我们最困难的时期到了？”关萍露紧张地问道。

“对，现在我们差不多是孤军奋斗，萍露同志，一定要小心小心再小心。”钱鹏飞凝重地望着关萍露说道。

吴士保因为余三界的事情一直耿耿在心，本以为可以抓条大鱼，没想到最后还是不了了之，本以为可以借机教训一下林大江，结果非但没有教训到，丁默群还把赵世杰调了过去做副队长。所有的不平衡堵在心里，他让手下紧紧盯着赵世杰，发现他除了一天到晚耀武扬威之外，一个共产党都没有抓到。吴士保似乎嗅到了报复的滋味，迫不及待地跑到丁默群那里打报告，结果事与愿违，被丁默群教训了一顿。

其实这是丁默群一贯的做事策略，他不会把一个提供的信息百分百全部当真，也不会百分百全部认假，他喜欢从不同人口中探听风声，让自己有所判断。支走了吴士保，又一个电话把林大江叫了过来，他要确认一下吴士保的话到底是真是假。

果然，面对林大江一直为赵世杰找借口开脱的理由，丁默群似乎明白了一些，当即对林大江作出了新的指示。

“古人有句话，‘兔死狗烹’。现在不是兔子死光了，是这条狗捉不了兔子，那你留着这狗干什么？”丁默群转动着自己手中的笔，慢慢地说道。

“我明白了，主任是要除掉他。”林大江打了个激灵。

丁默群摆了摆手。

“你去明白告诉他，再抓不到共党，破获不了共党地下组织，他赵世杰就拿自己的脑袋来交差！”丁默群阴狠地说道。

赵世杰知道丁默群的意思后，勃然大怒，发疯似的将办公室里的东西砸得稀烂，他一边咒骂着丁默群的卑鄙无耻，一边痛恨自己不能马上抓到一条大鱼，甚至还被钱鹏飞当面羞辱。对，钱鹏飞，钱鹏飞……突然在赵世杰的脑海中，浮现了曾经他跟关萍露、胖子、陈瞎子和李芬芳一起暗杀丁默群，捧着凤冠锦盒装着手枪见到丁默群时，是钱鹏飞接手后里面的手枪不翼而飞，他很清楚这是钱鹏飞做了手脚。

赵世杰面目狰狞地仰着头哈哈大笑着，似乎所有的一切已经掌握在他手里了。

第二十三章

赵世杰马不停蹄地找到丁默群，向他透露了自己怀疑钱鹏飞是共党的那些猜测。丁默群听了大为震惊，直接让赵世杰拿出能够说明的证据时，他有些退缩了。不是证据难寻，而是害怕自己曾经几次三番地暗杀丁默群，他会因为这件事对自己打击报复，但是转念一想，如果真的能把钱鹏飞是共产党的证据全部摆出来，相信丁默群也会不计前嫌，非常重用他的。

丁默群听了赵世杰的解释后，一想到钱鹏飞是卧底，浑身的汗毛不禁都竖了起来。但他还是装出震怒的样子，一拍桌子，对赵世杰大吼道：

“胡闹，赵副队长，你没有证据，就凭感觉断定钱鹏飞是共党，这能叫我相信吗？我告诉你，钱鹏飞是我的老同学，一贯对我忠心耿耿，要是他是共党，我早死了几千回了！当然，也可以这么说，要不是他保护我，我也早死了几千回了。”

“他不是一般的共党，主任，他必定负有特殊使命。”赵世杰胆战心惊，急忙辩解着。

“那好，只要你拿出证据，证明钱鹏飞是共党，以后，你就是我最信任的人。”丁默群沉吟了一下，轻声说道。

“主任英明，英明。”赵世杰终于松了口气，说。

"但要是你拿不出证据，你不要怨我心狠手辣，你的后果只能是死路一条！"丁默群盯着赵世杰，目光又像蛇蝎般阴冷，话锋一转对他说。

赵世杰悚然一惊，明白自己把自己逼到了绝路。

赵世杰决定跟踪钱鹏飞，然后发现他的蛛丝马迹，接着再顺藤摸瓜。他利用自己最擅长的易容术，将自己装扮成一位耄耋之年的白发老人，悄悄地跟在钱鹏飞的身后走街串巷，几天时间里，却没有发现任何值得怀疑的地方。突然有一天，他看到钱鹏飞走进了一个在弄堂内十分隐蔽的酒吧，直觉告诉他可以发现一丝线索，于是紧紧跟了上去。

钱鹏飞来这里是跟尚小兰事先约好的。尚小兰告诉钱鹏飞，老宋已经同延安总部取得了联系，组织上指示他们尽管动手除掉赵世杰，如果钱鹏飞与关萍露有合适的机会也可以动手。另外让钱鹏飞高兴的是延安总部的领导高度表扬了关萍露以及自己出色的表现，一下子让钱鹏飞酒瘾大发，连忙拉着尚小兰陪自己一同喝上几杯。

在弄堂酒吧外装作若无其事的赵世杰不时向里面窥望，当他发现钱鹏飞会面的是涩谷卫生队的尚小兰时颇感意外，尤其是两人亲密的行为举止让赵世杰如获至宝一般，高兴地回到了特工总部。

当他说出自己怀疑钱鹏飞是共党，而且说自己掌握了他的证据后，一边抽烟的林大江猛然一惊，扔掉烟头，快速靠过来，迫不及待地让赵世杰继续说下去。

"刚才我发现，他在酒吧里跟日本宪兵队的尚小兰尚医生碰头，两个人关系非同一般。"赵世杰非常警觉地看了一眼窗外，小声说道。

"怎么个非同一般？"林大江紧张地问道。

"很亲热，尚医生好像是钱鹏飞的情人。"赵世杰郑重其事地说道。

"哈哈哈哈，哈哈哈哈。老兄你太有意思了。"林大江听了，哈哈大笑，像是听到一个最可乐的笑话。

"怎么啦？"赵世杰被笑懵了，奇怪地问道。

"你去问问特工总部的人，哪个不知，谁人不晓，钱鹏飞是有名的花花公子。我告诉你，我也看见过钱鹏飞勾搭尚小兰，就在这个大院里，还被尚小兰扇了个巴掌，哈哈哈哈。”林大江不以为然地说道。

“可我就是觉得有问题，他们的碰面，亲热当中又有戒备，好像在谈什么秘密事情，怕人家发现。”赵世杰皱皱眉头，继续自己分析道。

“得了吧老兄，我再告诉你，钱鹏飞还跟关小姐有一腿呢，你想，关小姐是什么人？主任会让钱鹏飞碰吗？为这事，主任都吃醋了。”林大江拍了拍手，准备离开了。

“那主任不整死这个姓钱的？”赵世杰一听关萍露的事，马上关切地问道。

“你不懂，钱鹏飞背后有曹敏芝撑腰，曹敏芝最怕主任跟关小姐勾搭，所以死盯着主任，又护着钱鹏飞，主任没奈何，对钱鹏飞黏糊关小姐只好睁只眼闭只眼。”林大江继续嘿嘿地笑着，似乎是对一个初涉社会的小孩讲课。

此时的赵世杰心里恨得要死，他想把当时暗杀丁默群时钱鹏飞的异常告诉林大江，突然感觉还是不说为妙，冲着林大江笑了下，也离开了房间。

赵世杰本想出去溜达一下，转念一想就来到了关萍露的办公室。此刻关萍露正趴在桌上抄送一份文件，看到赵世杰走了进来，先是一惊，然后一副冷如冰霜的样子对赵世杰不闻不语。赵世杰看到关萍露依旧板着脸，忙嬉皮笑脸地靠上前，向关萍露含情脉脉地解释自己最近太忙，没有时间过来看她很是遗憾。此时的关萍露心中只有仇恨，早已对他没了爱恋，便气急败坏地对赵世杰吼道：

“以前你不是想杀了我吗？赵世杰，那你动手啊，你有胆量、有本事就把枪拿出来！”关萍露激愤地对赵世杰说道，没想到一下把赵世杰惹怒了。

“你别以为我当初是没本事没胆量杀你，我有，可我是不忍心杀你，为什么？因为我还爱着你，爱着你懂吗？”赵世杰恼了，上前一把揪住关萍露，恶狠狠地瞪着她说道。

“你让我恶心！”关萍露用力挣扎着推了赵世杰一把，愤怒地说道。

“你他妈的装什么贞洁，啊？你以为我不知道你的事？你跟丁默群不清不白，跟钱鹏飞勾勾搭搭，为什么就不能跟我破镜重圆？”赵世杰踉跄了一下，却又扑上来，张开双手，要去搂抱关萍露。

两人拉拉扯扯，赵世杰进一步借口要把关萍露曾经如何暗杀丁默群的事情宣扬出去，关萍露愣了一下。赵世杰以为有机可乘，上前就要抱住关萍露，突然，门砰的一声被踹开了。

赵世杰猛地一愣。关萍露趁机迅速推开赵世杰，躲在一边。

“钱队长，嘿嘿，我找关小姐谈谈……”赵世杰见钱鹏飞目露凶光，心里害怕，尴尬地堆起笑脸，还没等他说完，脸上挨了钱鹏飞一巴掌。

“滚！”钱鹏飞怒不可遏地骂道。

“你敢打我？我凭什么滚？”赵世杰一下子火了。

“就凭老子的拳头比你硬！”钱鹏飞冲着赵世杰吼道。

赵世杰恨恨地瞪了钱鹏飞一眼，狼狈而去。

当赵世杰将自己跟踪钱鹏飞的一些情况透露给丁默群时，没想到他也对于这些情况早有耳闻，认为这仅仅是钱鹏飞的个人爱好而已，说明不了他就是共产党员。赵世杰眼看自己的计划即将失败，突然想到设一出局来验证钱鹏飞是否就是共产党。

赵世杰让丁默群找来自己招供时曾经上交的一封家信，是宋方春写给在苏北新四军根据地工作的妻子的关心信，但由于当时宋方春将赵世杰调离了上海，他怀恨在心，于是就私自扣了下来。他的意思很清楚，如果钱鹏飞是共产党的话，肯定与宋方春有直接或间接的联系，所以如果用宋方春的名义来设局的话，一定能够探明钱鹏飞的真身。

“我的想法是这样，如果钱鹏飞跟宋方春有联络，宋方春的笔迹他应该认识，我们可以模仿宋方春的笔迹，设一个骗局。”赵世杰得意地对丁默群说道。

“这个手法并不高明，未必骗得了钱鹏飞。”丁默群沉吟了一下，摇摇头不予赞同。

“不，现在是非常时期，共党分子个个如惊弓之鸟，恨不得杀了我而后快……”对于自己的做法，他非常自信。

“你的意思，是把你这个共党的叛徒抛出去？”丁默群死死盯着赵世杰，似乎明白了些什么。

“对，这个骗局跟我套在一起，效果就不一样了。”赵世杰说道。

赵世杰轻轻来到丁默群身边，附耳过去，详细地说着自己的计划，丁默群若有所思地不住地点头。

“好啊，既然共党最想杀你，这个办法可以一试，赵副队长，我祝你马到成功，哈哈哈哈。”丁默群突然大笑起来，在赵世杰肩上拍了一下，高兴地说道。

丁默群的办公室里飘着姚水娟的歌声——《花木兰代父从军》，他一边躺在摇椅上合着节拍摇头晃脑，一边一句接着一句地同关萍露谈论着花木兰从军的故事。似乎丁默群心中还有事情没有放下，眼皮不时地抖动着。

门外传来了脚步声，是林大江与赵世杰面带笑容地走了进来。赵世杰看了一眼关萍露，故意轻声对丁默群说道，那个人都招了，全部都招了。关萍露本想侧着耳朵继续听下去，随即被丁默群支了出去。

刺耳的哨子声骤然响起，一下子惊呆了卧在房檐上休息的一只懒猫，它哧溜一声蹿到了树上。林大江与赵世杰带着一队人马快速地奔上篷布卡车与三脚摩托车，向外驶去。钱鹏飞晃悠着刚走进特工总部，望见眼前一幕，突然预感到有大事要发生了。

他假装若无其事的样子，直接走向了丁默群的办公室。正当他跟丁默群即将出门的时候，林大江跟赵世杰又杀了回来。车还没停稳，赵世杰急忙跳了下来，向丁默群报告自己这次抓了一条大鱼，而且还是宋方春的手下。丁默群装出一副不以为然的样子，嘱咐这次一定要严加审讯，不能再出半点差错，随即把钱鹏飞叫了过来。

“审讯共党要犯可是门大学问！我看这还是让钱队长和林队长来代劳吧！”丁默群对钱鹏飞与林大江说道。

“哦？主任还是信不过我啊？”赵世杰似乎有点沮丧，猛地一愣。

“主任，赵队长会不会误解我们这是抢他的功？”钱鹏飞也愣了下，故意笑着说道。

“都是一家人还分什么彼此！我们马上把他押进去审。”林大江赶紧拉着钱鹏飞，装出一副亲兄弟的样子，说道。

“好，审出结果马上报告我。”丁默群叮嘱了一句，坐上车，绝尘而去。

钱鹏飞抽着烟，大摇大摆地朝审讯室走去，他想还是探听一点消息，再作打算。

刚巧，从过道拐角走来的赵世杰好像正对阿龙和小七在吹着牛。钱鹏飞一闪，躲到柱子后面，偷听两人的谈话。

“老子故意让共党发现我的行踪，宋方春还真上当了，哈，让我们逮住了一个。”赵世杰得意地说道。

“赵副队长这一招就是高，宋方春都疯了，不杀赵副队长不罢休，听说专门组织了人马刺杀，赵副队长吃准了这个，神机妙算啊。”特工阿龙急忙拍着马屁说道。

两人边谈边走远了，钱鹏飞听到这些话，顿时脸色大变。

在审讯室里，林大江卖力地将抓获的中年男子打得皮开肉绽，血肉模糊。林大江坐在椅子上大口喘气，钱鹏飞走上前，递给林大江一根烟，自己嘴上叼了一支，走到中年男子面前也要审讯一番。而林大江借口说这里太闷，自己出去抽了这根烟马上回来。

突然，血肉模糊的中年男子轻声唤着钱鹏飞的名字，指了下自己的右脚，不省人事。钱鹏飞从里面抽出一张纸条，还没打开，林大江叼着烟赶了回来。钱鹏飞立即装出一副凶狠的审讯模样敷衍着林大江。

丁默群一直站在窗口窥视着审讯室里的一切。当看到钱鹏飞急匆匆地从里面出来后，自己又躺回了摇椅，轻轻地闭着双眼。

钱鹏飞拿着纸条走出特工总部，来到一个拐角处，小心翼翼地把纸条放在香烟盒上，只见上面写着：已抛诱饵，上午十时赵世杰在霞飞路光记台球馆与李芬芳碰头。行动组务必赴台球馆截杀之。春。钱鹏飞抬手一看已经是九点钟了，感觉到情况十分危急，便快步向宪兵卫生队走去。

此时尚小兰刚送走一个伤病员，钱鹏飞闪进来，立刻关住了门。将那张纸条递给尚小兰，希望她马上将这个消息传递出去，以免老宋进入赵世杰的埋伏圈后将损失严重。但此刻尚小兰也无法脱身将这个消息马上安全送递出去，正在焦急时刻，尚小兰盯着那张纸条上的落款“春”字发呆，然后神情慌张地告诉钱鹏飞或许已经中了敌人的圈套，在他耳边轻声说了几句，钱鹏飞顿时目瞪口呆。

在丁默群的办公室里，林大江跟赵世杰向他汇报着所有的一切都按照原计划有条不紊地进行着。钱鹏飞拿了纸条神情慌张地走了出去，最关键的是赵世杰找来的这个中年男子只是宋方春早些时候的一个外围交通员，赵世杰早已用金条把他买通，实际上唱的就是一出苦肉计。丁默群听了大喜，当即命令赵世杰与林大江赶紧带人埋伏在台球馆，看到钱鹏飞与其他共产党到来时，一网打尽。

钱鹏飞知道事情真相后，装作若无其事的样子再次来到特工总部，看到奔向厕所的吴士保后，心生一计，脸上露出了笑容。

"吴队长好久没去怡红楼了吧。"钱鹏飞看着站在小便池边撒尿的吴士保，吹着口哨，笑着说。

"鹏飞兄怎么知道？"吴士保提了下裤子，有些奇怪地问道。

"我只是听说的，我还以为吴队长快不像个男人了。"钱鹏飞说道。

"在怡红楼像个男人没用，得在特工总部像个男人。在特工总部像不了男人，就没法在怡红楼像个男人。"吴士保若有感悟地说道。

"你可真绕啊，这样的话你也说得出来。"钱鹏飞故意装不清楚。

"鹏飞兄，我不是绕你，我绕别人呢。人家屡屡立功，就说明我吴士保是个没用的草包。我心里堵得慌，总得找茅厕把自己给放轻松。"吴士保话中有话。

"吴队长，现在就有个立功的机会，你干不干？"吴士保骂骂咧咧说完，转身就走，钱鹏飞却一把拉住了他。

"鹏飞兄，你别拿我开涮了，人家现在在外面干得轰轰烈烈，上海的共党分子都快给抓光了，我还有个屁立功机会？"吴士保有些不相信。

"哈，吴队长就这么小看我？我可告诉你，我手头有一桩大买卖，你帮我办成了，他林大江就是狗屁。"钱鹏飞信誓旦旦地说道。

"是吗？鹏飞兄，这么说天上掉馅饼了？"吴士保眼睛一亮，急切地问道。

"不是天上掉馅饼，是我送你吴队长大馅饼。本来我是想先跟主任汇报的，唉，谁让我这么巧碰上了吴队长，得，一块先立功吧。"钱鹏飞煞有介事地说道。

钱鹏飞说着，拍拍吴士保的肩，在他的耳边轻声说了几句。

“妈的，鹏飞兄，你够兄弟，走，我带兄弟们一块去，办成了，我请你喝酒吃猪腰子，啊？哈哈哈哈。”吴士保听了之后突然大乐，搂着钱鹏飞的肩膀向外走去。

林大江看到钱鹏飞心急火燎地又出去了，赶紧向丁默群报告。丁默群当即命令他带上人马赶过去支援赵世杰。临走时，还特意叮嘱，不要伤了钱鹏飞，一定要活的。

台球馆里只有赵世杰一个人伏在台球桌上装出很专业的样子测距击球。钱鹏飞从一边走了过来高兴地同他打招呼，自己拿着球杆要同他打上一局时，赵世杰仰天长笑着告诉钱鹏飞已经输了。正当钱鹏飞装作莫名其妙的时候，赵世杰的人马上前用枪顶住了钱鹏飞。

赵世杰一口认定钱鹏飞就是给共产党通风报信的卧底，说着要把他押到丁默群那边。而此时，埋伏在台球馆里的吴士保也带人举枪对准了赵世杰。正当双方僵持不下时，林大江带着人从背后将里面的人围了起来，当他看到吴士保跟钱鹏飞一起与赵世杰对阵时，知道情况有变，慌忙称是丁默群找钱鹏飞有事商量，自己只是跑腿的而已。

钱鹏飞不慌不忙地上前给了赵世杰一个耳光，缴了他的手枪，赵世杰懵在那里一动不动，吴士保也趁机上前骂骂咧咧地踹了他几脚，站在钱鹏飞的一边虎视眈眈地望着林大江。

“哈哈，林队长是看我钱某有女人缘，心里不舒服了吧。不舒服你可以和我商量啊。我钱某最讲义气，女人，我愿意让给你。可丁主任找我聊事，你也用不着带那么多人来找我呀。你这不是给我一个下马威吗？好像我成了共党似的。”钱鹏飞瞪着林大江，故意装作满不在乎的样子说道。

林大江一下子感觉自己不知道该如何解释，一口咬住是丁默群要请钱鹏飞回去谈事的本意，不是自己擅作主张带这么多人来故意起哄。此时，唯独赵世杰里外不是人，他走上前，抢过钱鹏飞手中的手枪，大喊着要回去让丁默群一辨是非。

丁默群此刻是心花怒放，还让人拿来了二十年的女儿红，告诉关萍露，这是要亲自招待自己好兄弟的喜酒。关萍露心中有些恐慌，不知道丁默群葫芦里卖的什么药。

正当丁默群刚刚将酒倒在杯子里时，林大江率先闪了进来，还没等他说清楚，钱鹏飞主动地向丁默群坦白，刚才没有来得及向他报告，自己是跟吴士保前去台球馆捉拿共产党，却差点被赵世杰认作是共党抓了起来。他还把那张秘密的纸条递给丁默群查看，解释这所有的一切都是因为自己立功心切。立功心切？丁默群有些怀疑，但随即感觉到赵世杰这次又把事情搞砸了，他不能在没有证据的前提下，就冤枉了钱鹏飞，就想借着喝酒的机会，把这件事搪塞过去。没想到，钱鹏飞一下子认真了起来，他认为赵世杰这是故意骑在自己头上欺负自己，他无论如何也咽不下这口气，随即不顾丁默群的命令骂骂咧咧地冲进了刑房审讯室。

此时，刑房内那个中年男子穿着一件恐怖的血衣，却悠然自得地躺在椅子上抽着烟，看到钱鹏飞的到来，吓了一跳，蜷缩在墙角里，惊恐地看着钱鹏飞。

“你必须告诉我实话，如果有半句假话，我一枪崩了你。说，你那张纸条是怎么回事？”钱鹏飞将子弹推上膛，一把拎起了中年男子，把枪顶在他的脑门上，大声地说道。

中年男子瑟瑟发抖，语无伦次：“我……纸条，什么纸……纸条……”

这个时候，吴士保赶到了，接着丁默群、林大江，关萍露、赵世杰等人也都赶了过来。

“谁指使你干的？不说老子崩了你！”钱鹏飞脸涨得通红，青筋暴绽，大怒道。

中年男子紧张得浑身发抖，汗如雨下，却什么也不敢说，目光躲躲闪闪地指向赵世杰。

钱鹏飞顺势就给了赵世杰一个耳光，咒骂着他故意设局把自己当做是共党来陷害。丁默群一直制止着钱鹏飞不要冲动，钱鹏飞装作无比委屈的样子说自己受了奇耻大辱。丁默群眼睛一转，对他说既然如此，那就把眼前这名共党分子就地正法，以正视听。钱鹏飞没想到丁默群会如此考验他，他不清楚眼前这个中年男子真实的身份，不知道该如何是好。

“别开枪，钱队长你别开枪，我只是给宋方春跑跑腿的，我早都交代了，是赵队长……他指使我干的……”中年男子被吓得尿失禁，裤子竟然湿了，跪在地上哀求道。

钱鹏飞脸上露出冷笑，他一挥枪，随着枪响，那名中年男子脑浆迸裂，当场倒地而死。

“你这个混蛋，共党一个没抓住，还和钱队长闹这样的误会。这么大的事，你也不向我汇报一下，你给我滚，好好反思去。”丁默群干笑着拍了几下巴掌，然后阴沉着脸转向赵世杰，突然扬手也是一个耳光，对他训斥道。

赵世杰讨了个没趣，捂着脸转身就走，林大江很是尴尬，赶紧也带着手下的人离开了刑房。

钱鹏飞悬着的心稍稍放了下去，借故说赵世杰如果还有下次同样的伎俩，自己绝不会善罢甘休，他也不想让丁默群下不了台，便匆匆收场了。

其实，钱鹏飞一直想不通的是，为何当时尚小兰看到那张纸条后，会自信地认为不是出自老宋之手，而是敌人的阴谋诡计。尚小兰笑着对他说，其实赵世杰叛变之后，老宋特意将自己落款的那个“春”字下方的“日”改成了“目”，目的就是怕赵世杰善用他的名义来伺机破坏。想不到果然被老宋一语说中。

此番赵世杰又因为自己的行动计划失败而懊悔不已，在自己的办公室里开始肆无忌惮地摔砸东西，顿时间房间里又成了审讯室内的模样，只不过少了一些血迹。正在这时，丁默群闯了进来。其实，他并没有解除对钱鹏飞的怀疑，相反却是疑心越来越重。

“钱鹏飞的表现太正常了，有时候，人太正常了反而让我生疑啊！”丁默群淡淡地对赵世杰说道。

“对，对，我也怀疑，钱鹏飞在看到那张纸条的时候，就知道是假的，他把一切都谋划好了，跟吴士保倒过来把我跟林队长装进去，既洗脱了自己，又报复了我。”赵世杰连忙附和道。

“不！如果钱鹏飞不是共党，在他拿到纸条时按常理一定会先向我邀功请赏，可是他却瞒着林队长怀揣纸条先离开了审讯室，他也没来找我，他到底想去找谁呢？我已经暗地里追查了吴队长，他说是在厕所里碰到了钱鹏飞，那么他从审讯室出来后，到上厕所这中间，去过什么地方没有？我猜他的第一反应肯定是在这一个时间点里！这其间我觉得他也许是真的先上了当，但突然又有什么原因使他反应过来发现上当了，至于后来他和吴士保这一段，也许只是为了掩盖自己前面发生的错误反应而设的金蝉脱壳之计！想来想去，一定是你那个陷阱在什么地方露出马脚来了！”丁默群深不可测地分析了一番。

另外，最关键的是丁默群已经知晓钱鹏飞在拿到纸条后，悄悄地去过尚小兰那里，这个时间点中，他们究竟又做了什么呢？丁默群让赵世杰以后紧紧盯着尚小兰直接向自己汇报情报，对于其他人一概封口。丁默群很清楚，自己从钱鹏飞身上找不到蛛丝马迹，可以从他接触的人身上下手。

而接下来，尚小兰又遭遇到前所未有的危险，她会化险为夷还是置于生死边缘？丁默群参加梅机关的清乡会议，为何武田要把关萍露申请调到梅机关专程陪接一个重要人物？他到底是谁？丁默群会轻易放走关萍露吗？